FRANÇOISE

L'enfance de Françoise Bourdin est bercée par les airs d'opéra. Ses parents, tous deux chanteurs lyriques, lui transmettent le goût des personnages aux destins hauts en couleur et la musique des mots. Très jeune, Françoise Bourdin écrit des nouvelles ; son premier roman est publié chez Julliard avant même sa majorité. L'écriture est alors au cœur de sa vie. Son univers romanesque prend racine dans les histoires de famille, les secrets et les passions qui les traversent. La vingtaine de romans publiés chez Belfond depuis 1994 sont de ce terreau et rassemblent à chaque parution davantage de lecteurs. Quatre d'entre eux ont été portés à l'écran. Françoise Bourdin vit aujourd'hui dans une grande maison en Normandie.

Retrouvez toute l'actualité
de Françoise Bourdin sur
www.françoise-bourdin.com

LE SECRET DE CLARA

FRANÇOISE BOURDIN

LE SECRET DE CLARA

BELFOND

Le papier de cet ouvrage est composé de fibres naturelles, renouvelables, recyclables et fabriquées à partir de bois provenant de forêts plantées et cultivées durablement pour la fabrication du papier.

© Belfond 2001
ISBN : 978-2-266-11900-9

À ma mère, Geori Boué,
dont la force de caractère
et le tempérament hors du commun
m'ont inspiré le personnage
de Clara.
Avec ma plus profonde admiration,
et surtout toute ma tendresse.

1

Vallongue, 1945

CLARA SURSAUTA quand le bruit de la détonation, pourtant très étouffé par l'épaisseur des murs, parvint jusqu'à elle. À tâtons, elle chercha la poire qui pendait à la tête du lit et la pressa fébrilement. La lumière du lustre inonda aussitôt sa chambre, tirant de l'obscurité un décor familier : ses deux bergères de soie ivoire et sa table juponnée, les lourds rideaux damassés, le bonheur-du-jour sur lequel elle écrivait tout son courrier.

À moitié assise, Clara resta un instant aux aguets, mais le silence était retombé sur la maison. Certaine de n'avoir pas rêvé, elle enfila son négligé en hâte, se précipita vers la porte. C'était bien davantage qu'un pressentiment, presque une certitude quant au drame qui l'attendait, à l'horreur qu'elle allait découvrir, cette chose qu'elle redoutait tant et depuis si longtemps qu'elle avait pris l'habitude de vivre taraudée par l'angoisse. Un jour, une nuit, elle le savait, elle se trouverait devant le pire, et le moment fatidique était arrivé.

En haut de l'escalier, elle faillit renoncer, proche du malaise, pourtant elle commença à descendre, une marche après l'autre, les doigts crispés sur la rampe de fer forgé. Elle ne pouvait pas se permettre une défaillance maintenant. Son cœur tiendrait, il le fallait, elle n'avait plus le temps de remonter chercher son médicament. Des pilules inutiles, au demeurant, elle n'était pas malade, elle se soignait uniquement pour rassurer sa famille. Les années de guerre avaient été dures, et pas seulement en ce qui concernait les privations. Pour de bonnes ou de mauvaises raisons, ils avaient tous beaucoup souffert.

Le grand hall était plongé dans la pénombre des veilleuses qu'elle avait allumées elle-même avant de monter se coucher, ainsi qu'elle le faisait chaque soir. Sous ses pieds nus, le carrelage semblait glacé. Elle dut prendre une profonde inspiration avant de trouver le courage d'avancer jusqu'au bureau d'Édouard, où elle entra sans frapper.

D'abord, elle vit la silhouette de Charles, debout au milieu de la pièce, rigoureusement immobile. Et presque en même temps, elle découvrit Édouard affalé sur le sous-main, le visage en sang et le regard vitreux, déjà méconnaissable. À côté de l'encrier, il y avait un revolver.

— Seigneur, souffla-t-elle d'une voix à peine audible, il l'a fait !

Son soupir fut comme un sanglot rauque tandis qu'elle luttait désespérément pour conserver la maîtrise de ses mots, de ses gestes. Le choc était presque trop dur, même pour elle. Pourtant, dès que Charles bougea, elle leva la main, bien décidée à l'arrêter.

— Est-ce qu'il y a une lettre ? balbutia-t-elle. Quelque chose qui explique…

Elle avait franchi l'espace qui la séparait de son fils cadet et elle s'affala contre lui, dans l'espoir absurde d'un réconfort.

— Maman, chuchota-t-il, écoute-moi.

Il croisa ses bras sur la nuque de sa mère pour l'empêcher de regarder dans la direction d'Édouard, mais elle se débattit avec une force surprenante.

— Non, il n'y a rien à dire, tais-toi, Charles, je t'en supplie, tais-toi !

Son autorité était intacte, elle le comprit tandis qu'il la dévisageait, impuissant.

— Ton frère était tellement triste ces derniers temps, à toujours rester enfermé ici…, martela-t-elle. Madeleine en devenait folle, et leurs enfants aussi. Seulement je ne pouvais pas l'aider, ni moi ni personne, tu t'en doutes, alors peut-être que c'est mieux comme ça ?

— Écoute-moi, redemanda-t-il d'un ton grave.

Sans lui prêter attention, elle poursuivait son idée et évoquait les enfants d'Édouard avec angoisse. Pourtant, aucune larme n'exprimait son chagrin. Elle avait toujours réagi en chef de clan, c'était une femme exceptionnelle, il aurait dû s'en souvenir. Quelle que soit sa douleur, elle était capable de parer au plus urgent. Et là, elle n'avait pas le choix.

Elle repoussa Charles fermement puis fit face au bureau. Le plus atroce, c'était peut-être la présence de ce revolver d'ordonnance qui avait appartenu à son propre mari. Un souvenir de l'autre guerre, la Grande, où il avait été appelé malgré son âge – on finissait même par envoyer les enfants et les vétérans au front –, où il s'était comporté de manière héroïque pour finalement mourir au champ d'honneur comme tant d'autres, en la laissant veuve. Ce revolver-là, oui, remis à titre posthume par son aide de camp, avec les déco-rations. Médaille militaire, croix de guerre avec palmes et la patrie reconnaissante. Pauvre Henri ! Que ce soit son arme qui ait tué Édouard était odieux. D'autant plus que, durant tout le temps de l'occupation allemande, le revolver avait été soigneusement caché, avec les fusils de chasse, derrière des tonneaux et des sacs de charbon, tout au fond de la dernière cave. À la Libération, Édouard lui-même était allé les chercher.

Le regard de Clara ne fit qu'effleurer le corps affaissé de son fils aîné, car elle ne voulait pas graver dans sa mémoire une image aussi insupportable. Et cependant, c'était dans l'ordre des choses, elle l'avait toujours su, elle aurait pu le prédire. Mais sûrement pas l'éviter.

— Maman…, soupira Charles derrière elle.

Elle tendit la main, saisit le revolver, et le considéra avec dégoût avant de le rejeter sur le coin du bureau.

— Tu vas appeler la gendarmerie, dit-elle sans se retourner. Ton frère était très croyant, j'espère que le curé acceptera de…

Bien sûr, le prêtre serait facile à convaincre, elle n'en doutait pas, même si un suicide n'ouvrait pas les portes du paradis. Édouard avait assez souffert comme ça, elle en était témoin, ses fautes étaient payées à présent, l'Église allait devoir l'absoudre et il ne serait pas question d'opprobre, elle y veillerait personnellement.

Elle guettait la réaction de Charles, qu'elle ne regardait toujours pas, certaine qu'il finirait par bouger puisque le téléphone se trouvait dans le hall. Elle attendit encore un peu, tendue au point que ses muscles se tétanisaient, et enfin elle l'entendit se diriger vers la porte. C'était bien lui le plus à plaindre, elle en était consciente, toutefois elle n'avait pas le droit d'en tenir compte, pas maintenant en tout cas.

Dès qu'il fut sorti, elle ne chercha plus à retenir les larmes qui brûlaient ses yeux. Elle eut l'impression de se tasser sur elle-même, de rapetisser, d'être aspirée vers le sol.

— Mon chéri, mon pauvre chéri, souffla-t-elle.

Maladroitement, ses doigts se posèrent sur les cheveux d'Édouard, pour une dernière caresse. Il n'avait jamais été son préféré, ce qu'elle regrettait soudain avec violence. En l'aimant davantage, aurait-elle pu le sauver de ses démons ? Non, probablement pas, ce n'était d'ailleurs pas d'affection qu'il avait manqué, Henri l'ayant littéralement adoré dès sa naissance.

La voix sourde de Charles, qui devait parler à l'opératrice, la ramena au présent. Qui donc allait se dévouer pour monter réveiller Madeleine et lui annoncer que son mari venait de se tirer une balle dans la tête ? Qu'elle se retrouvait veuve, comme sa belle-mère, mais de façon moins honorable, qu'elle était condamnée à s'habiller en noir et à élever seule ses trois enfants ? Enfin, seule, pas tout à fait. La famille se resserrerait forcément autour de celle qui allait devenir la *pauvre* Madeleine. Car il n'était pas question que ce soit Édouard qui hérite de l'adjectif.

— Les gendarmes sont en route, il faut vraiment que je te parle, maman.

Charles était revenu dans la pièce sans qu'elle l'entende, et elle se retourna d'un bloc, s'arrachant à la contemplation morbide dans laquelle elle avait fini par sombrer malgré elle.

— Moi, c'est à Madeleine que je dois parler ! répliqua-t-elle brutalement.

Peut-être serait-elle obligée d'attendre l'aube et la solitude de sa chambre pour se laisser enfin aller à sa douleur. Ou peut-être n'en aurait-elle jamais la possibilité. Elle se raidit pour rejoindre son fils sur le seuil.

— Ferme cette porte, lui intima-t-elle, ce n'est pas un spectacle.

Elle le devinait désorienté par son sang-froid, par la façon dont elle prenait la situation en main. Après tout, il avait l'habitude de commander, il avait été officier, même s'il avait vite fini prisonnier d'un camp de travail, puis d'une sombre forteresse dont il n'était revenu que depuis deux mois.

— J'ai besoin d'un cognac, décida-t-elle.

D'un geste autoritaire, elle le saisit par le poignet pour l'entraîner vers la bibliothèque. Là, il ne restait plus que quelques braises dans la cheminée et la nuit était fraîche. Quand Charles lui tendit un petit verre à moitié rempli du liquide ambré dont l'odeur lui souleva le cœur, elle se força à croiser son regard. Malgré son extrême maigreur, il était encore très beau, aussi élégant et racé qu'avant guerre. Édouard lui avait toujours tout envié. Son physique, son courage, son intelligence, entre autres choses.

— Le plus important, Charles, c'est la famille. Nous sommes d'accord ?

Les yeux gris de son fils restaient posés sur elle, avec cette expression distante qu'elle connaissait trop bien désormais.

Malheureusement, c'était lui qui avait payé le plus lourd tribut à la guerre, à la démence nazie.

— Pense aux enfants, insista-t-elle. Les tiens, et ceux d'Édouard à présent. Nous allons tous nous en occuper, n'est-ce pas ? Tant que je serai là, je ferai ce qu'il faut. Et toi aussi. Tu le feras de gré ou de force, Charles !

Des phares balayèrent les vitres un instant. Depuis la Libération, on ne tirait plus les rideaux, comme pour se venger des années de couvre-feu. La voix de Clara se faisait pressante :

— Je croyais que nous en avions fini avec les drames, mais non !

Un moteur à gazogène s'arrêta au-dehors, puis il y eut un bruit de portières. Ensuite le silence, à peine troublé par le balancier de la vieille horloge. Charles regardait toujours sa mère.

— Tu sais, lui dit-elle lentement, c'est une vraie malédiction…

Elle avait osé prononcer le mot et elle reprit son souffle à grand-peine, secoua la tête avec fureur. À présent, elle devait affronter les gendarmes, le médecin, le prêtre, la veuve, contrôler Charles qui pouvait craquer à tout instant, essayer de sauver ce qui restait de la dynastie des Morvan. Elle pleurerait Édouard après. Une nouvelle fois, elle ravala les sanglots qui menaçaient de l'étouffer et releva bravement la tête quand la sonnette retentit.

Le suicide d'Édouard pouvait s'expliquer sans mal. Il avait vécu la guerre en paria, jugé inapte à y prendre une quelconque part. Son problème de santé remontait à l'enfance, lorsqu'une chute dans l'escalier l'avait laissé handicapé d'un genou mal opéré. Sa jambe était restée raide et, parce qu'il avait toujours refusé de s'aider d'une canne, sa claudication s'était accentuée avec les années. Il ne s'agissait pas d'une véritable infirmité, néanmoins on l'avait refusé au service militaire puis définitivement réformé.

Longtemps, Clara s'était reproché cet accident. Son défaut de surveillance, peut-être même son manque d'*intérêt*. Hélas, durant toute la jeunesse de ses fils, elle avait dû lutter contre sa préférence pour le cadet. Vis-à-vis d'Édouard, elle ne faisait que s'empêtrer dans un sentiment de culpabilité qui remplaçait mal l'amour. Mais voilà, il était arrivé trop tôt, elle avait tout juste vingt et un ans et ne ressentait nulle envie de maternité. Au contraire, elle adorait les bals, la danse, toutes les folies mondaines du siècle naissant, et elle s'était d'abord sentie enlaidie par sa grossesse, puis enchaînée à ce bébé qu'elle n'avait pas eu le temps de désirer. Beau joueur, Henri l'avait compris et s'était montré prudent par la suite. Ce qui avait fait de la naissance de Charles, six ans plus tard, une fête librement consentie. Cet enfant-là avait comblé Clara au bon moment. Et puisque Henri s'était approprié Édouard depuis longtemps, Clara avait pu se consacrer à Charles en toute innocence.

Dès le début, il se révéla un petit garçon facile, vraiment adorable. Tandis que Henri conduisait Édouard dans les musées ou lui faisait réciter ses leçons, elle emmenait Charles au cirque et riait de le voir battre des mains. Le père faisait l'éducation de l'aîné et la mère jouait avec le petit dernier, bref ils étaient heureux tous les quatre – du moins Clara se plaisait à le croire. Puis la Première Guerre mondiale avait éclaté, mettant un terme à leur bonheur. Lors du décès de Henri au front, Édouard venait d'avoir quatorze ans, c'était un adolescent, alors que Charles n'était qu'un gamin de huit ans. Leur réaction au deuil de leur père avait été radicalement différente. Pour Édouard, un gouffre s'était ouvert, que Clara n'était plus en mesure de combler.

À dix-huit ans, Édouard opta pour des études de médecine, puis se spécialisa en chirurgie. Il prétendit que la raison de ce choix était une sorte de revanche sur le médiocre praticien qui avait massacré l'articulation de son genou. En fait, il se contentait de suivre l'exemple de son père, Henri ayant été un grand chirurgien en son temps, jusqu'à ce qu'il soit fauché à Verdun. La médecine était d'ailleurs le domaine des Morvan depuis plusieurs générations et, même sans descendre d'Ambroise

Paré, ils possédaient quelques ancêtres dont ils pouvaient se glorifier – ce dont Édouard ne s'était jamais privé au cours de sa carrière.

Pour ne pas avoir l'air d'imiter son grand frère, Charles décida qu'il serait avocat, ce qui n'était pas beaucoup plus original à l'époque, mais lui convenait davantage. Brillant, disert, doué pour les études, il fut d'abord retardé par une année de service militaire effectuée dans la toute jeune aviation, puis par une seconde année comme volontaire afin de passer son brevet de pilote et d'obtenir ses galons de lieutenant. Il adorait voler, il avait toutes les audaces, la vie lui souriait là comme ailleurs.

Charles était drôle et faisait rire Clara, il était câlin et savait l'émouvoir ; enfin, même si elle refusait de se l'avouer, il la flattait avec son allure de fils modèle, puis plus tard d'homme accompli. Édouard, lui, restait taciturne, ne cherchait à enjôler personne, barricadé dans sa disgrâce physique et son abandon affectif. Il voulait seulement qu'on le respecte, ou alors qu'on le plaigne. Les deux frères n'avaient aucune complicité et ne s'intéressaient jamais aux mêmes choses. Édouard se gardait bien d'entrer en compétition avec Charles, aussi lui abandonnait-il tous les domaines sportifs – où son cadet excellait – et préférait-il briller dans les cocktails, coupe de champagne en main, racontant avec force détails ses interventions au bloc opératoire de l'hôpital du Val-de-Grâce.

Clara recevait beaucoup. L'hôtel particulier de l'avenue de Malakoff était illuminé presque chaque soir, dans cette atmosphère folle de l'entre-deux-guerres où chacun se dépêchait de vivre. Elle avait respecté cinq ans de deuil, après la mort de Henri, mais dès 1922 elle avait recommencé à paraître dans le monde et à rendre les invitations. Elle ne voulait pas continuer d'imposer à ses fils des existences de reclus et, pour sa part, à quarante ans, elle n'avait pas abandonné tout désir de séduction. Pourtant, si elle se laissait courtiser, elle se gardait bien de prendre des amants. Ou du moins on ne lui en connaissait pas. Elle se sentait trop responsable de la dynastie Morvan pour s'afficher avec n'importe qui, et elle tenait à se comporter en vrai chef de famille. Or, même si les mœurs s'étaient libérées, même si la mode garçonne rendait les femmes plus entreprenantes, Clara savait quelles limites ne pas dépasser. Lire Aragon et écouter Ravel, oui, mais pas question de passer pour une veuve joyeuse.

Très vite, l'une de ses priorités consista à dénicher une épouse pour Édouard. Une femme qui saurait lui offrir toute la compassion dont il rêvait, qui admirerait en lui le chirurgien et devrait faire preuve d'une certaine docilité. Cette dernière qualité semblait indispensable à Clara, qui avait remarqué, au fil des ans, les accès d'autoritarisme d'Édouard. Elle s'efforçait de croire qu'il palliait ainsi son manque d'assurance, que c'était pour lui une manière de dissimuler ses complexes. En fait, elle se refusait à admettre qu'il y avait tout simplement quelque chose de méchant chez son fils aîné, voire de pervers, et qu'elle en était peut-être en partie responsable.

Madeleine lui parut la candidate idéale. D'abord parce qu'elle était l'héritière unique d'un industriel prospère, ensuite parce qu'elle répondait en tout point aux exigences de Clara. Douce, effacée, béate dès qu'Édouard évoquait l'hôpital où il faisait ses débuts de chirurgien en titre, Madeleine était une catholique pratiquante qui avait reçu une excellente éducation. Pas vraiment jolie, mais parée de la fraîcheur de ses vingt ans. Avec le concours d'une habile couturière, Clara se faisait fort de la rendre attrayante. Lors de plusieurs dîners, Madeleine fut donc placée à côté d'Édouard, qui finit par la remarquer. La jeune fille buvait ses paroles et lui souriait en baissant les yeux : il fut conquis.

Le mariage eut lieu en grande pompe, six mois plus tard, à l'église Saint-Honoré-d'Eylau. La robe de Madeleine lui donnait beaucoup d'allure, et Clara pouvait triompher tandis qu'Édouard, du haut de ses vingt-six ans, arborait une expression enfin satisfaite. Sa jeune femme, visiblement à sa dévotion, lui conférait un statut inattendu de séducteur. Et il en avait grand besoin car il n'avait jamais su plaire. Ses expériences, d'ailleurs assez rares, s'étaient presque toutes soldées par des échecs. Au contraire de son frère, qui collectionnait les cœurs et les succès, Édouard ne savait pas se faire aimer, trop empêtré dans ses complexes. Quant à l'air sérieux qu'il se donnait volontiers pour se rassurer, il avait toujours fait bâiller d'ennui ses partenaires occasionnelles.

Grâce à Clara, qui avait vu juste, Madeleine trouva le moyen d'être heureuse, au moins durant les premiers temps. Son admiration pour Édouard la rendait aveugle et elle était passée avec soumission de l'autorité paternelle à celle de son mari. Comme elle recherchait la compagnie et les conseils de sa belle-mère pour devenir une parfaite épouse, elle trouva agréable de s'installer dans l'hôtel particulier de l'avenue de Malakoff. Ce fut là qu'elle accoucha de ses trois enfants, Marie en 1930, Alain deux ans plus tard, et Gauthier l'année suivante.

Pendant que son frère se livrait aux joies du mariage et de la paternité, Charles était tombé éperdument amoureux. De toutes les jeunes filles papillonnant autour de lui, il n'en voyait soudain plus qu'une, qui l'obsédait jusqu'au vertige. Elle s'appelait Judith Meyer, elle était juive et merveilleusement belle, il lui faisait envoyer des fleurs, des poèmes qu'il écrivait pour elle la nuit. Il faillit même rater ses examens de droit, lui qui n'avait jamais eu une seule mauvaise note de tout son cursus universitaire. Clara s'inquiéta et exigea de faire la connaissance de Judith, qu'elle trouva à son goût. Mais comment ne pas s'émouvoir devant une beauté si rayonnante ? Comment résister à tant de charme, d'intelligence, de gaieté ? D'emblée, Clara fut séduite.

— Je te présente Judith Meyer, annonce Charles.

S'il paraît anxieux du jugement de sa mère, la jeune fille ne l'est pas. Spontanément, elle commence par sourire avant de serrer la main de Clara, dont elle soutient le regard. Ce qui surprend chez elle, c'est son naturel. Une aisance innée. Elle sait qu'elle est jolie, mais elle n'en joue pas, elle profite juste de sa chance. À toutes les questions elle répond avec franchise, sans insolence ni humilité. Quand elle lève la tête vers Charles, qui est resté debout à côté de son fauteuil, ce n'est pas pour guetter son approbation, c'est pour le plaisir de le contempler.

Clara connaît trop bien son fils cadet pour ne pas remarquer à quel point il est subjugué. Les deux jeunes gens ne sont même pas fiancés que, déjà, ils forment un couple authentique. L'évidence est telle que Clara ne sait que dire. Sans conviction, elle évoque l'âge de Charles, ses études qui sont loin d'être achevées, mais déjà elle a compris que cette Judith Meyer sera la femme idéale et qu'il ne sert à rien d'attendre. Conquise, elle propose du champagne. Judith accepte aussitôt, ajoute que c'est sa boisson favorite parce que c'est celle des fêtes. Dans son émotion, Charles fait déborder une coupe et la jeune fille lui adresse un sourire lumineux. Pour elle, tout est joie.

Avec une pointe de regret, car Judith appartenait à une modeste famille de commerçants sans le sou, Clara accepta donc de voir son second fils convoler bien qu'encore étudiant et, à vingt-deux ans, Charles épousa Judith. Un mariage émouvant où le bonheur éclatait de façon manifeste, mais qui fit un aigri : Édouard. Celui-ci remarquait la différence entre ses propres noces avec une oie blanche un peu falote, qui depuis avait pris quinze kilos à sa première maternité, et l'irrésistible femme de Charles. À côté d'une éblouissante Judith, Madeleine ressemblait à une matrone. Et à côté de son frère, Édouard se sentait décidément terne, déjà vieux alors qu'il abordait juste la trentaine. De plus, les nombreux amis de Charles, de ses camarades pilotes venus en grand uniforme à ses partenaires de tennis, de polo ou de ski – bref, toute une pléiade de jeunes gens gais –, transformèrent la cérémonie, plutôt guindée, en une fête inoubliable qui ne s'acheva qu'à l'aube.

Dès ce jour, le malheureux Édouard recommença à souffrir de jalousie. À nouveau il enviait Charles, s'apitoyait sur son propre sort, et de surcroît il était soumis à la tentation des sentiments inavouables que lui inspirait sa belle-sœur. Bien entendu, Judith ne le regardait pas. Il n'avait vraiment rien pour attirer l'attention d'une femme comme elle, ni le pli amer qui ridait le coin de ses lèvres en permanence, ni les airs sérieux qu'il continuait d'afficher. De toute façon, elle ne voyait que Charles, dont elle était folle, et le spectacle même de leur passion réciproque exaspérait Édouard. Par chance, les jeunes mariés avaient décidé de s'installer loin de l'avenue de Malakoff, dans un appartement offert par Clara en cadeau de mariage et situé près du Panthéon. Des fréquentes visites qu'elle leur rendait, Clara revenait toujours les yeux brillants, enchantée du bonheur des tourtereaux. Charles s'était remis à travailler son droit d'arrache-pied, pressé d'obtenir un diplôme d'avocat malgré la rente que lui servait sa mère, et Judith le rendait parfaitement heureux. Six mois après la noce naquit Vincent – qui n'avait pourtant rien d'un prématuré –, puis Daniel deux ans plus tard, et enfin Bethsabée en 1937.

Clara se retrouvait enfin à la tête d'une grande famille, avec six petits-enfants à gâter, ce qui la comblait. Grâce à sa gestion exemplaire, elle avait fait prospérer la fortune des Morvan car elle aimait les chiffres, les opérations d'envergure, la spéculation et les cours de la Bourse. Une moitié de ses capitaux avait été transférée à l'étranger après la dévaluation du franc, et son conseiller financier, dont elle avait conservé les services depuis le décès de Henri, se bornait à approuver ses investissements en simple témoin.

À Paris, on n'évoquait pas encore la guerre, mais déjà Hitler avait dévoilé ses buts en parlant de conquérir un nouvel espace vital « au moyen de la force ». La conférence de Munich eut lieu alors que Bethsabée commençait juste à marcher. L'année suivante, le 3 septembre, la France et la Grande-Bretagne déclaraient la guerre au Reich, et Charles dut rejoindre l'aviation comme tous les officiers de réserve. En quelques mois, la Luftwaffe de Göring s'assura le succès grâce aux attaques en piqué de ses sinistres bombardiers, les stukas. L'appareil de Charles fut abattu durant la bataille de la Somme et, s'il fut sauvé par son parachute, il se retrouva prisonnier des Allemands.

Pour Clara, l'enfer venait de commencer. Jamais elle n'aurait pu imaginer revivre, vingt ans plus tard, les atrocités d'une nouvelle guerre. La première lui avait pris Henri, elle devenait folle à l'idée que la seconde pourrait lui ravir son fils préféré. Quant à Édouard, qui n'était pas mobilisable, il restait le seul homme de la famille. Il se crut obligé de mettre à l'abri les femmes et les enfants dont il était désormais responsable, aussi exigea-t-il un repli vers le sud, dans la propriété des Morvan à Vallongue. Cette grande villégiature des Alpilles, entre

Saint-Rémy et Les Baux-de-Provence, possédait assez de chambres pour loger tout le monde, et on pouvait compter sur le potager, le poulailler ou encore les trois hectares de parc, sur lesquels des moutons et des veaux furent aussitôt mis à l'engrais. Comme pour tous les Français à cette époque-là, la principale préoccupation concernait le ravitaillement, et la vie s'organisa sans trop de difficultés à Vallongue. Par chance, une quinzaine d'années plus tôt, Clara avait fait installer à grands frais l'électricité, puis l'eau courante et deux vastes salles de bains, enfin une merveilleuse nouveauté : l'unique téléphone du village.

C'était la première fois que l'ensemble de la famille se trouvait réunie sous le même toit ; aussi, malgré les circonstances, les plus heureux furent évidemment les six cousins. Marie, Alain, Gauthier, Vincent, Daniel et la petite Bethsabée jouaient aux apprentis fermiers et passaient leurs journées dehors, aux anges. Madeleine et Judith appréciaient la compagnie de Clara, qui les rassurait par son calme, et Édouard alla proposer ses services de chirurgien à l'hôpital d'Avignon. Une existence presque confortable, en somme, hormis l'absence totale de nouvelles de Charles. Où était-il, quel sort avait-il connu ? Judith se rongeait en vain avec ces questions sans réponse qui lui mettaient les larmes aux yeux. Édouard aurait bien voulu la consoler mais, coincé entre sa femme et sa mère, il ne pouvait rien entreprendre auprès de la jolie maman, qu'il ne pouvait s'empêcher de désirer secrètement.

Une année entière s'écoula sans que les nombreuses lettres de Clara à différents ministères obtiennent la moindre réponse. Les services de Vichy suggéraient de s'adresser au Comité international de la Croix-Rouge, à Genève, ou au Centre d'informations des prisonniers de guerre, à Paris. En tant qu'officier, et s'il était toujours vivant, Charles devait être détenu dans un oflag, en Allemagne ou en Pologne. Restait juste à retrouver sa trace parmi le million de prisonniers ! Clara s'y employait, ne perdant pas espoir, mais tout le temps consacré à rédiger ses courriers, enfermée dans sa chambre, l'empêcha de comprendre qu'il était en train de se passer des choses sous son toit.

Édouard se rendait à l'hôpital chaque matin pour des opérations de routine. Il vivait l'occupation de manière passive, sans songer à résister ni à collaborer. Il allait même jusqu'à s'abstenir de parler politique, ne faisait que peu de commentaires, ne se risquait pas à de vaines prédictions, n'écoutait pas les radios interdites. Il s'était replié sur lui-même et semblait indifférent à tout, hormis à sa si jolie belle-sœur, qu'il couvait d'un regard impuissant.

Il ne sortit de son apathie que lorsqu'un courrier officiel avertit enfin la famille que

Charles se trouvait en Forêt-Noire, où il venait d'être transféré après une tentative d'évasion d'un camp de Westphalie. Considéré comme dangereux, le lieutenant Morvan n'avait droit à aucune correspondance, encore moins à des colis. Édouard parut effaré de ces nouvelles. Ni heureux, ni rassuré, mais plutôt assommé.

D'abord très soulagée de savoir son cadet en vie, Clara fut vite obnubilée par un nouveau danger, infiniment grave. Judith était juive et la campagne d'antisémitisme s'intensifiait, alimentée par la propagande allemande. La période devenait glauque, pleine des pièges tendus par les collaborateurs, les pronazis, les lâches et les aigris, qui multipliaient les dénonciations. Au sud de la Loire, Judith n'avait d'abord pas été tenue de porter l'abominable étoile jaune, mais en 1942, après le débarquement en Afrique du Nord, la zone libre venait d'être occupée à son tour, et tous les Juifs se retrouvaient pourchassés n'importe où en France. Clara n'avait confiance en personne et recommandait à Judith de ne plus mettre les pieds au village, de se faire oublier. Même Madeleine lui jetait parfois de drôles de regards, semblant évaluer le péril que sa belle-sœur faisait peser sur les Morvan. Clara n'en dormait plus, elle se prenait à regretter le choix de Charles, à maudire la terre entière et pas seulement les Allemands. Quant à Judith, elle devenait sombre, dépérissait de façon incompréhensible, fuyait toute la famille à l'exception de la petite Bethsabée. Une carte de Charles, à moitié illisible en raison de la censure, n'avait pas suffi à la rassurer, car elle le savait capable de tout pour rentrer chez lui. Elle avait confié à Clara que, chaque nuit, elle rêvait qu'on était en train de le fusiller, ou alors elle l'imaginait enfermé dans un cachot, affamé, torturé. Elle étouffait ses sanglots sur son oreiller, puis s'obligeait à réciter sans y croire des douzaines de prières. Mais la foi ne lui était d'aucun secours dans son malheur et les mois passaient, augmentant son désespoir. Charles lui manquait de façon aiguë, elle aurait donné dix ans de sa vie pour pouvoir le tenir dans ses bras cinq minutes, sa passion pour lui ne faisait que s'intensifier avec l'absence.

Clara tenait bon, dans une ambiance de jour en jour plus lourde. L'attitude timorée d'Édouard la scandalisait, toutefois elle dissimulait ses sentiments et continuait de lui sourire avec bienveillance, essayant d'oublier sa lâcheté. Elle aidait Madeleine les jours de lessive, s'entendait avec les fermiers des environs pour se procurer de la viande ou du lait, avait fait descendre du grenier une antique machine à coudre sur laquelle elle retaillait ses robes comme celles de ses brus. Son caractère était assez fort pour résister à toutes les tempêtes, et elle trouvait même le temps d'improviser des jeux pour ses petits-enfants.

Avec plus d'un mois de retard, Judith apprit que ses parents avaient été arrêtés à Paris, puis déportés après confiscation de leurs biens. Peu de choses, en fait : le magasin et les meubles du petit logement qu'ils louaient au-dessus, dans le quartier de la Bastille. Cette sinistre nouvelle acheva de l'accabler, et rien ne put la détourner de sa décision de regagner la capitale. Clara eut beau s'y opposer, la jeune femme prit le train le surlendemain, Bethsabée dans les bras. Elle voulait savoir ce qui était arrivé à ses parents, elle ne pouvait pas supporter cette monstrueuse incertitude. Pour Charles, elle avait dû attendre près d'un an avant d'être fixée, elle n'avait pas le courage de recommencer à se ronger. Elle déclara qu'elle voulait aussi se rendre utile, lutter contre l'ennemi d'une façon ou d'une autre, ne plus être une morte vivante derrière les murs épais de Vallongue.

Sur le quai de la gare, tandis qu'elle agitait son mouchoir, Clara ignorait qu'elle voyait sa bru et sa petite-fille pour la dernière fois. Car Judith fut cueillie par la police française le surlendemain, à l'aube, dans son appartement du Panthéon. Remise à la Gestapo puis envoyée à Ravensbrück avec sa fillette de cinq ans. Décédées l'une et l'autre peu après, ce que la famille ne sut que beaucoup plus tard. Son arrestation était la conséquence d'une dénonciation anonyme, comme pour tant d'autres Juifs.

La fin de la guerre fut un véritable calvaire pour Clara. Elle se retrouvait entièrement responsable de Vincent et de Daniel, sans même savoir s'ils étaient orphelins ou pas. En tout cas, ils lui semblaient en danger à chaque minute, le moindre coup de sonnette la faisait pâlir, bref, elle avait peur de tout. Et Édouard ne la rassurait en rien. Bien que seul homme de la famille, il aurait pu ne pas exister, ça n'aurait fait aucune différence. Après le départ de Judith, il s'était littéralement muré dans le silence. Quand on le pressait de questions, il répondait qu'il ne se sentait bon à rien. Son père s'était battu pour sa patrie en son temps, puis son frère, qui était toujours aux mains des Allemands, et lui avait passé les années de guerre comme un rentier, un planqué, puisqu'il n'avait servi à rien ni à personne. Ce genre de propos dissimulait peut-être un appel au secours, mais Clara ne l'entendait pas. Elle était trop affairée à protéger ses petits-fils, à se démener pour retrouver la trace de Charles, à prier pour Judith et Bethsabée, à gérer la propriété de façon que la famille continuât de manger à sa faim. Le débarquement des Alliés sur les lointaines côtes normandes, puis la capitulation de l'Allemagne, l'année suivante, comptèrent parmi les plus beaux jours de sa vie. Elle pleura de joie durant des heures – elle à qui rien ne pouvait tirer une larme – avant de se décider à descendre à la cave, dont elle rapporta trois bouteilles de champagne spécialement conservées pour l'occasion. Même les enfants eurent droit à une coupe, qu'ils durent briser ensuite à la manière russe. La vie pouvait reprendre, la guerre était finie, et Charles allait rentrer.

Pourtant, il fallut l'attendre encore. Après sa troisième tentative d'évasion, il avait été envoyé au château de Colditz, dans la région de Leipzig, une forteresse avec régime *spécial* pour officiers irréductibles. Au bout d'un an de ce traitement, on l'avait transféré dans un autre camp, à l'ouest de Dresde, où enfin le 11 mai, la soixante-seizième division de la onzième armée américaine avait délivré tous les prisonniers. Son retour jusqu'à Paris, effectué en partie à pied, lui avait demandé trois semaines. De là, il téléphona à Clara, qui fut obligée de lui annoncer l'affreuse disparition de Judith et de Bethsabée.

En juin 1945, le monde entier commençait à découvrir l'abomination de l'Holocauste. Les actualités cinématographiques et les journaux étalaient des visions d'horreur. Depuis la fin du mois d'avril, l'hôtel *Lutétia* accueillait les déportés, qui racontaient les exterminations, les sévices, la descente aux enfers. Hébété, Charles s'y rendit. Il n'avait aucun espoir de revoir sa femme et sa fille, dont les décès semblaient certains, mais il voulait en savoir davantage sur ce qui s'était passé à Ravensbrück. Comment et pourquoi Judith et Beth étaient mortes là-bas, avec sept mille autres Françaises.

Finalement, il n'arriva à Vallongue qu'au début du mois de juillet. Et dès qu'elle le vit, sur le quai de la gare d'Avignon, Clara comprit : pour la famille Morvan, la guerre n'était pas finie.

⁂

De part et d'autre de leur père, Vincent et Daniel gardaient les yeux baissés, chantonnant les répons en latin. L'enterrement de leur oncle Édouard les émouvait, cependant ils avaient subi assez d'épreuves pour savoir se tenir désormais en toutes circonstances. À treize et douze ans, ils n'avaient plus le droit de pleurer comme des bébés, et Charles leur donnait l'exemple de la dignité, même si la présence de cet homme maigre et triste à leurs côtés les mettait un peu mal à l'aise. Presque autant que les larmes de leurs cousins, qui se laissaient aller à leur chagrin, cramponnés à Madeleine.

Pour se réconforter, Vincent et Daniel jetaient des regards furtifs vers Clara. Elle, au moins, n'avait rien de changé, et malgré la mort de son fils aîné elle restait cette grand-mère forte comme un roc qu'ils adoraient.

Charles se taisait, fixant le prêtre sans le voir. Il se sentait las, étranger à sa propre famille et à ses deux fils. Comme au reste du monde, d'ailleurs, puisqu'il ne pouvait penser qu'à Judith et à Beth, rongé jusqu'à l'obsession.

— Papa..., chuchota Vincent.

Arraché un instant à ses pensées morbides, Charles constata que les gens quittaient leurs bancs afin d'aller bénir le cercueil. Il esquissa un pâle sourire pour remercier son fils avant de gagner la travée centrale. Son pardessus bleu nuit flottait sur ses épaules, car il n'avait presque pas repris de poids. Pourtant, Clara déployait des trésors d'imagination et courait les fermes avoisinantes depuis son retour, rapportant des œufs frais, des poulets, des légumes. Elle lui confectionnait ses gâteaux préférés, restait devant ses fourneaux durant des heures, et tout le rez-de-chaussée de la maison embaumait. Madeleine en profitait pour se goinfrer tandis que Charles chipotait.

« Maman, songea-t-il avec désespoir, pourquoi n'as-tu pas voulu m'écouter ? »

À présent, il ne pourrait plus jamais parler, l'instant de vérité était passé. Il prit le goupillon des mains de sa nièce, Marie, et traça un vague signe de croix en conservant un air distrait, presque distant. Clara, qui soutenait Madeleine, le suivit des yeux jusqu'à ce qu'il ait regagné sa place. Puis elle se tourna vers le prêtre, qui attendait la fin du défilé des parents et amis du défunt, et qui n'avait pas fait la moindre difficulté pour dire une messe, ainsi qu'elle l'avait prévu. Suicide ou pas, Édouard avait droit à un enterrement chrétien, c'était la moindre des choses.

Les employés des pompes funèbres commencèrent à ramasser les couronnes et les gerbes. Beaucoup de gens avaient envoyé des fleurs, avec un mot de condoléances adressé à Clara, mais les voyages étaient encore difficiles et l'église était loin d'être pleine. La vie reprenait son cours cahin-caha après ces six années de guerre, chacun pleurant ses morts. Mettre fin à ses jours était franchement de mauvais goût face aux millions d'innocentes victimes qu'on ne parvenait même pas à dénombrer.

Clara sortit en tête du cortège, Madeleine toujours appuyée à son bras, et les trois enfants autour d'elles. Charles marchait derrière, ses fils à ses côtés.

— Occupez-vous un peu de vos cousins, qu'ils laissent souffler leur mère, suggéra-t-il à voix basse.

Vincent en profita pour se précipiter vers Alain, dont il entoura affectueusement les épaules. Ils avaient presque le même âge, s'entendaient comme larrons en foire et faisaient volontiers bande à part pour se confier leurs secrets d'adolescents. Plus lentement, Daniel alla se placer entre Marie et Gauthier sans trop savoir quel comportement adopter. À onze ans, il était le plus jeune des enfants Morvan puisque sa petite sœur Beth ne reviendrait pas, et il ne s'imaginait pas du tout dans le rôle de celui qui console. Mais s'il y avait bien une chose dont il n'avait pas envie, c'était contrarier son père. On lui avait répété cent fois que celui-ci avait beaucoup souffert durant ses années de captivité, que la disparition de sa femme et de sa fille à Ravensbrück avait été une tragédie pour lui, qu'il aurait besoin de beaucoup de temps avant de redevenir lui-même et qu'en conséquence tout le monde devait être très gentil avec lui.

Gentils, Daniel et Vincent voulaient bien l'être, mais comment s'y prendre ? Charles ne prononçait pas trois phrases par jour, enfermé dans un silence hautain, et son regard gris pâle, halluciné, était carrément insoutenable pour ses fils. Qui n'avaient que de vagues souvenirs de ce qu'avait été leur père avant guerre, quelqu'un de gai d'après le reste de la famille. C'était très difficile à croire en le voyant aujourd'hui. Un bel homme, on pouvait encore le juger comme tel à ses traits réguliers, ses cheveux châtain clair souples et brillants, son nez droit, ses yeux superbes ; cependant l'ensemble était gâché par une expression dure, un sourire cynique qui creusait deux rides verticales sur ses joues hâves.

Ils venaient de pénétrer dans le petit cimetière d'Eygalières quand l'averse éclata. Prévoyante, Clara avait pris un parapluie, qu'elle ouvrit aussitôt afin de protéger Madeleine et ses longs voiles noirs de veuve. Les enfants se serrèrent davantage les uns contre les autres tandis que le prêtre grimaçait sous l'ondée, penché au bord du caveau ouvert. Un tombeau érigé par les Morvan au siècle précédent, imposant par ses dimensions mais plutôt sobre pour l'époque. Le corps de Henri y avait été rapatrié en 1918, selon ses volontés testamentaires, puisqu'il avait souhaité reposer avec ses parents. À présent son fils le rejoignait, perpétuant la tradition, et Clara songea qu'en toute logique elle serait la prochaine à entrer dans le mausolée familial.

Derrière les Morvan, l'assemblée restait stoïque malgré la pluie battante, les hommes comme les femmes protégés par leurs chapeaux. Tête nue, immobile, Charles conservait son air lointain, aussi indifférent au brusque déluge qu'aux fossoyeurs qui descendaient le cercueil de son frère, arc-boutés sur leurs sangles. Clara continuait de l'observer discrètement, au-dessus du mouchoir qu'elle tenait pressé contre sa bouche. Combien de mois ou d'années allait-il falloir à son cadet pour retrouver un aspect normal ? Pour être à nouveau le bel homme rieur et plein de charme qui avait tellement fait rêver les femmes avant la guerre ? Après tout, il n'avait que trente-six ans, il pouvait s'en remettre, le plus tôt serait le mieux vis-à-vis de ses enfants. Clara avait souffert aussi, elle avait d'abord perdu son mari, aujourd'hui elle enterrait son fils aîné, et au bout du compte l'appétit de vivre reprenait forcément le dessus, il allait falloir qu'elle trouve le courage de l'expliquer à Charles.

L'averse s'arrêta aussi brusquement qu'elle avait commencé, et un arc-en-ciel annonça le retour du soleil tandis que les gens se dispersaient.

— Les enfants ont décidé de rentrer à pied, tu nous ramènes ? demanda Clara, qui s'était approchée de Charles.

Il acquiesça d'un signe de tête, toujours silencieux. La 15 Citroën d'Édouard fonctionnait encore et Clara se débrouillait très bien avec le marché noir pour l'essence. Là comme ailleurs, elle se montrait d'une rare efficacité.

— Vincent ? appela-t-il à mi-voix.

Son fils, sur le point de s'éloigner avec son cousin Alain, se tourna vers lui un instant.

— Quand tu auras quelque chose à demander, adresse-toi à moi.

Le ton était neutre, presque courtois, mais l'adolescent ne s'y trompa pas. Le message de son père lui parut limpide : désormais, il n'y aurait plus qu'une seule autorité dans la famille. Clara s'était substituée à Charles durant son absence, elle avait même dû remplacer Judith par la force des choses, mais c'était fini, il reprenait son rôle. Vincent hocha la tête, avala sa salive et attendit quelques secondes supplémentaires avant de s'éloigner sans courir.

— Il n'est pas très marrant, chuchota Alain dès qu'ils eurent franchi la grille du cimetière.

— Mets-toi à sa place.

— Peut-être, seulement...

Alain jeta un regard par-dessus son épaule pour vérifier que son oncle ne pouvait pas l'entendre, puis il acheva :

— Tu sais qu'il parle de nous faire tous rentrer à Paris ?

— Et alors ?

— Je ne veux pas bouger d'ici !

Surpris, Vincent dévisagea son cousin. Alain avait beaucoup grandi depuis qu'ils étaient à Vallongue. C'était d'ailleurs lui qui passait le plus de temps dehors, jamais rassasié de soleil et de grand air, lui qui savait le mieux pêcher dans les torrents ou construire des cabanes. Son teint hâlé mettait en valeur ses yeux dorés, couleur d'ambre, et ses cheveux très bruns lui donnaient un peu l'allure d'un gitan. En fait, Alain ne ressemblait à personne de la famille, ni à ses parents ni même à Clara.

— Maman fera ce que ton père décidera, reprit Alain d'un air dégoûté. Grand-mère aussi.

Il disait « ton père » car il ne savait pas comment appeler son oncle, qui était pour lui un parfait étranger. Avant guerre, il ne l'avait vu qu'aux fêtes de famille. Ensuite, Charles était devenu cet officier-prisonnier-des-Allemands pour lequel il fallait prier chaque soir, quelqu'un qu'il n'arrivait pas à se représenter concrètement. Enfin, l'homme qui était revenu tel un fantôme décharné lui semblait bien plus effrayant que sympathique.

Vincent hésitait à répondre parce que l'idée de regagner la capitale lui plaisait beaucoup. Là-bas il y avait des Américains, des filles, il pourrait aller au lycée, au cinéma, et il en avait

40

par-dessus la tête de vivre dans un village où il ne se passait jamais rien. Où les seuls Allemands croisés pendant la guerre étaient de braves gens réfugiés là clandestinement parce que en complet désaccord avec le régime hitlérien. À treize ans, Vincent rêvait d'autre chose que du chant des cigales, et Paris l'attirait comme un aimant. Il ouvrit la bouche pour faire partager son enthousiasme à Alain mais se souvint juste à temps que celui-ci venait d'enterrer son père et que le moment était mal choisi pour le contrarier.

Clara reposa sa tasse d'un geste si sec que la soucoupe se fendit. Les lèvres pincées de rage, elle se contenta de passer son ongle sur la fêlure. À soixante-trois ans, elle avait conservé son teint clair, son admirable port de tête, l'éclat métallique de son regard bleu. On pouvait encore dire d'elle que c'était une belle femme, en tout cas une maîtresse femme.

— Je ne mettrai plus jamais les pieds dans cet appartement, poursuivait Charles, le mieux est de le vendre.

— Pas tout de suite ! riposta Clara. Dans quelque temps, le marché immobilier reprendra, on s'arrachera les logements... Tu comptes t'installer avenue de Malakoff ?

Que pouvait-il faire d'autre ? Il avait besoin de sa mère, et même de Madeleine, pour élever ses garçons. En contrepartie, il devrait veiller sur ses neveux et sur sa nièce, redevenir avocat, tenir son rang. Ou bien monter directement se pendre au grenier s'il n'avait pas le courage d'affronter la vie qui l'attendait.

— Il y a de la place pour tout le monde, reprit Clara. Je vais réaménager les étages, tu seras indépendant. Mais il te faudra aussi des bureaux ailleurs... pour ouvrir un cabinet... Quand envisages-tu de te remettre au travail ?

— Très vite, dit-il entre ses dents.

L'inaction allait finir par le rendre fou, il en était tout à fait conscient. C'était d'ailleurs l'une des pires choses qu'il ait eu à supporter durant sa captivité. Trois tentatives d'évasion lui avaient fait passer des mois isolé dans une cellule de deux mètres sur trois, où il n'avait survécu qu'en se raccrochant à l'idée que Judith l'attendait. La retrouver, la tenir dans ses bras, il y avait pensé à chaque minute. C'est sur son prénom qu'il avait serré les dents quand les Allemands l'avaient puni de ses velléités de liberté. Leur brutalité n'avait fait que le révolter davantage, et s'il n'avait pas récidivé c'était uniquement pour préserver ses compagnons de détention d'éventuelles représailles, car aucun châtiment n'aurait pu l'empêcher de chercher à s'enfuir.

Judith... À force de penser à elle, du fond de sa forteresse, il en avait fait l'idée fixe d'une terre promise. Ce qui avait transformé son retour en un cauchemar bien pire que la captivité. Désormais, il ne pouvait même plus prononcer son prénom, encore moins celui de la petite Bethsabée.

— Charles ? appela Clara d'une voix agacée.

Les silences de son fils l'exaspéraient. Comme toujours, elle se tournait résolument vers l'avenir, réorganisait sa vie et celle de son clan. Édouard était enterré, plus rien ne les retenait à Vallongue, et soudain elle se sentait pressée de regagner Paris pour s'y occuper de ses affaires, contacter son conseiller, établir le bilan. Elle savait que l'hôtel particulier – qui par chance n'avait pas été réquisitionné – ne semblait pas avoir trop souffert. C'était en tout cas ce que lui avait affirmé l'une de ses anciennes femmes de chambre, avec qui elle entretenait une correspondance suivie. La capitale manquait encore de tout et il y aurait sans doute des problèmes de rationnement pendant longtemps, mais peu lui importait. La guerre avait été une trop longue parenthèse, qu'il fallait refermer au plus tôt.

Charles se tourna vers elle, et elle en profita pour s'efforcer de le voir tel qu'il était. Le soleil de Provence lui avait donné un vague hâle qui ne parvenait pas à faire oublier ses joues creuses, ses cernes. Il était décharné et se tenait un peu voûté, comme si le poids du monde pesait sur ses épaules. Il paraissait dix ans de plus, et son merveilleux regard gris pâle s'était voilé d'un reflet sinistre.

— Tu vas te mettre à manger, martela-t-elle soudain, à parler et à te redresser. Tu vas…

— Maman !

— Oh, je ne te demande pas de rire ! Mais redeviens toi-même, bon sang !

La colère l'avait fait lever et elle marcha droit sur lui.

— Mon petit Charles, tu n'as pas le choix. Avec cette tête de vaincu, tu feras fuir les clients, personne n'imaginera que tu peux gagner un procès. Et puis pense aux enfants, tu ne peux décemment pas leur imposer ça. Ils n'ont vu que des visages tristes ou inquiets depuis des années ! Pense à moi, aussi. Jusque-là j'ai tenu bon, mais maintenant je voudrais bien un peu d'aide. C'est possible ?

Elle savait qu'il ne parlerait pas de Judith et de Beth, que les mots ne franchiraient pas ses lèvres. Pour se défendre, il n'avait rien à lui opposer et elle en profitait, elle le devait.

— Tu m'entends, Charles ? Je veux pouvoir compter sur toi !

— Bien sûr, maman, admit-il doucement.

L'espace d'un instant, ses yeux se plissèrent dans l'ébauche d'un sourire devant tant d'obstination, puis le masque triste reprit sa place.

— Il faut organiser le voyage, enchaîna-t-elle. Penser à mille choses, et je ne peux pas compter sur Madeleine.

Elle ne se faisait aucune illusion au sujet de sa bru, celle-ci se laisserait conduire où l'on voudrait, opinerait à toutes les propositions

mais ne prendrait aucune initiative. Quant à
Charles, s'il continuait à se comporter avec une
telle indifférence, il ne serait qu'un boulet
supplémentaire dans la famille.

— Je ne peux pas tout faire seule, Charles !

Ces derniers mots finirent par le tirer de son
mutisme, comme s'il venait juste de réaliser
dans quelles difficultés sa mère se débattait.
Elle avait raison, Madeleine n'était même pas
capable de consoler ses propres enfants, et
Judith ne serait plus jamais là, avec son inépui-
sable énergie, sa folle gaieté.

— Bon nombre de femmes doivent chercher
du travail, déclara-t-il, tu engageras facilement du personnel. Je vais m'occuper
d'inscrire les cinq enfants au lycée, c'est le plus
urgent. Les garçons à Janson-de-Sailly et Marie
à Victor-Duruy. Dès demain, je me mettrai en
quête de quelqu'un, au village, qui soit capable
de garder la maison. On ne peut pas se
contenter de fermer les volets et de partir,
d'ailleurs j'ignore dans quel genre de train nous
arriverons à trouver de la place…

Clara s'appliqua à ne pas marquer la
moindre surprise, mais c'était la première fois
qu'il prononçait un aussi long discours depuis
son retour d'Allemagne. Réconfortée, elle
l'approuva d'un hochement de tête. Il avait
parlé des *cinq* adolescents, c'était bien la
preuve qu'il acceptait de prendre en charge les
enfants de son frère en plus des siens.

— Alain sera le plus dur à convaincre, estima-t-elle. Il est terriblement attaché à Vallongue...

— Et alors ? Il ne va pas rester seul ici, j'imagine ?

Cette fois, il n'y avait plus trace de tendresse dans sa voix. Mais peut-être ne fallait-il pas trop lui en demander dans un premier temps. L'essentiel était de ne pas séparer les cousins, Clara avait la certitude qu'ils étaient devenus indispensables les uns aux autres. Ils avaient fini par former un bloc compact, et cette solidarité leur avait permis de surmonter leurs malheurs jusqu'à présent.

— Pour le train, reprit-il, je te préviens, ce sera une véritable expédition ! Les cheminots et les GI ont beau reconstruire à tour de bras...

Les convois militaires avaient toujours la priorité absolue et les civils s'entassaient dans des trains bondés qui échouaient durant de longues heures sur des voies de garage. La France était encore complètement désorganisée, ce qui rendait les voyages hasardeux, mais les gens mouraient d'envie de bouger après ces années de guerre, d'immobilisme forcé.

— Je vous dérange ? demanda Madeleine en entrant.

Elle portait une pile de courrier qu'elle déposa sur le guéridon, devant Clara. Jamais il ne lui serait venu à l'idée qu'elle pouvait le trier elle-même, et elle attendit avec sa docilité coutumière que sa belle-mère lui remette les lettres qui lui étaient destinées. En fait, la plupart étaient adressées à Clara, qui murmura :

— Des condoléances, encore...

Madeleine ne possédait pas de relations personnelles. Quant à Édouard, il n'avait jamais compté beaucoup d'amis. Ses confrères de l'hôpital avaient préféré écrire à Clara parce qu'elle représentait pour eux le chef du clan Morvan.

— Voulez-vous que je refasse du thé ? proposa aimablement la jeune femme.

Il s'agissait d'un infâme ersatz auquel elles avaient fini par s'habituer malgré tout. Madeleine saisit la tasse et la soucoupe fendue puis, avant de sortir, elle jeta un bref regard interrogateur vers Charles, qui secoua la tête.

— Sylvie me charge de t'embrasser, annonça Clara en reposant l'une des missives. Elle est navrée pour toi, pour nous tous à vrai dire...

— La petite Sylvie ?

Une lointaine cousine qui avait été demoiselle d'honneur à son mariage et dont il se souvenait mal. En revanche, l'image de Judith en robe blanche lui revint aussitôt en mémoire avec une insupportable acuité.

— C'est si loin..., murmura-t-il d'une voix atone.

Il ne voulait pas se rappeler les mains fines de Judith tenant le bouquet, ni la courbe de sa nuque quand elle s'était agenouillée sur le prie-Dieu. Ni ce jour où il était entré dans sa chambre tandis qu'elle allaitait Beth nichée dans son bras. Des instants d'un bonheur absolu qui n'existerait plus jamais, balayé par les atrocités qu'on commençait à découvrir sur les camps de concentration.

— Je vais me promener, déclara-t-il de façon abrupte.

Avant que sa mère ait pu proférer un mot, il avait quitté la bibliothèque. Dehors, l'air était tiède, parfumé, sans doute délicieux mais il s'en moquait. Il traversa le parc, longea la route un moment puis escalada la colline. À mi-pente, la vue devenait somptueuse sur les Alpilles et la plaine de Mollégès, au loin. Son regard s'égara vers les ravins, les gorges, les falaises qui se découpaient dans la lumière crue. Lorsqu'ils étaient enfants, Édouard et lui, ils venaient pique-niquer là avec Clara. Elle était déjà veuve mais faisait bonne figure devant ses fils. Serait-il moins courageux qu'elle ?

Il s'assit sur une souche, posa les coudes sur ses genoux et le menton dans ses paumes. Comment Judith était-elle morte ? Lui avait-on arraché Beth des bras avant de la pousser dans une chambre à gaz ? À quoi ressemblaient donc ces *fours* ? Le mot n'était même pas concevable… Et avant, qu'avait-elle subi ? Quelles souffrances, quelles angoisses ? Il n'en saurait jamais rien et il pourrait se torturer durablement, à imaginer le pire. Qui était peut-être très en deçà de la vérité. Avait-elle pensé à lui en suffoquant, l'avait-elle appelé ? Était-elle seule ou alors sa fille cramponnée à son cou ? Les cris, l'odeur, les autres, tout aussi terrorisés qu'elle. À quel saint se vouer dans cette horreur ?

— Papa...

La voix de son fils le fit sursauter et il releva les yeux sur les deux silhouettes plantées devant lui. Vincent et Daniel l'observaient, un peu inquiets mais surtout très intimidés. Il eut la certitude que c'était Clara qui les avait envoyés à sa recherche.

— Excusez-moi, les garçons, dit-il en se levant.

Pouvait-il vraiment – devait-il – leur expliquer de quelle façon leur mère était morte ? D'abord il n'en savait rien, ensuite c'était inavouable. Du moins les survivants l'affirmaient-ils. Trop abominable pour être raconté. Nul ne parviendrait jamais à les croire, finissaient-ils par reconnaître avec un sentiment de honte. De *honte*... Mais quelles atrocités avaient-ils donc vécues pour avoir un tel dégoût d'eux-mêmes, au point de ne plus pouvoir dénoncer leurs bourreaux ?

— On va jusqu'au sommet ? proposa Charles d'un ton hésitant.

Les garçons hochèrent la tête ensemble sans répondre. Leur père semblait hagard et ils n'avaient aucune envie de l'accompagner dans sa promenade, mais ils lui emboîtèrent sagement le pas. La fin de la pente, abrupte, les obligeait à se courber en avant et à s'accrocher aux genévriers pour ne pas déraper. Une odeur de romarin flottait autour d'eux, mélangée à des effluves de lavande, et Charles s'aperçut qu'il n'avait pas perdu le goût des parfums. Cette constatation l'étonna prodigieusement. Bien sûr, les senteurs de la Provence lui rappelaient sa jeunesse, ses vacances insouciantes de collégien, ses premières émotions... il aurait donné n'importe quoi pour retrouver ce passé. Mais Vallongue était devenu l'endroit où Judith l'avait attendu en vain. Ici, elle avait eu peur, et au bout du compte son sort s'était joué. Jamais plus Charles ne pourrait se sentir bien dans cette maison qu'il avait adorée.

Cependant, le retour à Paris allait lui rappeler quotidiennement une foule de souvenirs qui risquaient de devenir aussi une torture de chaque instant. Pourquoi donc voulait-il s'y confronter ?

« Je vais tout vendre, les meubles, les objets que nous avions achetés ensemble, les cadeaux de mariage, ses vêtements et même ses bijoux... Je ne garderai que ses agendas et ses carnets, avec les albums de photos, et tout ça au coffre de la banque... Inutile de faire vivre les garçons dans le souvenir. La mémoire de leur mère, c'est moi qui leur en parlerai en temps voulu. »

À moins qu'il n'en trouve jamais la force. Les deux adolescents s'essoufflaient derrière lui en se demandant comment leur père pouvait être encore aussi athlétique. Mais il n'avait raconté à personne que, même dans la plus étroite des cellules, il s'était épuisé chaque matin et chaque nuit en exercices physiques. Des pompes, des abdominaux, des mouvements recommencés jusqu'à la nausée. Échafauder des projets d'évasion lui avait permis de combattre l'engourdissement de la captivité, de ne pas sombrer dans la dépression. Il aurait fallu l'enchaîner pour l'empêcher de se maintenir en condition, tant il était persuadé que sa survie en dépendait. Et finalement il ne s'était pas trompé puisqu'il se sortait sans trop de dommages de cinq années très dures. Du moins les avait-il crues dures, ne sachant pas qu'il affronterait bien pire à sa libération.

— Regarde les fauvettes ! s'exclama Daniel, le bras tendu vers un groupe d'oiseaux qui passait au-dessus d'eux en poussant des cris rauques.

— Oui, ce sont des fauvettes pitchous, celles des garrigues, approuva distraitement Charles. Qui t'a appris ça ?

— Alain.

— Il se sent une vocation d'ornithologue ?

Avant que son frère ait pu répondre, Vincent saisit l'occasion.

— Une âme de terrien, plutôt. Il adore Vallongue, il rêverait d'y rester.

Charles esquissa un sourire puis posa sa main sur l'épaule de son fils aîné.

— Tu t'entends bien avec lui, n'est-ce pas ? Alors fais-lui comprendre que ce n'est pas possible. Plus tard, quand il aura atteint l'âge adulte, il fera ce qu'il voudra. Pour le moment, nous regagnons tous Paris, vous avez des études à faire.

Ils restèrent un moment immobiles côte à côte, contemplant le paysage qui dévalait dans le lointain jusqu'à la Durance. Quand ils se décidèrent à rebrousser chemin, ils aperçurent les toits de la propriété, en bas sur la plaine aride. Charles comprenait très bien ce que son neveu pouvait éprouver pour cet endroit. Lui-même y avait bâti de nombreux châteaux en Espagne, presque chaque été de son enfance. Plus la rentrée scolaire approchait, plus les jours raccourcissaient, plus forte était l'envie de rester pour toujours en Provence et de ne jamais revoir la grille de son lycée parisien. Vallongue était un paradis avec ses volets bleus sur ses hauts murs de pierre blanche. La maison principale, flanquée d'un pigeonnier, s'organisait en U autour d'une cour pavée, ombragée de micocouliers. Ni bastide ni hôtel particulier, c'était une grande bâtisse typiquement provençale, dont la construction datait de deux siècles. Orientée nord-sud, avec une légère inclinaison vers l'est pour se protéger du mistral, ses toitures presque plates étaient faites de tuiles romaines. Au milieu du corps principal, un patio à l'italienne abritait un extravagant palmier. Chaque fenêtre, à petits carreaux, possédait son propre balcon de fer forgé, et l'on accédait à la double porte cintrée par un large perron de sept marches. À l'intérieur, les pièces étaient vastes, équipées pour la plupart de cheminées de pierre. Dès sa première visite, au lendemain de son mariage avec Henri, Clara s'était entichée de Vallongue. Elle l'avait débarrassé du mobilier Louis-Philippe campagnard entassé par sa belle-famille depuis deux générations, mais n'avait pas cédé pour autant aux modes modern style et Arts déco alors en vogue. Au contraire, elle était revenue à une tradition régionale, privilégiant les meubles de noyer, les chaises paillées, les coffres et les grandes armoires arlésiennes. Sa passion pour la propriété n'avait jamais faibli, et elle en avait soigné la décoration à chacun de ses séjours. Déjà elle s'était réfugiée là durant la première guerre, avec ses fils, puis s'y était consolée du décès de Henri. Par la suite, elle n'avait cessé d'apporter des améliorations, clamant que Vallongue serait toujours le refuge des Morvan, et l'avenir lui avait donné raison.

Comme les garçons gambadaient devant lui avec insouciance, Charles sourit pour la seconde fois de l'après-midi. C'étaient deux petits sauvages qu'il allait devoir civiliser au plus tôt, leur vie champêtre avait trop duré. Tandis qu'il descendait d'un pas tranquille, sur le point de se sentir presque bien, il songea soudain à sa toute petite fille, qu'il avait à peine eu le temps de voir marcher avant d'être mobilisé, mais qui avait dû courir ici avec sa mère, en cueillant des fleurs. *Bat-sheba*, en hébreu « la fille de la promesse ». Quand Judith chuchotait « Bethsabée », c'était doux, soyeux, presque magique. Beth, son bébé aux grands yeux noirs, ne grandirait pas entre ses deux frères parce qu'on l'avait affamée, martyrisée, puis assassinée quelque part à l'est de l'Allemagne. Bethsabée...

Les bras croisés, sa femme le regarde avec une expression malicieuse.

— Charles, j'ai bien l'impression que nos garçons s'ennuient ! affirme-t-elle de sa voix chaude, aux accents rauques.

Elle incline un peu la tête de côté pour l'observer, en attendant qu'il comprenne, puis elle esquisse un sourire émouvant comme une caresse, avant d'ajouter :

— J'aimerais beaucoup que ce soit une fille, pas toi ?

La joie qui submerge Charles est aussi forte qu'une onde de choc. Le temps de réaliser, il franchit le pas qui les sépare et l'entoure de ses bras. Il doit se pencher pour l'embrasser dans le cou, sur la nuque, la joue, puis enfin poser ses lèvres sur les siennes. L'odeur de Judith l'a toujours subjugué ; c'est un mélange subtil d'une eau de toilette spéciale, qu'elle fait fabriquer par le pharmacien, du parfum acide de sa peau et de l'encens qu'elle brûle à longueur de journée. Il la serre contre lui, pas trop fort, pas autant qu'il le voudrait, et elle se met à rire parce qu'elle vient de sentir son désir. Il pourrait lui faire l'amour du matin au soir, vivre en elle sans cesser pour autant de la vouloir encore.

— D'accord, une fille, dit-il en cherchant sa respiration.

À condition qu'elle ait le regard noir de sa mère, dessiné en amande et étiré vers les tempes. Mais il serait tout aussi d'accord pour un troisième garçon.

— Mon amour, murmure-t-elle, la bouche contre l'oreille de Charles.

Maintenant, c'est elle qui a envie de lui, il le devine et il la soulève pour la porter jusqu'à leur chambre. Entre ses mains, elle est légère et flexible, pourtant elle n'est pas fragile. Il l'allonge sur le lit, s'assied près d'elle.

— Qu'est-ce que je vais t'offrir pour te remercier de ce cadeau ? demande-t-il très sérieusement.

De nouveau, elle a ce rire qu'il adore, d'une folle gaieté. Elle pourrait exiger un bijou des ateliers Cartier ou une robe de Schiaparelli, ou même la lune, il irait volontiers la lui décrocher, mais elle chuchote :

— Un petit chat tigré.

Elle l'a annoncé d'un air si gourmand qu'il ressent un coup au cœur. Depuis combien de temps rêve-t-elle d'un animal, et pourquoi n'en a-t-elle pas parlé plus tôt ? Il caresse ses cheveux noirs, lisse la frange du bout des doigts. Elle aura tous les chats qu'elle veut, bien sûr.

Le gros matou détala entre ses pieds, furieux d'avoir été dérangé dans sa chasse, alors qu'il était à l'affût sous un genévrier. Charles enfouit ses mains dans ses poches, prit une profonde inspiration. La luminosité baissait dans un crépuscule bleuté qu'il aurait pu trouver sublime s'il l'avait seulement regardé. Les garçons étaient hors de vue, à présent.

« C'est sans issue, songea-t-il, submergé par un élan de haine. Il ne me reste plus qu'à continuer ce que j'ai commencé ! »

Il éprouvait encore un tel besoin de vengeance qu'il pouvait en faire sa raison de vivre. Clara avait vraiment raison, la priorité, c'était toujours la famille, mais l'un n'empêchait pas l'autre. Avec un peu de chance, il mènerait tout de front, et puis il n'avait rien d'autre à faire, son destin était désormais tracé.

2

Paris, 1948

LA TÊTE UN PEU PENCHÉE DE CÔTÉ, Sylvie arborait son irrésistible petit sourire en coin. Celui qui lui donnait l'air espiègle et la mettait à son avantage, elle le savait. Jolie blonde bouclée aux yeux bleus, elle n'hésitait jamais à utiliser toutes ses armes. De l'autre côté de la table basse, Clara appréciait les efforts de la jeune femme à leur juste valeur, mais restait perplexe quant à la réaction de Charles. Bien sûr, il ne pouvait pas être tout à fait indifférent devant un tel déploiement de féminité, comme n'importe quel homme aux abords de la quarantaine, pourtant il conservait ses distances avec Sylvie. Du moins en apparence.

— Les modèles de ce Christian Dior sont à mon avis les plus réussis de la saison, dit Clara pour relancer la conversation.

— Un peu trop excentriques à mon goût, riposta Sylvie sans cesser de sourire. En ce qui nous concerne, nous sommes très contents de notre collection parce que nos vêtements s'adressent à *toutes* les femmes. C'est ce qui fait leur succès !

Depuis qu'elle travaillait pour Jacques Fath, elle défendait passionnément sa maison de couture, et elle le faisait avec intelligence. Elle avait d'abord été l'un de ses mannequins favoris, mais très vite elle s'était lassée des défilés, préférant les coulisses aux estrades. En quelques années elle avait su se rendre indispensable, et à présent elle occupait une place à part chez lui, un peu conseillère, dessinatrice à l'occasion, mais surtout chargée des relations délicates avec les clientes.

— Charles, poursuivit-elle du même ton gai, soyez notre arbitre, quel style préférez-vous ?

— Je ne sais pas, je n'y connais rien. Ce que tu portes est toujours ravissant.

Il avait l'air de s'ennuyer, comme chaque fois qu'il consacrait une heure de son temps à des futilités. Il devait être pressé de regagner son cabinet ou le palais de justice, d'y retrouver ses dossiers en cours, mais la présence de Sylvie l'attirait malgré lui.

— Vous aimez vraiment ? demanda-t-elle en se levant.

De sa démarche élégante, elle fit trois pas vers lui, puis un brusque demi-tour qui souleva les basques de sa veste.

— C'est un tissu confortable, fluide, et qui ne se froisse pas ! Vous devriez passer nous voir, Clara, nous avons des merveilles en ce moment…

Charles n'avait jeté qu'un regard distrait sur le tailleur bleu nuit qui soulignait la taille fine de la jeune femme, mais il fut sensible au parfum qu'elle laissait dans son sillage. Il identifia le N° 5 de Chanel et sourit. C'était le dernier cadeau qu'il lui avait offert, quelques jours plus tôt, lors d'un de ces dîners aux chandelles dont elle avait le secret.

— Je me sauve, je suis en retard. Vous partez aussi, Charles ?

— Oui, je te raccompagne.

Elle se pencha pour embrasser Clara puis rajusta la voilette de son adorable petit chapeau. En d'autres circonstances, il aurait pu être amoureux d'elle, malheureusement il se sentait incapable de lui accorder l'attention qu'elle méritait. Ils quittèrent ensemble le boudoir du premier étage, où Clara recevait l'après-midi, et s'engagèrent dans l'escalier à double révolution qui était l'un des plus beaux ornements de l'hôtel particulier. Sur le trottoir de l'avenue de Malakoff, elle laissa échapper un bref éclat de rire.

— Je ne crois pas que votre mère soit dupe, c'est une femme beaucoup trop observatrice pour ça !

Son ironie contenait une pointe d'amertume, il le devina, et il espéra qu'elle n'allait pas insister. Ils en avaient déjà parlé souvent, s'étaient même disputés à ce sujet sans que

Charles acceptât de rien changer à sa position. Officialiser sa liaison avec Sylvie lui semblait inopportun, presque indécent, d'ailleurs il ne souhaitait rien d'autre que les quelques heures passées avec elle chaque semaine, et il ne lui avait jamais caché ses intentions.

Arrivé à la hauteur de sa voiture, il la prit par la taille d'un geste affectueux mais banal, qu'il aurait pu avoir pour n'importe qui.

— Je te dépose ?

— Volontiers !

Dix minutes supplémentaires, qu'elle n'aurait mendiées pour rien au monde mais acceptait avec reconnaissance. Une fois installée à côté de lui, elle murmura :

— Quand venez-vous dîner chez moi, Charles ?

Elle s'en voulait d'être toujours celle qui demande, qui reproche, qui se plaint, pourtant elle ne parvenait pas à accepter l'incertitude dans laquelle il la faisait vivre. Comme il démarrait sans répondre, elle étouffa un soupir excédé, qu'il entendit.

— Mardi ? proposa-t-il d'un ton neutre.

— Parfait. Je vous ferai une gigue de chevreuil.

Partagée entre le soulagement d'avoir obtenu un rendez-vous et l'humiliation d'avoir dû le réclamer, elle ne savait plus que dire pour rompre le silence qu'il laissait s'installer. Jusqu'où devait-elle s'entêter ? Il ne l'aimerait jamais, elle perdait son temps et sa jeunesse près de lui, toutes ses amies le lui répétaient depuis des mois. Elle avait vingt-neuf ans, c'était une folie de rester avec lui. Leur relation épisodique n'avait pas avancé d'un pas depuis le premier soir où il était monté chez elle, un peu réticent mais trop poli pour décliner son invitation à boire du champagne. Elle avait été obligée d'aller très loin avant qu'il consente à rester, puis à l'embrasser et à la suivre jusqu'à sa chambre. Pour lui, elle n'était qu'une gamine, une lointaine cousine perdue de vue, même s'il avait été plutôt surpris de voir ce qu'elle était devenue. Cette nuit-là, elle aurait mieux fait de lui avouer qu'elle l'aimait depuis longtemps, quand elle avait été la demoiselle d'honneur de Judith, ou encore avant, peut-être depuis toujours. Charles était une vraie légende dans la famille, et se lover dans ses bras avait représenté un bonheur si intense que son amour d'enfant s'était transformé en passion. Ravageuse, destructrice.

— Tu es arrivée, dit-il soudain, la faisant sursauter.

Il la vit ramasser son petit sac pour ajuster la bandoulière sur son épaule, et brusquement il eut la vision de Judith accomplissant le même geste avant de partir à l'assaut des magasins, lorsqu'il la déposait devant le *Bon Marché*. Pour chasser cette image insupportable, il retint Sylvie.

— Tu ne m'embrasses pas ?

D'un geste nerveux, il l'attira vers lui d'une main, souleva la voilette de l'autre. Il chercha ses lèvres, les prit avec une fougue inhabituelle, puis il la lâcha tout de suite.

— À mardi, murmura-t-il.

Désemparée par son attitude, elle quitta la voiture et s'engouffra chez Jacques Fath sans se retourner.

**

Bien après que la Delage de son oncle eut disparu au bout de l'avenue, Marie était restée longtemps embusquée près de la fenêtre.

« Je déteste cette femme ! Elle se prend pour qui, avec ses grands airs ? C'est juste une petite intrigante, et si elle croit qu'elle va mettre la main sur Charles, c'est qu'elle le connaît bien mal ! »

Contrariée, elle finit par abandonner son poste de surveillance, laissant retomber le rideau. L'attitude de Sylvie la rendait ivre de rage, elle ne parvenait plus à se contrôler dès qu'elle l'apercevait, et même lors des fêtes de famille elle la boudait ostensiblement.

Sur le bureau Empire qu'elle avait demandé pour ses dix-huit ans, des livres de droit s'étalaient en désordre au milieu d'innombrables feuilles recouvertes d'une écriture nerveuse. Le droit, comme Charles, *pas* la médecine. Elle l'avait annoncé de façon péremptoire à la famille, deux ans auparavant, après avoir brillamment obtenu son baccalau-réat. Non, elle ne serait pas médecin comme son père ou son grand-père paternel, et pas davantage chirurgien, ce n'était pas aux misères physiques qu'elle voulait s'attaquer mais aux grandes causes morales, à l'honneur bafoué, à la liberté perdue. Exactement ce que défendait Charles à longueur de temps. Oh, bien sûr, elle aurait pu se contenter de ne rien faire du tout ! Les Morvan étaient riches, non seulement Clara mais aussi Madeleine, et personne ne demandait à Marie d'être autre chose qu'une jeune fille à marier. Une dot sur pied. Ce qu'avait été sa mère, à n'en pas douter.

Elle se rassit derrière le bureau, essaya de se concentrer sur son cours de droit civil. Jamais elle n'avait pu pénétrer dans une salle d'audience pour y écouter les plaidoiries de Charles, car les grands procès dans lesquels il intervenait avaient souvent lieu à huis clos et, de toute façon, elle était mineure. Elle devait donc se contenter d'imaginer son oncle lancé dans une de ses éblouissantes tirades que les journaux relataient avec complaisance. À en croire les signataires de ces articles élogieux, Charles Morvan était un avocat particulière-ment efficace dans sa croisade pour la cause juive. Il avait participé à de nombreuses actions judiciaires contre les criminels de guerre, mais, au-delà du châtiment des coupables, il récla-mait maintenant le dédommagement des victimes spoliées par un gouvernement français trop complaisant. Un lourd programme, qui risquait de l'occuper durant les trente prochaines années de sa vie.

Avant de s'engager dans ses longues études, Marie s'était bien renseignée. Depuis 1900, les femmes pouvaient s'inscrire au barreau, et en 1908 une avocate du nom de Maria Vérone avait même plaidé en cour d'assises pour la première fois. La voie était tracée, rien n'empêchait Marie de se lancer dans la carrière. Une décision contestée par Madeleine mais vigoureusement defendue par Clara, qui possédait un esprit d'indépendance très affirmé et soutenait tous les combats féministes. Quant à Charles, il s'était contenté d'approuver sans émettre le moindre commentaire. Que sa nièce veuille suivre ses traces ne l'ennuyait pas et ne le flattait pas, il restait égal à lui-même, c'est-à-dire indifférent.

La réputation de Charles, dont elle portait le nom, attirait à Marie la considération des professeurs et l'antipathie des élèves. Elle n'en tenait aucun compte, appliquée à obtenir les meilleures notes de sa promotion tout en se ménageant des loisirs. Car, sous ses allures de jeune fille sage, elle aimait se distraire. Sportive, délurée, elle avait de nombreux amis dont elle s'était servie pour apprendre ce qu'elle voulait savoir, ce qu'elle ne pouvait pas demander à ses frères ou à ses cousins, plus jeunes, et qu'elle considérait comme des gamins.

— Tu travailles encore, ma chérie ? s'exclama Clara en entrant.

Jamais sa grand-mère ne frappait à aucune porte, et Marie réprima un geste d'agacement.

— Je te dérange ? Tu devrais faire une pause et m'accompagner, j'ai une folle envie de dépenser de l'argent.

Une façon d'annoncer qu'elle voulait courir les boutiques en compagnie de sa petite-fille, distraction qu'elle s'offrait environ une fois par mois pour le plaisir de gâter Marie et de l'habiller à la dernière mode. Ainsi, elle se vengeait des années où la vieille machine à coudre de Vallongue transformait cinq fois de suite la même robe.

— Tu recevais cette pimbêche de Sylvie ? lui lança Marie au lieu de répondre.

— Je sais que tu ne l'aimes pas, mais ce n'est pas le cas de tout le monde dans cette maison !

Clara s'était mise à rire tandis que sa petite-fille levait les yeux au ciel.

— Tu veux vraiment le recaser, grand-mère ? Tu veux qu'une femme te l'enlève ?

La réflexion aurait pu être cruelle, mais il était difficile d'atteindre Clara, qui répliqua :

— C'est son bonheur que je veux. Il a été tellement...

Elle chercha le mot adéquat un instant puis renonça. Charles avait été beaucoup plus que malheureux ou mal dans sa peau. D'ailleurs, il n'était pas encore remis, ne s'en remettrait sans doute jamais, alors si la petite Sylvie pouvait contribuer à lui apporter quelques heures de soulagement, Clara l'accueillerait toujours à bras ouverts.

— Allez, je t'emmène, mon ange ?

« Ange » n'allait pas davantage à Marie que son virginal prénom, aussi finit-elle par sourire.

— On ne peut pas te dire non, grand-mère, tu sais bien !

Lorsqu'elle se leva, le regard de Clara glissa sur sa mince et haute silhouette. Tout le contraire de Madeleine. Joli visage un peu froid, déjà une certaine assurance, et surtout une élégance innée. Elle devait faire des ravages, dont elle ne se vantait évidemment pas. La dernière fois qu'elle avait demandé la permission de sortir, elle était revenue à l'aube. Or Clara avait l'oreille fine et ne dormait jamais avant que tout le monde soit rentré. Les excentricités de sa petite-fille l'inquiétaient, mais pour rien au monde elle n'en aurait parlé à Charles. S'il était très intransigeant avec ses fils et avec ses neveux, il avait montré jusque-là une certaine indulgence pour la seule fille de la maison. Peut-être en souvenir de Bethsabée, ou tout simplement parce qu'il ne savait pas s'y prendre.

« Ou parce que ça ne l'intéresse pas plus que le reste ! » ne put s'empêcher de songer Clara.

Elles gagnèrent ensemble le rez-de-chaussée et firent halte dans une petite pièce contiguë au grand hall, qui servait de vestiaire. Clara avait fait tendre les murs de chintz gris pâle, et deux coiffeuses Louis XV, agrémentées de poufs capitonnés, permettaient de s'attarder là voluptueusement pour arranger un chignon, raviver un maquillage ou bien rajuster son chapeau.

— Le bulletin scolaire de ton frère est une catastrophe, soupira Clara.

Marie s'était emparée d'un des flacons de Guerlain pour mettre une goutte de parfum sur ses poignets. Alain était un éternel sujet de dispute chez les Morvan, et Clara elle-même s'avouait dépassée. Ce petit-fils était une forte tête, un marginal, il se montrait tantôt agressif, tantôt entêté jusqu'à l'absurde, mauvais élève et volontiers querelleur. Mais c'était aussi un jeune homme intelligent et bourré de charme, à qui on ne pouvait pas garder rancune longtemps.

— Le proviseur a envoyé un courrier à ta mère… qui compte le montrer à ton oncle…

— Ce qui gâchera le dîner, bien entendu ! persifla Marie. Pourquoi ne pas le laisser tranquille ? Il n'aura jamais de bonnes notes, ne fera jamais d'études supérieures, et alors ?

— Alors de quoi vivra-t-il ? s'indigna Clara.

Elles échangèrent un long regard, et celui de Marie n'était pas tendre.

— Ah non ! lui assena sa grand-mère d'un ton sans réplique. Pas d'enfants gâtés ou de fruits secs sous mon toit. Vous vous appelez Morvan, il faut vous montrer à la hauteur !

C'était sa façon d'être, rarement nuancée mais toujours positive, et elle rappelait ainsi à sa petite-fille qu'on ne pouvait plus vivre comme au siècle dernier, en dormant sur ses lauriers, alors que le monde était en plein bouleversement. Marie l'avait bien compris, puisqu'elle s'était jetée à corps perdu dans les études, mais qu'allait-il advenir d'Alain ? Madeleine était incapable de lui faire la morale, d'ailleurs elle n'avait aucune influence sur lui, et elle comptait sur Charles pour sévir. Un mauvais calcul, qui allait immanquablement provoquer l'affrontement.

*
**

Sylvie mordit l'oreiller pour ne pas hurler – Charles détestait ça –, mais le plaisir venait de la submerger avec une violence inouïe. Elle se laissa dériver, les dents serrées, son corps arc-bouté, souffle coupé, puis elle se détendit d'un coup avant de s'affaisser au milieu des draps froissés. Une fois encore, elle avait perdu le contrôle des opérations.

— Je t'aime, murmura-t-elle d'une voix rauque.

Dans ces moments d'intimité, elle pouvait se permettre ce genre de déclaration. Elle se tortilla pour lui échapper, se retourner et le regarder. Ses grands yeux gris étaient posés sur elle avec une lueur amusée qu'elle détesta. Elle faillit lui demander ce qui le faisait rire mais il s'écarta d'elle, redevenu sérieux. Avant qu'il esquissât le moindre geste, elle nicha sa tête dans le creux de son épaule, éperdue à l'idée de le voir déjà partir.

— Reste encore, demanda-t-elle à contrecœur.

Elle s'était juré de garder la tête froide mais, comme d'habitude, elle avait craqué en cours de route. Il la connaissait bien à présent, et il était un merveilleux amant. En fait, il la rendait folle dès qu'il la touchait, il aurait même pu se dispenser de tous ces raffinements sur lesquels il s'attardait à plaisir.

— Veux-tu un peu de champagne ? proposa-t-elle. On m'en a donné deux bouteilles et je serais contente de le goûter avec toi.

N'importe quoi pour le garder encore, fût-ce un quart d'heure. Après, il allait se rhabiller, retrouver ses distances, et elle se remettrait à le vouvoyer malgré elle. Parce qu'elle ne parvenait pas à se débarrasser du respect qu'il lui avait inspiré quand elle était une petite fille, puis une adolescente, et qu'il représentait alors un idéal inaccessible, Charles Morvan, le jeune avocat, le jeune pilote, le jeune époux de la trop belle Judith.

Profitant de son silence, elle jaillit hors du lit, ramassa son déshabillé et se précipita dans le couloir. Son appartement était minuscule mais ravissant, décoré avec goût de tons pastel et de mobilier Majorelle. Elle déposa en hâte le champagne, deux coupes et une assiette de biscuits secs sur un plateau. Lorsqu'elle revint, Charles était assis, fumant une cigarette américaine. Malgré la lumière douce de la lampe de chevet, son visage paraissait creusé de fatigue, émacié, et ses rides s'en trouvaient accentuées. Il était encore un peu maigre, mais son corps était toujours celui d'un jeune homme, avec une musculature parfaite. Et aussi deux étranges cicatrices sur lesquelles il n'avait donné qu'une explication succincte lorsqu'elle s'en était inquiétée. « À Colditz, je suis tombé sur un type décidé à me faire passer le goût de l'évasion. J'étais là pour ça, et lui aussi. » Elle n'en avait pas tiré un mot de plus car il refusait obstinément de parler de ses années de détention, *a fortiori* de celle passée en forteresse.

— Juste ce soir, osa-t-elle, tu ne voudrais pas dormir avec moi ?

Elle regretta sa phrase à peine prononcée, car il avait été très clair sur ce point dès la première nuit.

« Ne t'attache pas à moi, sens-toi libre et débarrasse-toi de moi dès que tu en auras assez ! » avait-il dit avec un rire triste. Depuis, il n'avait pas prononcé un seul mot d'amour. Des compliments, oui, presque de la tendresse à certains moments, et parfois un élan vite réprimé, mais aucune promesse. Pas la plus petite allusion à un possible avenir. Pire, le secret absolu sur leur liaison.

— Non, répondit-il doucement, il faut que je rentre.

La mousse déborda de la coupe, mouillant le plateau, et elle dut reposer la bouteille tant sa main tremblait. Comment parvenait-il à la mettre dans un état pareil ? Elle l'observa tandis qu'il soufflait la fumée de sa cigarette d'un air distrait. Pourquoi devait-il donc repartir avenue de Malakoff ? Sans aucun doute possible, il pensait à Judith. Elle était certaine qu'il y pensait chaque fois qu'il la tenait dans ses bras. Elle ou n'importe quelle autre femme, avant, pendant, après l'amour. Bien sûr, elle ne lui avait pas posé la question, mais son instinct le lui criait, et elle se sentait malade de jalousie. Jalouse d'une morte, d'une martyre, d'un fantôme ! Ce sentiment était méprisable et provoquait chez elle de véritables crises de conscience, pourtant elle ne parvenait pas à le chasser.

Il se leva pour venir trinquer avec elle, sans prendre la peine d'enfiler un vêtement. Il vida sa coupe d'un trait, tendit la main vers elle mais n'acheva pas son geste.

— Ce champagne est délicieux, dit-il d'un ton de regret.

À une certaine époque, Judith buvait toujours une gorgée dans son verre, pour connaître ses pensées, prétendait-elle. Elle aimait les vins blancs secs et les rouges charpentés, pourtant sa préférence allait au champagne, à cause des bulles qu'elle trouvait gaies. Ils en avaient vidé de pleines caisses avant guerre.

Charles serra les dents et s'aperçut que Sylvie le dévisageait avec curiosité, ce qui l'obligea à sourire.

— Je vais m'habiller, décida-t-il.

— Attends !

Elle s'était jetée contre lui, telle une petite fille apeurée, alors qu'elle était une jeune femme solide et sûre d'elle.

— Sylvie, reprocha-t-il à mi-voix, qu'est-ce que tu as ?

Collée à lui, elle respirait l'odeur de sa peau en essayant de refouler ses larmes.

— Finissons au moins la bouteille, parvint-elle à proposer.

— Non. Vraiment, je n'y tiens pas.

Un refus tout simple, proféré sans aucune méchanceté, qui cependant transforma la détresse de Sylvie en fureur.

— Très bien, va-t'en, dépêche-toi, disparais ! cria-t-elle.

Il se contenta de se détacher d'elle, puis il enfila sa chemise, son caleçon, son pantalon. Quand il fut prêt, il retourna vers le lit pour prendre sa montre, qu'il avait posée sur la table de nuit. Il l'enlevait toujours avant de faire l'amour, et le claquement sec du fermoir fit tressaillir Sylvie. Elle se demanda s'il allait partir comme ça, en silence, mais il vint se planter devant elle.

— Si tu préfères que je ne vienne plus ici, je comprendrai très bien. Je suis désolé si j'ai dit quelque chose de blessant pour toi. Tu ferais mieux de me quitter, Sylvie. Il te suffirait d'un mot, je n'insisterais pas.

— Vous seriez soulagé, peut-être ? lança-t-elle d'une voix mal assurée.

— Oh, non, pas du tout ! Au contraire, je...

Il était presque tendre soudain, et désemparé, ce qui la submergea d'une joie inattendue. Elle se dressa sur la pointe des pieds pour l'embrasser légèrement au coin des lèvres.

— Je me suis énervée, pardon, s'excusa-t-elle. Je ne cherche pas à vous changer, Charles.

— Tu ne peux pas conserver le tutoiement, même quand je suis en costume ? plaisanta-t-il.

L'atmosphère s'était sensiblement détendue entre eux, ce qui les soulageait autant l'un que l'autre.

— Personne ne comprendrait, fit-elle remarquer. Et puis vous m'impressionnez beaucoup, vous savez bien.

— Vraiment ?

Il fit glisser la ceinture du déshabillé de soie, qui s'entrouvrit, puis il se pencha pour l'embrasser entre les seins, jusqu'à ce qu'elle frissonne.

— Je t'appellerai en début de semaine, dit-il enfin.

À présent, il était pressé de partir, et elle ne tenta rien d'autre pour le retenir. Sitôt dehors, dans la nuit fraîche, il se surprit à respirer à fond, à plusieurs reprises. Est-ce qu'il avait eu peur ? Peur qu'elle ne lui apprenne qu'elle en avait assez, qu'elle ne voulait plus de lui ? Ce serait pourtant la meilleure décision pour elle, si toutefois elle parvenait un jour à la prendre. Il n'était pas naïf au point d'ignorer l'ascendant qu'il avait sur elle, ni qu'elle était éperdument amoureuse de lui, et il se le reprochait. Il n'aurait jamais dû en faire sa maîtresse parce qu'il n'avait rien à offrir à une maîtresse. Rien du tout.

Devant sa voiture il soupira, contrarié de ne pas pouvoir rentrer à pied, mais il n'était bien sûr pas question de laisser la Delage avenue Victor-Hugo, juste au pied de l'immeuble de Sylvie. Les automobiles étaient encore rares dans Paris, et la sienne très voyante. Installé au volant, perdu dans ses pensées, il ne démarra pas tout de suite. La Delage était comme le champagne de Sylvie ou l'hôtel particulier de l'avenue de Malakoff, comme cette Ford Vedette de huit cylindres achetée cinq cent quarante-cinq mille francs par Clara au premier Salon de l'automobile de l'après-guerre, ou comme cette robe de Balenciaga offerte à Marie pour Noël. Les signes d'une richesse devenue désagréable à Charles. Toute cette débauche d'argent pour des futilités finissait par l'écœurer. Il voyait trop de faillites et de ruines, il côtoyait trop de drames et de détresse, trop de gens avaient été spoliés. Et il avait frôlé la mort de près, il avait trop souffert pour pouvoir conserver le goût du luxe. Les tickets de rationnement n'avaient pas encore disparu, des tas de choses indispensables se négociaient toujours au marché noir. Un négoce parallèle dans lequel Clara excellait. Clara décidément irremplaçable, qui continuait de gérer la fortune des Morvan avec un sens inné des affaires, qui faisait également prospérer l'héritage de Madeleine, bref qui veillait à tout, en bon chef de clan.

Charles jeta un dernier coup d'œil vers les fenêtres de Sylvie, où la lumière continuait de briller, puis il démarra. Pauvre et adorable Sylvie, prisonnière d'une aventure impossible. Elle aurait bientôt trente ans – et lui quarante –, elle ne tarderait plus à vouloir fonder une famille, à désirer des enfants… Or c'était exactement ce qu'il ne voulait pas, ce qu'il n'accepterait pour rien au monde. Même s'il l'aimait un peu plus qu'il ne se l'avouait, il ne l'aimait pas assez pour ça. De toute façon, c'était impossible. Personne ne remplacerait jamais Judith, personne ne prendrait la place de Beth.

Chaque fois qu'il pensait à elles deux, il avait l'impression d'étouffer de rage, d'impuissance, de douleur, aussi il s'efforça de les chasser de son esprit. Un combat inutile, qu'il menait vingt fois par jour. Ce n'était que devant ses dossiers de justice qu'il parvenait à oublier. Ou, plus rarement, lors d'un dîner réussi avec Sylvie. Elle ne riait pas comme Judith, n'avait d'ailleurs rien de comparable avec ses yeux clairs et ses cheveux blonds, et tant qu'il ne la touchait pas il pouvait presque se croire heureux près d'elle. En revanche, il veillait à ne pas s'abandonner dans l'amour, à ne pas éteindre la lumière, à ne pas somnoler. Il l'avait fait, un soir, et dans un demi-sommeil il s'était cru près de Judith. Une sensation atroce quand il avait repris conscience. Un vide intolérable dans lequel Sylvie n'était qu'une intruse. Il ne l'avait pas revue pendant un mois, trouvant des prétextes, mais finalement il l'avait rappelée et s'était excusé de son comportement incohérent.

« Je n'aurais pas dû accepter, la première fois. Elle finira par me haïr et elle aura raison. »

D'avance, il acceptait qu'elle le rejette, il le souhaitait presque. Entretenir une relation suivie avec une femme ne pouvait se solder pour lui que par un échec. Pour cette raison, entre autres, il ne voulait pas s'afficher avec elle, ou alors elle serait définitivement catalo-guée comme la-maîtresse-de-Charles-Morvan, celle qui n'avait pas su le consoler, qui n'avait pas pu le garder.

Il descendit ouvrir le portail de l'hôtel parti-culier, rangea sa voiture au garage. L'aube n'était plus très loin, il lui restait à peine deux heures de sommeil mais il s'en moquait. Dormir signifiait presque toujours faire des cauchemars ou, bien pire, rêver d'une Judith riant aux éclats.

*

Vincent, Daniel, Alain et Gauthier revenaient ensemble du lycée, comme chaque jour, et ils en profitaient pour chahuter tout au long de la rue de la Pompe. Ils ne redevenaient sérieux qu'en abordant l'avenue de Malakoff, au cas où Clara les apercevrait d'une fenêtre. Pour Madeleine, ils n'étaient pas inquiets : elle pouvait rester des après-midi entiers à broder, enfermée dans le petit salon qui donnait sur le jardin. Quant à Charles, il ne rentrait jamais avant le dîner.

— Si tu veux, je te fais ton devoir de maths, proposa Vincent à Alain. Je glisserai quelques erreurs par-ci par-là et tu n'auras qu'à recopier.

Son cousin haussa les épaules avec insouciance. Une bonne note ne changerait rien à son dégoût des études, et pas grand-chose au prochain bulletin scolaire.

— Merci de ton offre mais, franchement, je m'en fous.

Au contraire d'Alain, Vincent était un élève brillant, qui, grâce à sa prodigieuse mémoire et à sa capacité de travail, se retrouvait toujours dans les premiers. Comme ils étaient dans la même classe, la différence entre les deux cousins semblait d'autant plus remarquable. Quant à Gauthier et Daniel, dans leurs sections respectives, ils obtenaient des résultats moyens avec des efforts irréguliers.

— Tu sais, je crois que ça finira mal, les profs t'ont vraiment pris en grippe !

Vincent lui souriait gentiment, navré d'énoncer l'évidence, et Alain lui envoya une bourrade affectueuse.

— Ne t'en fais donc pas, ce serait formidable si j'étais renvoyé, à moi la liberté !

Certain qu'il ne parviendrait pas à le convaincre, Vincent préféra ne pas insister. Pourtant, ils savaient tous les deux que les choses étaient en train de se gâter. Et l'idée que son père puisse s'en prendre à Alain rendait Vincent malade.

— Qu'est-ce que vous avez à traîner ? protesta Daniel en se retournant vers eux.

C'était le benjamin de la famille, celui sur qui les trois autres veillaient machinalement.

— Tu veux faire la course ? lui lança Alain. Allez, je te laisse vingt mètres d'avance...

Ils venaient de traverser l'avenue Foch et Gauthier tenta de s'interposer.

— Vous êtes fous ! On est trop près de la maison, arrêtez !

Mais son cousin démarra en trombe, poursuivi par Alain qui riait. Quelques secondes plus tard, se sentant rattrapé, Daniel commit l'erreur de regarder par-dessus son épaule et il heurta brutalement une dame âgée qui promenait son chien. Dans la confusion qui s'ensuivit, Gauthier parvint à récupérer la laisse du teckel tandis que Vincent se confondait en excuses au nom de son petit frère, mais c'était trop tard : alerté par le bruit, Charles venait d'ouvrir la grille de l'hôtel particulier. Il s'avança sur le trottoir, s'inclina devant la vieille dame sans accorder un regard aux quatre garçons pétrifiés.

— Je suis confus, madame, dit-il de la voix grave qu'il utilisait dans les tribunaux. Voulez-vous que je vous raccompagne ?

Elle se calma aussitôt, ébaucha un sourire assorti d'un signe de tête et déclina son offre. Il attendit poliment qu'elle se fût éloignée avant de s'intéresser aux adolescents, qui attendaient, la mine contrite et les mains serrées sur les poignées de leurs cartables.

— Qui a eu cette brillante idée ? demanda-t-il enfin.

— Moi.

Alain ne mentait jamais, c'était l'une de ses qualités.

— Toi, bien sûr… Eh bien, ça ne peut pas mieux tomber, je suis revenu tôt exprès pour avoir une conversation avec toi !

Les yeux gris de Charles contenaient une menace, et son neveu se raidit, prêt à affronter l'orage. Les trois autres filèrent vers la porte de service par laquelle ils avaient l'habitude d'entrer. Dans l'office, ils se lavèrent les mains en hâte, ainsi que Clara l'exigeait, avant de se précipiter dans la cuisine où les attendait leur goûter.

— Viens avec moi, intima Charles en prenant Alain par l'épaule.

Il le préséda jusqu'au salon, une pièce immense ne servant que pour les réceptions, au décor glacial et pompeux, qu'il traversa de bout en bout comme s'il voulait s'isoler du reste de la maison. Parvenu devant la haute cheminée de marbre blanc, il se retourna pour faire face à son neveu.

— Ma patience n'est pas sans limites, Alain. Ta mère a reçu un courrier du proviseur plutôt… alarmant.

— Ce serait à elle de m'en parler ! riposta le jeune homme.

Son attitude indiquait clairement qu'il cherchait la querelle, que l'occasion d'avoir une explication avec son oncle ne l'effrayait pas.

— Pas sur ce ton, dit doucement Charles.

D'un geste lent, il sortit son étui à cigarettes, en alluma une avec le briquet en or qui portait ses initiales et ne quittait pas sa poche.

— J'ai trop l'habitude et tu n'es pas de taille, déclara-t-il enfin. Si je veux garder mon calme, tu ne me mettras pas en colère, et si je décide de te flanquer une correction, rien ne m'arrêtera. Comme tu vois, en ce qui me concerne, c'est simple. Ta mère est trop douce pour que ses remontrances puissent jamais t'atteindre, alors je dois m'en charger, mais je te prie de croire que ça ne m'amuse pas.

— Je sais, lui jeta Alain, tu fais juste ton devoir !

— Tu ne sais pas grand-chose, répondit Charles à mi-voix.

Une pause leur permit d'échanger un regard et, malgré lui, Alain baissa les yeux le premier. Il avait beau détester son oncle, il était impressionné par son sang-froid.

— Que comptes-tu faire de ta vie ? Est-ce que le mot « avenir » représente quoi que ce soit, pour toi ? Tu imagines que ta mère ou ta grand-mère vont te verser une rente ? Le jour où ta sœur sera devenue avocate, qu'est-ce que tu seras, toi ? Concierge dans son immeuble ? Ou alors ce genre de parasite oisif qui est la fatalité des familles riches ? Tu vas regarder les autres travailler en te félicitant de ne rien faire ?

Le mépris de Charles était encore plus humiliant que ses questions.

— Non ! cria Alain. Pas du tout ! J'ai des projets, mais qui ne correspondent sûrement pas à ce que tu as décidé, toi ! À ta vision du monde, de la société ! Je ne veux pas de ta voie toute tracée, je ne suis pas fait pour ça. Je suis nul en classe, encore plus que tu ne crois, et ça ne changera jamais.

— Vraiment ?

— Non, répéta le jeune homme d'un air buté.

— Donc, d'ici la fin de l'année, tu seras renvoyé de Janson.

— Tant mieux !

— Il reste la filière privée, les pensions de jésuites... ou les établissements spécialisés dans la discipline, qui ont su régler des cas autrement plus difficiles que le tien. Tu ne seras majeur que dans cinq ans, ça nous laisse de la marge.

Stupéfait, Alain dévisagea Charles pour s'assurer qu'il était sérieux. Qu'un homme comme lui, qui avait connu les camps de prisonniers et les pires traitements, puisse envisager d'expédier un garçon de son âge dans ce genre d'écoles où l'on dressait les insoumis lui parut odieux.

— Si c'est ce que tu me réserves, je n'ai aucun moyen de t'en empêcher, dit-il enfin d'une voix moins assurée qu'au début de leur conversation.

Ils étaient toujours debout à moins d'un mètre l'un de l'autre, et Alain fut parcouru d'un frisson de haine quand Charles ironisa :

— Tu pourrais fuguer ? Comme ça, je t'enverrai les gendarmes et ce sera carrément la maison de redressement.

Le silence tomba entre eux et s'éternisa.

— Assieds-toi, fit Charles au bout d'un moment.

D'un geste impérieux, il le poussa vers un fauteuil Régence puis s'installa face à lui.

— On risque d'en avoir pour un certain temps, tous les deux, et tu te fatigueras le premier, crois-moi sur parole.

Alain gardait les mâchoires crispées parce qu'il avait senti son menton trembler. Affronter Charles était finalement beaucoup plus dur que prévu.

— Si mon père était encore là…, commença-t-il.

— Peut-être, mais ton père est mort.

Ce qui ne semblait pas l'émouvoir outre mesure, à en croire la froideur du ton employé. Cette fois, Alain perdit pied et ne trouva rien à ajouter. Son aplomb se diluait soudain dans une sensation de malaise qu'il ne comprenait pas. Quelque chose de vague, comme une lointaine réminiscence, cherchait à se frayer un chemin dans sa mémoire, mais la voix de son oncle le rappela à l'ordre.

— Alors, insistait-il, si je t'ai bien entendu, tu as des projets ? Vas-y, raconte !

— Je voudrais descendre à Vallongue.

— À Vallongue ? Admirable ! C'est l'emploi du gardien que tu guignes ? Tu priverais sans scrupule un brave homme de son travail ? Pauvre Ferréol, il va te bénir !

— Charles, je ne plaisante pas, j'ai étudié la question et…

— Ah, ce sera bien la seule étude que tu auras faite !

— S'il te plaît, Charles…

De nouveau, il y eut un long regard entre eux. Les yeux dorés d'Alain suppliaient, ce qui était très inattendu.

— Les oliviers, lâcha-t-il timidement.

— Oui ?

— Ceux que grand-mère avait fait planter...

Sourcils froncés, Charles attendait sans comprendre. Il se souvenait seulement que sa mère racontait parfois comment elle avait convaincu Henri, au début du siècle, d'acheter des terres proches de la propriété pour y planter des oliviers et des amandiers. Une fantaisie de jeune mariée qui se voulait prévoyante. Par la suite, la gestion et l'exploitation des arbres avaient été confiées à un métayer. Depuis, Charles ignorait ce qu'était devenue cette parcelle.

— Je me suis renseigné, mon prof de géo m'a aidé, poursuivait Alain. C'est une culture très rentable. Bien sûr, il faudrait nettoyer et replanter un peu. Tu sais qu'un olivier est productif dès l'âge de quatre ans ? Les nôtres sont surtout de variété Aglandau, pour l'huile, et un peu de Salonenque, pour la table...

— Mais qu'est-ce que tu me racontes ? interrompit Charles. D'abord, qui s'en occupe, en ce moment ?

— Personne. C'est à l'abandon, la récolte n'est pas faite. Pendant la guerre, c'était régulièrement pillé. J'y allais souvent...

Éberlué, Charles se recula un peu dans son fauteuil, croisa les jambes.

— Et que comptes-tu improviser, à seize ans, avec des oliviers ?

Parce qu'il n'y avait pas d'ironie dans la question, mais seulement une immense curiosité, Alain se troubla.

— De l'agriculture... Il doit y avoir moyen de s'agrandir, en ce moment beaucoup de gens ont besoin d'argent et les terres ne sont pas chères là-bas, alors j'avais pensé que...

— Parce que tu penses à quelque chose ? Tu appelles ça penser ? Enfin, Alain, c'est ton ambition ? Paysan ?

— Pourquoi pas ? Si le mot te gêne, tu peux aussi bien dire exploitant. Pour que tu m'autorises à vivre un jour à Vallongue, il faut bien que je t'explique comment je veux rentabiliser la propriété ! Elle pourrait très bien ne rien coûter, et même rapporter.

— Mais tu rêves ! explosa Charles. Je n'ai jamais rien entendu d'aussi stupide !

Il s'était levé brusquement, estimant que leur discussion devenait grotesque. Il fit les cent pas quelques instants, puis s'immobilisa devant Alain, qu'il dominait de toute sa taille.

— Qu'est-ce qu'on va faire de toi, grands dieux ?

— Rien au lycée, et rien à l'université, je te le jure ! répliqua Alain. Et d'ailleurs, Vallongue ne t'appartient pas, c'est à grand-mère de décider.

Clara était capable de trouver l'idée intéressante, car aucune fantaisie ne la prenait jamais au dépourvu. Pour les membres de sa famille, elle était prête à tout, y compris à faire fi des conventions. De toute façon, Alain n'allait plus tarder à être un jeune homme incontrôlable, Charles le pressentait.

— Tu as vraiment la passion de la terre ? demanda-t-il lentement.

— Oui ! Et de l'espace, du soleil... Je m'ennuie à mourir ici, je déteste Paris, laisse-moi partir.

— Pas maintenant, c'est impossible et tu le sais très bien. Tu es beaucoup trop jeune.

— Mais quand, alors ? Tu vas me tyranniser jusqu'à quel âge ?

— N'utilise pas des expressions dont tu ne connais pas le sens, répondit Charles sans se départir de son calme. Tu es un enfant gâté depuis toujours. Un privilégié. Est-ce que tu as remarqué que les gens font encore la queue devant les boulangeries ? qu'il y a des grèves partout, une instabilité gouvernementale chronique et une hausse des prix quotidienne ? qu'on va d'une crise à l'autre, que le franc a été dévalué ? et, accessoirement, que nous faisons toujours la guerre en Indochine ? Alors, tu sais, les olives attendront que tu prennes un peu de plomb dans la tête !

En prononçant sa dernière phrase, il s'aperçut de sa maladresse. Il n'y avait que trois ans qu'Édouard était enterré, et peut-être Alain en souffrait-il encore.

— Fais-moi une proposition raisonnable, enchaîna-t-il. Quelque chose que je puisse accepter, dont ta mère et ta grand-mère n'aient pas honte.

— Tu veux que je m'invente un destin *convenable* ? C'est ça ? Je ne peux pas, Charles. Je ne serai jamais un Morvan bon teint, à votre manière, fais-toi une raison. Tu me parles de crise économique mais ça ne concerne pas la famille, ici on ne manque de rien, et ce n'est pas le genre de privilège que je convoite.

Sa force de caractère était assez stupéfiante pour un garçon de son âge, d'autant qu'il avait réussi à ne pas crier, ni pleurer, ni même menacer. Il énonçait comme une évidence son droit d'être différent, et il réclamait sa liberté avec une certaine maturité.

— Laisse-moi partir, redemanda-t-il, plus bas.

Charles stoppa net ses allées et venues à travers le salon. Que pouvait-il faire ou dire de plus ? L'expédier en pension ne résoudrait pas le problème, il en était désormais persuadé, d'ailleurs l'avenir de son neveu ne l'intéressait pas assez pour qu'il continue à se battre contre lui. Il y avait des causes plus passionnantes à défendre, des gens qui avaient réellement besoin de lui. Tandis que l'adolescent, toujours assis au bord du fauteuil Régence, ne faisait que lui rappeler Édouard de façon insupportable. Non pas à cause d'une ressemblance physique, mais plutôt par son obstination agaçante, son antipathie affichée. « Si mon père était encore là… » Dieu les en préserve !

— Peut-être, laissa-t-il tomber du bout des lèvres. Peut-être que c'est tout ce que tu mérites.

Soudain fatigué, il fit volte-face et considéra Alain d'un air songeur. Le garçon attendait, un peu pâle soudain, sidéré par ce qu'il venait d'entendre et n'osait pas croire.

Sylvie recula d'un pas pour juger de l'effet. Jamais ce modèle ne retrouverait son chic d'origine sur une femme d'une telle corpulence, mais la cliente était reine chez Jacques Fath, comme dans toutes les maisons de haute couture, et elle afficha un sourire extasié.

— Elle vous va à ravir !

— Il n'y aura plus d'essayage ?

— Non, c'était le dernier, la robe sera prête vendredi comme prévu. Pouvons-nous envisager la livraison vers dix-sept heures ?

— Ce sera parfait.

Deux ouvrières commencèrent à défaire les épingles avec précaution tandis que Sylvie quittait le salon, par discrétion. Elle rejoignit son bureau, une pièce de petites dimensions mais bien à elle, ce qui constituait un privilège rarement consenti. Devant la fenêtre, sur une planche à dessin, des croquis du patron s'empilaient en vrac parmi des flots d'échantillons de tissus.

Jacques Fath s'était installé trois ans plus tôt dans cet hôtel particulier de l'avenue Pierre-Ier-de-Serbie, que sa femme, Geneviève, avait entièrement décoré. Sylvie s'entendait bien avec cette dernière depuis l'époque où elles avaient été mannequins ensemble, mais jamais rivales.

Plantée devant un ravissant miroir vénitien qui ornait l'un des murs, elle s'examina un instant sans complaisance. Son travail l'obligeait à être toujours impeccablement habillée, coiffée, maquillée. Et elle surveillait sa ligne pour pouvoir enfiler un modèle et le présenter si besoin était. Comme elle était un peu myope, elle s'approcha encore de la glace afin de chercher des traces de fatigue sur son visage. Des cernes imperceptibles, quelques petites rides au coin des yeux, encore insignifiantes, mais pour combien de temps ? La trentaine était désormais toute proche, une échéance inquiétante pour une jeune femme célibataire.

— Oh, Charles..., murmura-t-elle.

Il l'avait appelée en fin de matinée, laconique et expéditif à son habitude, pour lui fixer rendez-vous le soir même. Bien entendu, elle avait accepté avec empressement, alors qu'elle avait une autre obligation prévue de longue date. Tant pis, elle allait se décommander, Stuart serait triste et risquait de lui faire la tête toute la semaine, mais peu importait.

Elle revint à pas lents vers son bureau. La cliente devait être rhabillée et prête à partir, il fallait qu'elle aille la saluer, lui assurer encore une fois que son choix était parfait et qu'aucune autre femme ne porterait cette robe dans une soirée parisienne. C'était l'un des engagements de la maison : les modèles de la collection *Haute Couture* étaient uniques.

Où Charles allait-il l'emmener, ce soir ? Chez *Prunier* manger des huîtres ? Au concert ? Elle savait bien qu'il se forçait pour ce genre de distraction, alors que Stuart était toujours prêt à filer au cinéma voir le dernier film de Gérard Philipe avant d'aller danser dans les caves de Saint-Germain. Mais malgré sa fantaisie, Stuart n'était pour elle qu'un dérivatif, un ami de cœur, un chevalier servant. Rôle dont il n'allait plus s'accommoder très longtemps. Elle finirait par le lasser comme elle avait découragé les autres.

Elle gagna le grand hall, que sa cliente était en train de traverser, et la raccompagna jusqu'au perron avec un sourire très professionnel tandis que ses pensées continuaient d'aller vers Charles. Quand elle restait plusieurs jours d'affilée sans nouvelles de lui, elle était d'abord dévorée d'inquiétude, puis elle se révoltait immanquablement. Dans ces cas-là, Stuart était le bienvenu, elle acceptait n'importe quelle sortie pour se distraire. Pour redécouvrir, le temps d'une soirée, qu'elle aimait aussi les fous rires et le be-bop.

— À quelle heure avons-nous rendez-vous, ma princesse ? interrogea la voix désinvolte de Stuart, juste derrière elle.

Avant de lui faire face, elle réussit à se composer une expression navrée.

— Justement, c'est toi que je cherchais, j'ai un contretemps et je ne pourrai pas...

— Oh, je vois ! coupa-t-il. Le grand homme a téléphoné ?

Le sempiternel sourire du jeune homme s'était effacé et il haussa les épaules.

— Tu es complètement folle de te laisser traiter comme ça. Il claque des doigts et tu te précipites... Toi !

Sa déception le rendait amer, mais il n'avait pas tout à fait tort.

— Bon, je retourne travailler, quand tu auras un coup de spleen, fais-moi signe !

Il s'éloigna à grandes enjambées, de très mauvaise humeur, la laissant seule au milieu du hall désert. Bien sûr qu'elle était folle de préférer Charles à Stuart. Ce dernier avait tout pour plaire, un bel avenir devant lui, du charme à revendre, un accent délicieux. Seulement elle n'en était pas amoureuse, au contraire de toutes les employées de la maison car, depuis qu'il était entré chez Jacques Fath, quelques mois plus tôt, il avait fait des ravages parmi le personnel féminin. Son travail consistait à organiser la manufacture que voulait monter Fath, selon la méthode américaine, pour alimenter ses séries *Boutique*, *Prêt-à-porter* et

Confection. Pierre Balmain avait donné l'exemple en début d'année, présentant une « petite » collection à des prix moins élevés que la grande, et ouvrant un magasin à New York. Or Fath était un trop bon homme d'affaires – en plus de son génie de coupeur – pour ne pas s'engouffrer dans la brèche. Il avait rencontré un confectionneur américain, Joseph Halpert, et venait de s'associer avec lui pour des modèles destinés aux États-Unis et distribués dans les grands magasins. Un jour ou l'autre, la France y viendrait, mais il était encore trop tôt pour bouleverser les mentalités. En attendant, Fath avait engagé Stuart pour lui servir de trait d'union entre Paris et le Nouveau Monde. Le jeune homme, d'origine anglaise, avait une excellente formation d'économiste et ne concevait de réussite que mondiale. Il prétendait même qu'on pouvait concurrencer Christian Dior, qui, pour l'instant, éclipsait tous ses rivaux. Efficace, habile, il avait toute la confiance du patron parce qu'il savait mettre à la fois de la rigueur dans les colonnes de chiffres et de la gaieté dans les couloirs de la maison de couture.

Sylvie baissa les yeux vers sa montre-bracelet, un ravissant bijou de chez Cartier. Une folie achetée sur un coup de tête parce qu'elle s'était retrouvée seule le soir de son anniversaire. Charles ne lui avait même pas téléphoné ce jour-là, et dès le lendemain elle avait décidé de s'offrir elle-même un cadeau.

En revenant chez elle, encore effarée d'avoir dépensé une telle somme par caprice, son concierge lui avait remis un bouquet de roses accompagné d'une simple carte de visite. Elle avait jeté les fleurs dans un vase et déchiré la carte en petits morceaux.

Quatre heures. Elle avait largement le temps de rentrer et de se préparer, ce qu'elle faisait toujours avec un soin extrême quand elle espérait garder Charles au-delà du dîner. Espoir parfois déçu lorsqu'il s'arrêtait devant l'immeuble de l'avenue Victor-Hugo sans couper le moteur de la Delage, et qu'il promettait d'appeler d'un ton distrait. Au contraire, s'il descendait lui ouvrir la portière...

Sourire aux lèvres, elle repartit vers son bureau de sa démarche énergique et souple d'ancien mannequin.

Dans le bureau du magistrat, Charles venait d'accepter un cigare. La conversation avait roulé un moment sur la naissance d'Israël, nouvel État juif en Palestine, ainsi que sur les difficultés multiples auxquelles David Ben Gourion avait dû faire face.

Mais ce n'était pas pour bavarder à bâtons rompus que le juge avait convoqué Charles, c'était pour lui apprendre que sa requête venait d'être acceptée et qu'il allait donc pouvoir ajouter le nom de Meyer à celui de Morvan sur son état civil.

— Une manière de ne pas oublier, pour moi et mes fils, pour toute ma famille…, avait murmuré Charles.

Son émotion n'était pas feinte, même s'il n'avait jamais douté qu'il obtiendrait gain de cause. Accoler le patronyme de Judith au sien lui avait semblé l'unique moyen de la faire exister encore un peu. Chaque fois qu'un de leurs descendants se poserait la question de ce double nom, il trouverait la réponse dans l'histoire de Judith et de Bethsabée. Quant à Vincent et Daniel, il leur serait dorénavant impossible d'oublier le destin de leur mère.

Tandis que Charles repliait soigneusement les documents officiels, le magistrat l'observa quelques instants. C'était l'un des plus brillants orateurs qu'il lui ait été donné d'entendre dans un prétoire, le genre de plaideur qui aurait pu faire une grande carrière d'avocat d'assises, et voilà qu'il se consacrait presque exclusivement à la cause juive en souvenir de son épouse. Sa démarche pour modifier son nom allait d'ailleurs le rendre encore plus crédible auprès de ses clients, mais ce n'était sans doute pas à ce genre de motivation qu'il avait obéi. Non, il n'en avait aucun besoin : avant guerre, il était déjà un remarquable juriste, très apprécié du barreau et saturé de dossiers.

— Faut-il vous appeler maître Morvan-Meyer désormais ? demanda le juge avec un sourire paternel.

Charles releva la tête, le regarda bien en face.

— Oui. J'en serai très fier.

C'était l'évidence même, le ton n'avait rien d'arrogant, au contraire. Impossible de soupçonner Charles d'un calcul mercantile, seule la détresse se lisait dans ses yeux gris. Meyer était un nom qui devait le déchirer mais qu'il voulait sans doute entendre prononcer avec le sien.

— Félicitations, alors...

Ils se levèrent ensemble, se tendirent la main par-dessus le bureau.

⁂

La tête renversée en arrière, Clara éclata de rire.

— Ne soyez donc pas rétrograde, ma petite Madeleine ! lâcha-t-elle dès qu'elle eut repris son souffle. Que voulez-vous, autant d'enfants, autant de caractères. Pour ne citer qu'eux, Édouard et Charles étaient si dissemblables...

Sa belle-fille l'écoutait, éperdue, sans parvenir à accepter l'énormité de la proposition de Charles.

— Alain ne peut pas arrêter ses études à seize ans, ni vivre seul là-bas, s'obstina-t-elle.

— À mon avis, si nous ne lui donnons pas notre accord, il s'en passera purement et simplement. Pour ma part, je préfère lui offrir quelques hectares que le voir mal tourner.

— C'est très généreux à vous, Clara, mais je ne peux pas m'empêcher de... D'abord, vous ne devriez pas favoriser Alain, vous avez cinq petits-enfants. Et puis il me semble que c'est un peu le... l'encourager dans la voie de la paresse.

De tout temps, Madeleine avait préféré Gauthier, effrayée par la personnalité de Marie, trop volontaire à son goût, et par l'indépendance affichée d'Alain. Depuis cette nuit de 1945 où Édouard s'était donné la mort, elle se sentait dépassée par ses responsabilités de mère, aussi avait-elle trouvé logique de remettre son sort et celui de ses trois enfants entre les mains de Clara. C'était si simple de faire confiance à cette femme forte comme un roc ! En tout cas plus facile qu'avec Charles, dont la décourageante froideur la paralysait. Lorsqu'elle lui avait donné le courrier du proviseur, elle avait à la fois espéré qu'il saurait sévir et tremblé pour le pauvre Alain. Mais, comme celui-ci avait besoin de l'autorité d'un homme, une fois de plus elle s'était résignée à passer le relais. Tant pis si la leçon était dure, de toute façon elle n'arrivait plus à rien avec lui. Or tout ce que Charles – si sévère pour ses propres fils – avait trouvé à faire était de céder au caprice d'un adolescent !

— Il ne sera pas seul à Vallongue, dit Clara en utilisant délibérément la certitude du futur au lieu du conditionnel. Ferréol veillera sur lui, vous savez que c'est un très brave homme. Et pour commencer, nous passerons tous l'été là-bas, ce qui permettra à Charles de se faire une opinion sur le sérieux d'Alain. Peut-être sera-t-il incapable de supporter ce mode de vie ? Si ce n'est qu'une toquade, il aura perdu un an, ce ne sera pas un drame. Si au contraire il se découvre une vocation, je serai heureuse de l'avoir aidé.

Madeleine ne se sentait pas de taille à discuter. Voir un de ses enfants se transformer en paysan la hérissait, mais elle n'avait pas le courage de continuer à chercher des arguments que Clara balaierait aussitôt.

— En ce moment, la France a besoin de tout, poursuivait sa belle-mère. D'huile aussi, c'est certain.

Comment une femme comme elle – parisienne, mondaine, et de surcroît née au siècle précédent – pouvait-elle avoir des idées aussi libérales ? Un mystère pour Madeleine, qui restait une adepte convaincue de l'ordre établi.

— Il va y avoir une formidable expansion de l'agriculture, ajouta Clara, et le choix d'Alain est moins farfelu qu'il n'y paraît, croyez-en mon expérience des affaires.

Dans ce domaine, son instinct était infaillible, elle avait raison de s'en vanter.

— Et puis, rassurez-vous, Charles le surveillera, même de loin !

Très satisfaite d'avoir remporté la partie, Clara adressa un sourire éblouissant à Madeleine, qui ne trouva rien à ajouter, puis elle sonna pour le thé.

Derrière la porte du boudoir, Marie et Alain reculèrent aussitôt, sur la pointe des pieds. Ils s'étaient tenus par la main tout au long de la conversation, espionnée sans scrupule, et ils ne se lâchèrent que pour filer le long du corridor. Une fois réfugiés dans la chambre de Marie, ils se congratulèrent bruyamment.

— Tu as entendu ça ? exulta Alain. Je n'aurais jamais cru qu'il accepterait, jamais !

— Il est plus gentil que tu ne l'imagines, répliqua sa sœur.

— Gentil, Charles ? s'esclaffa-t-il. Non, il est froid comme un serpent, rigide comme un officier, bref détestable ! En plus, il a un comportement conventionnel de bourgeois qui me révolte.

— C'est faux…

— Oh, toi, il t'épate parce que tu fais ton droit, et parce que ça te pose d'avoir un oncle célèbre à l'université, mais ne me dis pas que tu l'aimes !

— Si, beaucoup.

En l'énonçant, elle eut soudain conscience de l'importance des sentiments ambigus qu'elle portait à Charles. C'était une idée si désagréable qu'elle s'empressa d'ajouter :

— Tu pourrais quand même avoir un minimum de reconnaissance, il a réglé ton problème.

Alain saisit la jeune fille par la taille, la souleva sans effort et l'embrassa dans le cou avant de l'expédier sur son lit.

— Je vais partir, Marie ! Tu te rends compte ? À moi la liberté, la Provence et le soleil. Tu m'écriras ?

— Je te téléphonerai, plutôt. Tu es certain de ne pas t'ennuyer là-bas ?

Elle s'était redressée et considérait son frère avec une réelle tendresse. Contrairement aux autres membres de la famille, elle préférait Alain à Gauthier, le trouvant beaucoup plus intéressant et intelligent.

— Et toi, ma belle ? Comment fais-tu pour ne pas devenir neurasthénique ici ? Cet hôtel particulier est sinistre, comme Charles et maman.

— Oh, maman ! répondit Marie d'un ton indifférent.

Ils échangèrent un regard rapide, un peu gênés de constater qu'ils avaient la même opinion négative sur leur mère. À force de ne jamais prendre parti, elle avait renié toutes ses responsabilités, et personne ne lui demandait plus son avis, sinon par politesse. Bien sûr, elle aimait ses trois enfants, mais hélas ! ils savaient pertinemment qu'ils ne pouvaient pas compter sur elle. Et parce que son affection n'était pas démonstrative, au contraire de Clara, et qu'elle riait seulement dans de très rares occasions, ils avaient fini par la juger triste.

— Avoue-le, on ne s'amuse pas tous les jours dans la maison des veufs ! ajouta Alain avec un certain cynisme.

Cette expression-là, ils l'avaient inventée à eux cinq et utilisée en secret quand ils étaient fâchés contre les adultes pour une raison ou une autre. Mais Marie n'était plus une enfant à présent, et elle mesurait la cruauté des paroles de son frère.

— Qu'est-ce que tu fais à traîner là ? lui demanda-t-elle. Tu devrais aller attendre Charles pour le remercier dès qu'il arrivera. Moi, j'ai du boulot, j'ai encore des examens à passer.

Elle le prit par les épaules pour le pousser dehors, sans ménagement, et il se laissa faire car il avait appris à respecter les sautes d'humeur de sa grande sœur.

À la lumière des bougies, Sylvie était encore plus ravissante que de coutume. Le décolleté de sa robe vert émeraude mettait en valeur ses épaules, son cou, son visage aux traits fins, et tous les hommes attablés dans la salle de la brasserie *Rech* avaient essayé de croiser son regard. Mais elle ne s'intéressait qu'à Charles, qu'elle ne quittait pas des yeux. Il lui avait annoncé, au début du dîner, qu'il s'appellerait dorénavant Morvan-Meyer et en était très heureux. Pourtant, il n'en avait pas l'air, tant s'en fallait.

Éperdument amoureuse, Sylvie pouvait tout comprendre, tout supporter, sauf l'ombre de Judith entre eux, plus présente ce soir que jamais. Encore s'il en avait parlé, s'ils avaient pu exorciser ensemble son souvenir, une complicité aurait peut-être fini par s'installer entre eux, mais le sujet restait tabou, jamais Charles n'évoquait le moindre souvenir à voix haute, et s'il y avait bien une chose à laquelle il ne fallait pas se risquer, c'était lui manifester de la compassion. La mémoire de sa femme et de sa fille n'appartenait qu'à lui, il n'était pas en mesure de partager son enfer avec qui que ce fût.

Pour l'instant, il évoquait le monde politique, critiquant l'attitude des communistes et déplorant l'incapacité des gouvernements successifs. Ce qu'il disait avait pour seul intérêt de meubler la conversation, elle le devinait, et elle l'interrompit pour le ramener sur un terrain plus intime.

— Quand partez-vous pour Vallongue ? s'enquit-elle avec une désinvolture très artificielle.

Surpris d'être interrompu aussi abruptement, il lui adressa un sourire mitigé.

— Toute la famille descend la semaine prochaine, mais je ne les rejoindrai qu'à la mi-juillet, j'ai trop de dossiers en retard.

Elle se sentit soulagée à l'idée de ne pas être séparée de lui dans l'immédiat. Paris en été permettait de dîner à la terrasse des restaurants, de flâner en sortant du théâtre ou de se promener en bateau sur la Seine. Mais, une fois que Charles serait dans le Midi, la capitale perdrait pour elle tout son charme. Si elle faisait preuve de doigté, Clara l'inviterait peut-être à séjourner là-bas une semaine, malheureusement Charles garderait ses distances et ne la rejoindrait sûrement pas dans sa chambre sous le toit maternel.

— Oui, j'ai vraiment un travail fou, enchaîna-t-il, d'ailleurs je retournerai à mon cabinet tout à l'heure, après t'avoir raccompagnée.

La déception l'atteignit comme une gifle. Non seulement il ne resterait pas avec elle ce soir, mais il l'annonçait par avance pour couper court à une tentative de séduction. Elle se demanda un instant si elle n'allait pas se lever, jeter sa serviette sur la table et s'en aller.

— Veux-tu du fromage ? proposa-t-il d'un air innocent.

Le camembert au lait cru servi chez *Rech* était célèbre dans tout Paris ; elle l'accepta d'un signe de tête sans regarder le maître d'hôtel.

— Vous n'avez jamais beaucoup de temps à m'accorder, murmura-t-elle malgré elle. C'est très décevant à la longue…

— À la longue ? répéta-t-il.

102

Elle reçut l'éclat froid de ses yeux gris, posés sur elle sans aucune indulgence. Une eau trop pâle qu'elle trouva effrayante, mais il était presque toujours impossible de savoir ce que pensait Charles et s'il n'était pas en train de vous juger.

— Je suis navré de te décevoir.

— Charles !

— Non, laisse-moi parler, je crois que le moment est bien choisi. Tu as raison, je ne suis pas très disponible, pas drôle du tout, et je n'ai aucun avenir à t'offrir. Toutes les promesses que je pourrais te faire seraient des mensonges de circonstance. Tu comprends ? Je suis heureux quand je te vois, Sylvie, c'est indéniable ; seulement, quand tu n'es pas là, tu ne me manques pas. Ce que je dis n'est pas cruel, en réalité tu ne me manques pas parce que je n'y pense pas, je pense à mes dossiers, aux affaires en cours, à la plaidoirie du lendemain. Si mes sentiments pour toi étaient... honorables, j'aurais envie de te retrouver chaque soir. J'ai connu ça, je peux faire la différence.

Il continuait de la fixer, la tenant prisonnière de son regard.

— Ce que nous vivons ensemble, poursuivit-il impitoyablement, c'est une aventure en pointillé, tout à fait indigne de toi. Tu mérites autre chose.

Décidée à l'arrêter avant qu'il ne prononce les mots qu'elle redoutait par-dessus tout, Sylvie répliqua :

— Je suis seule à en juger ! C'est vous que j'aime, ça ne sert à rien de me parler un langage de raison.

Son cœur battait trop vite, elle avait un peu bafouillé et elle dut faire un effort pour se reprendre, pour surmonter la peur que cette discussion lui inspirait.

— Je sais que vous me trouvez exigeante, je me promets chaque fois de ne plus vous ennuyer, mais c'est plus fort que moi.

Elle parvint à esquisser un petit sourire qu'elle aurait voulu léger et qui fut pathétique. Fallait-il vraiment qu'elle s'humilie à ce point ? Elle n'avait rien à attendre de Charles, il ne changerait jamais. Et le souvenir de Judith ne s'effacerait pas, inutile de se leurrer. Celle-là, il l'avait aimée pour de bon, il venait de l'avouer clairement, d'ailleurs tout le monde le savait dans la famille, impossible d'oublier le couple radieux qu'ils avaient formé avant guerre. Contre ce fantôme, Sylvie n'avait aucune chance.

— Tu ne m'ennuies pas. Tes désirs devraient me… me flatter, au moins.

D'un geste vif, il posa sa main sur la sienne, juste une seconde. Il s'en voulait de lui faire de la peine, mais ce sentiment n'avait rien à voir avec l'amour. Et malgré l'attirance physique qu'il éprouvait pour elle – comme n'importe quel homme à sa place, car elle était vraiment séduisante –, il n'espérait rien d'elle sinon quelques moments de plaisir.

— Si vous avez du travail, nous pouvons partir, je n'ai plus faim, déclara-t-elle posément.

Une soirée écourtée, gâchée, et la perspective d'une insomnie. Malgré le cynisme de Charles, elle ne pourrait pas s'empêcher d'attendre son appel dans les jours à venir. Elle l'avait dans la peau, c'était bien la pire des choses pour une femme de trente ans. Tandis qu'il sortait son portefeuille afin de régler discrètement l'addition, elle se demanda comment elle allait trouver le courage de mettre un terme à leur histoire. D'ailleurs, peut-être n'y avait-il aucune histoire entre eux, contrairement à tout ce qu'elle voulait croire. Elle s'était bercée d'un conte à dormir debout, il faudrait bien qu'elle finisse par l'admettre.

Vincent referma l'album avec un soupir. Il y avait beaucoup de disparus parmi les photos sépia. Son grand-père Henri, qu'il n'avait évidemment pas connu, son oncle Édouard, sa mère et sa petite sœur.

— Tu as trouvé ce que tu cherchais, mon chéri ? lui lança Clara, de l'autre bout du boudoir.

— Oh, je ne faisais que regarder...

Combien de fois avait-il feuilleté le gros volume de maroquin vert en scrutant les visages familiers ? Clara avait eu l'occasion de l'observer à plusieurs reprises, et c'était toujours aux mêmes endroits qu'il s'arrêtait : son père en uniforme de lieutenant, son père à cheval sur la pelouse de Bagatelle, son père en blouson devant la carlingue d'un avion.

— Il était beau, n'est-ce pas ? dit Clara sans bouger de sa place.

— Très...

Beau et rieur car, sur la plupart des photographies, il affichait un sourire que Vincent ne lui avait jamais connu.

— Grand-mère, crois-tu qu'un jour il puisse redevenir comme ça ?

La franchise de la question faillit désarçonner Clara, mais elle se reprit tout de suite. Vincent était un garçon beaucoup trop intelligent pour qu'on lui mente, ce qui l'incita à choisir la vérité.

— Non, mon chéri. D'abord, ton père a quarante ans, ce n'est plus un jeune homme. Je crois que le sport ne l'intéresse plus, ni les avions ou les voyages, les night-clubs ou le bridge, mais c'est légitime, n'est-ce pas ? Quant à la gaieté, tu peux concevoir que c'est hors de sa portée.

— J'aurais aimé le connaître à ce moment-là.

— Oui, je te comprends, seulement tu es très illogique, on ne rencontre jamais ses parents lorsqu'ils ont vingt ans !

— Alors, je voudrais bien lui ressembler.

— Rien ne t'en empêche.

Abandonnant le livre de comptes qu'elle avait fait semblant d'étudier jusque-là pour ne pas déranger son petit-fils dans sa contemplation, elle se leva et le rejoignit. Penchée au-dessus de son épaule, elle rouvrit l'album.

— Il avait beaucoup d'esprit, il plaisantait à tout bout de champ, dit-elle d'une voix mélancolique. On l'invitait partout, il était la coqueluche des jeunes filles. Et, comme tu vois, il portait bien l'uniforme, ou l'habit, ou n'importe quoi à vrai dire... J'ai été vraiment très fière d'avoir un fils aussi merveilleux ! Trop fière, peut-être ? Mais je n'avais jamais rien à lui reprocher, il réussissait systématiquement ce qu'il entreprenait. En plus, il était modeste, gentil, bref, les fées s'étaient penchées sur son berceau. Il aurait dû avoir une vie magnifique, et puis la guerre est arrivée...

Elle referma l'album d'un coup sec, se redressa.

— Alors, au risque de te décevoir, ton père n'a plus rien à voir avec le jeune homme enfermé là-dedans !

Vincent attendit un peu avant de lever les yeux sur sa grand-mère, qu'il devinait très émue.

— Je suis désolé, murmura-t-il.

— Non, pourquoi ? Tu as le droit de savoir ! Pour Daniel et toi, je suppose que ce n'est pas toujours facile. Au début, on vous a recommandé la patience, et puis rien ne change, n'est-ce pas ?

Il hocha la tête en silence, tandis qu'elle posait affectueusement sa main sur lui.

— Il faut l'accepter, mon grand. D'autant plus volontiers que, même s'il est triste, ton père est un homme... admirable.

Le dernier mot avait été prononcé à contre-cœur et Vincent fronça les sourcils, intrigué par cette réticence.

— C'est un excellent avocat, enchaîna Clara avec assurance. Il fait une brillante carrière dans un métier qu'il aime, et...

— Il n'a jamais de temps pour nous, l'interrompit Vincent à mi-voix.

Clara le dévisagea, stupéfaite, puis referma ses bras sur lui.

— Mon chéri, le berça-t-elle, mon grand garçon... Je suis là, moi, je peux te donner tout l'amour que tu veux ! D'ailleurs, Charles vous aime, ton frère et toi, comment peux-tu en douter ?

Tandis qu'elle le tenait serré contre elle, elle compta mentalement le nombre d'années écoulées depuis la disparition tragique de Judith. Daniel et Vincent avaient grandi sans l'affection d'une mère, et ce n'était pas leur stupide tante Madeleine qui l'avait remplacée ! Quant à Charles, il était glacial, hautain, absent.

Pour les démonstrations de tendresse, Clara était seule en première ligne.

— Moi, ça me fait plaisir, ajouta-t-elle gaiement, mais je sais bien que vous ne voulez plus être traités en petits garçons, alors je me retiens. Si je m'écoutais, je vous prendrais encore sur mes genoux, crois-moi !

Elle fut récompensée en sentant qu'il se mettait à rire, sans chercher à se dégager. Il faudrait qu'elle soit vigilante, à l'avenir, pour lui et pour son petit frère. Lui surtout, parce qu'il était d'une grande sensibilité. Et aussi parce que, malgré tout ce qu'elle avait pu se promettre à ce sujet, il était son préféré. Pourtant, elle s'était juré qu'elle ne ferait plus jamais de différence, qu'avec ses petits-fils elle ne commettrait pas la même erreur qu'avec ses fils, mais Vincent était le portrait craché de Charles, du Charles d'avant les drames, et lui au moins n'était pas inaccessible, elle pouvait l'aider, elle pouvait l'aimer.

Seule la lampe Arts déco éclairait le bureau. Une pièce feutrée, propice aux confidences avec ses sièges confortables et ses épais tapis orientaux. Sur le mur du fond, une imposante bibliothèque anglaise renfermait dans ses vitrines d'innombrables livres de droit. Deux hautes fenêtres cintrées étaient masquées par des rideaux de velours tête-de-nègre, assorti au cuir du fauteuil dans lequel Charles était assis.

La pendulette indiquait minuit passé, et depuis un moment il s'était désintéressé du dossier ouvert devant lui. Sa plaidoirie du lendemain était prête, il n'aurait même pas besoin de ses notes. En fait, il n'était pas revenu à son cabinet pour travailler, il avait utilisé ce prétexte pour ne pas vexer Sylvie davantage.

Il se leva sans hâte, s'étira. Personne ne pourrait le déranger à cette heure, il était rigoureusement seul dans ce gigantesque appartement en rez-de-chaussée, boulevard Malesherbes, où il avait installé son étude deux ans plus tôt. Un bon investissement immobilier – du moins c'est ce que Clara affirmait, et on pouvait lui faire confiance. Chaque matin, ponctuellement, la femme de ménage arrivait la première, ensuite les secrétaires, suivies des stagiaires, enfin l'avoué avec lequel Charles était associé.

Dans la poche de sa veste, il prit les documents qui réunissaient à jamais le nom de Judith au sien. Puis il alla ouvrir un placard dissimulé derrière une boiserie, qui contenait un impressionnant coffre-fort. Il composa les quatre chiffres de la combinaison avant de tirer vers lui la porte blindée. Sur les étagères métalliques, il n'y avait ni argent ni valeurs, seulement une pile de petits carnets à spirale qu'il considéra un instant avant de détourner les

yeux. Peut-être aurait-il dû les détruire, hélas !
il en était incapable. Il s'était résigné à jeter
les albums de photos et les agendas, mais les
carnets restaient son bien le plus précieux. Les
dernières années de liberté de Judith étaient
consignées là, au fil de dizaines de pages qu'il
s'était forcé à lire. Et à relire.

Il posa les feuillets officiels qu'il tenait
toujours à la main sur l'étagère du dessous. Les
carnets devaient rester seuls, bien rangés par
ordre chronologique, couverts de l'élégante
écriture de la jeune femme qui les avait rédigés.
Assez méticuleuse pour ne rien omettre, assez
prudente pour les avoir rapportés de Vallongue
à Paris, la veille de son arrestation.

Presque malgré lui, il effleura du bout des
doigts les spirales métalliques luisant dans la
pénombre. Il connaissait par cœur, jusqu'à la
nausée, le contenu de ces carnets, qu'il aurait
pu réciter.

*Où es-tu, Charles ? Dans quelle prison
t'ont-ils enfermé, à quel endroit ? Et qu'est-ce
qu'ils te font ? Tu dois leur tenir tête, je te
connais, et ils vont s'acharner sur toi. Ils sont
capables de tout, c'est abominable, je ne veux
même pas écouter ce qu'on raconte sur eux. Je
sais que tu es courageux, que tu peux supporter
beaucoup de choses, sauf de marcher sur ton
orgueil, mais ça ils vont t'y obliger.*

*Tant que la guerre durera, tu ne reviendras
pas. Et sans toi je ne sais pas comment me*

défendre. Ni même à qui en parler. Je serre Beth contre moi, pour la protéger et aussi pour qu'elle me serve de rempart. Je ne mets plus les pieds au village, c'est mieux pour tout le monde, paraît-il, pourtant mon état civil n'est pas inscrit sur mon front ! Est-ce que j'ai l'air d'une Juive ? Est-ce que c'est un crime ? Le sang Meyer coule dans les veines de nos enfants, va-t-on les en accuser ? Mais ce sont des petits Morvan aussi, comme leurs cousins !

Je ne veux mettre personne en danger. C'est ma faute, d'accord, seulement il est trop tard pour y changer quelque chose. D'ailleurs, ce n'est pas ce qui m'effraie le plus. Oh non, Charles, il y a bien pire.

Avec violence, il referma le coffre, dont le métal claqua sourdement. D'une main, il brouilla la combinaison, de l'autre il dut s'appuyer au mur, le souffle court. Il ne parviendrait jamais à accepter, jamais à pardonner. Sa haine, intacte, il la devait à ces carnets, à toute l'horreur qu'ils contenaient. D'insignifiants carnets noirs, retrouvés dans l'appartement du Panthéon. Rédigés comme un journal intime, ils n'avaient sans doute pas été jugés intéressants par ceux qui avaient emmené sa femme. Trois ans après son arrestation, ils étaient encore ouverts sur la table de la cuisine, couverts de poussière, mais aucune ligne de l'odieux récit n'était effacée. Le concierge de l'immeuble avait veillé à ce que personne n'entre chez les Morvan en leur absence, il avait bien fait son travail, il en était très fier. Grâce à lui, la vérité avait pu rattraper Charles et le détruire.

3

Vallongue, 1952

CLARA POUSSA LES PERSIENNES pour laisser entrer le soleil matinal. Elle éprouvait un léger mal de tête, dû aux excès de champagne. La veille, toute la famille réunie avait fêté ses soixante-dix ans avec un enthousiasme touchant, et elle avait porté gaillardement un nombre incalculable de toasts.

Soixante-dix ans ! Un chiffre qui la stupéfiait tant il était peu compatible avec ce qu'elle ressentait. Elle se trouvait beaucoup plus en forme que bien des femmes plus jeunes, et son dynamisme n'était pas une pose pour épater la galerie, non, elle avait réellement de l'énergie à revendre. Et la tête toujours aussi solide sur les épaules, à en croire les résultats de son portefeuille boursier. Bien sûr, il y avait les rides, le cou qui se marquait, quelques taches brunes ici ou là, et les rhumatismes qui la rappelaient à l'ordre certains matins, mais son médecin était vraiment content d'elle. Aucun problème cardiaque, malgré cette tachycardie décelée avant guerre et tenue en échec par les petites pilules qu'elle ingurgitait depuis plus d'une décennie. Et toujours beaucoup d'allure, d'élégance, de maintien. Après tout, elle appartenait à une génération qui ne concevait pas le laisser-aller et pour qui l'effort était synonyme de bonne santé.

Elle laissa errer son regard sur le parc, admirablement entretenu depuis qu'Alain vivait là. Le long des platanes et des micocouliers, une large allée conduisait jusqu'à la maison. Plus loin, une haie de cyprès avait été plantée serrée pour couper le mistral. Alain avait travaillé d'arrache-pied, guidé en partie par Ferréol et en partie par un instinct infaillible, comme s'il était l'héritier de vingt générations de paysans, alors que pas un seul Morvan parmi ses ancêtres ne s'était penché sur la terre. Les hectares d'oliviers avec lesquels Clara l'avait laissé « s'amuser » étaient devenus très rentables. Pour les olives de table, il avait replanté petit à petit de la Grossanne, comme dans la vallée des Baux toute proche, délaissant la Salonenque, moins prisée et moins pulpeuse. Mais il consacrait l'essentiel de ses efforts à la production d'huile, ainsi qu'il l'avait expliqué à sa grand-mère dès le début de leur aventure commune. Car elle s'était impliquée dans cette drôle d'histoire sans hésiter, lui offrant son premier broyeur et sa première presse hydraulique, malgré la réprobation du reste de la famille. Madeleine s'était tordu les mains, Charles avait levé les yeux au ciel : des attitudes que Clara avait superbement ignorées, certaine qu'Alain réussirait.

Dès le début de l'exil de son neveu à Vallongue, Charles avait exigé une lettre par semaine, avec tous les détails concernant ses activités ou ses initiatives. Alain s'était incliné, bien obligé, mais il téléphonait en secret à Clara et s'entendait avec elle pour n'en faire qu'à sa tête. À vingt ans, il avait déjà tout d'un chef d'entreprise, même si personne ne voulait l'admettre, hormis sa grand-mère, pourtant la plus avisée.

« Dans un an, il sera majeur, et il entrera en possession de ces terres... »

Un sourire amusé éclaira son visage, qu'elle offrait toujours à la chaleur du soleil. Les actes notariés étaient prêts, tout s'accomplirait comme elle l'avait décidé, Alain serait libéré du joug que Charles continuait de faire peser sur lui.

« Il est doué, il a de l'or dans les mains, et aussi le caractère bien trempé... Si je ne l'avais pas aidé, il serait devenu un cancre en révolte, nous aurions été bien avancés ! »

Le bruit lancinant des cigales avait déjà commencé, mais le mistral qui soufflait depuis l'aube tempérait la chaleur et donnait au ciel son bleu profond si particulier à la Provence. À cette heure-ci, Alain était sûrement près de ses arbres. D'ailleurs, il y passait un temps fou, à croire qu'il les aimait au point de les regarder pousser. Il s'était vite débarrassé des amandiers, avantageusement remplacés par de jeunes plants d'oliviers qu'il avait protégés avec soin des attaques de lapins. Il avait expliqué tout cela et bien d'autres choses à sa grand-mère, avec un enthousiasme croissant, et, chaque fois qu'il en avait eu besoin, elle lui avait fait parvenir les fonds nécessaires. Après tout, elle n'avait pas de comptes à rendre, elle gérait la fortune des Morvan comme elle l'entendait, fantaisies comprises. Et les plaisanteries du reste de la famille sur « Alain-et-ses-olives » la laissaient de marbre. À chacun son destin, ses cinq petits-enfants étaient différents, inutile de vouloir les fondre dans le même moule.

Elle s'arracha enfin à la vue du parc, vraiment magnifique à cette heure, soudain pressée de prendre son petit déjeuner. Vêtue de son seul pyjama de satin blanc et de mules assorties, elle descendit jusqu'à la cuisine. Son amour pour Vallongue n'avait jamais faibli, et elle savourait chaque jour de l'été avec un plaisir intact. Même la mort d'Édouard, sept ans plus tôt, n'avait pas réussi à la détourner de la propriété. Bien sûr, les premiers temps, elle avait évité d'entrer dans le bureau du rez-de-chaussée. Sans états d'âme, Charles s'était donc approprié cette pièce pour y travailler lorsqu'il séjournait là, et au bout d'un moment Clara avait accepté d'en franchir le seuil. Le souvenir d'une certaine nuit de 1945 était relégué au fond de sa mémoire, presque à la limite de sa conscience.

— Bonjour, ma petite Madeleine ! lança-t-elle à sa belle-fille en la découvrant attablée, seule, devant une tasse de chocolat.

À quarante-quatre ans, la pauvre femme continuait à grossir en se gavant de pâtisseries ou de confiseries. Par conformisme – et pour dissimuler son embonpoint –, elle ne s'habillait qu'en noir, sans parvenir pour autant à être élégante. Tous les efforts de Clara, qui avait essayé de la traîner dans différentes maisons de couture, s'étaient soldés par des échecs, et même Sylvie, consultée à ce sujet, n'avait pu être d'un grand secours. Madeleine n'avait pas de chic, aucun modèle ne semblait fait pour elle. Si l'on exceptait le jour lointain de son mariage, elle avait toujours eu l'air mal fagotée.

Clara versa des grains de café dans le vieux moulin et commença à tourner la manivelle avec énergie. Depuis les privations de la guerre, et l'horrible ersatz qui l'avait dégoûtée du thé à jamais, son petit déjeuner était systématiquement constitué d'une grande tasse d'arabica accompagnée de pain grillé à peine beurré. Grâce à quoi elle était restée svelte, comme le constata Madeleine une fois encore en levant les yeux vers sa belle-mère, qui demandait :

— Est-ce qu'ils sont déjà tous partis en promenade ?

— Oui. Sauf Alain, qui est à son... travail.

Sa réticence à utiliser le mot était manifeste. Jamais elle ne pourrait se résoudre à admettre que son fils gérait pour de bon une exploitation agricole.

— Je me demande ce qu'Édouard aurait pensé de tout cela, soupira-t-elle.

Elle se plaisait à le répéter sur tous les tons, depuis des années, sans que personne se donne la peine de lui répondre. D'ailleurs, cette manie de faire référence à Édouard semblait exaspérer Clara, qui répliqua aussitôt :

— Mais rien ! À chacun sa vocation !

C'était faux, Édouard n'aurait jamais accepté le compromis proposé par Charles à l'époque où il avait libéré Alain de ses études. Non, Édouard aurait sûrement poussé des hauts cris avant d'expédier son fils en pension.

— Chaque fois que je suis ici, poursuivit Madeleine, je ne peux pas m'empêcher de penser à lui. Cette maison me rappelle le drame et...

Elle s'interrompit, le souffle court, pour ravaler ses larmes. Plus elle se plaignait et moins Clara compatissait, elle le savait pertinemment, inutile de compter sur sa belle-mère pour s'attendrir. À ses enfants elle pouvait dire « votre pauvre père » ou « votre malheureux père », mais ni Charles ni Clara ne supportaient ce genre d'expression. Il était

120

même arrivé à Charles, un soir, de se lever et de quitter la salle à manger en claquant la porte.

Tandis que l'eau passait goutte à goutte sur le café moulu, Clara s'était mise à fredonner une chanson de Juliette Gréco. Elle aurait préféré, de loin, profiter seule de son petit déjeuner, mais à Vallongue il était rare que Madeleine ne traînât pas toute la matinée dans la cuisine. Comme un fait exprès, celle-ci interrogea :

— Avez-vous songé aux menus d'aujourd'hui ?

La nourriture tenait décidément une place importante dans sa vie. Et son manque d'imagination, ajouté à sa docilité, la poussait à toujours s'en remettre à Clara.

— Un repas léger pour ce midi, personne n'a d'appétit avec la chaleur. Mais ce soir, bien sûr, quelque chose de plus conséquent ! Vous vous souvenez que Sylvie doit arriver en fin de journée ?

Cette perspective enchantait Clara, qui appréciait beaucoup la jeune femme, même si Charles ne se décidait toujours pas à officialiser leur liaison. Alors que c'était devenu un secret de polichinelle au fil du temps.

— Nous pouvons faire un poisson au four, des tomates provençales et des beignets de courgettes, avec une terrine de lièvre pour commencer et un fondant au chocolat pour finir, décida Clara.

D'une pichenette, elle chassa une miette du revers de son pyjama puis se leva.

— En ce qui concerne le déjeuner, si vous n'avez pas d'idée, laissez faire la cuisinière ! conseilla-t-elle en riant.

Ravie d'avoir su rappeler qu'Odette, elle, savait toujours se débrouiller, elle quitta la cuisine et partit à la recherche de Charles. Aucun problème d'intendance ne l'empêcherait de savourer chaque heure passée à Vallongue. Une matinée d'été ici, avec un ciel aussi radieux, était une vraie bénédiction. Comme toujours, elle ne se donna pas la peine de frapper à la porte du bureau où son fils travaillait devant la fenêtre grande ouverte.

— Tu ne comptes pas rester enfermé là par ce temps ? s'écria-t-elle dans un éclat de rire.

Elle traversa la pièce pour venir l'embrasser, puis désigna l'énorme dossier qu'il étudiait.

— Je te croyais en vacances, Charles ! Est-ce que tu vas enfin prendre le temps de te reposer ?

Les intrusions intempestives de sa mère l'agaçaient en général, pourtant il ne put s'empêcher de lui sourire tant sa vitalité et sa gaieté avaient quelque chose de réjouissant.

— Tu es en pleine forme, maman, marmonna-t-il.

— C'est la moindre des choses à soixante-dix ans, mon chéri ! Dis-moi, si je me souviens bien, Sylvie raffole du poisson ?

— Oui.

— À quelle heure doit-elle arriver ?

— En fin d'après-midi. Mais ça dépendra de la façon de conduire de son ami Stuart.

Il l'avait dit d'un ton assez rageur pour que Clara soit obligée de réprimer un sourire. Était-il possible qu'il devienne jaloux ? Lui ? Si c'était le cas, ça signifiait que son attachement pour Sylvie prenait de l'importance.

— Restera-t-il quelques jours avec nous ? s'enquit Clara d'une voix désinvolte.

— Non ! Il dîne, il dort, et il s'en va demain à Monte-Carlo.

Soudain exaspéré, il referma le dossier puis se leva.

— Tu as raison, je crois qu'une promenade s'impose...

À Paris, il se rendait trois fois par semaine dans une salle de sport d'où il sortait exténué, et à Vallongue il pouvait marcher durant des heures à travers les collines. C'était l'une des seules choses qu'il n'avait pas pu abolir de son passé, il avait un réel besoin d'exercice physique. Grâce à quoi il était mince au lieu d'être maigre, conservant une carrure d'athlète et une démarche de jeune homme. À quarante-trois ans, malgré les rides creusées et le regard durci, il restait très beau. Séduisant, mais froid, inaccessible, sans plus aucune trace de l'enthousiasme charmeur que Clara avait tant aimé chez son fils autrefois.

Lorsqu'il quitta la pièce et qu'elle se retrouva seule, elle fut parcourue d'un frisson.

Décidément, elle se sentait mal à l'aise dans ce bureau. Un jour ou l'autre, elle allait devoir se décider à en refaire la décoration. Peut-être en septembre, quand ils seraient tous repartis à Paris, et à condition qu'Alain accepte de surveiller les travaux.

Luttant contre son envie de fuir, elle s'obligea à s'asseoir dans le fauteuil à haut dossier. Bien des années auparavant, c'était à cette place que Henri faisait ses comptes ou lisait son journal. À l'époque, elle était une jeune femme heureuse et insouciante. Elle avait vingt ans, c'était le tout début du siècle, sa confiance en l'avenir était inébranlable. Comment aurait-elle pu prévoir les deux guerres, les deuils et les tragédies qui allaient ravager sa famille ? Dès le début de son mariage, elle s'était fondue avec bonheur dans sa nouvelle identité, elle était devenue une vraie Morvan. Parfois même elle disait « nos ancêtres » en parlant des aïeux de Henri. Elle avait perdu ses parents alors qu'elle était encore adolescente, et son éducation avait été achevée dans une institution religieuse où elle s'était ennuyée à mourir. Sa rencontre avec Henri lui avait rendu sa gaieté, lui permettant enfin de satisfaire son appétit de la vie.

Avec un petit soupir, elle posa ses mains sur le bureau. Le cuir qui le recouvrait avait été refait, bien entendu, mais quelque part en dessous, peut-être l'acajou avait-il conservé la trace du sang d'Édouard. Au prix d'un effort de volonté, elle croisa ses doigts, se contraignit à ne pas bouger. S'appesantir sur le passé ne servait à rien. Toute sa vie, elle avait regardé droit devant elle, sans se perdre en vains regrets. Avoir des projets l'avait toujours préservée de la nostalgie, et avec ses cinq petits-enfants elle ne manquait ni de buts ni d'occupations. Marie n'allait plus tarder à passer le concours d'avocate et Vincent était déjà en licence de droit. Gauthier venait d'achever sa première année de médecine, seul à reprendre ainsi le flambeau des Morvan, tandis que Daniel, le plus jeune des cinq, était admis à Polytechnique pour la rentrée.

« De quoi être fière, très fière, au moins autant que je le suis de cette tête de mule d'Alain ! »

Cette pensée lui arracha un sourire et la fit se renverser en arrière dans le fauteuil, ôtant enfin ses mains de ce maudit bureau. En ce qui la concernait, elle avait toujours rédigé son courrier ou fait ses comptes sur le bonheur-du-jour de sa chambre. Ce petit meuble délicat en avait vu, des colonnes de chiffres, des ordres bancaires, des rapports de placements ! Cette année, par exemple, Clara y avait effectué une souscription judicieuse de l'emprunt Pinay, indexé sur l'or et bénéficiant d'une exonération des droits de succession. Il suffisait d'être malin pour bien investir, c'était le plus divertissant des jeux ! Et elle qui s'ennuyait à mourir dès qu'il était question d'une partie de bridge pouvait au contraire passer des après-midi entiers à jubiler sur les cours de la Bourse ou à réfléchir quant à l'opportunité d'un rapatriement de capitaux. Grâce à elle, la fortune Morvan continuait de croître, tout comme celle que Madeleine lui avait confiée et qui restait bien distincte dans les comptes. Sa belle-fille lui faisait une confiance aveugle, à juste titre, mais cette double gestion offrait à Clara la possibilité de savoir exactement où en étaient *tous* les Morvan, ce qui lui permettait d'influer sur ses dispositions testamentaires. Dont l'indivision de Vallongue entre tous ses héritiers, Charles compris. Alain aurait les terres, soit, il les méritait, mais la maison devait absolument rester le refuge de la famille entière. Une façon comme une autre de les contraindre à se réunir, même quand elle ne serait plus là pour tenir tout le clan à bout de bras.

Elle se leva enfin, alla fermer à demi les persiennes. Décidément, la journée s'annonçait belle, le temps des drames était passé, et se croire poursuivi par le sort relevait d'une stupide superstition.

— Grand-mère ?

Marie venait de se dresser devant elle à contre-jour, l'empêchant de rabattre le dernier volet.

— Tu es toute seule ?

La question était de pure forme, car la jeune fille avait vu partir son oncle sur le chemin. En un instant, elle escalada la rambarde de fer forgé et atterrit dans le bureau, juste à côté de Clara.

— Je voulais te parler, c'est important...

Elle était décoiffée, essoufflée, les joues rougies par le soleil matinal.

— D'où viens-tu, ma chérie ?

— D'Eygalières. J'ai pédalé trop vite au retour...

Quelque chose d'un peu exalté dans son attitude éveilla la curiosité de Clara.

— J'ai vu le docteur Sérac, poursuivit Marie, j'avais pris rendez-vous.

— Tu es malade ? s'écria Clara, soudain inquiète.

— Oh non, pas du tout ! Au contraire, je me sens très bien, mais tu ne vas pas apprécier, grand-mère...

Avec un sourire angélique, Marie se laissa tomber dans l'un des fauteuils faisant face au bureau.

— Tu devrais t'asseoir aussi, je t'assure. Je suis contente de t'avoir trouvée ici parce que c'est à toi que je voulais parler en premier. Alors voilà, j'attends un enfant, tu seras bientôt arrière-grand-mère !

Interloquée, Clara dévisagea la jeune fille pour s'assurer qu'il ne s'agissait pas d'une mauvaise plaisanterie.

— Je suppose que maman va en faire une jaunisse, enchaîna Marie sans cesser de sourire. Et que, avant ce soir, je serai devenue la honte de la famille ! Pour ma part, je suis ravie.

Il y eut un petit silence, puis Clara répéta :

— Ravie ? Vraiment ? Et… qui est le père ?

— Aucune importance. J'ai déjà rompu, ça ne comptait pas.

Cette fois, Clara s'assit.

*

Depuis Avignon, Sylvie ne tenait plus en place. Après s'être recoiffée une nouvelle fois, elle sortit un petit vaporisateur de son sac et s'aspergea d'eau de toilette en prenant bien garde à ne pas tacher la soie de sa robe légère. Stuart l'observait du coin de l'œil, exaspéré, tout en faisant mine de s'absorber dans la conduite de sa Ford Comète, un imposant coupé dont il était très fier.

— Nous n'allons pas tarder à quitter la nationale, nous sommes presque arrivés, déclara-t-il d'un ton de regret.

Il aurait aimé que le voyage n'ait pas de fin, c'était évident. Peu après Lyon, ils s'étaient arrêtés à Vienne pour déjeuner à *La Pyramide*, le très célèbre restaurant de Fernand Point, où ils avaient pris un repas mémorable. La gastronomie et le champagne avaient rendu Stuart si romantique qu'il s'était lancé dans une de ses inutiles déclarations d'amour. Sylvie avait souri, comme toujours, puis franchement ri devant tant d'obstination. Stuart ne travaillait plus chez Jacques Fath depuis un an, ses talents d'homme d'affaires étant désormais employés par Givenchy, mais il était resté le grand ami de Sylvie – à défaut d'être son amant.

— Tu es très jolie comme ça, ce n'est pas en rajoutant de la poudre que tu arriveras à t'enlaidir ! ironisa-t-il.

— Où sommes-nous ?

— Sur la route de Saint-Rémy-de-Provence. Nous serons à Vallongue dans dix minutes, et tu pourras enfin te prosterner devant ton dieu, le grand maître Morvan-Meyer en personne, effets de manches compris !

Elle haussa les épaules avec insouciance, ignorant le sarcasme. Même si Stuart ne lui était pas tout à fait indifférent, l'idée de retrouver Charles l'excitait bien davantage. Comme chaque été, lorsqu'il avait quitté Paris au début de juillet, elle s'était d'abord sentie en colère, puis abandonnée et amère, mais au bout du compte prête à n'importe quoi pour le revoir. Sur l'épaule de Stuart, il lui était arrivé de pleurer de rage, d'impuissance, de prendre des résolutions qu'elle n'arrivait jamais à tenir, de se laisser aller à flirter par dépit. Heureusement, jusque-là, elle s'était toujours reprise à temps. C'était Charles qu'elle aimait – dont elle était enragée, en fait –, et elle ne voulait pas donner à Stuart la moindre illusion.

— Tu prendras la première à gauche, annonça-t-elle soudain.

Ils n'étaient plus qu'à cinq kilomètres, par une petite route départementale très pittoresque. Les crêtes des Alpilles se découpaient dans des reflets dorés, avec leurs versants ombragés de chênes kermès ou plantés d'oliviers.

— C'est beau…, constata Stuart à regret.

Sylvie lui avait décrit Vallongue avec lyrisme, sans vraiment parvenir à le convaincre : tout ce qui se rapportait à Charles lui semblait excessif. Pourtant, elle n'avait pas exagéré, non, le paysage autour d'eux était somptueux sous la lumière écrasante de l'après-midi. Il suivit ses indications jusqu'à l'entrée de la propriété, contrarié à l'idée de la soirée qui l'attendait mais néanmoins curieux d'observer le comportement de Sylvie. Il n'avait rencontré Charles que deux fois et l'avait jugé d'emblée antipathique, arrogant, détestable. En se proposant pour conduire Sylvie chez lui, il l'avait contraint à lui offrir l'hospitalité, au moins pour la nuit, ce qui représentait à la fois une épreuve et un moyen de faire plus ample connaissance. Après tout, s'il voulait convaincre la jeune femme de quitter Charles un jour, il avait besoin d'en savoir davantage sur son rival.

Dans la cour pavée, il arrêta sa Ford près d'un cabriolet Bugatti rutilant.

— C'est à lui, ça ? marmonna-t-il. Je le croyais trop absorbé par son travail pour goûter les plaisirs de ce bas monde…

Sylvie ouvrit sa portière sans répondre tandis que Clara se précipitait à leur rencontre. Il y eut des exclamations, des échanges de politesses, puis ils gagnèrent ensemble la fraîcheur de la maison. Une fois installés dans le salon, au creux de confortables fauteuils couverts de tissu provençal, une orangeade glacée leur fut servie par la cuisinière.

— Je suis ravie d'être des vôtres, déclara Sylvie en reposant son verre, j'adore Vallongue, c'est toujours un privilège d'y séjourner !

— Et un plaisir de t'y recevoir, dit Charles en entrant.

Mais ce n'était pas elle qu'il regardait, c'était Stuart, avec une hostilité qu'il ne cherchait même pas à dissimuler. Il ne lui adressa d'ailleurs qu'un vague signe de tête avant d'aller s'asseoir à côté de Sylvie.

— Pas trop éprouvant, ce voyage ? demanda-t-il d'un air presque tendre.

— Du tout. Nous avons déjeuné chez Point, c'était divin.

— Forcément, approuva Charles avec une pointe d'ironie. Vous appréciez la cuisine française, Stuart ? Oh, vous permettez que je vous appelle Stuart ?

— Je vous en prie...

Ils échangèrent un nouveau coup d'œil, comme s'ils cherchaient à prendre la mesure l'un de l'autre. De dix ans plus jeune, l'Anglais avait un visage franc, ouvert, des cheveux blonds coupés court, un sourire charmeur. Le milieu de la mode dans lequel il évoluait lui avait donné l'habitude de l'élégance, et il devait être à l'aise en toutes circonstances. Hormis devant Charles, malheureusement. Car celui-ci, il était bien obligé de le constater, avait quelque chose d'impressionnant. Sa froideur, bien sûr, la distance qu'il semblait mettre entre lui et le reste du monde, ses yeux gris trop pâles, mais surtout l'assurance d'un homme à qui rien ne résistait. Qui avait l'habitude de plaire aux femmes, à ses clients, aux juges des tribunaux, l'habitude d'être écouté et respecté. Un adversaire de taille, même pour Stuart.

— Voulez-vous vous reposer un peu avant le dîner, ou bien vous promener ? proposa Clara avec un sourire affable. Et si je vous montrais le parc ? À cette heure-ci, il est plein d'odeurs extraordinaires !

Déjà debout, elle fit signe à Stuart de la suivre tandis que, comme prévu, Sylvie décidait de ne pas sortir pour pouvoir rester en tête à tête avec Charles. À Vallongue, les occasions de se retrouver seule étaient rares, elle n'allait pas laisser passer celle que venait de lui offrir Clara.

— Comment allez-vous ? demanda-t-elle à Charles en se levant. Vous avez une mine superbe...

Elle n'eut pas le temps de finir sa phrase car il l'avait prise dans ses bras pour l'embrasser avec une fougue inattendue. Il la tint un long moment serrée contre lui en prenant possession de sa bouche, ce qui provoqua chez elle un désir si violent qu'elle se sentit rougir.

— Vous m'avez manqué, murmura-t-elle enfin, à bout de souffle.

Jamais elle ne parviendrait à se passer de lui, encore moins à l'oublier un jour. Il fallait toute la naïveté de Stuart pour imaginer qu'elle pourrait rompre de son plein gré.

— Tu es de plus en plus jolie, dit-il avant de se détacher d'elle.

Il laissa glisser ses mains le long des épaules, frôla délibérément ses seins à travers la soie de la robe.

— Si je viens te rejoindre, cette nuit..., ajouta-t-il d'une voix un peu altérée.

— Oh, oui ! souffla-t-elle, les yeux mi-clos.

L'attitude de Charles était inespérée, pour une fois il ressemblait à un homme amoureux, et, plus surprenant encore, son visage venait de s'illuminer d'un vrai sourire.

Le dîner fut particulièrement gai. Marie, Alain, Vincent et Daniel mettaient à eux quatre une véritable ambiance de fête dans les repas, tandis que Gauthier, moins bavard, se contentait la plupart du temps de les écouter en riant aux éclats. Clara participait à la conversation de ses petits-enfants avec une aisance stupéfiante pour son âge, proche d'eux comme une sœur. À son habitude, Charles était plutôt silencieux au milieu du chahut, beaucoup moins détendu à Vallongue qu'à Paris, Sylvie le remarqua.

Quand la dernière part du fondant au chocolat fut engloutie, Clara se leva et gagna le patio, où un plateau d'infusions avait été préparé par Odette. La nuit était tiède et les insectes s'agglutinaient autour des deux réverbères installés l'année précédente, répliques exactes de ceux de la place Saint-Marc à Venise. Des sièges de fonte laqués blanc avaient été disposés près du palmier, incongru dans ce décor, et une petite fontaine de pierre gargouillait dans l'ombre.

Durant un bon moment Clara tint avec brio son rôle de maîtresse de maison, puis, quand elle jugea l'heure assez tardive, elle suggéra qu'il était temps de se coucher. Au pied de l'escalier du grand hall, tandis qu'elle disait bonsoir à chacun, Marie lui glissa à l'oreille :

— Je reste avec toi, grand-mère.

Clara hocha la tête, résignée. Sa petite-fille était assez courageuse et têtue pour faire face elle-même sans laisser à quelqu'un d'autre le soin de régler ses problèmes. Elle agissait ainsi depuis sa plus tendre enfance, ce n'était pas maintenant qu'elle allait changer. Clara posa sa main sur la rampe et demanda, d'une voix ferme :

— Puis-je te voir un instant, Charles ?

Il était déjà à mi-étage mais, avant qu'il ait pu répondre ou poser une question, elle partit vers la bibliothèque, suivie de Marie, et il fut obligé de les rejoindre.

— Ferme cette porte, mon chéri, il s'agit d'une conversation très... privée.

Elles se tenaient debout toutes les deux, devant la cheminée éteinte. D'où il était, Charles constata l'évidente ressemblance entre sa mère et sa nièce, un peu surpris de ne pas l'avoir remarquée plus tôt. Aussi droites l'une que l'autre, grandes et minces, la tête rejetée en arrière avec le même air de défi, elles auraient pu poser pour une photo de famille.

— Une catastrophe se prépare ? interrogea-t-il ironiquement.

— Non, répondit Marie. Plutôt ce qu'on appelle en général un heureux événement.

Charles était trop avisé pour ne pas saisir la signification de la phrase sur-le-champ. Il dévisagea Marie une seconde, fronça les sourcils, puis l'encouragea d'un geste de la main à poursuivre.

— J'attends un enfant, mais il n'aura pas de père. Comme j'ai vingt-deux ans, c'est moi qui décide.

Navrée par la brutalité de l'entrée en matière, Clara se mordit les lèvres. Marie tenait beaucoup de choses d'elle, en effet, y compris le manque de diplomatie. Et Charles allait se mettre en colère, c'était certain. Il était devenu tellement rigide, depuis la guerre, qu'elle pouvait prévoir presque toutes ses réactions.

— Toi qui décides, bien sûr, se contenta-t-il de répéter.

La jeune fille crut qu'il se contenait juste avant d'exploser, et elle se dépêcha d'ajouter :

— Je voulais un enfant, considère que ce n'est ni un mauvais hasard, ni une faute.

— Oui, mais tu ne l'as pas fait toute seule ! Et j'aimerais bien avoir en face de moi le garçon qui…

— Pourquoi ? Il s'est fait manipuler, c'est tout. Je ne le reverrai pas, il ne comptait pas, je veux cet enfant pour moi seule.

— Ton égoïsme est indigne ! riposta Charles d'une voix mordante. On ne conçoit pas un enfant pour se faire plaisir, et surtout pas sans amour. Je trouve ça très triste. Il va démarrer dans la vie avec un parent unique, ce sera un handicap pour lui. Tu y as pensé ?

La logique de l'argument toucha Marie, qui baissa les yeux, un peu désemparée. Discuter avec Charles était toujours difficile, elle aurait dû se souvenir qu'il mettait systématiquement le doigt sur les failles de l'adversaire.

— Bon, reprit Charles, de toute façon, puisqu'il est en route… Quand doit-il arriver ?

— En mars, avec le printemps.

— Ce qui te laisse le temps de passer ton concours. Quels sont tes projets, ensuite ?

Elle se troubla, soudain moins sûre d'elle parce que jusque-là il n'avait pas hurlé de rage.

— Eh bien… ça dépend un peu de toi, Charles.

— De lui et aussi de moi, intervint Clara avec douceur. J'ai mon mot à dire. Je ne laisserai pas ma petite-fille manquer de quoi que...

— Maman ! protesta-t-il. Tu te crois dans une scène d'un film de Pagnol ? Tu imagines vraiment que je vais m'en prendre à Marie et lui montrer la porte ?

Interloquée, Clara recula d'un pas pour s'adosser au manteau de la cheminée. Elle s'était bien trompée en supposant que Charles était devenu prévisible. D'autant plus qu'il proposait, presque aimable :

— Si on s'asseyait ?

Il s'installa le premier, croisa les jambes, puis sortit son étui à cigarettes et son sempiternel briquet en or. En raison de la chaleur, il ne portait qu'une légère veste de lin sur une chemise blanche dont le col était ouvert. Bronzé, mince, séduisant comme aucun homme ne pourrait jamais l'être aux yeux de Marie. Toute sa vie, elle allait chercher cette image sans la trouver, elle en eut le pressentiment. N'était-ce pas un reflet de Charles qu'elle avait traqué jusque-là, à travers des partenaires occasionnels qui la désappointaient toujours ? Personne ne possédait la même assurance, les mêmes yeux transparents comme de la glace, ni cette tristesse diffuse qui le rendait tellement émouvant. Depuis qu'il était revenu d'Allemagne, sept ans plus tôt, elle luttait contre une affection dont elle avait compris l'ambiguïté.

— Tu pourrais faire ta première année d'avocat stagiaire chez moi, lui dit-il enfin en pesant ses mots. Ce serait plus simple pour toi, et pas forcément un mauvais début pour ta carrière.

Jamais elle n'aurait osé le lui demander. Elle ne voulait pas de privilège, encore moins de passe-droit, pourtant elle avait rêvé d'apprendre son métier à ses côtés, et l'offre était inespérée dans ces circonstances.

— Charles..., balbutia-t-elle.

Il leva son regard pâle sur elle et se méprit devant son expression de désarroi.

— Oh, je suis désolé, la fumée te donne mal au cœur ?

Elle secoua la tête puis éclata de rire pour se donner une contenance tandis qu'il écrasait son mégot.

**

Un peu incommodée par la chaleur, Sylvie se retourna pour la centième fois de la nuit. Comme la lampe de chevet était restée allumée, elle ne voulait pas ouvrir la fenêtre, par peur des moustiques, mais elle était en nage. Sa pendulette de voyage indiquait deux heures trente-cinq. Charles ne viendrait plus, elle en était certaine à présent, et elle se sentait horriblement frustrée. Dépitée, humiliée, et toujours assoiffée de lui. Pourtant elle avait bien cru, en arrivant l'après-midi même, que Charles éprouvait un désir aussi impérieux que le sien, que pour une fois ils étaient à l'unisson. Son sourire – si rare ! – avait été une vraie promesse. Pourquoi fallait-il toujours qu'il la déçoive, qu'il se dérobe ?

N'y tenant plus, elle se leva, alla fouiller dans sa valise et en sortit un flacon de lotion à la citronnelle dont elle enduisit son visage, son cou, ses bras. Puis elle ouvrit la fenêtre en grand, heureuse de respirer enfin un peu de fraîcheur. Les nuits de Vallongue étaient pleines d'odeurs merveilleuses, comment avait-elle pu l'oublier ? Alain avait planté quelques pieds de lavande et des herbes aromatiques juste sous les fenêtres, pour faire plaisir à sa grand-mère, il l'avait dit en riant durant le dîner. D'ailleurs, cette maison était un véritable paradis, où Clara avait pensé chaque détail avec son goût de la perfection. Un endroit fait pour le bonheur.

« Oui, mais Charles ne m'épousera jamais, ne m'aimera jamais, je n'aurai jamais la moindre importance dans sa vie ! Je suis condamnée à n'être que de passage, à satisfaire chez lui non pas des désirs mais des besoins ! Ceux d'un homme seul, rien de plus... »

Trop souvent, elle pleurait en pensant à lui, et les années passaient sans apporter le moindre changement à leur relation. Sauf que Sylvie avait trente-trois ans à présent, et que par chance Stuart, qui l'avait attendue jusqu'ici, ne s'était pas découragé, et n'avait pas encore rencontré d'autre femme.

« C'est ce que tu attends, ma pauvre ? De n'avoir plus aucune solution, aucun avenir possible ? »

Elle devait s'obliger à regarder Stuart autrement. Ils avaient le même âge, fréquentaient le même monde, s'entendaient à merveille, que voulait-elle de plus ? Bien sûr, tout à l'heure à table, elle les avait observés tour à tour et la comparaison s'était révélée avantageuse pour Charles.

« Parce que tu le vois avec les yeux de l'amour, c'est tout. Il ne sait pas rire, il n'a ni compassion ni indulgence, il ne tient même pas ses promesses ! »

Peut-être ferait-elle mieux de repartir, dès le lendemain matin, d'accompagner Stuart jusqu'à Monte-Carlo, comme il le lui avait proposé. Là-bas, elle pourrait se baigner, jouer au casino, profiter du luxe inouï de l'*Hôtel de Paris*, où Stuart allait occuper la suite réservée par la maison Givenchy. Et finir dans ses bras, il n'attendait que ça. Tenir pour une fois le rôle de la femme aimée ouvertement.

« J'en ai marre des rencontres furtives et des heures volées, marre que Clara me jette des coups d'œil apitoyés ! »

Stuart lui avait prédit qu'un jour elle se réveillerait vieille fille. Non plus cachée comme une maladie honteuse par un mufle, mais carrément seule.

À pas lents, elle s'éloigna de la fenêtre pour retourner vers le lit défait. Sa vaporeuse nuisette de satin pêche ne séduirait personne cette nuit. Il était presque trois heures, et il valait mieux qu'elle dorme si elle ne voulait pas avoir une tête affreuse en se réveillant.

*

Dans la bibliothèque, où il était resté après le départ de Clara et de Marie, Charles réfléchissait. Hormis Gauthier, les enfants d'Édouard posaient décidément beaucoup de problèmes. Avait-il été à la hauteur de son rôle d'oncle ? Seul homme de la famille, il représentait pour ses neveux l'autorité paternelle, et Madeleine avait toujours compté sur lui pour leur éducation. Or Alain avait lâché ses études à seize ans, au profit de la culture des oliviers, et voilà que Marie se retrouvait fille mère et fière de l'être ! Si ses propres fils lui avaient fait des coups pareils, il aurait réagi avec bien plus d'intransigeance, que Clara soit d'accord ou pas. Quand Vincent avait obtenu une note lamentable en procédure pénale, lors de sa deuxième année de droit, Charles ne s'était pas contenté de le sermonner, il l'avait privé de sorties durant plus d'un mois.

Madeleine allait se répandre en lamentations dès qu'elle serait mise au courant, ce que Marie comptait faire le lendemain matin. On n'avait pas fini de l'entendre soupirer et multiplier les

références à ce « pauvre » Édouard ! En conséquence, Charles avait préféré planifier l'essentiel des problèmes à venir. Il avait bavardé
plutôt gentiment avec Marie, proposant des
solutions, abolissant les obstacles. Pour lui, elle
était encore une jeune fille sans défense, même
s'il la soupçonnait d'avoir une certaine force
de caractère – et déjà une vie de femme. Mais
justement, n'importe quelle femme en difficulté
le ramenait à Judith de façon obsessionnelle,
et dans ces cas-là il ne pouvait pas adopter une
autre attitude que celle du sauveur. Clara avait
suggéré d'acheter un appartement afin que
Marie se sente aussi indépendante que possible,
puisque c'était ce qu'elle souhaitait, mais à
proximité de l'avenue de Malakoff. Cet arran-
gement permettrait à la future maman de
conserver à la fois sa liberté et le soutien de
sa famille. Soit Madeleine accepterait de
financer l'installation de sa fille, soit Clara s'en
chargerait elle-même. En travaillant avec
Charles, Marie pourrait obtenir tous les congés
nécessaires à sa maternité, et surtout elle ne
serait pas exposée aux commérages. Dans le
cabinet de maître Morvan-Meyer, il était peu
probable que quiconque ose une réflexion
déplacée sur la nièce du patron.

La discussion s'était prolongée bien après
que Clara fut montée se coucher, satisfaite et
rassurée. Marie était restée, d'abord pour
remercier son oncle, mais surtout pour
répondre aux questions qu'il n'avait pas

formulées. Cet enfant à venir, elle le voulait de toutes ses forces, elle le lui avait expliqué avec une certaine brusquerie, et il n'avait pas compris grand-chose au discours incohérent qu'elle lui avait tenu. Pragmatique, il avait essayé de savoir si un homme l'avait déçue, si ce n'était pas une revanche qu'elle cherchait. « Non, tu n'y es pas du tout ! C'est le bonheur que je cherche, rien d'autre. Et je ne veux pas attendre. » Sur ce point précis, il n'aurait rien gagné à la contredire, aussi avait-il préféré se taire.

Fatigué d'être resté si longtemps sans bouger, il se leva et se mit à faire les cent pas. Jamais il n'aurait cru pouvoir s'attacher aux enfants d'Édouard, pourtant, malgré tous ses efforts, c'était arrivé quand même, au moins en ce qui concernait Marie. Il le déplorait mais ne pouvait plus rien y changer. À l'époque, il s'était juré de laisser Madeleine et Clara s'occuper d'eux, de ne pas s'en mêler. Hélas ! au premier souci elles étaient venues le chercher pour qu'il tranche à leur place. À tous les stades de leur adolescence, il avait dû intervenir et prendre des décisions, ce qu'il avait fait de la manière la plus impartiale possible. Aujourd'hui, Marie attendait un enfant, un nouveau Morvan, un descendant d'Édouard. Et il allait falloir que ce soit Charles qui le protège avant même sa naissance : un comble !

Le balancier de l'horloge résonnait avec sa régularité mécanique dans le silence de la nuit.

Sylvie avait dû s'endormir, lasse de l'attendre, et il se prenait à regretter de n'avoir pas pu la rejoindre. Elle aussi avait pris trop d'importance avec le temps. Est-ce qu'il envisageait donc de renier tous ses serments l'un après l'autre ? S'il se laissait aller à aimer, il oublierait Judith peu à peu, inéluctablement. Or il ne le voulait à aucun prix, car l'oubli signifierait qu'elle avait souffert et était morte pour rien. Judith *et* Beth. Des images qui s'estomperaient jusqu'à devenir insignifiantes ? Impossible.

Il essaya de ne plus penser au corps chaud et souple de Sylvie, à la douceur de sa peau, à ses seins qu'il avait envie de sentir sous ses doigts. Elle s'abandonnait entièrement dans l'amour, les yeux noyés, la voix cassée, et ensuite elle se serrait contre lui comme un petit animal. Elle ne posait pas de questions, n'exigeait pas ce qu'il se refusait à donner.

Exaspéré par le désir qui était en train de le submerger, il jeta un coup d'œil vers la porte. Il pouvait encore aller la retrouver, à n'importe quelle heure elle serait ravie de l'accueillir, il le savait. Ce qu'il ignorait, en revanche, c'était le moment où il finirait par avoir vraiment besoin d'elle. Quand elle était arrivée, dans l'après-midi, il s'était senti soulagé par sa présence, presque heureux, et aussi très jaloux de Stuart, un sentiment nouveau. C'était elle qui avait dit : « Tu m'as manqué. » Mais il l'avait pensé avant elle.

Il s'éloigna de la porte pour se réfugier près des bibliothèques. Trahir Judith n'était pas concevable, et faire la moindre promesse à Sylvie serait malhonnête. Peut-être, en effet, était-il amoureux d'elle, toutefois il ne l'épouserait jamais, pour des raisons qu'il ne pourrait jamais lui révéler. Un cercle vicieux dans lequel il ne devait pas se laisser enfermer. Même s'il n'avait plus rien à voir avec le jeune lieutenant passionné qu'il avait été, il en avait conservé la droiture. Il était un avocat intègre, il ne voulait pas devenir un homme déloyal.

L'aube approchait, d'ici deux heures Odette commencerait à s'affairer dans la cuisine. Ensuite, il y aurait tous les bruits de la grande maison s'éveillant. Des portes qui claquent, des exclamations, l'odeur du café, et les garçons faisant la course dans l'escalier comme s'ils avaient encore douze ans. Il régnait à Vallongue, l'été, une continuelle atmosphère de fête. La mort d'Édouard n'y avait pas changé grand-chose, les jeunes semblaient toujours ravis de se retrouver là et de se rappeler les années de guerre, dont ils ne gardaient finalement qu'un souvenir de vacances prolongées. Bienheureux gamins !

Charles frissonna, surpris par la fraîcheur qui précédait le lever du jour. Il se concentra sur la pensée de Judith et sur ce qu'elle avait vécu ici, entre ces murs, durant les derniers mois de sa vie. La douleur arriva presque tout de suite et il ferma les yeux, laissa échapper un soupir.

Personne, pas même Clara, ne se doutait du genre de bombe qu'il détenait, enfermée avec soin dans le coffre-fort de son cabinet, à Paris. Une bombe d'apparence anodine, sous la forme de petits carnets à spirale, mais qui pouvait détruire tous les Morvan. Non, décidément, mieux valait que Sylvie ne soit jamais mêlée à leur histoire.

Je parle beaucoup de toi à Beth. Je veux qu'elle sache quel homme merveilleux est son papa. Et tu l'es, je ne lui raconte pas d'histoires ! Mais comment réagiras-tu, quand tu reviendras ? Oh, Charles, ton retour, je ne pense qu'à ça. Vincent et Daniel sont heureux avec leurs cousins, alors j'essaie de ne pas pleurer devant eux. C'est difficile, parce que Vincent a tes yeux, et Daniel ton sourire. Pour eux, c'est simple, ils sont comme toi, comme tout le reste de ta famille, ils aiment Vallongue, et moi je l'ai pris en horreur. Comment pourrons-nous y vivre après ce qui s'est passé ? Tu ne supporteras jamais ce que j'ai à t'apprendre.

Jamais, non, c'était évidemment impossible. Ni accepter, ni oublier. Charles quitta la bibliothèque, monta au premier, longea la galerie qui desservait les chambres et dont les fenêtres donnaient sur le patio. À l'est, le ciel commençait à pâlir. Lorsqu'il passa devant la porte de

Sylvie, il n'hésita qu'une seconde puis poursuivit son chemin.

Comme elle ne dormait toujours pas, elle reconnut son pas sur les tommettes, faillit l'appeler, mais elle l'entendit s'éloigner, entrer chez lui. D'abord incrédule, puis brusquement folle de rage, elle se mit à bourrer ses oreillers de coups de poing et, quand elle eut trop mal aux épaules, elle se leva d'un bond pour aller faire sa valise. Sa décision était prise, elle partirait avec Stuart ce matin.

4

ALAIN SE RÉVEILLA À L'AUBE, en sueur. Depuis qu'il habitait Vallongue, c'était la troisième fois qu'il faisait ce rêve. De tous les autres, ou même de ses rares cauchemars, il ne gardait généralement que peu de souvenirs, mais pour celui-là c'était différent.

Il rejeta le drap, s'assit au bord du lit, la tête entre les mains, et resta sans bouger quelques instants, pour essayer de se rappeler. Les images ne signifiaient pas grand-chose, c'était plutôt l'impression d'avoir réellement vécu cette situation qui le mettait mal à l'aise.

Agacé de ne pas comprendre, il finit par se lever pour gagner la salle de bains. La maisonnée dormait encore, personne n'étant aussi matinal que lui. Il fit une rapide toilette avant de s'habiller puis descendit ouvrir les volets de la cuisine et préparer le café. Dans son rêve, il avait quelques années de moins, environ douze ou treize ans, et il remontait l'escalier en courant, pieds nus, parfaitement silencieux. Charles était là quelque part, bien qu'il ne puisse pas le voir. Impossible à situer dans la maison, la présence de son oncle était inquiétante, dangereuse. Pourquoi ? Avait-il peur de lui au point de le projeter dans ses songes ? Non, consciemment il ne craignait pas Charles, mais peut-être celui-ci avait-il été très impressionnant pour des enfants, avec son auréole de héros et sa silhouette de fantôme.

Un bol de café à la main, il traversa le hall, passa devant le bureau et ouvrit la porte de la bibliothèque. Il s'immobilisa un moment, perplexe, tandis que les dernières bribes du rêve s'estompaient. La pièce était plongée dans la pénombre à cause des lourds rideaux qu'il alla tirer, puis il s'assit dans son fauteuil favori, une profonde bergère dont les orillons étaient censés protéger des courants d'air et des indiscrétions. De tout temps il avait aimé y passer de longues heures, à dévorer un livre après l'autre. Pendant les années de la guerre, puis les étés suivants, il s'était employé à épuiser les réserves des rayonnages. À présent, il commandait directement au libraire de Saint-Rémy les dernières parutions de Sartre, Giono ou Camus. Plusieurs fois par an, Clara lui envoyait des romans, et Vincent lui rapportait toujours les livres qu'il avait appréciés durant l'hiver. Désormais, les volumes étaient vraiment tassés sur les étagères, où certains n'avaient même pas pu trouver place. Charles s'était énervé devant ce désordre, rappelant à son neveu qu'il n'était pas chez lui. « Vallongue est la propriété de ta grand-mère, ne t'y comporte pas en pays conquis ! » Pourtant, dès qu'il se retrouvait seul, au début de l'automne, Alain redevenait avec bonheur le vrai maître des lieux.

Il vida son bol, qu'il posa en équilibre sur ses genoux. La porte de la bibliothèque était restée ouverte et il pouvait voir, au-delà du vestibule, le seuil du bureau. Durant les derniers mois de la guerre, Édouard y avait passé l'essentiel de ses journées, enfermé à clef. Quand il rentrait de l'hôpital d'Avignon, il s'arrangeait pour écourter le dîner, pressé de regagner son antre. Les enfants se gardaient bien d'aller le déranger, au contraire ils en profitaient pour se glisser dans la bibliothèque, où ils improvisaient des jeux de société. Mais Alain préférait lire et, quand les autres montaient se coucher, il s'attardait pour finir son chapitre. Il lui était même arrivé de s'endormir dans le grand fauteuil et de se réveiller en sursaut à l'aube, complètement gelé.

La nuit où son père s'était suicidé, il était là. Il avait lu, puis somnolé, et à un certain moment des éclats de voix l'avaient fait sursauter. Celle de son père, basse et plaintive, se mêlait à celle de son oncle, beaucoup plus métallique, dans une violente querelle d'adultes. Édouard n'était déjà pas drôle, mais avec le retour de Charles – qui était lui-même un vrai zombie –, l'ambiance était devenue irrespirable. Alain s'était enfui furtivement pour aller se rendormir dans sa chambre. Le lendemain matin, quand Clara leur avait annoncé la tragique nouvelle, il s'était demandé si cette dispute n'avait pas contribué au désespoir de son père, si elle n'avait pas joué un rôle déterminant dans sa décision d'en finir. Il se le demandait toujours. Était-il possible que Charles ait poussé Édouard au suicide ? Et ce doute lancinant expliquait-il l'antipathie d'Alain pour son oncle ?

Un petit rayon de soleil commençait à briller, au-dehors, et il décida qu'il avait assez flâné. Il ne songeait que très rarement à son père ou au passé, trop préoccupé par l'avenir, et désormais les oliviers comptaient plus pour lui que ses souvenirs d'enfance. Néanmoins, il aurait aimé savoir ce que les deux hommes avaient bien pu se dire, cette nuit-là. Peut-être existait-il un lien entre leur dispute et le rêve qui l'avait tiré si tôt de son lit.

En quittant la maison, il n'y pensait déjà plus, obnubilé par ses arbres comme chaque matin. C'était le moment qu'il préférait entre tous, avant que la chaleur ne devienne accablante, quand il pouvait se promener à sa guise et supputer l'importance de la récolte à venir ou réfléchir à de nouvelles idées. Et cette année il s'interrogeait sur l'opportunité de replanter quelques amandiers, en raison de la vogue que connaissaient de nouveau les calissons. Tout en haut de la colline, il restait une bande de terrain disponible, qu'il avait commencé à défricher.

— Alain ! A-lain !

Les mains en porte-voix, Vincent le hélait, debout sur la route en contrebas.

— Grimpe ! La vue est splendide ! lui cria Alain.

Il alla s'asseoir sous un arbre en attendant que son cousin le rejoigne, amusé de le voir trébucher dans la pente.

— Tu manques d'exercice, non ? ironisa-t-il tandis que l'autre se laissait tomber à côté de lui, hors d'haleine.

— Pas du tout, je passe plusieurs heures chaque jour sur ton vélo !

L'allusion fit sourire Alain. Effectivement, Vincent se lançait dans une grande balade, tous les après-midi, mais ce n'était pas pour entretenir sa forme, c'était pour retrouver l'élue de son cœur. Il s'arrangeait pour la croiser innocemment, échanger quelques mots avec elle ou l'accompagner un bout de chemin. Il était totalement subjugué, pris au piège, mais d'une façon si délicieuse qu'il ne faisait rien pour s'en dégager. La fille était trop jolie, et lui trop innocent.

Du coin de l'œil, Alain mesurait les ravages jour après jour et se prenait à regretter d'avoir présenté son cousin à Magali. Dans moins d'une semaine, Vincent devrait quitter Vallongue puisque la rentrée universitaire approchait, et la séparation menaçait d'être douloureuse.

— Donne-moi une cigarette, demanda Alain en s'allongeant carrément.

Malgré l'ombre de l'olivier, il faisait déjà chaud. Vincent lui tendit un paquet de Craven et une pochette d'allumettes, puis soupira :

— Je n'aurai pas de vacances avant Noël, et rien ne dit que papa me laissera venir ici à ce moment-là, tu sais comment il est…

— Oui, de mauvaise humeur, c'est chronique chez lui !

Il l'avait dit sans aigreur, ayant fini par réviser son jugement sur Charles. Certes, l'obligation du courrier hebdomadaire lui pesait toujours, mais, en dehors de cette exigence et de quelques réflexions brutales, son oncle l'avait quand même laissé tranquille depuis trois ans. Sa vie s'était organisée avec une facilité déconcertante à Vallongue, grâce au soutien de Clara, et il y était de plus en plus heureux.

— Comment se fait-il que tu n'aies pas succombé, toi ? s'enquit Vincent en s'appuyant sur un coude pour dévisager Alain.

— À quoi ? Au charme de Magali ? Tous les goûts sont dans la nature… Ou alors j'ai constaté, dès la première minute, qu'elle était faite pour toi !

154

Son rire en cascade était très communicatif, et Vincent finit par sourire sans se vexer.

— Tu as de la chance d'habiter ici toute l'année, dit-il d'un ton de regret.

— Oui, beaucoup, mais toi tu ne l'aurais jamais supporté. Je ne parle qu'à Ferréol, qui n'est pas d'une gaieté forcenée, je me lève tous les matins à cinq heures, je me fais la cuisine tout seul.

Vincent se souvint qu'effectivement Odette n'était employée que durant les séjours de la famille. Charles avait été catégorique dès le début : puisque Alain prétendait se comporter en adulte, il se débrouillerait comme tel. Pas de femme de ménage, encore moins de cuisinière, et pas question de trouver la maison en désordre. À titre d'exemple, il avait rendu une visite surprise à son neveu, le premier hiver. Pour quelques tasses qui traînaient dans l'évier, des miettes semées sur la table et une ampoule électrique grillée, il s'était mis en colère, menaçant de ramener Alain à Paris sur-le-champ. Une leçon efficace, dont le jeune homme gardait un souvenir désagréable.

— Depuis que Sylvie s'est volatilisée avec son Anglais, ton père est carrément odieux...

Tout le monde l'avait remarqué, mais personne ne se serait risqué à le dire. Vincent esquissa un sourire contraint et répliqua :

— Ta mère ne vaut pas mieux en ce moment !

C'était devenu un jeu entre eux. Quand Alain, au lieu d'appeler Charles par son prénom, préférait utiliser l'expression « ton père », dans laquelle il mettait une intonation plutôt acerbe, Vincent glissait en retour une allusion à Madeleine sur le même ton.

— Maman, c'est l'histoire de Marie qui lui reste en travers de la gorge, tu imagines bien. Mais ton père avec Sylvie, c'est du masochisme.

Marie n'avait laissé ni ses frères ni ses cousins dans l'ignorance de sa future maternité, d'abord ravie de les voir médusés par l'énormité de la nouvelle, puis attendrie parce qu'ils avaient tous les quatre proposé leur aide avec un bel ensemble.

— Au fond, tu es comme ta sœur, soupira Vincent. Vous avez besoin de bousculer l'ordre établi. C'est sûrement pour prendre le contre-pied de Madeleine, et même d'Édouard... Excuse-moi.

Alain médita ce jugement quelques instants mais finit par hausser les épaules. Il ne se sentait plus en révolte, au contraire il avait trouvé une sorte de sérénité à Vallongue. Ce que Vincent disait de ses parents ne le choquait pas, d'ailleurs ils en avaient souvent parlé et ils étaient d'accord à ce sujet. Leur amitié, qui ne faisait que s'étoffer avec le temps, leur permettait de ne pas se ménager l'un et l'autre, or ils n'avaient pas oublié à quel point Édouard s'était montré pesant durant les années de guerre. Conventionnel et timoré, bien loin de l'image d'un héros malgré son ton moralisateur. Quant à Madeleine, ses démissions successives au profit de son mari, de sa belle-mère, puis de son beau-frère, ses sempiternelles jérémiades, son manque d'humour et de tendresse n'échappaient à personne, surtout pas à ses propres enfants. En fait, seule Clara trouvait grâce à leurs yeux, véritable référence familiale unanimement appréciée.

— Et si je lui écrivais une lettre ?

— À Magali ? Tu ne préfères pas lui parler ?

— J'ai bien trop peur, mon vieux ! C'est aussi bête que ça...

Alain se remit à rire et, cette fois, Vincent faillit se vexer.

— Si tu lui avoues franchement qu'elle te plaît, elle va s'en évanouir de joie ! affirma Alain de façon catégorique. Est-ce que tu t'es déjà regardé dans une glace autrement que pour te raser ?

Il détaillait le profil parfait de son cousin, le nez droit, les pommettes hautes, les yeux gris qu'il tenait de son père, à peine plus sombres.

— C'est drôle, constata-t-il avec une pointe de regret, tu lui ressembles.

— À qui ?

— À Charles ! Enfin, la sinistrose en moins. Va voir Magali et invite-la à se promener. Ou emmène-la boire un verre à Saint-Rémy, si tu veux je te prête la voiture.

— Tu ferais ça ? demanda Vincent, qui était déjà debout.

— Les clefs sont sur le contact, et je n'en ai pas besoin aujourd'hui. Mais ne la bousille pas, sinon on en entendra parler jusqu'à la fin de nos jours !

C'était encore une initiative de Clara que cette increvable 203 Peugeot achetée dès les dix-huit ans d'Alain. « Puisque tu as ton permis, un chef d'entreprise comme toi ne peut pas tout faire à vélo ! » lui avait dit sa grand-mère au téléphone, l'année précédente. Ensuite, elle avait contacté un garagiste, à Cavaillon, qui lui avait déniché une bonne occasion. Charles et Madeleine n'avaient découvert la voiture qu'en arrivant à Vallongue, au début de l'été, et bien sûr il était trop tard pour protester.

Comme Vincent avait détalé sans demander son reste, Alain se releva lentement puis épousseta son pantalon de toile. La pause avait assez duré, le travail l'attendait. Ferréol devait déjà se tenir au pied du premier coteau, prêt pour l'inspection quotidienne et minutieuse de tous les arbres. Jusqu'ici, la récolte s'annonçait bien, mais il faudrait rester vigilant jusqu'en octobre ou novembre. Ensuite viendrait la cueillette, puis toutes les étapes de l'extraction de l'huile. Cette année encore, Alain comptait vendre la totalité de sa production à une coopérative, mais ce serait la dernière fois. Il avait déjà en tête les bouteilles, d'une forme bien particulière, et surtout les étiquettes sur lesquelles s'étalerait un jour le nom de Morvan. « Huile d'olive vierge A. Morvan, première pression à froid, domaine de Vallongue. » Mais d'ici là, il avait intérêt à garder son projet secret parce que, à la minute où Charles le découvrirait, il allait en faire une maladie. Pourtant, associer le nom d'un grand ténor du barreau de Paris à un produit alimentaire aussi prosaïque que de l'huile était une idée qui amusait beaucoup Alain.

⁂

Clara tourna et retourna la carte postale entre ses doigts. Les quelques banalités sur Monaco ou la Méditerranée ne semblaient avoir été écrites par Sylvie que dans le but de se faire pardonner son départ précipité, mais Clara était trop avisée pour ne pas comprendre que ces quelques lignes étaient aussi un défi adressé à Charles.

Perplexe, elle reposa la carte sur le bonheur-du-jour, avec le reste du courrier. L'été finissait, les bagages étaient déjà commencés, à la fin de la semaine ils seraient tous de retour avenue de Malakoff. Charles aurait-il le courage de courtiser une autre femme, de se lancer dans une nouvelle liaison ? Sûrement pas. Or il ne pouvait pas rester seul à son âge, sinon il allait s'aigrir, devenir invivable. Pourquoi n'avait-il pas fait un petit effort pour garder Sylvie ? Elle était exactement la femme qui lui convenait, d'ailleurs leur rupture le rendait malheureux, Clara le voyait bien. Certes, ce n'était pas comparable avec ce qu'il avait dû ressentir au sujet de Judith et de Beth, néanmoins il souffrait, il en était donc redevenu capable.

Elle jeta un rapide regard par la fenêtre et aperçut Alain, qui traversait la cour d'un pas pressé. Depuis qu'il habitait Vallongue, il n'était plus nécessaire de fermer la maison en partant, c'était agréable. Elle le suivit des yeux jusqu'à ce qu'il disparaisse. Il était toujours affairé, toujours en mouvement, peut-être même avait-il hâte de voir disparaître la famille pour reprendre possession des lieux en solitaire. Quand tout le monde était là l'été, il était obligé de consacrer du temps aux repas, de sacrifier à un minimum de convivialité, or il avait sûrement mieux à faire que traîner à table. On ne pouvait plus vivre de façon oisive, comme à l'époque de la jeunesse de Clara, le monde devenait plus dur.

Elle reprit son stylo à plume et son livre de comptes pour établir le montant des gages d'Odette et de la femme de charge, qu'elle devait payer avant son départ. Ensuite elle réglerait la facture de cette machine à laver qu'elle s'était décidée à commander après en avoir vu la démonstration au Salon des arts ménagers, au Grand Palais. Une invention merveilleuse dont aucune maîtresse de maison ne pourrait plus se passer, c'était certain. Si l'engin tenait ses promesses, à Paris, elle en achèterait une deuxième pour Vallongue. Rien ne l'amusait davantage que le progrès, et elle se réjouissait d'être née dans un siècle qui offrait tant de changements.

*

Alain luttait contre un sentiment croissant d'exaspération qu'il savait pourtant injuste. Son oncle aurait été inconséquent s'il n'avait pas pris la peine de vérifier le fonctionnement de l'exploitation, ses contrôles systématiques n'avaient donc rien d'humiliant.

— C'est quoi, ça ? demanda Charles en posant le doigt sur un chiffre.

— Des disques de nylon pour la presse. Ils s'usent vite.

— Et ça ?

— Le remplacement d'un des bacs en pierre dans lequel tournent les meules. Il était fendu, j'ai dû le changer.

Charles hocha la tête et continua à lire, sourcils froncés. Au bout d'un moment, il constata, avec une pointe de condescendance :

— Tu es encore bénéficiaire cette année, c'est parfait ! Bon, j'emporte ces documents à Paris, j'en aurai besoin pour la déclaration fiscale.

Il referma le dossier, qu'il rangea dans un porte-documents de cuir.

— Je ne m'attendais pas à des félicitations, dit Alain à mi-voix, mais il me semble que tu peux être content de ma gestion.

— Oui… Sauf que ta grand-mère t'a beaucoup aidé, ce qui change un peu la balance des comptes.

— Tout ce qu'elle a investi ici est plutôt un bon placement !

L'agressivité du ton mit aussitôt Charles de mauvaise humeur.

— Tu crois ça ? Après déduction des impôts, j'estime qu'il s'agit d'un rapport médiocre. La même somme ailleurs aurait été plus productive. Tu vis un peu trop renfermé sur toi-même pour savoir ce qui se passe dans le reste du monde.

— Je pourrais obtenir un bien meilleur rendement à condition de…

— Oh, ne change rien pour l'instant, et ne me casse pas les oreilles avec tes châteaux en Espagne ! Tu seras majeur d'ici peu, à ce moment-là nous rediscuterons de certaines modalités. En attendant, tu restes sous mon autorité, que ça te plaise ou non.

Alain faillit s'emporter à son tour, mais il se contint à la dernière seconde. Affronter son oncle ne lui servirait à rien pour l'instant.

— Est-ce que tu peux m'expliquer pourquoi tu me détestes ? questionna-t-il seulement.

Charles le considéra d'un air pensif, sans la moindre colère.

— Non... Non, désolé, je ne peux pas te l'expliquer.

La réponse était si déroutante qu'Alain ne trouva rien à ajouter. Ils échangèrent un long regard jusqu'à ce que Charles demande :

— Te rends-tu compte que si tu étais né dans un autre milieu, tu serais tout au plus ouvrier agricole ?

— Et toi, tu serais quoi ? riposta le jeune homme.

— Avocat. Les diplômes, tu sais, avec ou sans fortune...

— Oui, mais, tes études, tu les aurais payées comment ?

Charles recula son fauteuil, se leva et fit le tour du bureau pour venir se planter devant son neveu.

— Je ne t'autorise pas à me parler sur ce ton.

Ses yeux avaient la couleur de l'acier, toute son attitude exprimait une soudaine menace que le jeune homme prit assez au sérieux pour se mettre debout à son tour. Il n'était pas tout à fait aussi grand que Charles, mais peu s'en fallait à présent.

— J'ai été très patient avec toi depuis des années, mon petit Alain. Trop libéral, et il m'arrive de le regretter. Seulement il faut que tu comprennes bien quelque chose, te révolter contre moi n'est pas une preuve de courage, parce que tu ne risques rien. Ou si peu !

Inconsciemment, Alain recula d'un pas. Il ne voyait pas où son oncle voulait en venir.

— Quand j'étais en forteresse, je me suis rebellé contre des officiers allemands trop zélés, et, crois-moi, ça coûtait très cher de leur tenir tête. Au mieux, tu te retrouvais à l'infirmerie, au pire tu étais fusillé séance tenante. Mais c'était presque impossible de tout accepter sans broncher. Toi, en me provoquant, tu ne cours aucun danger, alors tu fanfaronnes, c'est si facile !

Jamais Charles ne parlait de l'époque où il avait été prisonnier, et personne n'en connaissait le moindre détail. D'ailleurs, cette évocation devait lui être pénible, car son expression s'était encore durcie jusqu'à devenir vraiment inquiétante. Il ajouta, un peu plus bas :

— Si j'avais voulu te soumettre, crois-moi, je l'aurais fait. Sors d'ici.

Ils restèrent quelques instants à s'observer, puis Alain choisit de quitter la pièce en silence.

*

Le cœur battant à tout rompre, Vincent remonta encore un peu sa main le long de la cuisse douce et chaude.

— Arrête, chuchota Magali d'une voix défaillante.

Elle ne comprenait pas ce qui lui arrivait ni comment elle avait pu se retrouver si vite dans les bras de Vincent. Et depuis qu'il s'était mis à la caresser, elle n'avait plus aucune volonté. Au lieu de chercher à s'échapper, elle se cramponnait à lui, au bord d'un plaisir inconnu qui la faisait trembler. Malgré les vitres baissées, il faisait une température étouffante dans la 203, et elle protesta à peine quand il commença à déboutonner sa robe. Ses doigts étaient légers sur elle, habiles comme s'il avait une grande expérience, alors qu'il n'avait connu que deux filles avant elle.

— Vincent, il ne faut pas, souffla-t-elle.

À sa grande surprise, il se détacha d'elle et elle sentit un peu d'air tiède sur ses épaules nues.

— Tu es tellement belle, murmura-t-il en guise d'excuse.

C'était le mot, elle était d'une rare beauté. Longue chevelure rousse à peine bouclée, grands yeux verts et teint pâle, adorable petit nez. Menue mais ronde, toute en courbes, appétissante et consentante, il le voyait bien, de quoi lui faire perdre la tête s'il ne s'arrêtait pas tout de suite. Pour trouver la force de ne pas aller plus loin, il s'obligea à penser à Marie qui attendait un bébé.

— Je suis désolé, dit-il en la repoussant à regret. Ne restons pas là... On va le boire, ce verre ?

Il tendit la main vers la clef de contact mais dut s'y reprendre à plusieurs fois pour démarrer tandis que la jeune fille rajustait les bretelles de la robe chiffonnée. Elle ne savait pas si elle était déçue ou soulagée, mais elle se sentait très embarrassée à présent.

— Je meurs de soif, déclara-t-il, et je mangerais bien une glace. Pas toi ?

La tête tournée vers elle, il souriait si gentiment qu'elle en fut réconfortée.

— Tu crois que c'est bien si on nous voit ensemble ? protesta-t-elle quand même, dans un élan d'honnêteté.

Il ne prêta aucune attention à la question, trop charmé par son accent chantant et par le timbre de sa voix. Il était en train de tomber amoureux d'elle et c'était une sensation merveilleuse.

— Seigneur Dieu ! Ne criez pas comme ça, Odette, vous êtes devenue folle ? Si mon fils vous entend, ça va faire un drame...

Maussade, la brave femme haussa les épaules.

— Mais, madame, je n'ai pas peur de monsieur !

— La question n'est pas là. C'est à Vincent que vous allez attirer des ennuis. Vous êtes certaine que c'était bien lui ?

— Vincent ? Ah, quand même, je l'ai connu haut comme ça, je ne risque pas de le confondre avec un autre ! Et non seulement lui, mais la voiture de la maison, madame, la 203. Alors bien sûr, les jeunes, il faut qu'ils s'amusent, seulement, la petite Magali, c'est un peu spécial.

Excédée, Clara tourna le dos à Odette. Il y avait des valises ouvertes partout, des piles de vêtements sur le lit, et l'heure du départ approchait. Ses petits-enfants ne pouvaient donc jamais se tenir tranquilles ? Vincent était pourtant raisonnable, il évitait les bêtises quand son père était dans les parages. Oui mais, à vingt ans, il avait le droit de tomber amoureux. Si c'était le cas, la jeune fille en question avait de la chance, Vincent ne se comporterait sûrement pas comme un mufle ou une brute, il était beaucoup trop sensible pour ça.

— Comment avez-vous dit qu'elle s'appelle ?

— Magali.

— Et pourquoi est-ce « spécial » ?

Odette, qui s'était remise à plier les robes de Clara, interrompit ses gestes.

— C'est ma filleule, madame.

Après un petit silence, Clara bredouilla :

— Ah oui, je vois.

Elle ne voyait rien du tout et tentait de se rappeler ce qu'Odette avait bien pu raconter à ce sujet. Quoi qu'il en soit, il s'agissait bel et bien d'une catastrophe. Daniel la soulagea beaucoup en faisant irruption dans la chambre, à bout de souffle.

— On te demande au téléphone, grand-mère !

— Continuez sans moi, Odette, je reviens.

Une fois dans la galerie, elle saisit le bras de Daniel, qui allait s'éloigner.

— Où est ton frère ?

— Je ne sais pas, je...

— Trouve-le, je veux le voir tout de suite.

Elle s'engagea dans l'escalier en se répétant pour la dixième fois de l'été qu'il fallait penser à installer un autre poste au premier étage. Non seulement c'était fatigant de se déplacer à chaque fois, mais en plus les conversations téléphoniques manquaient de discrétion en plein milieu du vestibule. Elle saisit le combiné et fut très étonnée d'entendre la voix de son notaire.

— Ma chère Clara, je suis absolument navré de vous déranger, mais j'ai pensé que les circonstances...

— Oui ? l'encouragea-t-elle, maîtrisant son impatience.

— J'ai reçu aujourd'hui de votre belle-fille, Madeleine, un courrier plutôt... insolite. Elle me demande un rendez-vous d'urgence, dès son retour, en vue de modifier son testament. Vous êtes au courant ?

— Plus ou moins, répondit Clara de la manière la plus neutre possible, alors qu'elle tombait des nues.

— D'après ce qui m'est notifié, elle souhaite faire de Gauthier son légataire universel.

Clara tourna la tête pour s'assurer que le petit cabriolet de velours bleu était bien derrière elle, ce qui lui permit de s'asseoir.

— Les querelles de famille sont parfois sans suite, affirma-t-elle avec désinvolture, mais vous faites bien de me prévenir.

— Je suis tenu au secret professionnel, toutefois nous sommes suffisamment... proches pour que tout cela reste confidentiel.

— C'est évident ! claironna-t-elle.

Prise de vertige, elle s'appuya au dossier du fauteuil. Le rôle de chef de clan, qu'elle assumait volontiers la plupart du temps, lui semblait soudain bien lourd. Madeleine avait été révulsée par l'aveu de Marie, qui, s'ajoutant à l'excentricité de la situation d'Alain, avait dû faire déborder la coupe. Gauthier, étudiant en médecine, lui paraissait sans doute le seul rejeton digne du cher Édouard. D'autant plus qu'il avait annoncé récemment qu'il se spécialiserait en chirurgie, comme son père et son grand-père.

« C'est curieux, songea Clara, à mes yeux c'est le moins intéressant des cinq ! Alors, bien sûr, c'est le chouchou de Madeleine... »

— Rappelez-moi à Paris, une fois que vous l'aurez rencontrée, décida-t-elle. Je vous verrai à ce moment-là et nous aviserons ensemble.

Elle ajouta quelques banalités d'usage avant de raccrocher puis resta songeuse un moment. Rares étaient les démarches personnelles entreprises par Madeleine. Quelle mouche l'avait donc piquée ? En principe, elle s'en remettait à sa belle-mère avec une totale confiance, presque avec soumission. L'état de Marie la scandalisait-elle au point de provoquer ce mouvement de révolte ? Elle avait déjà annoncé clairement qu'elle ne débourserait pas un franc pour installer sa fille, ajoutant qu'il ne fallait pas encourager le vice. Le vice ! Un mot révélateur, qui aurait dû alerter Clara. Heureusement pour elle, Michel Castex ne se cantonnait pas à son strict rôle de notaire. Vingt-cinq ans plus tôt, ils avaient été davantage que des amis, et il devait en conserver un assez bon souvenir pour continuer à privilégier Clara et à la soutenir avec autant de constance. Cette idée lui arracha un sourire contraint. Elle avait fait preuve d'une grande discrétion, à l'époque, tout en s'accordant quelques fantaisies sans conséquence, et elle ne regrettait rien d'autre que d'avoir vieilli.

— Tu voulais me parler, grand-mère ?

Vincent se tenait devant elle, à contre-jour, sans qu'elle l'ait vu approcher. Grand et mince, sa silhouette évoquait irrésistiblement celle de Charles au même âge. Émue, Clara essaya d'oublier qu'elle aussi avait ses préférences. Elle se leva, posa sa main sur le bras de son petit-fils et fit quelques pas avec lui vers la bibliothèque. Lorsqu'ils se retrouvèrent en pleine lumière, elle lui demanda doucement :

— Qui est Magali ?

Ainsi qu'elle s'y attendait, elle le vit rougir d'un coup, baisser les yeux et se troubler.

⁂

Assis à son bureau, la tête entre les mains, Charles relisait ses notes et parcourait inlassablement les documents épars devant lui. Il avait accepté cette affaire sur un coup de tête, peut-être pour faire taire les mauvaises langues qui prétendaient qu'il s'enrichissait à défendre des Juifs pour des histoires d'argent et, d'ici deux semaines, il allait se retrouver à plaider aux assises, ce qui ne lui était pas arrivé depuis un certain temps. La femme qu'il défendait risquait sa tête, pourtant elle était probablement innocente du meurtre dont on l'accusait. Un cas compliqué, qui secouait l'opinion publique depuis des mois, et dont il allait assumer seul la responsabilité.

Il soupira, écarta le dossier d'un geste las. Il en connaissait toutes les pièces par cœur, inutile de les relire indéfiniment. Le plus important, au-delà des arguments, serait d'atteindre au lyrisme nécessaire pour convaincre le jury. Avant la guerre, il avait adoré ces longues plaidoiries qu'il fallait déclamer comme un morceau de bravoure. C'était le début de sa carrière d'avocat, il était déjà très brillant et avait gagné bon nombre de procès avec une facilité déconcertante pour ses adversaires. Mais, depuis son retour d'Allemagne, il ne s'était consacré qu'à des poursuites contre les criminels de guerre, des réhabilitations, puis des restitutions de biens. Dans plusieurs cas, il avait obtenu réparation au-delà de ses espérances tant il était facile de culpabiliser les autorités sur cette période glauque. À croire que l'administration française lui donnait raison pour le faire taire. Bien sûr, c'était en souvenir de Judith qu'il s'était attaché à la cause juive, en souvenir de ses pauvres parents spoliés de manière honteuse, dénoncés par un voisin pour les trois sous de leur petit commerce, déportés et disparus. À ce titre, il aurait volontiers accepté de défendre les plus modestes, mais l'ironie du sort avait voulu que ce soient les grandes familles qui s'adressent à lui. Ses premières victoires lui avaient attaché une clientèle fidèle de banquiers, d'industriels ou d'hommes politiques ne jurant plus que par lui. Et en raison de ses origines françaises, solidement établies depuis bien des générations, aucun tribunal ne pouvait le soupçonner de partialité, même si, au fond, il en faisait une affaire personnelle.

Indéniablement, ses honoraires, calculés en rapport des biens restitués, l'avaient enrichi depuis quelque temps. Six mois plus tôt, un grand collectionneur d'œuvres d'art, ayant obtenu gain de cause grâce à lui, avait adressé en remerciement un chèque d'un montant vertigineux. C'était ce dernier cas qui avait commencé à provoquer des sourires entendus chez ses confrères. Or Charles ne voulait pas être taxé de mercantilisme, ç'aurait été très injuste, ni se retrouver enfermé dans la catégorie des avocats affairistes. Il avait suffisamment fait ses preuves en droit civil, désormais il désirait rencontrer le succès en pénal.

« J'ai intérêt à obtenir l'acquittement de cette malheureuse, ou je vais me discréditer pour le compte... »

Il s'en voulut aussitôt d'avoir pensé une chose pareille. Sa réputation avait beaucoup moins d'importance que le sort de la femme qu'il allait défendre. Lui serait peut-être jugé incompétent, mais elle risquait la guillotine.

D'un geste machinal, il fouilla sa poche et sortit son briquet en or, qu'il considéra pensivement durant quelques instants. C'était un cadeau de Judith, pour ses trente ans, quelques jours avant la déclaration de guerre. Elle avait fait la folie de pousser la porte d'un joaillier de la place Vendôme, avait choisi sans regarder le prix puis demandé qu'on fasse graver les initiales de son mari. Elle n'était pas coutumière de ce genre de dépense et trouvait toujours excessives les sommes que Charles lui donnait pour gérer ses besoins, mais elle avait payé sans sourciller le prix exorbitant du briquet, se promettant d'économiser sur autre chose. Charles avait beaucoup ri – pour cacher son émotion – quand elle le lui avait raconté.

Ce briquet, il s'était bien gardé de l'emporter avec lui lorsqu'il avait été mobilisé. Et il l'avait retrouvé dans l'appartement du Panthéon quelques années plus tard, posé sur sa table de chevet. Une relique dérisoire. Malgré l'arrestation de Judith, rien n'avait été fouillé, volé ou confisqué, parce que tout était au nom de Charles Morvan, avocat à la cour, prisonnier de guerre.

Pour ne pas se laisser submerger par les souvenirs, il repoussa violemment son fauteuil et alla se planter devant la fenêtre. Au milieu de l'allée, Odette et Ferréol s'activaient à charger des bagages dans le coffre de la Bugatti. Alain avait déjà dû conduire ses cousins à la gare d'Avignon. L'été était fini, tant mieux, parfois Vallongue devenait insupportable à Charles. Mais là ou ailleurs, le fantôme de Judith continuait de lui coller à la peau, et il n'était même pas certain de vouloir s'en débarrasser. Toutefois, c'était bien ici, entre ces murs, qu'elle avait écrit :

J'ai peur de lui, un peu plus chaque jour, je sais très bien ce qu'il veut, je le vois dans ses yeux. Une catastrophe se prépare et je ne sais toujours pas quoi faire pour y échapper. Beth ne peut pas me protéger, ce serait la mettre en danger.

La peur est un sentiment honteux, avilissant. Quand je songe aux dangers que tu dois affronter en ce moment, je me sens misérable. Un jour, Charles, nous nous raconterons nos

frayeurs respectives et nous en rirons peut-être.
Oh, je voudrais tant que tu sois là !

Mais il était revenu trop tard, bien des années trop tard pour sauver sa femme et sa fille de cet engrenage infernal.

✱✱

Après le coucher du soleil, le ciel était devenu rose, puis mauve, et à présent l'obscurité n'allait plus tarder. Bientôt les insectes se tairaient, vite relayés par les oiseaux nocturnes.

Alain referma la porte de la maison et s'attarda un peu sur le perron. Toute la famille était enfin partie, il allait pouvoir se remettre à vivre normalement. Hormis Clara, Vincent, pour qui il éprouvait une réelle affection depuis toujours, et Marie, parce qu'elle le faisait rire avec ses révoltes, il ne regretterait personne. Ignorant la 203 garée dans l'allée, il alla chercher son vieux vélo, appuyé à un micocoulier, abandonné là par Daniel ou Gauthier après une promenade. Des élèves modèles, ces deux-là, de bons fils de famille, de vrais Morvan !

Le raccourci permettant de couper à travers le massif des Alpilles lui était familier, même de nuit. C'était un chemin qu'il avait si souvent emprunté, depuis trois ans, qu'il aurait pu le suivre les yeux fermés. Du val d'Entreconque, on pouvait apercevoir les ruines des Baux-de-Provence, plantées sur leur éperon rocheux, et demain matin, à l'aube, il aurait enfin le loisir de jouir du spectacle.

Il acheva le parcours en roue libre lorsqu'il fut arrivé à proximité du moulin. La lumière qui brillait aux fenêtres le fit sourire malgré lui, augmentant son impatience. Sans faire le moindre bruit, il coucha son vélo dans l'herbe puis gagna la porte d'entrée, qui n'était jamais fermée à clef et s'ouvrait directement sur une grande pièce circulaire. Rien n'avait changé depuis le mois de juin, hormis quelques nouveaux tableaux sur leurs chevalets. Même odeur d'encens et de térébenthine, même gentil désordre d'artiste avec un plaid de cachemire écossais jeté sur un divan bas, un gros bouquet de fleurs fanées dans un vase d'albâtre.

D'emblée, Alain alla jeter un coup d'œil aux toiles, dont certaines n'étaient pas achevées. L'une d'elles retint un moment son attention, et il était sur le point de tendre la main pour toucher la peinture quand une voix amicale s'éleva derrière lui.

— Alors ça y est, ils sont tous partis ?

Il fit volte-face, nerveux, comme s'il avait été pris en flagrant délit de curiosité.

— J'aime beaucoup, dit-il avec un geste vague en direction du tableau.

— Vraiment ? Pourtant je n'ai pas encore réussi à finir ce ciel d'orage…, répondit son interlocuteur avant de descendre les dernières marches de l'escalier à vis.

C'était un homme de trente-cinq ans, grand et mince, avec des cheveux blond cendré trop longs qui adoucissaient un intense regard bleu.

— Tu seras prêt pour ton exposition ? s'enquit Alain, qui n'avait pas bougé.

— Oui... Et ensuite, quand les toiles reviendront de Paris, tu pourras considérer que celle-ci est à toi puisqu'elle te plaît.

— Je ne saurais pas où la mettre.

La réponse ne parut pas surprendre Jean-Rémi, ni le vexer. Il se contenta de demander, avec courtoisie :

— Je te sers quelque chose à boire ?

— Si tu veux.

Il s'éloigna vers le bar, à l'autre bout de la grande salle. Dans un réfrigérateur américain flambant neuf, il attrapa une bouteille de vin rosé qu'il déboucha en prenant son temps.

— J'ai énormément travaillé cet été, ça m'a permis de ne pas trop voir passer les semaines.

— Tu es resté là ?

— À part quinze jours en Italie, oui. Mais finalement la lumière de Toscane n'est pas plus belle que la nôtre.

Il revenait, un verre dans chaque main, et il en tendit un à Alain.

— Tu dors ici cette nuit ? demanda-t-il doucement.

Au lieu de répondre, le jeune homme but quelques gorgées, qu'il savoura. Le vin était glacé, un peu âpre mais très parfumé, tout à fait comme il l'aimait. Quand il releva la tête, il croisa le regard de Jean-Rémi, toujours fixé sur lui.

— C'était…, commença-t-il.

Incapable de préciser sa pensée, il esquissa un sourire d'excuse et se tut.

— C'était quoi ? insista Jean-Rémi. Long ? Difficile ? Ennuyeux ? Ta famille est toujours aussi pesante ?

— Charles surtout, mais ce n'est pas grave. Ma sœur attend un enfant, l'ambiance était au drame domestique, même si ma mère a essayé de nous jouer l'acte IV de la tragédie !

Cette fois, il se mit à rire puis acheva son verre, dont il se débarrassa sur un guéridon.

— Je vais adorer ce bébé, je lui ai demandé d'être le parrain si elle n'a personne d'autre en vue. J'aime beaucoup Marie, c'est quelqu'un d'intelligent, je voudrais que tu la connaisses un jour.

Il sentit la main de Jean-Rémi qui se posait sur son épaule et il s'interrompit de nouveau. Le silence tomba entre eux, de façon abrupte, jusqu'à ce qu'Alain cède et franchisse le pas qui les séparait encore.

— Je te fais peur ? murmura Jean-Rémi en le retenant contre lui.

Il connaissait toutes les contradictions d'Alain, ses révoltes et ses élans, cette dualité qu'il avait eu tant de mal à assumer. Et il savait aussi que le jeune homme n'avait peur de personne, en fait, sauf de lui-même. Il referma son bras autour de lui parce qu'il le devinait tendu, prêt à fuir. Trois ans plus tôt, il avait essayé d'éviter ce mineur de dix-sept ans qui s'arrangeait pour croiser son chemin. Jusqu'au jour où il l'avait trouvé chez lui, perdu dans la contemplation de ses tableaux, à peine embarrassé d'être entré là sans autorisation. Lors de leurs rencontres suivantes, il s'était contenté de parler d'art, d'un ton léger, ensuite il s'était renseigné sur le compte d'Alain, sur sa famille, sur cette étrange situation : un adolescent vivant seul. Pour des gens comme les Morvan, laisser l'un de leurs héritiers abandonné à lui-même dans cette grande propriété semblait une aberration, et pourtant c'était ainsi : non seulement le gamin jouissait d'une incroyable liberté, mais en plus il prétendait gérer une exploitation agricole qui prospérait bel et bien. Durant un certain temps, Jean-Rémi avait espéré pouvoir limiter leur relation à une simple amitié car, bien que se sentant irrésistiblement attiré, il voulait rester prudent. Mais Alain était trop têtu et trop passionné pour accepter d'être ainsi tenu à l'écart. Il manifestait un immense besoin d'amour, de tendresse, et il avait envie de parler, d'écouter, d'apprendre. C'était le garçon le plus bizarre que Jean-Rémi ait jamais rencontré, et c'était aussi le premier qui ait réussi à prendre une telle importance dans sa vie. Au point de transformer les séparations en calvaire, même si la décision de ne jamais se rencontrer lors des séjours effectués par la famille Morvan était inévitable. Dans quelques mois, Alain serait enfin adulte, et sans doute continuerait-il à ne venir qu'en secret, imprévisible et exigeant, parfois agressif, parfois intimidé.

— Rentre à Vallongue si tu préfères, suggéra Jean-Rémi, à contrecœur.

Il sentit que le jeune homme se détendait un peu, secouait la tête.

— Non... J'ai attendu ce moment longtemps, je veux rester avec toi. Au moins jusqu'au lever du soleil.

Depuis trois ans, Jean-Rémi avait appris à ne plus penser au risque qu'il courait en le recevant chez lui. De toute façon, certains instants méritaient n'importe quel danger et il n'éprouvait aucune crainte. Il aurait volontiers sacrifié ses succès, sa carrière de peintre, sa position sociale et même sa liberté pour réentendre ce « je veux rester avec toi » qui venait de le faire tressaillir.

5

Paris, 1954

MARIE ATTENDAIT, penchée au-dessus de
Charles, tandis qu'il signait différents actes
qu'elle lui passait l'un après l'autre. D'où elle
était, elle pouvait voir quelques cheveux blancs
sur ses tempes, ce qui n'enlevait rien à sa
séduction, bien au contraire.

— Il est tard, tu devrais partir, suggéra-t-il
en rebouchant son stylo.

Depuis dix-huit mois qu'elle travaillait avec
lui, il se montrait toujours aussi attentif. Dès
qu'il la voyait fatiguée ou la devinait inquiète
pour telle ou telle maladie infantile du petit
Cyril, il la dégageait aussitôt de ses obligations professionnelles. Sans en avoir vraiment
conscience, il la protégeait, elle et son enfant,
pour se racheter de ne pas avoir sauvé Judith et
Beth.

— Aujourd'hui est un beau jour, Charles,
dit-elle en souriant.

Le matin même, il avait obtenu un acquittement inespéré dans un procès retentissant. Une victoire supplémentaire pour lui, qui s'ajoutait à un palmarès impressionnant, et qui lui avait valu de sortir du palais entouré d'une nuée de journalistes.

— J'étais certaine que ta plaidoirie avait bluffé les jurés, hier... Et tu as vu, leurs délibérations n'ont duré que quelques heures !

— Bluffé ? répéta-t-il. Je n'ai trompé personne, Marie, à aucun moment je n'ai prétendu qu'il était innocent, toutefois il ne méritait pas la peine de mort, j'en suis convaincu. N'oublie jamais que le doute doit profiter à l'accusé.

Elle haussa les épaules, amusée par son excès de modestie. Il s'était montré époustouflant, la veille, au point de faire régner un silence absolu dans le tribunal tout le temps de son intervention.

— La presse parle de ta prestation en disant, je cite, que c'était « magistral, épique » !

— Ce n'est pas un avis unanime, fit-il remarquer avec une moue dubitative.

Il se pencha pour récupérer un quotidien dans la corbeille à papiers et le lui mit sous le nez.

— Tu as lu ça ? « Si Charles Morvan-Meyer continue à convaincre les jurys, grâce à son indiscutable talent de tragédien, la proportion d'acquittements, déjà trop conséquente, risque de grimper en flèche. Prenant décidément les tribunaux pour la scène d'un théâtre, l'éloquent avocat de la défense a fait pencher la balance de la justice du mauvais côté, hier, aux assises. »

Marie éclata de rire tant l'éditorial lui semblait de mauvaise foi. Comme tout le monde, elle avait écouté Charles bouche bée, la veille. Écouté pour apprendre son métier, bien sûr, mais aussi regardé parce qu'il s'animait passionnément en parlant. Il savait enchaîner les arguments de manière implacable, monter en épingle un détail, insinuer le doute. Chacune de ses plaidoiries était une démonstration d'aisance et de logique. Il y mettait le ton juste, sans grandiloquence, pour jouer de toute la gamme des émotions. Quand il reprenait l'accusation pour la défaire point par point, on avait enfin l'impression d'entendre une vérité simple, lumineuse, de comprendre ce qui s'était passé. Même ses adversaires les plus acharnés lui reconnaissaient un talent d'orateur peu commun. Et chaque fois qu'elle assistait à un procès où Charles devait se battre, Marie ressentait la même admiration. Jamais elle n'arriverait à se mesurer à lui, malgré toute l'énergie qu'elle déployait pour devenir une bonne avocate.

Elle hésita un peu, toujours debout derrière son fauteuil, partagée entre l'envie de rester avec lui et celle de filer rejoindre son petit garçon. Un bébé sage, dont elle était fière, qui marchait déjà avec assurance en zézayant ses premiers mots.

— Je suis sûr que Cyril t'attend, Marie, va vite !

La tête tournée vers elle, il lui souriait gentiment. Le chauffage de l'immeuble rendait l'atmosphère du bureau si étouffante, l'hiver, qu'il avait enlevé sa veste puis sa cravate pour travailler plus à l'aise. Aucune victoire ne l'empêchait jamais de se remettre à ses dossiers le jour même, comme s'il ne pouvait pas imaginer prendre deux heures de liberté. Marie se pencha pour lui déposer un baiser léger sur la joue.

— À demain, Charles...

Un jour ou l'autre, il allait bien falloir qu'elle s'installe à son compte, qu'elle abandonne la protection rassurante de son oncle et l'atmosphère de ruche du célèbre cabinet Morvan-Meyer. Son esprit indépendant l'y poussait, mais elle n'avait aucune envie de quitter Charles, même si elle était parvenue à refouler les sentiments ambigus qu'il lui inspirait toujours. Pour ne pas y penser, elle sortait souvent le soir, s'étourdissait avec des jeunes gens de son âge, pourtant insipides à son goût.

Elle referma la porte capitonnée, alla ranger les documents qui partiraient au courrier du lendemain matin, puis enfila la pelisse de renard que Clara lui avait offerte pour Noël. Merveilleuse Clara ! Toujours aussi solide, heureuse de gâter son arrière-petit-fils, elle avait su imposer silence à ceux qui s'étonnaient du célibat de Marie. C'était elle qui avait choisi avec soin la nurse de Cyril, elle qui réglait ses gages. Tout comme elle s'était donné beaucoup de mal pour décorer l'appartement de Marie, rue Pergolèse. En revanche, Madeleine n'avait fait aucun effort, elle n'embrassait Cyril que du bout des lèvres et se désintéressait de son sort, incapable de pardonner à Marie ce qu'elle vivait comme une honte.

En refermant la porte cochère de l'immeuble, elle faillit heurter une femme élégante qui attendait là, hésitante. Reconnaissant Sylvie, elle éprouva une bouffée d'antipathie qu'elle parvint à contrôler de justesse.

— Quelle surprise ! s'exclama-t-elle poliment. Depuis le temps... Comment vas-tu ?

— Très bien, et toi ? Tu as une mine superbe ! Et ton petit garçon ? Il paraît qu'il est magnifique, Clara ne tarit pas d'éloges.

— Tu es restée en contact avec grandmère ? s'étonna Marie.

— Oh, de temps à autre un petit coup de téléphone...

Elles s'observaient avec curiosité, sur la défensive. Le froid avait rosi les joues de Sylvie, qui était toujours aussi jolie, coiffée d'un délicieux petit chapeau et vêtue d'un long manteau de tweed au col de vison.

— Si c'est Charles que tu voulais voir, il est déjà parti, débita Marie d'une traite.

Le mensonge était venu si spontanément qu'elle se mordit les lèvres. Impossible de revenir en arrière à présent, d'ailleurs elle ne le souhaitait pas. L'air déconfit de Sylvie la rendit plus indulgente et elle ajouta :

— Appelle-le à l'occasion, mais, je te préviens, il est littéralement débordé de travail !

Elle agita la main dans un petit signe d'adieu et se hâta le long du trottoir, sans se retourner. Sylvie la regarda s'éloigner puis elle traversa lentement le boulevard Malesherbes pour rejoindre sa voiture. Au lieu d'ouvrir la portière, elle s'appuya contre la carrosserie, perplexe. Elle pouvait écrire un mot à Charles, qu'elle confierait au concierge, pourquoi pas ? Ce serait moins pénible que de se retrouver face à lui. En tout cas, elle devait l'avertir, elle se l'était promis. Machinalement, elle regarda en direction des fenêtres du cabinet. Deux d'entre elles étaient encore éclairées, sans doute une secrétaire en retard ou une femme de ménage zélée. Que Charles soit débordé n'avait rien d'étonnant, d'abord parce qu'il s'était toujours consolé dans le travail, ensuite parce qu'il obtenait de tels succès qu'il devait être sollicité du matin au soir. Elle commença à fouiller dans son sac et sortit son stylo, puis une carte de visite, indifférente au vent qui soufflait sur le boulevard et rendait le froid encore plus mordant.

— Sylvie ! Sylvie !

Elle releva la tête et découvrit avec stupeur Charles, debout sur le trottoir opposé, lui adressant de grands signes. Sidérée, elle eut juste le temps de constater qu'il ne portait qu'une chemise, dont le col était ouvert, avant qu'il ne traverse pour la rejoindre.

— J'étais sûr que c'était toi, aucune autre femme n'a ton élégance ! déclara-t-il d'un ton péremptoire.

— Charles, vous n'auriez pas dû sortir comme ça, vous allez attraper la mort...

Sans la consulter, il l'avait prise par le bras, bien décidé à regagner son cabinet avec elle.

— Marie m'a dit que vous n'étiez pas là, et...

Incapable d'achever, elle se laissa entraîner. Le simple fait de le sentir contre elle la troublait bien davantage qu'elle ne l'avait prévu. À peine la porte de l'appartement refermée, il frissonna, la lâcha enfin et avoua, avec un petit sourire d'excuse :

— J'ai trouvé merveilleux de t'apercevoir sous ce réverbère... Irréel ! Si je n'avais pas regardé dehors, tu serais repartie ?

Très mal à l'aise, elle chercha en vain une réponse puis secoua la tête, impuissante.

— Eh bien, je m'apprêtais à vous laisser un mot...

— J'aurais été déçu. Tu restes un peu ? Il fait une chaleur accablante ici, mais avec un peu de chance je vais bien nous dénicher quelque chose à boire.

Sa gaieté n'avait rien d'artificiel, il était réellement heureux qu'elle soit là et il ne pouvait pas le cacher. En l'aidant à ôter son manteau, il frôla sa nuque, respira son parfum.

— Viens dans le salon, installe-toi, proposa-t-il d'une voix troublée.

Il ouvrit une double porte, alluma des lumières et alla tirer les rideaux de velours.

— J'en ai pour une seconde, fais comme chez toi.

Désemparée, elle regarda autour d'elle en cherchant où s'asseoir. La grande pièce, meublée de profonds canapés et d'une série de fauteuils confortables disposés autour de tables volantes, devait servir de salle d'attente. La décoration était volontairement luxueuse mais d'un goût parfait, idéale pour mettre en confiance une certaine clientèle.

— Nous avons toujours du champagne en réserve, ici, pour fêter les verdicts favorables, annonça-t-il joyeusement. Tu l'aimes encore ?

Il déposa la bouteille et deux coupes sur une console de marbre avant de se tourner vers elle. Soudain aussi gênés l'un que l'autre, ils se dévisagèrent en silence. Depuis dix-huit mois, pas un seul jour ne s'était écoulé sans qu'elle pense à lui, et de son côté il avait failli décrocher son téléphone des dizaines de fois. Elle lui avait manqué d'une manière étonnante, presque aiguë, alors qu'il l'avait tenue sans mal à distance tout le temps de leur liaison. Malgré sa volonté, il n'était pas parvenu à se remettre de leur rupture, et la savoir dans les bras d'un autre l'avait empêché de s'endormir, certains soirs.

— Comment va Stuart ? demanda-t-il carrément.

Cette question, à laquelle elle s'attendait, lui fut pourtant désagréable.

— C'est la raison de ma visite, réussit-elle à articuler.

Toutes ses résolutions venaient de s'effondrer, elle en fut douloureusement consciente. Charles était l'homme qu'elle aimait, leur séparation n'avait rien changé à cette fatalité. À contrecœur, elle poursuivit :

— Je ne voulais pas que vous l'appreniez par le faire-part que j'ai adressé à Clara.

Il était en train de déboucher le champagne et elle eut le courage de lever les yeux sur lui. Elle le vit accuser le coup, mâchoires crispées, tandis qu'il suspendait son geste. En d'autres temps, cette réaction l'aurait comblée, là elle n'éprouva qu'une insupportable frustration, un sentiment de gâchis.

— Félicitations, dit-il d'une voix sans timbre.

À présent il la toisait, le regard dur, et elle voulut se justifier.

— Vous ne m'avez jamais donné signe de vie, Charles…

Au lieu de répondre, il vint vers elle, la prit par le cou et l'attira brutalement contre lui.

— Tu ne peux vraiment pas me tutoyer ? Je t'impressionne encore ?

Il resserra son étreinte jusqu'à ce qu'elle se retrouve collée à lui, souffle coupé.

— C'est toi qui es partie, rappela-t-il, je n'avais pas à te poursuivre. Et rassure-toi, tu as pris la bonne décision.

— C'est ce que vous vouliez, n'est-ce pas ?

— Oh non, si tu savais ! Mais c'est mieux pour toi.

Il l'immobilisait toujours, une main sur sa nuque, une au creux de ses reins.

— C'est pour quand, ce mariage ?

— Dans un mois.

— Je m'arrangerai pour partir en voyage à ce moment-là, je ne pourrai jamais le supporter. Quelle drôle d'idée, une noce en plein hiver… Très chic, très anglais ! Qu'est-ce que tu veux comme cadeau ? Avez-vous déposé une liste quelque part ?

— Charles, ça suffit, murmura-t-elle.

Elle ne comprenait pas son ironie, cependant elle le connaissait assez pour deviner qu'il était vraiment en colère.

— Puisque tu n'es pas encore sa femme, tu m'embrasses ?

Il baissa la tête et prit possession de ses lèvres avec une violence à laquelle elle n'essaya même pas de résister. Mais, dès qu'il s'arrêta, elle en profita pour chuchoter :

— Dites un seul mot et j'annule tout.

— Pourquoi ? Tu n'es pas amoureuse de lui ?

— Dites-le, Charles...

— Non, je regrette...

Du bout des doigts, il fit lentement glisser la fermeture Éclair de sa robe, d'un geste si sensuel qu'elle fut parcourue d'un long frisson.

— C'est pour avoir des enfants que tu l'épouses ?

— Oui, répondit-elle d'une voix mal assurée.

— Alors, tu as raison !

La robe de lainage tomba sans bruit sur l'épais tapis. Elle ne faisait pas le moindre geste pour l'arrêter et il dégrafa son soutien-gorge. Quand elle sentit ses mains se poser sur ses seins, elle ne parvint pas à réprimer un gémissement sourd. Il n'avait plus besoin de la tenir, elle ne songeait pas à s'écarter de lui. La tête rejetée en arrière, elle se livrait à ses caresses avec une telle volupté qu'elle en avait le vertige. Jamais Stuart ne lui avait procuré le même plaisir, et bien sûr Charles était en train de le comprendre. Si elle avait été comblée ailleurs, elle se serait enfuie depuis longtemps. Il s'agenouilla devant elle pour achever de la déshabiller, prit tout son temps pour lui enlever ses chaussures, ses bas. Quand elle fut entièrement nue, il lui ôta la bague de fiançailles qu'elle portait à la main gauche et la jeta négligemment dans l'un des escarpins.

— Il va te donner ce que je ne peux pas t'offrir, ma chérie. Avec lui, tu vas fonder une famille et m'oublier...

Comme il la tenait par les hanches, elle se laissa aller, les yeux fermés, prise au piège. Il avait si souvent pensé à elle qu'il avait conservé un souvenir précis de son corps, de ses désirs ou de ses pudeurs. Il posa sa bouche sur son ventre, la sentit frémir et insista. Lorsqu'elle s'agrippa à ses épaules, ce fut pour le griffer sauvagement à travers sa chemise, perdant tout contrôle d'elle-même. Alors seulement il s'interrompit et releva la tête vers elle pour demander :

— Est-ce qu'au moins il est un bon amant ? Moins niais qu'il n'en a l'air ? Il te rend heureuse ? Il te fait mieux l'amour que moi ?

Elle eut un mouvement de surprise, de recul, puis elle le gifla à toute volée.

— Tu es un salaud, Charles ! hurla-t-elle, hystérique.

Tout de suite après, elle s'effondra à côté de lui, en larmes, et il la prit dans ses bras.

— Excuse-moi, dit-il à voix basse. Je suis horriblement jaloux, ça ne m'est jamais arrivé et ça me rend très malheureux.

Avec une infinie tendresse, il lui caressa les cheveux, la nuque, le dos, jusqu'à ce qu'elle se détende un peu. Étonné d'avoir fait preuve d'un tel cynisme, il se sentait mal. Il savait qu'il allait la perdre pour de bon et refusait d'accepter l'évidence alors qu'il n'avait plus le choix. Mais l'avait-il jamais eu ?

— Tu as bien dû être jaloux avec Judith ? s'enquit-elle au bout d'un long moment.

La question lui avait brûlé les lèvres durant des années, sans qu'elle osât la poser, mais maintenant elle voulait comprendre.

— Elle ne m'en a pas donné l'occasion, répondit-il à contrecœur. Je n'ai pas envie de parler d'elle.

— Je sais. Seulement tu l'as mise entre nous, depuis toujours, sans qu'on puisse jamais l'évoquer ou...

— Sylvie, non !

C'était un avertissement, néanmoins elle passa outre.

— C'est à cause d'elle que tu ne veux pas aimer, que tu...

— Pourtant, je t'aime !

Humilié de l'avoir avoué, il voulut se redresser mais elle l'en empêcha, s'accrochant à lui, et il finit par céder. Le silence s'installa entre eux sans qu'ils cherchent à le rompre ni l'un ni l'autre. Elle se contentait de rester lovée dans ses bras, de respirer son odeur, de se répéter ses dernières paroles. Une phrase magique qu'elle avait cessé d'espérer. Pouvait-elle s'être trompée à ce point ? Des voitures passaient de temps à autre sur le boulevard, mais le bruit des moteurs ou des klaxons était très étouffé par les lourds rideaux.

— Charles, souffla-t-elle enfin, tu es l'homme de ma vie. Celui qu'on ne croise qu'une fois, qui vous marque de façon indélébile. Vivre sans toi est une asphyxie, une mort lente. Alors, si tu m'aimes…

— Tais-toi, chuchota-t-il.

— Cinq cents matins, Charles, je me suis réveillée au moins *cinq cents fois* sans nouvelles de toi ! Je me suis rongé les ongles au sang, j'ai lu tous les quotidiens jusqu'à la dernière ligne, au cas où on y parlerait de toi, de tes sublimes plaidoiries, de tes coups de génie ! Maître Morvan-*Meyer* ! Tu as accroché Judith en bandoulière pour mieux te rendre inaccessible mais tu es là, Charles, là !

Elle se frappait la poitrine, inconsciente de sa nudité, et il regarda ses seins. Il tendit la main, recommença à la caresser tandis qu'elle poursuivait, d'une voix saccadée :

— Je me damnerais pour toi, je pourrais faire n'importe quoi, seulement ça ne sert à rien ! Tu sais, je ne voulais pas venir, ce soir, j'espérais que Clara te mettrait ce faire-part sous le nez, et que peut-être tu ressentirais un petit pincement au cœur… Une vengeance dérisoire m'aurait suffi ! Te faire souffrir, rien qu'un peu… Et puis non, j'avais trop envie de te voir… Quand Marie m'a annoncé que tu étais déjà parti, je…

Elle s'arrêta parce qu'il était en train de lui écarter doucement les cuisses.

— S'il te plaît, Charles, gémit-elle.

Il s'allongea sur elle, la pénétra sans la quitter des yeux.

— Pourquoi ne veux-tu pas de moi ? dit-elle tout bas, en soutenant son regard.

Ils avaient été des amants passionnés mais courtois, à une époque désormais révolue. À cet instant précis, il ne restait plus entre eux que la sauvagerie du désir, la douleur aiguë de tout ce qui était devenu impossible. Elle constata qu'il était encore habillé et qu'elle s'en moquait.

— Un enfant, un seul, supplia-t-elle, je l'élèverai sans qu'il te dérange, il ne gênera pas Vincent ni Daniel…

Il la saisit par les cheveux, mordit son épaule jusqu'à ce qu'elle crie. Quand elle voulut parler de nouveau, il l'embrassa pour la faire taire puis glissa ses mains sous ses fesses pour l'obliger à venir à sa rencontre, à se plaquer davantage contre lui. Ils jouirent ensemble avec violence, à bout de souffle, et elle mit un certain temps à s'apaiser, réalisant qu'il n'avait répondu à rien.

— Charles ? interrogea-t-elle d'un ton inquiet, la bouche contre son oreille.

Très lentement, il se détacha d'elle, s'appuya sur un coude, puis il lui adressa un sourire étrange, triste et résigné.

— Non, Sylvie, tu ne pourrais pas épouser un…

Il retint le mot *in extremis* tandis qu'elle attendait, éperdue, mais il avait commis suffisamment d'erreurs pour la soirée et il parvint à se taire.

— Vraiment, je suis désolé, dit-il en y mettant trop de désinvolture.

Déjà, il était debout, occupé à ramasser la robe, les sous-vêtements et les chaussures. Il pensa à récupérer la bague, qu'il lui mit de force dans la main.

— Je te montre la salle de bains, viens…

Pour ne pas avoir à la regarder, il la prit par le bras avant de l'entraîner hors de la pièce. Au bout du couloir, il lui désigna une porte, lui rendit ses affaires puis se détourna. Quand il avait installé son cabinet dans cet appartement, il avait conservé l'une des salles de bains en pensant qu'il aurait peut-être l'occasion de s'en servir, de s'y rafraîchir en rentrant du palais, mais jamais il n'avait imaginé qu'il y conduirait un jour une femme, après lui avoir fait l'amour sur le tapis de la salle d'attente ! Il venait de se comporter comme un hussard, emporté par la jalousie, le désir, le désespoir.

À pas lents, il gagna son bureau, où il remit sa cravate, sa veste. Il y avait bien longtemps qu'il n'avait pas éprouvé un tel malaise. Devait-il laisser à Sylvie le temps de s'éclipser sans adieu si elle le souhaitait ? Ou était-ce une insupportable lâcheté de rester là à attendre qu'elle parte ? Il éteignit les lampes et se dirigea vers le hall d'entrée, toujours indécis. Le manteau de la jeune femme était encore accroché à côté de son propre pardessus, qu'il enfila. Pour se donner une contenance, il alluma une cigarette, dont il tira de profondes bouffées. Il se sentait écœuré, vidé, furieux contre lui-même, mais, pire que tout, complètement impuissant à changer le cours des choses. Si fort qu'il le veuille, il ne le pouvait pas. Et il ne pouvait pas non plus se justifier auprès d'elle.

Le couloir débouchait à l'autre bout du grand hall, et il la regarda approcher tout le temps qu'elle mit à traverser la pièce. Mais elle gardait la tête baissée, elle ne voulait pas le voir. Elle s'arrêta un instant près de lui, se glissa dans le manteau qu'il lui présentait, puis ajusta son chapeau, qui acheva de dissimuler ses yeux. Sans avoir prononcé un mot, elle fit face à la porte et il fut obligé de lui ouvrir. Immobile sur le seuil, il resta silencieux tandis qu'elle s'éloignait sous le porche.

Pour Vincent, c'était bien pire que pour Marie quelques années plus tôt. Le nom de Morvan-Meyer, à la faculté de droit d'Assas, se révélait difficile à porter. Ses professeurs attendaient de lui des copies irréprochables et les étudiants le regardaient d'un mauvais œil. Quoi qu'il en soit, il était décidé à ne pas suivre les traces de son père, persuadé qu'il ne pourrait jamais l'égaler. En conséquence, il ne visait pas le concours d'avocat mais celui de magistrat. Comme toujours, Clara avait approuvé avec enthousiasme : un juge dans la famille, ce serait merveilleux !

Elle seule était capable de mesurer les difficultés dans lesquelles Vincent se débattait. D'abord contre l'image de son père, qui menaçait de l'écraser. Son admiration pour lui ne s'était jamais démentie, car même si Charles n'était effectivement pas redevenu le jeune homme des photos d'avant guerre, ses continuels succès en faisaient un personnage très envié. Jalousé par ses confrères et toujours observé avec tendresse par les femmes. Beau ténébreux inconsolable dont l'arrogance était parfois exaspérante, il restait à quarante-cinq ans un modèle pour ses fils. Pourtant il les élevait sans concession, en particulier Vincent, sur qui il fondait de grands espoirs, et son affection pour eux s'exprimait rarement en paroles ou en gestes. Peut-être afin de ne pas les privilégier par rapport à leurs cousins. Vis-à-vis d'Alain, tout était simplifié par l'éloignement, mais Gauthier vivait avenue de Malakoff et Charles ne voulait pas qu'il s'y sente exclu.

Si Vincent avait avoué à Clara, dès le début, l'extraordinaire attirance qu'il éprouvait pour Magali, il s'était bien gardé de se confier à son père. Le jugement de ce dernier ne faisait aucun doute : il refuserait d'entendre parler d'un quelconque attachement tant que son fils aîné n'aurait pas achevé ses études.

— Il l'a bien fait, lui, il a épousé maman avant d'être avocat, il avait tout juste vingt-deux ans !

Vincent tourna la tête vers sa grand-mère, qui le rappela aussitôt à l'ordre :

— Regarde devant toi quand tu conduis !

Mais il était un excellent conducteur, elle le constatait chaque fois qu'il lui servait de chauffeur.

— S'il ne s'était pas marié à ce moment-là, mon chéri, tu serais arrivé avant la noce ! ajouta-t-elle en riant. C'est pour cette raison que je l'ai laissé faire, et aussi vis-à-vis de tes grands-parents Meyer, qui étaient des gens simples mais très stricts, à cheval sur les principes, tout ça... De toute façon, ton père et ta mère vivaient alors une telle passion que leur mariage allait de soi.

Sa voix venait de trembler, sur la dernière phrase, parce qu'il lui était toujours aussi pénible d'évoquer Judith. Sa lumineuse belle-fille au bras de son fils, plus de vingt ans auparavant ; le bonheur de Charles à l'époque, sa joie de vivre, son avenir prometteur ; et puis, si vite, l'horreur de la guerre.

— Mais, grand-mère, peut-être que moi aussi j'éprouve une passion pour Magali ?

Elle lui jeta un bref regard et constata qu'il était sérieux.

— Quoi qu'il en soit, mon chéri, tu as ton service militaire à finir.

Sur une intervention de son père, Vincent avait obtenu de l'armée des conditions exceptionnelles. Il avait choisi l'aviation, bien entendu, mais s'était vu affecté à un poste tranquille, au ministère, qui ne l'empêchait nullement de poursuivre ses études de droit. « Pas question que tu t'interrompes pendant dix-huit mois ! » avait décidé Charles. À regret, Vincent avait dû s'incliner. Il aurait préféré apprendre à piloter, gagner ses galons à son tour, cependant un service effectif l'aurait séparé encore davantage de Magali, et l'idée lui avait été insupportable.

— J'envie Alain, soupira-t-il. D'abord, il a fini, ensuite il a fait ce qu'il a voulu.

— Comme toujours ! s'esclaffa Clara.

Pour son neveu, Charles avait également proposé – sans grand enthousiasme – de faire jouer ses relations, mais Alain avait refusé tout net. Incorporé comme simple soldat, à Avignon, il n'avait bénéficié d'aucun privilège et ne s'en était pas plaint, passant toutes ses permissions à Vallongue, où Ferréol continuait à faire tourner l'exploitation.

Ils étaient arrivés rue de Castiglione et Vincent se gara à deux pas de la galerie.

— Tu es un amour de m'accompagner à ce vernissage, lui dit Clara en lui tapotant le genou.

— Ce n'est pas un pensum, tu sais !

Son sourire était presque aussi charmeur que celui qu'avait eu Charles au même âge et Clara se sentit émue. Avec son petit-fils préféré, elle pouvait parler durant des heures de musique ou de peinture, il avait des goûts éclectiques et s'intéressait à tout. Comme elle recevait de nombreuses invitations à des concerts, des pièces de théâtre, des opéras ou de grands dîners de gala, il acceptait souvent de l'escorter.

— J'aurais préféré Braque ou Chagall, ironisa-t-il, mais je veux bien découvrir ton peintre.

Il fit le tour de la voiture pour venir lui ouvrir la portière puis tendit la main vers elle.

— Je ne suis pas gâteuse, Vincent, je peux descendre seule ! Et ce n'est pas « mon » peintre, c'est celui dont tout le monde parle en ce moment. Quand je pense qu'il habite à deux pas de Vallongue et que nous n'en savions rien ! On vit comme des sauvages, dès qu'on est là-bas, mais c'est bien fini, à partir de cette année je compte recevoir, je vais lancer des tas d'invitations pour les vacances.

— Oh, non !

— Si. C'est comme ça que j'ai marié ta tante à ton oncle : en organisant des dîners ! Je suis sûre que je devrais pouvoir dénicher des jeunes filles pour ton frère et pour ton cousin...

Elle ne plaisantait qu'à moitié, il le comprit et se mit à rire tandis qu'ils pénétraient dans la galerie, bras dessus, bras dessous. Malgré l'affluence, l'atmosphère était feutrée, avec des groupes de gens qui bavardaient à voix basse devant les tableaux pendus sur leurs cimaises, et des maîtres d'hôtel qui se frayaient un passage pour présenter des plateaux. À peine arrivée, Clara fut saluée par un couple qu'elle connaissait, puis par un vieux monsieur, enfin happée par l'organisatrice de l'exposition, qui l'entraîna aussitôt vers le buffet.

— Vous allez voir, assura-t-elle, c'est magnifique ! Je crois qu'il s'est surpassé, il y a une force incroyable dans son œuvre. Les critiques qui étaient là tout à l'heure en sont restés pantois ! À mon avis, ce sera un triomphe. On est loin du Salon des réalités nouvelles, qui ne tient que sur le snobisme, comme chacun sait... Un peu de champagne, chère amie ? Ah, Jean-Rémi, viens par ici, il faut que je te présente à Clara Morvan !

À quelques pas, le peintre s'était brusquement retourné vers elles en entendant ce nom de Morvan. Il esquissa un sourire contraint avant de s'approcher et de s'incliner sur la main que lui tendait Clara. Ensuite, il jeta un rapide coup d'œil en direction de Vincent, qu'il salua d'un petit signe de tête.

— Je bois d'abord à votre succès, lui lança Clara avec assurance, après j'irai regarder ce que vous faites. Mais j'ai déjà eu l'occasion d'apprécier vos toiles l'année dernière, ici même, et je suis une de vos ferventes admiratrices.

— C'est très flatteur, madame, répondit-il poliment.

Elle le détaillait avec intérêt, étonnée de le découvrir si jeune. Il commençait à être célèbre et elle l'avait bêtement imaginé sous les traits d'un Matisse ou d'un Vlaminck, or il n'avait pas atteint la quarantaine. Elle jugea les cheveux blonds trop longs, mais le regard bleu superbe. Il n'avait rien d'un artiste maudit ; en tout cas, son costume, admirablement coupé, et sa cravate anglaise lui allaient bien.

— Tu vas reconnaître des paysages familiers, dit Vincent à sa grand-mère.

D'un geste, il lui désignait la toile la plus proche, où il venait d'identifier les ruines des Baux-de-Provence.

— C'est vrai que nous sommes presque voisins, dans le Midi ! enchaîna-t-elle d'un ton enthousiaste. Nous avons une maison de famille, proche d'Eygalières, où nous passons toutes nos vacances. Il faudra absolument que vous nous rendiez visite, cet été. Quand je pense que nous n'avons jamais eu l'occasion de nous rencontrer là-bas ! Vous y habitez toute l'année ?

— Presque.

— À quel endroit ?

— Un moulin perdu, en direction de Maussane...

La réticence qu'il mettait à répondre frôlait l'impolitesse, et il se sentit obligé d'ajouter :

— Je vous le montrerai avec plaisir.

Il espéra qu'elle ne prendrait pas son invitation au sérieux, ou bien qu'elle ne s'en souviendrait plus d'ici l'été. Recevoir Clara Morvan chez lui était une perspective qui avait de quoi le glacer. De nouveau, il risqua un regard en direction de Vincent, dont Alain lui avait si souvent parlé. Il n'y avait pas de ressemblance flagrante entre les cousins, néanmoins ils avaient tous deux quelque chose de leur grand-mère.

— Me feriez-vous la faveur de me conduire vous-même jusqu'à vos tableaux et de me les raconter ? demanda-t-elle gaiement.

Comme il ne pouvait pas refuser, il accepta en se forçant à sourire.

— Il y a une gravité nouvelle dans votre peinture, constata Clara, qui était tombée en arrêt devant un des rares portraits de l'exposition.

Il frémit en pensant à tous les croquis du visage d'Alain, fusains ou sanguines, réalisés de mémoire, car le jeune homme n'aurait jamais accepté de poser pour lui, et soigneusement enfermés dans ses cartons à dessin. Si jamais il avait eu l'idée saugrenue de les présenter, il se serait retrouvé dans une situation inextricable.

— Je vous aurais cru d'inspiration moins sombre, poursuivit-elle, mais, pour tout vous avouer, j'aime énormément…

Le compliment était sincère, il l'accepta sans commentaire. C'était si étrange de se retrouver en présence de la famille d'Alain qu'il dut se forcer à trouver quelques phrases banales afin d'alimenter la conversation. La personnalité de Clara et ce qu'il savait d'elle le mettaient mal à l'aise, mais après tout c'était grâce à elle, au libéralisme dont elle avait fait preuve, qu'Alain avait pu choisir de vivre à Vallongue.

— Il me reste à vous remercier, dit-elle soudain. J'ai abusé de votre gentillesse et je crois qu'on vous attend.

Deux critiques d'art cherchaient à attirer l'attention de Jean-Rémi, à l'autre bout de la galerie, tandis qu'un groupe d'admirateurs s'impatientait près du buffet.

— Madame Morvan, j'ai été ravi de passer ce moment avec vous…

— Moi aussi. N'oubliez pas mon invitation, cet été !

Elle le regarda s'éloigner, puis se tourna vers Vincent, qui était resté un peu en retrait jusque-là.

— Comment le trouves-tu, mon chéri ?

— Lui ou sa peinture ?

— Lui ! Il a des yeux magnifiques, non ? Et il est charmant. Pas très bavard mais quelque chose de racé, de mystérieux… Tu sais à quoi je pensais ?

Amusé, Vincent secoua la tête.

— Grand-mère, je te vois venir…

— Ta cousine n'aime pas les jeunes gens, et elle a toujours apprécié les originaux. C'est l'idéal ! Je sais qu'il est célibataire, c'est marqué sur la notice biographique du catalogue. Qu'est-ce que je risque à essayer ?

Malgré tout son libéralisme, elle n'avait jamais abandonné l'espoir de caser Marie, avec le petit Cyril en prime. Vincent réprima le fou rire qu'il sentait arriver et il prit affectueusement sa grand-mère par le bras pour la guider vers le vestiaire.

Madeleine avait essayé de ne pas y penser, mais le coffret était resté posé en évidence dans le petit salon, et chaque fois qu'elle levait les yeux de sa broderie elle l'apercevait. Comment Charles allait-il prendre la chose ? Sûrement très mal, et on ne pourrait pas lui donner tort. D'ailleurs, Charles était d'une humeur si épouvantable, ces temps-ci, qu'il était capable de toutes les colères. Tant pis pour Alain, il l'aurait bien cherché.

L'aiguille ressortit trop vite du napperon, piquant son doigt qui se mit à saigner. Elle soupira et saisit un petit mouchoir de dentelle pour l'enrouler délicatement autour de son index. Hormis Gauthier, qu'elle appréciait de plus en plus, ses enfants l'avaient beaucoup déçue. Que Marie soit devenue avocate, que Charles ait commencé à lui confier quelques affaires, et que Cyril soit le plus adorable des petits garçons, tout cela n'avait pas modifié son jugement sévère sur sa fille. Quant à Alain, il semblait l'ignorer depuis des années et limitait ses effusions à une carte de vœux pour la nouvelle année. Chaque été, lorsqu'elle le retrouvait à Vallongue, elle avait la sensation d'être devant un parfait étranger.

Une fois encore, elle lança un regard navré vers le coffret de velours noir. Pourquoi cet emballage luxueux ? Par provocation ? Charles allait s'étrangler de fureur, il fallait absolument que Clara soit présente à ce moment-là, jamais Madeleine n'aurait le courage d'affronter seule son beau-frère.

Elle n'éprouvait aucune affection pour Charles, mais en fait elle ne se posait pas la question car, en tant que seul homme de la maison, elle lui vouait un respect sans limite. C'était d'autant plus difficile pour elle que, d'après ses souvenirs, il était arrivé à Édouard de critiquer violemment son frère. Seulement Édouard n'était plus là, il avait fui ses responsabilités de mari et de père en se tirant une balle dans la tête, il était naturel qu'elle s'en remette à Charles.

— Pauvre Édouard, soupira-t-elle à mi-voix.

Une expression utilisée si souvent qu'elle en avait perdu toute signification. Édouard n'avait pas été un époux très agréable, mais elle l'avait oublié depuis longtemps, précisément au moment où elle s'était installée dans son rôle de veuve inconsolable. Sa belle-famille l'avait soutenue, l'avait déchargée de ses soucis, elle lui en était reconnaissante. Son seul mouvement de révolte, elle le devait à Marie et à ce petit-fils bâtard qu'elle rejetait. Cyril n'était rien et *n'aurait* rien. À l'étude de Michel Castex, elle avait insisté sur ce point, et le pauvre notaire n'avait pas pu l'en faire démordre. Que Clara continue à gérer sa fortune, elle ne voulait pas s'en mêler et s'avouait très satisfaite des résultats, mais cet argent ne tomberait pas dans le berceau d'un enfant naturel dont on ignorait les origines ! La seule chose qu'elle exigeait, elle qui ne connaissait rien aux affaires, c'était de rédiger un testament explicite où Gauthier, son chouchou, serait aussi favorisé que l'autorisait la loi. Castex s'était récrié, arguant qu'elle ne pouvait pas déshériter deux de ses enfants au profit du troisième. Têtue, pour une fois, elle avait alors évoqué la possibilité d'une donation de son vivant. À ses yeux, certains destins méritaient d'être privilégiés, or Gauthier en était l'illustration parfaite puisqu'il avait choisi la médecine, comme son père et son grand-père. Castex avait alors habilement suggéré d'investir dans une clinique et il avait promis d'en parler à Clara. Depuis, il n'avait pas donné de nouvelles, ce qui commençait à inquiéter Madeleine. Assurer l'avenir de Gauthier, tout en punissant Marie et Alain, restait sa priorité. Sa seule volonté, en fait, mais elle s'y tiendrait.

Le soir tombait et elle se leva pour allumer deux lampes. Le petit salon était toujours son refuge, personne ne venait l'y déranger l'après-midi, elle pouvait coudre à loisir, écouter la radio ou regarder les fleurs des plates-bandes que le jardinier entretenait avec soin.

— Vous vouliez me parler ? demanda Charles, qui venait de pousser la porte.

— Oh, vous m'avez fait peur ! s'exclama-t-elle, une main sur le cœur.

— Excusez-moi, Madeleine, dit-il d'un ton railleur, comme s'il trouvait amusant de l'avoir effrayée.

— Clara n'est pas avec vous ?

— Maman ? Non… J'arrive à l'instant, je viens de croiser Gauthier, qui m'a transmis votre requête.

— Ah, oui. Bien sûr…

Gagnée par la panique, elle comprit qu'elle allait devoir affronter seule la situation. Elle prit une profonde inspiration avant de se lancer.

— Alors, voilà… J'ai reçu un paquet, ce matin.

Il attendait la suite, impatient, pianotant du bout des doigts sur une commode.

— Un paquet de qui ?

— De Vallongue. Enfin, d'Alain.

— C'est votre anniversaire ? plaisanta-t-il.

— Non. D'ailleurs, il ne me le souhaite jamais.

Elle hésitait à poursuivre, intimidée par la nervosité de Charles et ne sachant toujours pas comment présenter la chose.

— Regardez vous-même, finit-elle par suggérer. Je suppose que vous serez mécontent, mais je n'y suis pour rien, je n'étais pas au courant.

L'absence de Clara l'inquiétait vraiment, toutefois elle se résigna à aller chercher le coffret de velours, qu'elle remit à Charles sans ajouter un mot. Il souleva le couvercle, examina la bouteille d'huile d'olive qui y était présentée, faillit ne pas remarquer la mention, sur l'étiquette, et la repéra enfin.

— Édouard doit se retourner dans sa tombe, marmonna-t-elle pour rompre le silence. Voir associé le nom de Morvan à... je ne sais pas, il aurait pu trouver autre chose... Il oublie un peu vite que son père était chirurgien, et son grand-père, des gens bien, des scientifiques...

— Il n'oublie rien du tout, mais cette provocation-là il n'allait pas la rater !

D'un geste brusque, il sortit la bouteille du coffret, qui tomba sur le tapis.

— Vos fils sont odieux ! lui jeta-t-il avec une totale mauvaise foi.

— Pas Gauthier, non, c'est faux ! Mais je reconnais que Marie n'a...

— Laissez-la tranquille, voulez-vous ? Et ne vous inquiétez pas, je prends ma part de responsabilité dans cet échec cuisant que représente Alain ! Celui-là, c'est vraiment le bouquet, nous le savons depuis longtemps.

— Peut-être l'avez-vous laissé trop libre ? Il aurait mérité d'être corrigé de...

— Vous me voyez lever la main sur vos enfants ?

— Mais, Charles, Édouard l'aurait fait...

— Je ne suis pas leur père, Dieu m'en préserve ! hurla-t-il. De toute façon, je n'ai jamais frappé un enfant, je hais la brutalité, vous n'avez aucune idée de ce que c'est. En revanche, je peux m'expliquer avec Alain aujourd'hui, parce que c'est un homme !

La bouteille toujours à la main, il fit volte-face et quitta le salon en claquant la porte. Quatre à quatre, il grimpa l'escalier jusqu'au boudoir du premier étage, où il trouva Clara en grande discussion avec Vincent.

— Tu savais ? lança-t-il à sa mère d'un ton rageur.

Il lui mit l'étiquette sous le nez puis gagna la fenêtre, qu'il ouvrit en grand pour lancer la bouteille sur les pavés de la cour, où elle explosa.

Clara s'était levée et se tenait très droite à côté de son fauteuil.

— Où te crois-tu ? demanda-t-elle posément. Ferme cette fenêtre, j'ai froid. Oui, je connaissais son idée.

Pâle de colère, il essaya de se dominer pour ne pas se donner en spectacle devant son fils.

— Et tu l'as aidé ? articula-t-il.

— Pas cette fois, non. Il a pris une hypothèque sur ses propres terres pour obtenir un prêt. Avec cet argent, il a fait fabriquer les flacons, les bouchons, les étiquettes, et il a acheté une machine à embouteiller.

— *Ses* terres ? Ah, c'est vrai, si tu n'existais pas, il ne pourrait pas s'en donner autant à cœur joie ! Tu lui as tout servi sur un plateau, il aurait tort de se gêner.

— Il travaille, Charles. Il travaille pour de bon.

— Ne me fais pas rire !

— Ce ne sera pas facile ce soir, j'en ai peur.

Pris de court, il la dévisagea quelques instants.

— Pour toi, c'est normal de voir ton nom sur une bouteille d'huile ? De te retrouver dans les placards de toutes les arrière-cuisines ?

— Les temps changent, il faut savoir évoluer.

— Et l'alimentation te paraît une reconversion souhaitable pour la famille ? Tu veux que tous tes petits-enfants se lancent dans l'épicerie ou un seul te suffit pour assurer l'avenir ?

— Charles, tu n'es pas au tribunal, c'est à ta mère que tu es en train de parler !

Le calme dont elle faisait preuve l'obligea à se taire, puis il s'excusa. Vincent regardait obstinément ses pieds, ne sachant s'il devait rester ou sortir. Alain lui avait parlé d'un « projet qui n'allait pas plaire à tout le monde », mais sans lui donner de détails, et il commençait à comprendre. Son cousin n'avait pas voulu le mettre dans la confidence pour ne pas l'obliger à mentir, c'était assez délicat de sa part.

— Je vais descendre à Vallongue, décida Charles.

— De toute façon, tu avais envie de prendre quelques jours de repos, lui répondit sa mère.

Elle savait qu'il voulait fuir le mariage de Sylvie avec Stuart, et que rien ne l'empêcherait d'aller dire à Alain de vive voix ce qu'il pensait de son initiative. Elle savait aussi qu'il n'aimait pas et n'aimerait jamais les fils d'Édouard ; que Marie échappait à cette aversion uniquement parce qu'elle était une femme. Que Vallongue était un paradis perdu qui, au lieu d'un refuge, risquait de se transformer en champ de bataille. Elle savait trop de choses, en fait, sur lui et sur l'ensemble de la famille. C'était dur d'être l'aïeule, chez les Morvan, mais personne n'assumerait ce rôle à sa place, elle avait encore du pain sur la planche.

Comme elle continuait à soutenir le regard de Charles, elle eut soudain le cœur serré en se demandant s'il parviendrait un jour à être un peu moins malheureux.

**
*

Marie dévala les marches du palais, la vue brouillée par les larmes. Sa première plaidoirie, dans une banale affaire civile, avait été lamentable. À tel point que son oncle avait quitté le tribunal avant la fin de l'audience, sans lui adresser un regard. Elle se sentait plus humiliée que jamais. Si seulement elle n'avait pas eu l'idée absurde de parler sans ses notes, pour imiter Charles ! Pourquoi s'était-elle imaginé que c'était si simple ? À le voir, lui, éviter tous les pièges dans les dossiers les plus complexes, avait-elle cru qu'il suffisait de se lever pour que les mots viennent tout seuls ?

— Marie, attends !

Derrière elle, Vincent courait pour la rattraper, son pardessus flottant au vent.

— Arrête-toi, bon sang !

Il la saisit par le bras, l'obligeant à lui faire face.

— Viens avec moi, proposa-t-il, je t'offre une tasse de thé.

Malgré sa réticence, il l'entraîna vers un bar qu'elle connaissait bien et qui était essentiellement fréquenté par de jeunes avocats.

— Je me suis ridiculisée, dit-elle en jetant ses gants sur la table à laquelle ils venaient de prendre place.

Le regard de Vincent sur elle n'exprimait aucune compassion et elle lui en fut reconnaissante.

— Et tu étais là aussi, ajouta-t-elle avec une grimace.

— Papa m'avait prévenu que tu plaidais, je ne voulais pas rater ça.

— Eh bien, tu as été servi ! Quant à lui, il est parti épouvanté. Je n'imagine même pas ce qu'il va me raconter demain…

— Non, tu sais très bien qu'il t'adore.

Un haussement d'épaules fut la seule réponse de Marie, qui commençait pourtant à s'apaiser. Elle ne craignait pas le sermon de Charles, mais elle ne pouvait supporter l'idée qu'il la juge incompétente. Sa principale ambition était justement qu'un jour il l'admire, qu'elle arrive à lui démontrer qu'une femme pouvait s'en sortir aussi bien qu'un homme devant les magistrats.

— Ce sera pour une autre fois, murmura-t-elle d'un ton amer.

La gentillesse de Vincent la touchait beaucoup. Lui aussi aurait à faire ses preuves, d'ici peu, et son père serait là pour l'observer, sans la moindre complaisance. À son fils, il ne pardonnerait rien.

— N'en parlons plus, décida-t-elle. Comment t'en sors-tu de ton côté ?

— Mes notes sont bonnes et je me sens vraiment mordu.

— Oui, je sais, Clara le crie sur tous les toits.

Ils échangèrent un sourire complice, toujours d'accord dès qu'il s'agissait de leur merveilleuse grand-mère.

— Mais tes amours ? insista-t-elle.

À vingt et un ans, Vincent était vraiment un jeune homme séduisant. Ses yeux gris, frangés de longs cils noirs, adoucissaient un visage très viril avec des pommettes hautes et une mâchoire volontaire. Il avait déjà toute l'élégance de son père, la même facilité pour briller, mais de surcroît il était gai, comme l'attestait son sourire de gamin malicieux.

— Le pluriel est inutile, il n'y a qu'une seule fille dans mon cœur, répondit-il spontanément.

— Encore cette Magali ? C'est une passion platonique, alors ! Vous vous aimez par correspondance, tu lui écris des lettres enflammées ?

Elle persiflait, mais il secoua la tête, amusé.

— Pas que ça, non. Elle est venue une fois à Paris.

— C'est vrai ?

— Une idée d'Alain, il lui a offert le billet de train.

Marie éclata de rire, toujours ravie par les initiatives de son frère.

— Et pourquoi cette générosité ?

— Si tu veux mon avis, c'était une sorte de revanche de sa part. Il a très mal vécu la visite de papa à Vallongue, le mois dernier. Je n'ai pas tous les détails, mais je crois que la scène a été homérique.

— Maman n'aurait jamais dû lui mettre cette bouteille sous le nez ! Elle est d'une telle sottise, la pauvre...

Plus les années passaient et plus Marie semblait mépriser sa mère.

— Oh, Alain savait très bien qu'elle le ferait ! C'était le bon moyen de mettre toute la famille au courant.

L'affection de Vincent pour son cousin restait intacte, c'était manifeste, Charles lui-même ne parviendrait jamais à entamer ce sentiment-là.

— Bref, reprit-il, il m'a appelé pour m'annoncer qu'il offrait à Magali son premier voyage dans la capitale, à charge pour moi de l'attendre à la gare et de lui montrer la tour Eiffel !

— Et alors ?

— Deux jours de rêve. Un copain de la fac m'avait prêté sa chambre.

— Tu as couché avec elle ?

— Oui...

Y repenser devait l'émouvoir car il se troubla, tourna la tête, et son regard se perdit, au-delà de la vitre du bar, vers le palais de justice.

— C'est très mignon, un homme amoureux, dit Marie en posant sa main sur celle de Vincent.

— Mignon ? Tout le monde ne partagera pas ton opinion, j'en ai peur !

Peur était le mot juste. Si pour lui Magali avait toutes les qualités, il n'était pas stupide au point d'imaginer que sa famille pourrait jamais accepter une jeune fille comme elle. Or il songeait très sérieusement à l'avenir.

— Tu connais papa, il commencera par prendre ses renseignements sur elle, alors quand il apprendra qu'elle fait des ménages pour gagner sa vie...

Cette simple idée lui semblait redoutable. Issue d'un milieu très modeste, Magali n'était que la filleule de la cuisinière, et elle avait quitté l'école à quinze ans pour travailler. Courageuse, gaie, l'esprit vif, elle savait s'émerveiller de tout, sans aucune aigreur, mais ce ne serait pas suffisant pour convaincre les Morvan de l'accepter parmi eux.

— C'est toi que ça regarde, tu es majeur, rappela Marie.

Elle hésitait pourtant à le pousser vers la révolte. Vincent n'était pas comme elle ou comme Alain : un rebelle dans l'âme. Et ce n'était pas contre la bêtise de Madeleine qu'il aurait à lutter, mais contre l'agressivité de Charles. Peut-être même contre Clara, qui, si libérale qu'elle fût, risquait de voir d'un mauvais œil ce qu'elle prendrait inévitablement pour une mésalliance. Femme de ménage ou bonne à tout faire, non, ça ne passerait jamais.

— Tu n'es pas obligé de mettre la famille à feu et à sang tout de suite, reprit-elle posément. Attends d'être sûr de toi, de vous deux. Un coup de cœur, c'est parfois éphémère, crois-moi sur parole.

Reportant son attention sur elle, il la dévisagea avec insistance.

— Tu n'es pas heureuse, Marie ?

— Si, bien sûr. D'abord, j'ai Cyril. Et, un jour ou l'autre, j'arriverai bien à m'en sortir dans un prétoire !

Toujours très secrète, elle n'évoquait pas sa vie privée, ses liaisons brèves et tumultueuses,

ses déceptions. Chaque fois qu'un homme la courtisait, elle ne voyait en lui qu'un coureur de dot, pas un amoureux. Elle savait qu'elle n'était pas très jolie, mais que sa jeunesse et son élégance lui tiendraient lieu de beauté pour quelques années encore. De toute façon, elle effrayait la plupart des garçons qu'elle côtoyait, avec son esprit d'indépendance affiché. Trop libre, trop ambitieuse, trop intelligente : le contraire d'une certaine image de la femme que le cinéma était en train d'imposer.

— Je ne voudrais pas que Cyril reste fils unique, déclara-t-elle brusquement. Ça fait des enfants gâtés égoïstes...

Leurs regards se croisèrent aussitôt, complices et amusés. Les longues années passées à Vallongue pendant la guerre les avaient soudés pour toujours. À l'origine, il s'agissait juste de six cousins insouciants. Jusqu'à la disparition de Beth. Là, ils étaient devenus cinq adolescents inquiets, liés par une succession de drames. Rendus inséparables dans leur volonté de se préserver du monde des adultes, sur lequel s'abattaient les deuils. Une période qui leur avait appris à s'épauler, à s'estimer, et surtout à se taire.

— Marie, tu sais que je suis là ? Daniel aussi, sans parler d'Alain ! Et même Gauthier, ce n'est vraiment pas sa faute s'il se retrouve dans le rôle du chouchou, il n'a rien fait pour ça. Enfin, ce que je veux dire, c'est qu'il existe quatre types sur lesquels tu peux compter sans réserve, d'accord ?

Jusque-là, elle avait été l'aînée, celle dont ils prenaient l'avis tour à tour, qui arbitrait leurs conflits de garçons, qui imposait sa volonté. Aujourd'hui, elle savait que chacun d'eux, du haut de son récent statut de jeune homme, était prêt à la défendre. Une idée assez émouvante pour qu'elle se sente bouleversée. Un peu penché au-dessus de la table, protecteur et sûr de lui, Vincent l'enveloppait de son regard gris et elle fut frappée par son étonnante ressemblance avec Charles. Même son amour pour Magali évoquait irrésistiblement la passion de Charles pour Judith. Avec une parfaite innocence, il mettait ses pas dans les traces de son père, il relevait le défi comme si c'était le seul destin possible pour lui.

— Vous êtes mes quatre mousquetaires, c'est formidable ! dit-elle en souriant.

Elle essayait d'ironiser, mais il devina que, d'une certaine manière, il était parvenu à la réconforter.

— Si tu décides de donner un petit frère ou une petite sœur à Cyril, ce sera mon tour d'être le parrain, pas toujours Alain ! ajouta-t-il d'un ton péremptoire, pour faire bonne mesure.

— Eh bien, je te prends au mot, parce que c'est déjà décidé.

Troublé, il l'observa un instant afin de s'assurer qu'elle était sérieuse.

— Tu es la championne de l'imprévu, mais je te présente toutes mes félicitations et je renouvelle ma demande.

— Accordé, Votre Honneur.

Un jour ou l'autre, il porterait pour de bon ce titre ronflant qui lui arracha un sourire. Il se demanda si c'était pour s'entendre appeler « maître » qu'elle avait choisi d'être avocate. Elle en était bien capable, capable de tout à vrai dire, comme l'attestait cette nouvelle grossesse où, une fois encore, il ne serait sans doute pas question de père. Madeleine allait en faire une jaunisse, et Clara elle-même risquait de ne pas comprendre l'obstination de Marie à se vouloir différente des autres. En tout cas, personne ne chercherait plus à la marier, c'était certain désormais.

6

Vallongue, 1954

SUR LA TABLE DE LA CUISINE, l'enveloppe destinée à Magali était posée bien en évidence. À la fin de chaque mois, Jean-Rémi, toujours ponctuel, lui préparait ses gages sans qu'elle ait à les lui réclamer. Elle passait deux après-midi par semaine au moulin, ravie de travailler pour un patron aussi agréable, ce qu'ils n'étaient pas tous, loin de là !

Dès le début, elle avait appris à ne pas déranger les chevalets ou les toiles, à nettoyer les taches de peinture sur le sol avec de l'essence de térébenthine, à ne rien toucher du désordre des dessins étalés un peu partout.

Quand Jean-Rémi était là, elle s'éclipsait sur la pointe des pieds au premier étage pour faire le ménage de la chambre, du petit bureau, de l'immense salle de bains, dans laquelle elle repassait. Ensuite, elle redescendait en silence jusqu'à la cuisine, qu'elle briquait à fond. La plupart du temps, il finissait par passer la tête à la porte pour lui réclamer du thé, dont il lui offrait une tasse. Elle était sensible à sa courtoisie, à sa manière de la traiter en amie plutôt qu'en domestique. Quand elle le lui faisait remarquer avec reconnaissance, il levait les yeux au ciel.

Il l'avait un peu interrogée sur sa vie et elle n'avait pas pu s'empêcher de livrer quelques confidences. Depuis, il ne manquait jamais de lui demander des nouvelles de Vincent.

Alors qu'elle était en train de ranger le balai et la serpillière dans l'arrière-cuisine, elle l'entendit annoncer qu'il mettait de l'eau à bouillir.

— Rien ne désaltère autant que le thé par cette chaleur ! Les gens sont fous de boire des orangeades glacées. Voulez-vous goûter à mon gâteau, Magali ? C'est une nouvelle recette de cake que j'ai dénichée en Angleterre…

Avec un sourire désarmant, il lui présenta une assiette de porcelaine fine sur laquelle il avait disposé quelques tranches.

— Asseyez-vous donc, suggéra-t-il. Vous avez fait de ma cuisine un palais !

Mais il savait qu'elle aimait s'affairer dans cette pièce, séduite par les cuivres, les cristaux et les faïences rares qui s'étalaient dans les grands vaisseliers. Tout le moulin était d'ailleurs décoré avec un goût exquis, jusqu'au moindre objet. De chacun de ses voyages il rapportait des tissus, des lampes ou des bibelots, attribuant à chacune de ses trouvailles la place qui lui convenait exactement. Durant l'été, il s'était beaucoup absenté pour parcourir l'Europe, et Magali en avait profité pour nettoyer la maison de fond en comble.

— Cette soirée s'annonce comme une horrible corvée, dit-il avec un petit soupir.

Il poussa vers elle, à travers la table, un carton d'invitation. Trois fois de suite, il avait réussi à échapper aux dîners de Clara, prétextant ses absences ou son travail, mais il ne pouvait décemment pas lui opposer un quatrième refus.

— Une réception chez Mme Morvan ? Vous avez de la chance !

La réflexion lui avait échappé, et elle se mordit les lèvres tandis qu'il riait.

— Quand vous ferez partie de la famille, j'irai beaucoup plus volontiers. En attendant, si vous voulez que je transmette un message à Vincent...

Il plaisantait avec trop de gentillesse pour qu'elle puisse s'en offusquer, mais elle secoua la tête en signe de refus. Vincent venait la retrouver presque chaque jour, parfois pour un pique-nique à l'heure du déjeuner, parfois pour une promenade romantique dans la soirée. Il avait juré de parler à son père avant la fin des vacances, et elle attendait le résultat de cette démarche avec angoisse. Pour ce qu'elle en savait, Charles Morvan-Meyer semblait un personnage redoutable. Tout ce que sa tante

Odette avait pu lui dire à son sujet augmentait ses craintes. « Jamais quelqu'un comme lui ne laissera son fils épouser quelqu'un comme toi. Si tu t'imagines le contraire, tu rêves ! Et le jour où il va découvrir le pot aux roses, vous allez passer un sale quart d'heure, crois-moi. Il mettra son garçon au pas, et de toi il ne fera qu'une bouchée ! »

Magali la croyait, mais ne pouvait s'empêcher d'espérer. Vincent avait juré qu'il trouverait une solution, en tout cas il ne voulait pas passer une nouvelle année loin d'elle, ni qu'elle continue à travailler comme domestique. Jusque-là, elle avait tenu bon, en fille avisée qui savait qu'il vaut mieux tenir que courir.

— Je vais me préparer, merci pour le thé, dit Jean-Rémi en se levant.

C'était bien dans sa manière, il la remerciait alors qu'il avait tout fait lui-même. Comme d'habitude, ils échangèrent une poignée de main avant qu'il ne quitte la cuisine. Il appréciait beaucoup la jeune fille et n'avait pas à se forcer pour lui montrer sa sympathie. D'abord il la trouvait ravissante, discrète mais pétillante de malice, ensuite il la plaignait à l'idée de tous les ennuis qui l'attendaient. Car il fallait vraiment sa fraîcheur naïve pour supposer que les Morvan puissent l'accueillir un jour à bras ouverts. En attendant, chaque fois qu'elle lui parlait de Vincent, il pouvait y associer l'idée d'Alain.

226

Debout devant la psyché de sa salle de bains, il se demanda quelle allait être la réaction du jeune homme tout à l'heure. Il ne l'avait pas vu depuis plusieurs semaines, n'avait pas reçu le moindre signe, ni coup de téléphone ni lettre, et il se sentait à bout de patience. Qu'Alain ne veuille pas mettre les pieds au moulin quand sa famille séjournait à Vallongue ne semblait plus très justifié maintenant qu'il était majeur. Bien sûr, il était hors de question que quiconque découvre leur véritable relation mais, après tout, ils pouvaient très bien s'être rencontrés et simplement liés d'amitié.

— Qu'est-ce que je vais mettre ? marmonna-t-il en se détournant.

De vastes penderies occupaient tout un mur de la longue pièce, et il fit coulisser les portes pour examiner sa garde-robe d'un œil critique. Il adorait les vêtements, qu'il choisissait toujours avec un soin extrême, étoffes, coupe et couleurs.

— Pas trop de fantaisie chez ces gens-là...

Il aurait dû refuser, inventer un nouveau prétexte, mais l'envie de se retrouver en face d'Alain avait été la plus forte. Sans compter la curiosité de découvrir Vallongue.

— Comme ça, je pourrai enfin l'imaginer chez lui !

L'imaginer, ce serait la seule chose à laquelle il aurait droit d'ici à la fin de l'été. Tous ses voyages ne l'avaient qu'à peine distrait, il n'était même pas parvenu à peindre convenablement, trop obnubilé par l'absence et le silence d'Alain. Aller chez lui tenait peut-être de la provocation, mais il pourrait toujours invoquer l'impossibilité de résister à Clara. Ou n'importe quelle baliverne sur les rapports de bon voisinage.

— La vérité, c'est que tu as la trouille…

Peur qu'Alain le prenne mal, ou se fâche, ou ne donne plus jamais de nouvelles, il en était capable. Indécis, Jean-Rémi se demanda s'il ne ferait pas mieux de faire livrer une immense gerbe de roses à Clara, avec un mot d'excuse.

Alanguie sur un transat, Marie avait fermé les yeux. Elle portait une robe fluide, en crêpe de Chine, censée dissimuler sa prochaine maternité. À six mois de grossesse, elle commençait à se sentir fatiguée. D'autant qu'elle avait travaillé d'arrache-pied, avant la fermeture du cabinet, pour se racheter de ses débuts lamentables au tribunal.

Un peu plus loin, sous les platanes, Vincent et Alain avaient improvisé une partie de pétanque, avec des boules en plastique, pour initier le petit Cyril aux joies du cochonnet. Du matin au soir, Alain s'occupait de son neveu et filleul avec une tendresse qui bouleversait Marie. Elle n'aurait jamais cru que son frère, qui s'était montré tellement asocial jusque-là, puisse aimer les enfants à ce point.

— Alors, c'est décidé, ce sera Vincent le parrain ?

Elle rouvrit les yeux et considéra Gauthier qui se tenait debout à côté d'elle, un verre de menthe à la main.

— Tu as soif ?

— Oui, merci. Désolée, mais il l'a demandé le premier.

Avec gourmandise, elle but à longues gorgées la boisson glacée, tandis que Gauthier se laissait tomber dans l'herbe.

— Encore des invités, ce soir, il va falloir s'habiller, soupira-t-il.

— Laisse donc grand-mère s'amuser, elle adore recevoir. Qui sont les élus du jour ?

— Castex, en vacances à Avignon, et un peintre qui vit dans le coin, assez célèbre paraît-il.

— Je peux lui donner son bain et son dîner ? demanda Alain qui s'était approché.

Il tenait Cyril dans ses bras, et la tête de l'enfant reposait avec confiance sur son épaule.

— Je t'accompagne, décida Vincent.

— De quel peintre parliez-vous ? interrogea Alain tout en caressant les boucles blondes du petit garçon.

— Un certain Jean-Rémi Berger, que Clara a essayé d'inviter tout l'été et qui nous fait enfin la grâce de venir ce soir.

— J'ai vu une expo à Paris cet hiver, précisa Vincent, il a du talent et il est sympathique. Je me demande même si grand-mère ne te le destinait pas, Marie…

Il se mit à rire, imité par Marie et Gauthier, tandis qu'Alain s'éloignait en silence vers la maison. Une fenêtre s'ouvrit, au premier étage, et Madeleine appela Gauthier d'une voix plaintive. Avec une petite grimace exaspérée, il lui répondit qu'il arrivait tout de suite.

— Elle a coincé la serrure de son coffret à bijoux et elle pense que j'ai un vrai talent de serrurier ! expliqua-t-il aux autres.

— Normal, railla Marie, tu as des mains magiques, des mains de futur chirurgien…

La plaisanterie ne fit pas rire Gauthier, qui fronça les sourcils.

— Daniel est beaucoup plus bricoleur que moi, je le lui enverrais volontiers. Où est-il passé ?

— Dans le bureau de papa, répondit Vincent, ils y sont enfermés depuis le déjeuner.

Charles avait en effet décidé de parler d'avenir à son fils cadet, et Daniel avait dû le suivre, la mort dans l'âme, sachant qu'il avait peu de chances d'imposer ses propres idées.

— S'il ne sort pas major de Polytechnique, papa le tuera, prophétisa Vincent avec un sourire mitigé.

Discuter avec leur père était toujours aussi difficile, bien qu'ils aient atteint l'âge adulte, et l'idée d'avoir une conversation au sujet de Magali le rendait malade. Si Charles se mettait vraiment en colère, s'il opposait un refus catégorique, Vincent serait contraint de se fâcher avec lui, perspective impensable. Mais renoncer à Magali était bien pire.

— Tu as l'air soucieux, fit remarquer Marie, qui l'observait.

— C'est un euphémisme, murmura-t-il.

Toutefois, il ne voulait pas se plaindre devant elle, qui avait toujours eu le courage d'affronter tout le monde. Madeleine, Charles, Clara, elle n'avait pas craint de les heurter les uns après les autres pour vivre comme elle l'entendait.

— On devrait aller se changer, déclara-t-elle en se redressant.

Il lui tendit la main et elle se laissa aider, amusée par sa sollicitude.

*
**

Jean-Rémi descendit de sa Hotchkiss noire, claqua la portière puis s'absorba dans la contemplation de la façade. Ainsi c'était ça, Vallongue, une grande bâtisse – plus imposante que ce qu'il avait supposé – aux volets bleus, aux toitures plates et roses, aux murs très blancs sur lesquels se détachaient les balcons de fer forgé. Un bel ensemble au charme cossu, qui offrait une impression à la fois de prospérité et de sérénité.

Des voix s'élevèrent, sur le perron, et Clara apparut, rayonnante dans une robe de shantung ivoire. Sourire aux lèvres, elle vint à sa rencontre pour lui exprimer sa joie de l'accueillir enfin chez elle. Après quelques échanges de politesses, elle lui présenta Madeleine, qu'il jugea comme une grosse dame sans intérêt, puis Charles, dont il serra la main avec curiosité. Il avait assez souvent entendu Alain parler de son oncle pour ressentir d'emblée une certaine antipathie, mais il n'avait pas du tout imaginé un homme comme lui. Alain avait dit : « Arrogant, glacial, odieux. » Mais il avait omis l'élégance indiscutable, le surprenant regard gris pâle, la voix chaude.

Clara les entraîna à l'intérieur de la maison, jusqu'au patio où tout le monde s'était réuni pour l'apéritif. Michel Castex, Vincent, Daniel, Gauthier puis Marie vinrent le saluer, tandis qu'Alain s'arrangeait pour rester le dernier, un peu en retrait. Quand ce fut son tour, il se contenta d'un signe de tête en murmurant, de façon parfaitement neutre :

— Enchanté...

Parce qu'il passait toutes ses journées dehors, en plein soleil, il avait acquis un hâle cuivré qui le rendait plus séduisant encore, et Jean-Rémi dut faire un effort pour se détourner de lui, afin de répondre à Clara qui proposait des boissons. Il accepta un Martini, soudain très gêné de se trouver là. Que faisait-il au milieu de la famille d'Alain ? Au nom de quelle curiosité déplacée était-il venu jouer les voyeurs ? Et si le jeune homme ne lui pardonnait jamais cette provocation ?

— Ma mère apprécie beaucoup ce que vous faites, lui dit Charles en s'asseyant près de lui. Si vous aviez la gentillesse de me montrer quelques-uns de vos tableaux, je pense que ce serait un beau cadeau d'anniversaire pour elle...

Leurs regards se croisèrent, et Jean-Rémi estima que Charles, malgré toute sa froideur, ne pouvait s'empêcher de charmer ses interlocuteurs. Un travers d'avocat, sans doute.

— Avec grand plaisir, répondit-il.

Mais il était bien décidé à ne jamais le recevoir au moulin. Pas question d'établir une quelconque relation avec un homme qu'Alain haïssait. Du moins c'est ce qu'il avait cru comprendre à travers des bribes de confidences. Il s'était forgé une opinion sur cette aversion, qui s'expliquait peut-être par l'attitude rigide de Charles, mais surtout par l'immense besoin d'amour d'Alain. Privé de son père à treize ans, totalement incompris par sa mère, il avait sans doute eu envie de se rapprocher de son oncle, de le prendre pour modèle, et il s'était heurté à un mur. Pire, il avait été tourné en dérision à cause de ses prétentions agricoles, puis écarté comme un bon à rien. Sans le soutien inconditionnel de Clara, il se serait retrouvé à la dérive au sein de sa propre famille. De quoi se sentir déstabilisé et prendre en horreur celui qui l'avait ainsi rejeté.

Discrètement, Jean-Rémi parcourut le patio du regard. Les cinq cousins étaient groupés près d'une balancelle, bavardant à mi-voix avec une complicité établie de longue date. Alain lui tournait le dos, l'épaule appuyée au tronc d'un palmier incongru, et il devait être en train de raconter quelque chose de drôle aux autres, qui souriaient. L'image qu'il offrait ainsi était très différente de celle que Jean-Rémi connaissait, plus juvénile et plus insouciante. Mais laquelle était la vraie ? Vincent lui-même semblait très gai, alors qu'il se torturait quotidiennement à propos de la petite Magali. Tous ces jeunes jouaient-ils la comédie dès qu'ils étaient en famille ?

— Nous allons passer à table, annonça Clara. Je vous préviens, c'est un menu très simple !

Sa mine réjouie indiquait que, bien au contraire, elle avait passé l'après-midi à concocter avec Odette des plats sophistiqués. Elle indiqua leurs places aux convives, et Jean-Rémi se retrouva à sa gauche, assez loin d'Alain pour pouvoir l'observer tranquillement.

— ... alors il faut absolument que vous goûtiez cette huile, une pure merveille, je ne le dis pas parce que c'est mon petit-fils, mais il a accompli un travail remarquable.

Clara paraissait attendre de lui un commentaire et il se dépêcha de répondre, après s'être raclé la gorge :

— Vraiment ? Eh bien, la vallée des Baux a toujours été une terre de prédilection pour l'olivier... Cependant vous avez raison, ce ne sont généralement pas les jeunes Parisiens qui dirigent les exploitations ! On parle toujours de l'expérience des anciens mais, après tout, il arrive que la jeunesse ait du génie.

Ravie d'être comprise, elle lui adressa un sourire éblouissant. Décidément, les Morvan avaient tous le goût de la séduction et, malgré son âge, Clara avait quelque chose d'irrésistible. Jean-Rémi supposa qu'elle avait dû être une maîtresse femme, suffisamment forte pour imposer ses volontés à tout un clan.

— Nous avons été très surpris par sa détermination, poursuivait-elle avec enthousiasme, je dirais presque sa... vocation. À quinze ans, il savait déjà ce qu'il voulait faire, c'était épatant ! D'autant qu'il était vraiment le premier dans la famille à se découvrir une âme de terrien.

Ayant une bonne raison de s'intéresser à Alain, il tourna la tête vers lui et croisa son regard pour la première fois de la soirée. Il faillit sourire, brusquement ému par ce visage qu'il connaissait par cœur, et par l'expression affectueuse que le jeune homme venait d'adresser à sa grand-mère.

— J'avoue que j'avais rêvé d'un autre avenir pour lui, déclara Madeleine entre deux bouchées.

— Chacun a son seuil de compétence, lui répondit Charles d'un ton ironique. Votre fils a décidé qu'il avait atteint le sien en classe de seconde.

Sa réflexion était assez désagréable pour entraîner un petit silence embarrassé. Alain se mit à jouer avec son couteau, ignorant Charles, tandis que Madeleine ajoutait :

— Heureusement, mon fils cadet termine sa médecine…

De façon inattendue, ce fut Gauthier lui-même qui rappela :

— Et ta fille est avocate ! Tu l'as oubliée ?

Madeleine le fixa d'un air stupide, ahurie par son intervention, jusqu'à ce que Clara se mette à tousser pour faire diversion. Alain n'avait jeté qu'un coup d'œil méprisant à sa mère, avant de se remettre à parler avec Vincent. En hôte attentif, Charles vint au secours de Clara et engagea une discussion sur Utrillo, dont il venait d'acquérir une toile. Il n'avait pas grand-chose à dire sur la peinture en général, d'ailleurs il s'ennuyait, c'était visible, mais son excellente éducation lui permettait de continuer à parler sans même penser à ce qu'il racontait. Jean-Rémi avait une folle envie de le contre-dire, pour lui faire regretter sa phrase détestable au sujet d'Alain, pourtant il parvint à s'abstenir. Il s'obligea même à lui donner la réplique au sujet des impressionnistes et de leur influence, se conformant au rôle d'artiste qu'on attendait de lui, avec suffisamment de brio pour charmer au moins Clara. À deux ou trois reprises, Marie, qui était son autre voisine, intervint pour émettre quelques idées intéres-santes, même si elles étaient proférées d'un ton trop catégorique. La jeune femme était exactement telle que Jean-Rémi se l'était représentée, cette grande sœur indépendante qu'Alain appréciait sans réserve, pas vraiment jolie mais originale, avec une personnalité qui rappelait beaucoup celle de Clara. De l'autre bout de la table, Vincent finit par se mêler à la conversation, qui devint générale. Il fut question de certaines collections, que Charles avait fait restituer à leurs propriétaires légitimes après guerre, lors de procès acharnés où il n'avait pas craint d'attaquer les gouvernements de l'époque. Ces démêlés avec l'État l'avaient obligé à acquérir une certaine connaissance des œuvres d'art et de leur valeur. Il en parlait pourtant avec réticence, comme si tout ce qui touchait à cette période ou à la cause juive lui était encore insupportable. Clara aiguilla alors la discussion vers les prix exorbitants qu'atteignaient les toiles des cubistes, et Michel Castex en profita pour raconter quelques anecdotes relatives à des successions houleuses, où les tableaux faisaient parfois l'objet d'estimations aberrantes.

— Spéculer sur la peinture est plus hasardeux que de jouer en Bourse, déclara-t-il de façon péremptoire.

Clara, qui l'avait écouté distraitement jusque-là, éclata d'un rire très communicatif.

— Il n'y a pas de hasard en affaires ! affirma-t-elle. Avec un peu de bon sens, on arrive toujours à se débrouiller.

Le vieux notaire lui adressa un regard amusé mais admiratif. Clara jonglait comme personne avec les actions et les valeurs, il était bien placé pour le savoir.

Après le dessert, ils retournèrent dans le patio, où Odette avait apporté le café et les digestifs. La nuit était tiède, il flottait une agréable odeur de lavande, mais une nuée d'insectes s'agglutinait près des réverbères.

— J'adore Vallongue, soupira Clara, en extase.

C'était une simple constatation, pourtant elle sembla la regretter aussitôt, glissant un regard inquiet vers Charles.

— Nous y avons aussi connu des drames, hélas ! ajouta-t-elle à l'intention de Jean-Rémi.

Alain lui avait raconté la déportation de sa tante, le suicide de son père, toutefois le peintre n'était pas censé connaître ces événements, et il s'abstint de prendre un air entendu.

— C'est une propriété magnifique, se borna-t-il à constater, je comprends que vous l'aimiez.

Il but une gorgée d'armagnac, observa quelques instants Michel Castex, qui bavardait sans enthousiasme avec Madeleine, puis reporta son attention sur les jeunes, à nouveau regroupés. Marie trônait avec assurance au milieu de ses frères et de ses cousins, sans chercher à dissimuler sa prochaine maternité, indifférente aux convenances ou à l'opinion des invités, ce qui la rendait vraiment sympathique.

Charles s'était un peu éloigné et paraissait perdu dans ses pensées, le visage grave. De toute la soirée il n'avait pas adressé la parole à Alain, faisant comme s'il n'existait pas, sans doute incapable d'accepter le scandale de cette huile d'olive qui portait son nom, malgré tous les efforts de Clara pour dédramatiser la situation.

« Comment a-t-il fait pour vivre dans une ambiance pareille depuis le début de l'été ? Rien ne l'oblige à subir son oncle à tous les repas ! À moins que ce soit le plaisir d'être avec ses cousins qui le retienne... »

Oui mais, la nuit ? Qu'est-ce qui l'avait retenu, chaque nuit, pourquoi donc était-il resté obstinément enfermé à Vallongue tandis que Jean-Rémi devenait fou, seul dans son moulin ? Une brusque angoisse le saisit et il se demanda si, au-delà de cette soirée, il reverrait jamais Alain. Jusqu'ici, c'était toujours le jeune homme qui avait décidé de leurs rencontres, à ses heures, selon ses désirs, aussi imprévisible qu'insaisissable, et il pouvait très bien mettre un terme à cette relation épisodique qu'il avait tant de mal à accepter. Car s'il éprouvait le besoin d'un homme, c'était davantage dans sa tête que dans son lit, il n'y avait qu'à le regarder pour le comprendre. On ne pouvait rien trouver d'efféminé chez lui, au contraire, il s'agissait plutôt d'un jeune mâle qui essayait ses griffes au hasard.

« Il n'a que vingt-deux ans, il ne sait pas encore qui il est ni ce qu'il aime vraiment. »

La constatation était assez douloureuse pour qu'il se sente de nouveau très mal à l'aise. Il estima qu'il était temps de prendre congé, et il remercia chaleureusement Clara puis Charles. Ensuite, il serra la main de chacun en prenant soin de ne pas regarder Alain. À sa grande surprise, il l'entendit pourtant déclarer, devançant sa grand-mère :

— Je vous raccompagne.

Ils traversèrent ensemble le salon et le grand hall avant de se retrouver dans la pénombre du parc. Jusqu'à sa voiture, Jean-Rémi ne prononça pas un mot, attendant qu'Alain se décide à l'engueuler s'il en avait envie. Mais il n'eut droit qu'à une petite question, posée à voix basse :

— Pourquoi es-tu venu ?

— Si la montagne ne va pas à Mahomet...

Arrêtés près de la voiture, ils étaient aussi indécis l'un que l'autre. Finalement, Alain s'éloigna de quelques pas, sous le couvert des arbres, là où l'obscurité était plus dense. Jean-Rémi le suivit, faillit buter contre lui et le prit par l'épaule avec une certaine brusquerie.

— Ne me laisse pas des semaines sans nouvelles, c'est insupportable, dit-il entre ses dents. Tu aurais pu...

— Je fais ce que je veux, coupa Alain d'un ton sec. Tu as bien parcouru l'Europe, toi !

— J'avais des obligations. Je cherchais l'inspiration, et surtout j'espérais que le temps passerait plus vite comme ça.

— Et alors ?

Le ton de défi exaspéra Jean-Rémi, qui trouva pourtant le courage de répondre :

— Tu m'as beaucoup manqué. Viens avec moi la prochaine fois, je vais bientôt descendre à Séville…

— Tu veux rire ? riposta Alain de façon agressive.

Ils étaient trop sur la défensive, l'un comme l'autre, pour entendre le pas léger de Daniel, qui venait de s'arrêter à quelques mètres d'eux. Le jeune homme tenait à la main l'étui à cigarettes oublié par Jean-Rémi dans le patio. Du haut du perron, il avait vu que la Hotchkiss était toujours là et s'était dépêché de les rejoindre, mais à présent il hésitait, perplexe. Il distinguait leurs deux silhouettes, percevait les intonations rageuses de ce qui ressemblait à une querelle. La chemise blanche d'Alain et la veste claire de Jean-Rémi étaient visibles, malgré l'obscurité, tandis que Daniel lui-même se trouvait masqué par la voiture.

— … déteste le mensonge ! Si tu as honte de ce que tu fais, c'est simple, arrête.

— D'accord, je te prends au mot !

Toujours immobile, Daniel essayait de comprendre à quoi rimait cette surprenante dispute. Malgré sa curiosité, il ne voulait pas se montrer indiscret, et il était sur le point de faire demi-tour lorsqu'il vit Jean-Rémi secouer Alain, l'obligeant à reculer contre un arbre. Il se demanda s'ils allaient se battre et s'il allait devoir intervenir, mais il n'y eut qu'un silence, suffisamment long pour qu'il se sente soudain ridicule. Avec précaution, il s'éloigna vers la pelouse. Quand il devina l'herbe sous ses chaussures de toile, il accéléra le pas, puis contourna la maison afin d'entrer sans bruit dans la cuisine, où Odette terminait la vaisselle. Il lui adressa un sourire machinal avant de filer vers le hall, grimpa l'escalier quatre à quatre et fonça jusqu'à la chambre de Vincent. Ce n'était pas le genre de secret qu'il pouvait garder pour lui, c'était trop énorme, trop fou, il fallait qu'il en parle à son frère sans attendre.

— Si, je suis ravi de t'entendre, affirmat-il en coinçant le combiné entre sa joue et son épaule.

Il alluma une cigarette et se mit à jouer avec son briquet tandis que Sylvie poursuivait, à l'autre bout du fil :

— Nous devions nous reposer une semaine ici, mais finalement Stuart est reparti pour New York et je suis seule à profiter de la piscine, de la cuisine…

— Tu aurais pu choisir pire que l'Oustau ! Baumanière est un paradis.

— Le Val d'Enfer ne *peut pas* être un paradis, réfléchis, dit-elle avec un petit rire.

— Alors comme ça, tu t'ennuies ?

— Non, mais si tu venais partager un déjeuner ou un dîner avec moi, eh bien...

Elle s'interrompit et il laissa le silence se prolonger sans chercher à l'aider. Par la fenêtre ouverte, il aperçut Alain qui s'éloignait dans l'allée, le petit Cyril juché sur ses épaules.

— Oh, je crois que je serais ravie de passer deux heures avec toi, Charles, finit-elle par avouer.

Le tutoiement avait été spontané, dès qu'il avait répondu au téléphone, comme si le fait d'être mariée donnait à la jeune femme une assurance nouvelle.

— Moi aussi, fit-il doucement.

Il se mordit les lèvres, surpris de sa propre faiblesse. L'appel de Sylvie lui procurait un plaisir inattendu, pourtant il se sentait déjà coupable. De la désirer encore, d'être sensible à sa voix, de ne pas avoir le courage de refuser ce rendez-vous qu'elle proposait avec une fausse innocence. La dernière fois qu'il l'avait tenue dans ses bras, elle n'était pas encore la femme de Stuart et il s'était comporté comme le dernier des mufles. Il avait supposé que dès lors elle l'éviterait avec soin, qu'elle cesserait de l'aimer, et donc de le tenter, mais il s'était trompé.

— Eh bien, veux-tu ce soir ? demain ? suggéra-t-elle d'un ton hésitant.

Elle était aussi troublée que lui, un peu étonnée de ne pas avoir essuyé un refus catégorique, déjà affolée à l'idée de le revoir.

— Ce soir, murmura-t-il.

Le silence, de nouveau, s'installa sur la ligne. Charles tira une dernière bouffée de sa cigarette puis l'écrasa soigneusement. Quand elle reprit la parole, elle avait retrouvé assez de sang-froid pour déclarer, presque désinvolte :

— Rejoins-moi en fin d'après-midi si tu veux en profiter pour te baigner, c'est très agréable...

Il lui fixa rendez-vous à dix-huit heures, puis raccrocha et considéra le téléphone un long moment, les yeux dans le vague. Nager avec elle, parler, manger en face d'elle, était-ce vraiment tout ce qu'il voulait ? Ou en faire une femme adultère, la déchirer davantage ? Il avait été assez honnête pour ne pas l'épouser, pourquoi voulait-il tout gâcher maintenant ?

Un coup discret frappé à la porte lui fit relever la tête. Vincent entra, ou plutôt se glissa dans la pièce avec un petit sourire d'excuse.

— Est-ce que je te dérange, papa ?

— Non, jamais, assura Charles le plus gentiment possible.

La veille, Daniel avait passé plus d'une heure dans cette même pièce, à écouter son père lui parler d'avenir. Mais Vincent arrivait presque au bout de ses études, menées de main de maître, et il semblait définitivement établi qu'il serait magistrat.

— Euh, voilà…, attaqua le jeune homme. J'ai un… enfin, il y a un sujet qui me tient à cœur et dont je voulais discuter avec toi…

Très embarrassé, il était encore debout, les mains crispées sur le dossier d'un fauteuil, et son père lui fit signe de s'asseoir.

— Comme tu le sais peut-être, papa, j'ai rencontré une jeune fille, il y a un certain temps.

— Ah oui ? Heureusement pour toi ! plaisanta Charles. À ton âge, j'en avais déjà rencontré un certain nombre.

Vincent voulut sourire mais ne réussit qu'une piètre grimace, empêtré dans un aveu qu'il ne parvenait pas à formuler clairement.

— Elle s'appelle Magali, précisa-t-il.

— Joli prénom. C'est quelqu'un de la région ?

— Oui.

— Je connais sa famille ?

— Non… Ou plutôt, si. Mais laisse-moi d'abord t'expliquer.

Les yeux gris de son fils, remplis de détresse, restaient posés sur lui avec une telle insistance que Charles fronça les sourcils, sentant venir une nouvelle catastrophe.

— Je suis très… très attaché à elle. Très amoureux.

— Depuis longtemps ?

— Oh, au moins deux ans !

Intrigué, Charles le dévisagea.

— Tant que ça ? Mais, comment dire… Tu avais connu d'autres filles, avant celle-ci ?

— Rien d'important.

— Je vois. Continue.

Vincent baissa la tête, prit une profonde inspiration puis lâcha, d'une traite :

— Je voudrais demander sa main.

— Tu plaisantes ?

La réponse avait fusé trop vite, d'un ton trop dur, et Charles rectifia aussitôt :

— Tu es beaucoup trop jeune, Vincent.

— Non, papa, je suis sûr de moi, je…

— C'est hors de question !

Charles se leva, alla fermer la fenêtre, puis revint se planter près du fauteuil de son fils.

— Regarde-moi, s'il te plaît. J'ai été obligé d'expliquer certaines choses à ton frère, hier, et je vais devoir recommencer avec toi. Jamais je ne vous laisserai faire toutes les bêtises que vos cousins ont accumulées, Alain en tête ! Même Marie, sincèrement, je pense qu'elle a gâché ses chances de bonheur au nom d'une prétendue indépendance qui l'enchaîne bien davantage que les convenances, au bout du compte. Tu as des études à finir, une carrière à entreprendre, tu…

— Quand tu as épousé maman, tu avais quel âge ?

Interloqué, Charles resta immobile un instant, puis se détourna. Aucun de ses deux fils ne parlait jamais de Judith. Peut-être par respect pour lui, peut-être parce que le souvenir

246

de leur mère était trop douloureux. Mais entendre ce « maman » dans la bouche de Vincent avait quelque chose de poignant.

— Vingt-deux ans, dit-il à mi-voix.

Comment expliquer à son fils cadet que rien ne serait jamais comparable ? que la passion flamboyante qu'il avait connue avec Judith était un état de grâce rarissime, improbable ?

— Explique-moi qui est Magali, reprit-il. Quand la vois-tu ?

— Tous les jours.

— Et c'est seulement aujourd'hui que tu m'en parles ?

— Je n'ai pas osé jusque-là.

— Pourquoi ? Tu as peur de moi ?

La question parut si drôle à Vincent qu'il faillit se mettre à rire.

— Bien sûr, papa.

Charles se sentit consterné par la réponse de son fils. Il effrayait ses enfants ? Lui ?

— Mais enfin, je ne vous ai jamais, ton frère ou toi...

— C'est ton jugement que je crains, papa.

Dubitatif, Charles finit par aller s'asseoir, avec un petit soupir. Il croisa les mains sur le bureau, attendant la suite.

— Magali est une jeune fille formidable, mais elle n'appartient pas à notre... euh, milieu. Elle est issue d'une famille vraiment modeste.

— Sincèrement, ça commence très mal, railla son père.

— Pourquoi ? Toi aussi, tu…

— Ne fais plus de comparaisons, tu veux ? Les différences sociales sont difficiles à combler, au quotidien. L'éducation est beaucoup plus importante que tu ne l'imagines. Et arrête de tourner autour du pot. Que font ses parents ?

— Elle est orpheline.

— Désolé. Mais elle a bien une famille ?

— C'est la nièce, et aussi la filleule, de… d'Odette.

Vincent trouva le courage de continuer à regarder son père, et il vit son visage se fermer.

— Tu veux rire ?

— Non.

— Quel âge a-t-elle ?

— Vingt ans.

— De quoi vit-elle ?

Le moment le plus pénible était arrivé, mais Vincent déclara, sans la moindre hésitation :

— Elle fait des ménages pour subsister.

Charles se leva avec une telle brusquerie que son fauteuil bascula et heurta le sol à grand fracas.

— On croit rêver ! Seigneur, tu es pire que les autres, mais qu'est-ce que vous me réservez encore ? Tu me parles d'épouser une bonne !

— Elle n'a pas une vocation de domestique, seulement il faut bien qu'elle vive !

Vincent avait élevé la voix et il s'excusa aussitôt tandis que son père le toisait d'un regard glacial.

— Tu me déçois beaucoup, je ne te pensais pas si stupide, ni si mal élevé.

Au moment où il tendait la main vers son paquet de cigarettes, Charles surprit le mouvement instinctif de recul qu'eut son fils.

— Ne t'inquiète pas, dit-il d'un ton cinglant, nous n'allons pas nous battre ! D'ailleurs, ton histoire ne m'intéresse pas, je ne veux plus en entendre parler.

Il s'éloigna vers la fenêtre, qu'il rouvrit brutalement, comme pour mettre fin à leur discussion. Il entendit Vincent se lever mais, contrairement à ce qu'il attendait, le jeune homme s'approcha de lui.

— Je t'en prie, papa, accepte au moins de la rencontrer une fois.

C'était donc plus grave qu'il ne l'avait cru. Il fit volte-face et plongea son regard dans celui de son fils.

— Ce n'est même pas concevable, Vincent.

— S'il te plaît. Je ne peux pas faire autrement.

— Pourquoi ? Elle attend un enfant, elle aussi ? Et tu penses qu'il est de toi, pauvre innocent ?

Incrédule, Vincent recula d'un pas, secoua la tête. Il était incapable de répondre quelque chose à ce que son père venait de lui assener, avec un cynisme odieux.

— C'est très injuste, bredouilla-t-il.

Il aurait voulu expliquer qu'il avait été le premier garçon, pour Magali, qu'il l'aimait à la

249

folie et avait une absolue confiance en elle, qu'elle était une fille merveilleuse et qu'il la voulait par-dessus tout. Mais à quoi bon ? Charles pouvait se montrer d'une telle dureté, à certains moments, qu'il ne serait accessible à aucun argument.

Judith prend Vincent dans ses bras, le soulève et l'embrasse sur la joue avec une douceur maternelle qui fait fondre Charles.

— C'est très injuste, chuchote-t-elle à l'oreille de son petit garçon.

Il se calme aussitôt, cache sa tête dans le cou de sa mère, qui en profite pour le chatouiller jusqu'à ce qu'il se mette à rire.

— Papa a cru que c'était toi, mais nous savons que c'est le chat, n'est-ce pas ?

Vincent a cinq ans, Daniel trois, et Bethsabée vient de naître. Il règne un gentil désordre dans l'appartement du Panthéon où Judith s'amuse avec ses fils, avec son bébé, ou avec le chat persan, qui a beaucoup grossi. Quand Charles rentre le soir, il est toujours aussi ébloui par sa femme. Il la trouve tellement belle qu'il invente chaque nuit une nouvelle manière de le lui dire. Pour l'instant, il prend une éponge et nettoie le carrelage sur lequel a été renversé le bol de lait. Judith rassied Vincent sur sa chaise puis s'agenouille près de Charles.

— J'ignorais que tu te mettrais un jour à mes pieds pour faire le ménage ! dit-elle en riant.

Elle veut l'aider mais il l'en empêche. Il lui passe un bras autour de la taille, la serre contre lui, jusqu'à ce que des cris éclatent au-dessus de leurs têtes parce que Daniel vient de s'approprier la cuillère de Vincent. Ce prénom-là, celui de leur fils aîné, c'est Charles qui l'a choisi. « Vaincre », c'est un beau présage, mais c'est un mot latin. Pour le second, c'était au tour de Judith, qui a voulu un nom hébreu. Daniel, c'est-à-dire « Dieu est seul juge ». Pour Beth...

Charles esquissa un geste vague en direction de son fils puis laissa retomber sa main. Il y avait très longtemps qu'il n'avait pas pensé à Judith avec une telle acuité. C'était presque comme si, un instant, elle avait été dans la pièce avec eux. Entre eux. Cette sensation physique intolérable le plongeait dans un véritable malaise.

— Bon, très bien, grommela-t-il d'une voix sourde, on va trouver une solution.

Après avoir vu son père se décomposer sous ses yeux, Vincent se sentait soudain très inquiet.

— Papa, est-ce que ça va ?

— Oui, oui... Tu disais quoi ? Que tu me trouvais injuste ? Peut-être.

— Magali n'est pas enceinte, ce n'est pas pour cette raison que je veux me marier, c'est seulement parce que je l'aime.

— Je suppose que ça justifie tout, répondit Charles avec une sorte de tendresse inhabituelle dans la voix. Je vais la rencontrer et nous allons parler tous les trois. Mais, puisqu'il n'y a pas d'urgence, j'aimerais que tu ne te précipites pas. D'accord ?

C'était une proposition tellement inattendue, inespérée, que Vincent se demanda ce qui arrivait à son père. Il hésitait encore à sourire quand celui-ci ajouta :

— Ne te fais pas d'illusions, ce ne sera pas simple. Amène-la ici demain.

Trop soulagé pour discuter, le jeune homme acquiesça en vitesse et se dépêcha de gagner la porte. Dans le hall, il adressa un clin d'œil à Daniel, qui traînait là comme par hasard mais en fait l'attendait.

— Viens, chuchota-t-il en prenant son frère par l'épaule, allons dehors.

Quand ils se furent suffisamment éloignés de la maison, Vincent s'arrêta et se laissa tomber dans l'herbe, au pied d'un tilleul.

— Je n'arrive pas à croire qu'il ait cédé ! lança-t-il joyeusement. Il accepte de faire sa connaissance, tu te rends compte ?

— Comment t'es-tu débrouillé ?

— Aucune idée. Il a commencé par le prendre de haut et puis... eh bien, je ne sais pas. Il a dû penser à quelque chose qui l'a fait changer d'avis.

Quelque chose ou quelqu'un. Vincent aimait trop son père pour ne pas deviner que, à certains moments, des souvenirs précis devaient le torturer. Sa femme, sa fille, sa captivité en Allemagne, tout ce qui l'avait empêché de vivre normalement jusqu'ici et dont il refusait obstinément de parler.

— Tu as de la chance, déclara Daniel, parce que je t'assure qu'il n'était pas dans un bon moment, hier, quand il m'a expliqué de quelle manière il voyait mon avenir !

Comme son frère, Daniel éprouvait une grande admiration pour leur père, mais il se sentait rarement à l'aise avec lui. Les silences de Charles, son intransigeance ou son détachement établissaient des barrières que seul Vincent semblait disposé à surmonter.

— Il faut que j'aille annoncer la bonne nouvelle à Magali ! s'écria celui-ci en se relevant. Je vais emprunter la voiture d'Alain pour aller plus vite.

Sur le point de s'élancer dans l'allée, il se ravisa, dévisagea son frère.

— Daniel... Ce que tu m'as dit au sujet d'Alain...

Ils échangèrent un long regard, puis Vincent se racla la gorge, un peu embarrassé, avant d'achever :

— À mon avis, ne parle de ça à personne. Ni à Clara, ni à Marie. Et surtout pas à papa !

— Tu me prends pour un imbécile ?

— Non, mais… D'abord, tu n'as pas vu grand-chose, ensuite j'ai du mal à y croire, mais même si c'est vrai ce ne sont pas nos affaires, n'est-ce pas ?

La veille, ils en avaient déjà discuté pendant plus d'une heure, Vincent défendant leur cousin avec véhémence. Alain était son meilleur ami et il ne voulait pas le juger, encore moins le condamner.

— Et ne le regarde pas comme une bête curieuse quand il va se pointer pour le déjeuner, ajouta-t-il.

Il donna une bourrade affectueuse à son frère puis s'éloigna en hâte.

**

Si Charles avait parfois redouté de ne plus être capable d'aimer, il était en train de découvrir avec amertume qu'il s'était trompé. Même si aucune femme ne pouvait prendre la place de Judith, une au moins se trouvait en mesure de le faire souffrir.

Ponctuel, il avait rejoint Sylvie près de la piscine de l'Oustau en fin d'après-midi. Elle l'y attendait, nonchalamment étendue sur une chaise longue, un livre à portée de main, ravissante dans un maillot de bain blanc. Ses boucles blondes, ses grands yeux clairs et son adorable sourire avaient eu sur Charles un effet immédiat : il s'était senti furieux contre lui-même. À la voir aussi superbe dans l'épanouissement de la trentaine, il ne pouvait que la désirer en se demandant pourquoi il l'avait rejetée. Bien entendu, il connaissait la réponse, mais elle lui semblait soudain moins évidente.

Pour éviter la gêne des premiers instants, elle avait appelé un serveur et commandé de l'eau Perrier, puis elle lui avait proposé de se baigner. Durant quelques minutes, ils s'étaient contentés de nager côte à côte, sans se parler ni se frôler, uniquement occupés à profiter de l'eau fraîche et du décor de rêve autour d'eux.

— Tu es un vrai poisson, où t'entraînes-tu donc ? demanda-t-il au bout d'un moment.

Ils reprenaient leur souffle sous le lion de pierre qui dominait la piscine.

— Au Racing. C'est là que toute la haute couture se retrouve depuis des années, tu sais bien !

Elle se força à rire, mais il venait soudain de lui rappeler à quel point il pouvait se montrer indifférent. À l'époque de leur liaison, jamais il ne l'avait emmenée au polo de Bagatelle, dont il était membre et où il allait nager régulièrement. Avec elle, il s'était borné à être poli, à l'inviter au restaurant, à la raccompagner, et parfois à lui faire l'amour quand il en avait le temps, l'envie. Ils n'avaient rien partagé d'autre.

— Tu veux faire la course avec moi ? proposa-t-il.

Une lueur amusée dansait dans ses yeux gris, et elle devina qu'il ne la laisserait pas gagner.

— Non, je suis fatiguée, je vais me sécher, dit-elle en se détournant.

Ruisselante dans la lumière du soleil couchant, elle reprit pied sur les mosaïques bleues tandis qu'il la suivait du regard. Puis il se remit sur le dos pour repartir vers l'autre bout du bassin. Tout à l'heure, ils allaient dîner en tête à tête aux chandelles, dans la somptueuse salle à manger voûtée, alors il pourrait l'interroger à loisir sur sa vie de femme mariée, sur Stuart, sur ce qu'il voulait savoir d'elle. Il n'aurait jamais dû venir, il s'était cru plus fort qu'il ne l'était en réalité. Quoi qu'il ait pu se raconter par la suite, elle avait compté pour lui, et il n'en était pas vraiment guéri.

Méthodiquement, il enchaîna les longueurs, d'un bord à l'autre, dans un crawl parfait. Quand il se décida enfin à sortir de l'eau, il la découvrit assise à une table ronde, un peu à l'écart, vêtue d'une longue robe de soie sauvage vert pâle.

— Va te changer dans ma chambre, suggéra-t-elle en lui tendant une clef. Je te commande une coupe de champagne ?

Le sourire qu'il lui adressa était d'une tendresse si inattendue qu'elle se sentit aussitôt bouleversée. Il prit l'un des peignoirs-éponges de l'hôtel, qui avait été déposé à son intention sur le dossier de la chaise. Dans le mouvement qu'il fit pour l'enfiler, elle remarqua qu'il était toujours aussi mince et musclé. Pour ne pas avoir à le regarder davantage, elle baissa les yeux sur son paquet de cigarettes, en sortit une, qu'elle alluma avec des gestes lents. Quand elle releva la tête, il avait disparu et elle laissa échapper un bref soupir. Charles était-il devenu un homme souriant, ou bien cette expression lui avait-elle échappé malgré lui ? L'espace d'une seconde, il lui avait rappelé le jeune et beau lieutenant Morvan, son grand amour secret d'adolescente. Vingt ans plus tôt, avec ce sourire-là, Charles pouvait séduire n'importe qui, obtenir n'importe quoi. Les filles se pâmaient, se battaient pour danser avec lui. La nouvelle de son mariage en avait désespéré plus d'une, mais à l'époque personne ne pouvait rivaliser avec Judith et elles s'étaient toutes inclinées, vertes de jalousie.

« Pourtant là, à l'instant, c'est à moi seule qu'il vient de sourire, et s'il recommence une seule fois ce soir, je me jette sur lui. »

Elle ne s'était pas détachée de lui, n'avait pas progressé d'un pas. Et pas un jour ne pouvait s'écouler sans qu'elle pense à lui, d'une façon ou d'une autre. La gentillesse de Stuart n'y changeait rien, Charles restait l'homme de sa vie.

« Si c'est ce que je voulais savoir en le faisant venir ici, maintenant je suis fixée... »

Il revenait vers elle, habillé avec son élégance coutumière, les cheveux encore humides. Tandis qu'il se frayait un chemin au milieu des tables où l'on commençait à servir les apéritifs, quelqu'un le héla.

— Maître Morvan-Meyer ! Quel plaisir de vous rencontrer ici…

Un homme s'était levé pour le saluer et il s'attarda un peu, retrouvant l'expression de courtoisie hautaine que Sylvie connaissait trop bien. Quand il la rejoignit, un maître d'hôtel s'empressa de déposer deux coupes de champagne devant eux, puis une assiette de petits fours chauds.

— Tu es sublime, c'est à toi que je bois, dit-il d'une voix douce.

— Merci du compliment, tu es très en forme aussi, Charles. Ce sont les vacances ?

La question avait si peu d'importance qu'il ne se donna pas la peine d'y répondre, préférant détailler Sylvie avec insistance.

— Comment vas-tu ? demanda-t-il enfin.

— Ni mal, ni bien. Nous avons beaucoup voyagé, Stuart et moi, ces derniers temps. Il vient d'être engagé chez Balenciaga et j'ai dû quitter Jacques Fath.

— Pourquoi donc ?

— Oh… disons que…

— Que quoi ? Tu adorais ton travail !

— Oui, mais je ne peux pas tout faire à la fois. Nous avons acheté un appartement, et j'ai pris le temps de le décorer à mon goût. Tout cet espace me change de mon petit deux-pièces ! Tu t'en souviens ? Bref, je m'en donne à cœur joie. Stuart a fait venir de très beaux meubles d'Angleterre. Des choses de famille. Et puis nous recevons beaucoup, alors…

Elle s'interrompit, navrée de ne pas trouver d'explication plus convaincante. Au début de son mariage, elle avait tellement espéré un enfant qu'elle avait fait comme s'il allait venir tout de suite. Malheureusement, elle n'était toujours pas enceinte.

— Ne me dis pas que cet abruti t'a conseillé de rester à la maison ?

— Charles !

— Excuse-moi, je retire le mot. Je crois que tu vas devoir te montrer très indulgente, ce soir, mais, après tout, c'est toi qui m'as prié de venir. Ne me parle pas de Stuart, raconte-moi plutôt ta vie à toi.

Embarrassée, elle secoua la tête, ce qui modifia la place de ses boucles, sur son front, et il eut une brusque envie de lui caresser les cheveux.

— Commence par la tienne, suggéra-t-elle. Des femmes ?

— Tout au plus des aventures sans intérêt.

— Des succès ?

— Au tribunal, oui. Pour le reste…

D'un geste décidé, il posa sa main sur celle de Sylvie, qui tressaillit.

— Te perdre a été difficile, avoua-t-il spontanément. Oh, je sais, c'est ma faute mais, en ce qui concerne ton mari, je le ferais volontiers cocu, alors ne me tente surtout pas.

Il baissa les yeux vers le décolleté drapé de la robe verte, très suggestif, puis la regarda de nouveau et constata qu'il arrivait encore à la faire rougir. Une piètre consolation.

— Donne-moi des nouvelles de Clara, demanda-t-elle pour faire diversion.

— Égale à elle-même. Je remercie le ciel chaque matin d'avoir pour mère un bloc de granit. S'il devait y avoir une troisième guerre mondiale, nous pourrions tous compter sur elle.

Sylvie n'avait pas retiré sa main, et il finit par ôter la sienne, s'attardant une seconde pour effleurer le poignet du bout des doigts.

— J'ai hâte de rentrer à Paris, soupira-t-il. Les vacances judiciaires m'exaspèrent, Vallongue me pèse…

— Un peu de patience, c'est bientôt la fin de l'été !

Mais le temps était révolu où elle attendait la rentrée avec impatience, où elle passait des heures entières près d'un téléphone muet, où elle changeait dix fois de tenue avant leurs rares rendez-vous.

— Tu parais un peu désabusé, Charles.

— Oui, sûrement. En tout cas, c'est ce que je ressens.

Même s'il avait vieilli, il la subjuguait toujours autant. Elle avait beau remarquer les cheveux blancs sur les tempes, le ton cynique qu'il employait, le pli amer au coin des lèvres, elle mourait d'envie de se retrouver dans ses bras.

— Pourquoi as-tu accepté de venir, ce soir ? dit-elle soudain.

— Pourquoi me l'as-tu proposé ? Je ne t'aurais jamais appelée, Sylvie, mais au moins c'est l'occasion de me faire pardonner. À notre dernière rencontre, j'ai été en dessous de tout. Mufle, lâche…

— Oui !

Les yeux de Sylvie brillaient d'un éclat étrange dans la pénombre, comme si elle était sur le point de pleurer. Ce jour-là, à son cabinet, il lui avait dit qu'il l'aimait, une phrase qu'elle s'était répétée des milliers de fois depuis. Qu'il l'aimait, mais ne voulait pas d'elle. Qu'il l'aimait, mais n'allait rien faire pour l'empêcher d'en épouser un autre. Il lui avait enlevé ses vêtements et jusqu'à sa bague de fiançailles, elle se souvenait du moindre détail, de la façon dont il l'avait prise par terre dans ce grand salon qui servait de salle d'attente, de sa jalousie impuissante envers Stuart, de son silence quand il lui avait ouvert la porte. Elle se souvenait surtout de son propre désespoir, qui l'avait fait sangloter sans fin, jusqu'à en perdre le souffle.

— Sylvie ?

Elle releva la tête vers lui, prit le mouchoir qu'il lui tendait.

— Je suis désolé, murmura-t-il. Tu veux que je m'en aille ?

— Non ! Au contraire, passons à table.

Son regard restait posé sur elle, à la fois inquiet et ému, sentiments qu'il n'aurait jamais laissé voir deux ans plus tôt. Elle tamponna discrètement ses joues avant de se lever, s'obligeant à sourire. Des torches avaient été allumées un peu partout dans le jardin, aux pieds des cyprès et des arbres de Judée. Un peu plus loin, des projecteurs éclairaient le chaos des rochers du Val d'Enfer, surplombé par le village des Baux-de-Provence. Un spectacle à couper le souffle, que Charles prit le temps d'admirer en retenant Sylvie. Quand il se pencha vers elle, l'odeur du romarin disparut dans une bouffée de Chanel.

— Tu n'as pas changé de parfum, tant mieux, fit-il à voix basse.

Il éprouvait soudain le besoin impérieux de la serrer contre lui, de s'assurer qu'elle n'était pas devenue indifférente. Mais quelques clients de l'hôtel avaient tourné la tête dans leur direction, pour jeter un regard admiratif à leur couple, et Charles s'écarta brusquement. Sylvie n'était pas sa femme, elle était l'épouse de Stuart. Et la seule femme avec laquelle il avait aimé se montrer en public, la seule dont il avait voulu revendiquer l'appartenance, la seule pour laquelle il s'était damné, au sens propre du terme, c'était toujours Judith.

— Quelque chose ne va pas ?

Agacée par tous les changements d'attitude qu'il lui opposait depuis son arrivée, elle le regardait avec curiosité. Le mur d'indifférence derrière lequel il avait pris l'habitude de se protéger du reste du monde était en train de se lézarder, elle en eut la certitude. Le temps travaillait contre lui, il allait finir par redevenir vulnérable.

— J'ai faim, Charles, lui dit-elle gentiment. Viens.

Manger était le cadet de ses soucis, tout ce qu'elle souhaitait était le convaincre de rester près d'elle au-delà du dîner.

— Voilà, c'est signé ! exulta Alain en mettant le contrat sous le nez de Vincent.

Sa fierté faisait plaisir à voir. Il ouvrit une chemise cartonnée, sortit avec précaution d'autres feuilles.

— Il m'a fallu du temps pour obtenir toutes ces commandes, mais là, c'est la consécration, non ?

Penché sur le papier à en-tête de l'épicerie Fauchon, Vincent étudiait les termes de l'accord.

— Tu t'es bien débrouillé, jugea-t-il, admiratif.

— La totalité de ma production est casée dans les bonnes maisons, en principe ma prochaine récolte est vendue d'avance. Je me demande la tête que fera ton père quand il s'arrêtera place de la Madeleine pour acheter quelques produits d'exception ! Fauchon, Hédiard, c'était mon rêve…

Installés dans la chambre d'Alain, de part et d'autre de son petit bureau, les deux cousins échangèrent un regard.

— Je suis content que tu réussisses, déclara Vincent, mais tu as sûrement d'autres motivations que faire enrager papa ?

— Évidemment ! Il y a cinq ans que j'affine mes méthodes, que je prépare des changements qui faisaient frémir Ferréol. Tu le connais, la nouveauté…

Il laissa échapper un bref éclat de rire avant de redevenir sérieux.

— Je vais mettre ce papier dans l'assiette de grand-mère pour le petit déjeuner. C'est elle qui m'a permis d'y arriver, sans elle je serais juste devenu un cancre de plus, au lieu de quoi je suis un producteur heureux.

Qu'il le soit ne faisait aucun doute, et Vincent l'observa avec attention. La révélation de Daniel restait pour lui quelque chose d'abstrait et d'absurde. Alain lui paraissait le même, sans rien de changé, rien de différent du garçon avec qui il avait partagé tant de confidences ou de secrets.

— Qu'est-ce que tu as à me regarder comme ça ? Tu t'angoisses pour Magali ? Pour ce que l'intraitable Charles Morvan-Meyer va penser d'elle et à quelle sauce il va vous manger tous les deux ?

Sa question était plus ironique qu'agressive, il avait assez souvent affronté Charles pour compatir avec Vincent.

— Ne t'en fais pas, ajouta-t-il, elle est très belle et il n'est pas aveugle, il comprendra.

— Tu crois ?

— Oui. Elle a vraiment tout ce qu'il faut pour le convaincre.

Ces derniers mots mirent aussitôt Vincent mal à l'aise. Alain se croyait-il obligé de faire semblant ? Si Daniel ne s'était pas trompé, les jolies filles n'intéressaient pas leur cousin.

— Elle te plairait, à toi ? s'enquit-il d'un air innocent.

— Non. D'abord parce que c'est ta fiancée, ensuite parce que je n'aime pas les rousses.

— Qu'est-ce que tu aimes ?

— Les brunes. Je leur trouve plus de caractère. Chaque fois que je remarque une fille, comme par hasard elle est brune !

— Tu ne m'en as jamais présenté une seule.

Insister était assez maladroit, mais Vincent n'avait pas pu s'en empêcher. Un peu surpris, Alain le regarda en silence. Au bout d'un moment, il demanda posément :

— Tu cherches à me dire quelque chose de précis ?

— Non, mais...

La gêne venait de se glisser entre eux, ce qui obligea Vincent à être franc.

— Je ne te connais pas de coup de cœur, ni d'aventure, ni... Moi je t'ai toujours tout raconté, c'est important pour moi, et j'aurais voulu que tu puisses en faire autant.

— Très bien, la dernière en date s'appelle Aude, elle n'a pas inventé l'eau tiède et je n'infligerais sa conversation à personne, surtout pas à quelqu'un d'aussi intelligent que toi, mais j'ai quand même couché avec elle trois fois. Histoire sans paroles.

Éberlué, Vincent se contenta de hocher la tête. La sincérité d'Alain ne faisait aucun doute et il n'y comprenait plus rien.

— Toutefois, ce n'est pas ce que tu voulais savoir, n'est-ce pas ?

Il y eut un nouveau silence, qui mit Vincent à la torture. Finalement, il n'avait plus très envie d'en apprendre davantage, mais c'était trop tard, son cousin achevait :

— Alors en ce qui concerne ce que tu n'oses même pas nommer, c'est vrai aussi.

Alain se redressa, contourna le bureau et vint délibérément poser ses mains sur les épaules de Vincent, guettant sa réaction.

— Je peux te toucher, ça va ? Tu ne te sens pas dégoûté, voire en danger ?

Sa voix était devenue rageuse, sans plus aucune trace d'humour. Vincent eut l'intuition que les liens qui les avaient unis jusque-là pouvaient soudain se briser comme du verre. Il leva la tête, croisa le regard d'Alain, qui le fixait avec insistance.

— En danger, non, articula-t-il d'une voix nette. En colère, si tu continues à dire des âneries. Tu es mon meilleur ami, qu'est-ce que ça change ?

— Pour moi, rien.

Vincent sentit la main d'Alain remonter le long de sa nuque, se perdre dans ses cheveux. Un geste affectueux, banal, qu'il pouvait mal interpréter désormais, aussi se garda-t-il bien de bouger. Ils avaient passé des années à chahuter ensemble, à se bagarrer pour rire, à rouler dans l'herbe ou à s'endormir côte à côte. Le contact physique n'avait rien d'inhabituel entre eux, rien d'ambigu. Et pourtant, Vincent se rappelait soudain certains détails précis. Aurait-il pu jurer que jamais Alain ne l'avait troublé, durant leur enfance ou leur adolescence ? Même s'il ne s'agissait que de jeux innocents auxquels la plupart des garçons se livrent, arrivés à la puberté.

Ils se regardaient toujours en silence. L'expression d'Alain était grave, indéchiffrable. Vincent ne voulait pas se dégager de lui-même mais, brusquement, son cousin le lâcha et s'écarta en murmurant :

— Et pour toi non plus, effectivement, ça ne change rien. Merci.

Vincent se leva à son tour et ils se retrouvèrent face à face, aussi grands l'un que l'autre, pas vraiment embarrassés, plutôt soulagés de constater que leur affection sortait intacte de la confrontation.

— J'aurais dû te le dire plus tôt ? s'enquit Alain.

— Tu n'as jamais été très bavard.

— De toute façon, je n'aurais pas eu grand-chose à t'expliquer, même en cherchant bien. Je ne sais pas où j'en suis et... et pour le moment, ma raison de vivre, c'est ça.

Il désignait les feuilles éparses sur le bureau, avec la commande de Fauchon en évidence. Vincent remarqua alors les classeurs empilés par terre, l'encombrante machine à écrire Underwood, les livres de comptes tassés sur une petite étagère.

— Pourquoi travailles-tu ici ? s'étonna-t-il.

— Ton père n'aimerait pas que j'envahisse « son » bureau du rez-de-chaussée.

— Va dans la bibliothèque, ou la chambre d'amis, ou...

— Je te rappelle que c'était la condition quand je me suis installé à Vallongue : ne pas coloniser la maison. J'en ai pris mon parti.

Il le disait sans colère, comme une chose inévitable à laquelle il s'était résigné depuis des années.

— Je vais retaper la petite bergerie, cet hiver. Clara m'a donné son autorisation et ça fera un beau local pour l'exploitation.

— Mais c'est ridicule ! Dix mois sur douze cette baraque est déserte. Tu es chez toi, Alain, bien davantage que nous tous ! Vallongue, c'est toi.

— Tu crois ça ? Demande à ton père ce qu'il en pense, car c'est à lui que la propriété reviendra un jour.

Sourcils froncés, Vincent réfléchit quelques instants puis esquissa une moue dubitative. L'avenir d'Alain était difficile à imaginer Madeleine le méprisait, Charles l'ignorait, et Clara ne serait pas éternelle.

— Tu t'inquiètes pour moi ? C'est gentil ! En attendant, tu ferais mieux d'aller chercher Magali, l'heure tourne.

Le regard doré d'Alain était redevenu amical, chaleureux, et Vincent le bouscula par jeu, sans la moindre arrière-pensée, en s'exclamant :

— J'ai l'impression d'être un premier communiant !

— Tu en as tout l'air.

— Et j'ai aussi la trouille...

— Je sais.

Ils échangèrent un sourire complice, puis Alain ouvrit la porte d'une main pendant que, de l'autre, il adressait à son cousin le V de la victoire.

Une heure plus tard, Vincent introduisit Magali dans le salon où Charles les attendait. Il avait été la chercher en voiture et, tout le long du chemin, avait plaisanté pour la rassurer. Il avait préféré l'humour car aucune mise en garde ne pourrait atténuer le choc de la rencontre avec la famille Morvan, il le savait. Déjà, elle avait semblé stupéfaite en découvrant

Vallongue, qu'elle ne connaissait pas. Odette avait eu beau lui expliquer qu'il s'agissait d'une grande maison, elle ne l'avait manifestement pas imaginée si imposante. En haut des marches du perron, il avait dû lui prendre la main pour l'encourager à entrer.

Charles venait de se lever et, de l'autre bout de la pièce, il regardait approcher la jeune fille. Ses yeux pâles ne glissèrent qu'un instant sur la petite robe imprimée et les sandales de toile.

— Je te présente mon père, articula Vincent, et voici Magali, papa...

Très impressionnée, Magali serra la main de Charles sans savoir que dire.

— Enchanté, mademoiselle, déclara-t-il d'un ton froid.

Après quelques secondes de silence, il ajouta :

— Asseyez-vous, je vous en prie.

Mal à l'aise, elle s'installa tout au bord d'un fauteuil crapaud tandis que Vincent essayait de dégeler un peu l'atmosphère.

— Je suis content que vous vous rencontriez enfin ! Magali avait hâte de te connaître...

Charles n'était pas décidé à l'aider car il ne se donna même pas la peine de répondre, attendant la suite.

— Comme je te l'ai annoncé, papa, nous aimerions beaucoup nous marier...

Un simple hochement de tête fut le seul acquiescement de Charles, qui reporta son attention sur Magali.

— Quel âge avez-vous, mademoiselle ?

— Vingt ans.

— Un très bel âge, apprécia Charles avec un petit sourire, mais je ne vois pas l'urgence... On peut au moins attendre votre majorité...

Incapable de trouver une repartie, Magali resta muette et Vincent dut voler à son secours.

— Nous ne voulons plus être séparés. Or je fais mes études à Paris et...

— Oui, coupa Charles, tu fais des études.

Une nouvelle fois, il détailla Magali, mais avec plus d'insistance. Ses jambes nues, bronzées, ses mains aux ongles abîmés par le travail, sa splendide chevelure rousse qu'elle n'avait pas su discipliner.

— Bien, soupira-t-il. En conséquence, si vous souhaitez vraiment vous marier, je vais devoir m'occuper du reste.

Pour rester courtois, il était obligé de lutter contre un sentiment de rage devant ce qu'il considérait comme un irrémédiable gâchis. Il trouvait Magali très jolie, mais aussi très empotée et très marquée par le milieu dont elle était issue. Comment son fils pouvait-il croire qu'elle ferait une bonne épouse ? Il allait devoir tout lui apprendre, jusqu'à la transformer complètement, et peut-être alors ne même plus la reconnaître.

— Le reste ? s'enquit Vincent d'une voix timide.

L'attitude de son père ne le surprenait pas, mais le contrariait. Il fallait avoir l'habitude de

Charles pour pouvoir faire face sans désirer rentrer sous terre, et Magali devait se sentir terrorisée.

— Établir où vous vivrez et surtout de quoi vous vivrez tant que tu n'auras pas une situation. Je ne veux pas que ce mariage écourte tes études. Je suppose que vous êtes d'accord, Magali ?

Elle ouvrit la bouche, mais il ne lui laissa pas le temps de prononcer un mot et enchaîna aussitôt :

— Tu iras donc jusqu'au bout de ton cursus universitaire, et pendant ce temps-là j'assumerai votre... couple.

— Mais je peux travailler ! protesta Magali, que le ton de Charles commençait à exaspérer.

Vincent se mordit les lèvres, navré qu'elle soit tombée dans le piège, pendant que son père répliquait :

— Je préférerais que vous vous absteniez.

L'allusion était assez humiliante pour la réduire au silence. Charles ne concevait pas que sa future belle-fille puisse continuer à faire des ménages, c'était logique, elle aurait pu y penser toute seule. Désemparée, elle tourna la tête vers Vincent, qui se rapprocha d'elle et s'assit sur l'accoudoir du fauteuil, comme s'il voulait la protéger. De façon inattendue, Charles apprécia le geste et se mit à sourire, amusé de constater que son fils était désormais assez mûr pour imposer ses choix.

— Odette est votre unique parente ? interrogea-t-il.

— Oui. À la fois ma tante et ma marraine, bredouilla-t-elle.

Elle ne parvenait pas à rester naturelle devant lui. Depuis son arrivée, elle l'observait le plus discrètement possible et le jugeait odieux. Glacial, arrogant, pire que ce qu'elle avait pu craindre. Or il allait devenir son beau-père, et à l'évidence il ne ferait rien pour l'aider à trouver sa place.

— Bien, alors je vais rencontrer Odette, laissa-t-il tomber du bout des lèvres.

Magali faillit répliquer que, pour rencontrer Odette, rien de plus simple, elle était à Vallongue tous les jours, derrière les four- neaux, il n'avait qu'à pousser la porte de la cuisine. Mais elle n'osa évidemment pas. Alors qu'elle cherchait en vain quelque chose d'aimable à dire, la porte du salon s'ouvrit et Clara entra d'un pas décidé.

— Ah, vous êtes là ! On aurait pu me convier pour la bonne nouvelle... Tu m'as fait des cachotteries, mon petit Vincent !

Elle traversa la pièce sans cesser de sourire et s'arrêta devant Magali, les mains tendues.

— Alors c'est vous, Magali ? Je m'appelle Clara. Je suis ravie...

Tout comme Charles quelques minutes plus tôt, elle remarqua la robe de trois sous, les sandales usées, et aussi que Vincent la poussait dans le dos pour la faire lever.

— Ne bougez pas ! s'écria-t-elle. Restez comme ça, vous êtes trop mignons tous les deux...

Jetant un rapide coup d'œil à Charles, elle comprit qu'il avait dû se montrer désagréable depuis le début. Alain avait été bien inspiré de lui suggérer d'intervenir.

— Bon, j'arrive un peu tard, je suppose que tout est déjà arrangé ?

— Vincent tient à se marier rapidement, expliqua Charles sans enthousiasme.

Clara se tourna vers lui pour répliquer :

— C'est merveilleux, ça me ramène vingt ans en arrière !

Elle le vit accuser le coup, mais elle n'avait pas d'autre moyen de lui rappeler qu'il avait agi avec la même précipitation lorsqu'il avait voulu épouser Judith.

— Qu'avez-vous décidé ? demanda-t-elle d'une voix douce.

— Papa veut bien nous aider d'ici la fin de mes études, murmura Vincent.

Il était toujours assis sur l'accoudoir, la main de Magali dans la sienne, apparemment très mal à l'aise. L'accord de son père, même délivré avec réticence, l'obligeait à se montrer reconnaissant, toutefois il avait espéré autre chose de cette entrevue.

— Vous restez dîner avec nous, Magali ? proposa Clara. Vous permettez que je vous appelle Magali ? Puisque vous ferez bientôt partie de la famille...

Elle rachetait ainsi l'attitude trop distante de Charles, et Vincent se sentit un peu soulagé.

— Merci, madame…, souffla la jeune fille.

Cette invitation la consternait. L'idée de se retrouver à table avec les Morvan avait de quoi la faire frémir. Est-ce que le dîner serait servi par Odette ? C'était une situation ridicule, impensable. D'ailleurs, elle n'avait pensé à rien avant de venir à Vallongue, elle s'en apercevait trop tard. Elle aurait dû s'habiller autrement, préparer quelques phrases de circonstance, se faire tout expliquer par Vincent. Comment avait-elle pu croire qu'ils l'accueilleraient à bras ouverts, avec gentillesse ou familiarité ? Odette racontait toujours que Clara était une femme exceptionnelle, une maîtresse femme, et Charles un homme admirable. Son respect excessif, quand elle parlait des Morvan, faisait sourire Magali. Mais ici, dans ce salon gigantesque, sous le regard incisif de Charles, la jeune fille n'avait plus du tout envie de rire. Elle se sentait effrayée, rabaissée, à peine tolérée. Et la bonne humeur de Clara n'y changeait rien.

— Tu vas te mettre en quête d'un appartement, à proximité de la faculté de droit, reprit Charles d'un air résigné.

— C'est ça, intervint Clara, et vous l'arrangerez à votre goût, je vous offre la décoration !

Au moins, elle essayait d'inclure Magali dans la discussion, tandis que Charles continuait de l'ignorer, ne s'adressant qu'à son fils.

— Pour la date, je te laisse juge, conclut Charles, mais j'aimerais mieux que tu profites d'une période de vacances au lieu de bâcler tes examens.

— Si vous voulez, proposa Clara, je m'occuperai de tout, j'adore organiser les réceptions !

Dans un sursaut d'orgueil, Magali trouva enfin le courage de déclarer :

— Je crois que la cérémonie peut être très simple, très... intime.

Elle n'en pouvait plus de les entendre prendre des décisions tour à tour en la laissant délibérément à l'écart.

— Vous ne souhaitez pas un mariage à la sauvette, je suppose ? s'enquit Charles.

— Non, je...

— Alors, c'est parfait ! Nous avons beaucoup d'amis, ils deviendront les vôtres.

Il se leva, adressa un petit signe de tête à Magali, assorti d'un sourire contraint.

— Excusez-moi, j'ai du travail. Puisque tout est réglé... Je vous verrai pour le dîner.

Évitant de croiser le regard de son fils, il se détourna pour quitter la pièce, dont il referma la porte sans bruit. Tandis que Magali restait figée, Vincent laissa échapper un soupir.

— Bien, mes enfants, dit posément Clara. L'épreuve est finie, vous vous en êtes bien tirés.

Elle remarqua que la jeune fille avait les yeux brillants, comme si elle était sur le point de pleurer, et elle se pencha un peu pour lui tapoter le genou.

— Ne vous inquiétez pas, il n'est pas toujours… chaleureux, mais vous apprendrez à le connaître.

— Je crois que je ne lui ai pas fait très bonne impression, répondit Magali à contrecœur.

La phrase laissa Clara perplexe. Faire bonne impression ? C'était une aspiration d'employée cherchant à se faire engager, mais sûrement pas le bon moyen de conquérir Charles. Clara n'avait d'ailleurs aucune illusion, il devait être en train de fulminer dans son bureau, de regretter amèrement d'avoir cédé à Vincent. Il allait falloir un certain temps avant qu'il accepte Magali. Et davantage encore pour transformer celle-ci en jeune femme accomplie.

— Je vous laisse, je vais… m'occuper du dîner.

Elle avait failli dire « donner des ordres à Odette ». Mais effectivement, elle allait lui demander de préparer un repas froid, ensuite elle lui donnerait congé pour la soirée. Au contraire de Charles, elle ne déplorait pas le choix de son petit-fils, considérant qu'il était trop tard pour chercher à l'en dissuader et qu'il valait mieux tout faire afin d'aplanir les difficultés. Or celles-ci n'allaient pas manquer, c'était malheureusement évident.

7

Paris, 1958

MARIE LUTTAIT FAROUCHEMENT pour conserver au moins sa dignité. Quelques minutes plus tôt, une tempête de rires avait secoué la salle, à tel point que le président du tribunal, réprimant lui-même un sourire, avait été contraint d'agiter sa sonnette pour réclamer le silence. Non seulement Charles effectuait une démonstration magistrale, mais de surcroît il y avait glissé une note d'humour noir destinée à ridiculiser l'avocat général et celui de la partie civile. Ce dernier rôle était tenu par sa nièce aujourd'hui, ce qui ne changeait rien pour lui, et il n'avait pas modifié une seule phrase de sa plaidoirie, n'avait jamais cherché à atténuer la virulence de ses propos. Ses diatribes, qui auraient pu déstabiliser des adversaires bien plus coriaces que Marie, avaient vite fait perdre pied à la jeune femme. Par deux fois elle avait quand même tenté de riposter, et il s'était déchaîné sans pitié. Elle savait très bien qu'elle aurait dû se mettre en colère, exiger un rappel à l'ordre du président, accuser la défense de tourner la victime en dérision, mais elle était restée figée. Le ministère public avait pris le relais, sans rencontrer davantage de succès.

Contre Charles, Marie n'était pas de taille. Partagée entre la rage et l'admiration, elle avait autant envie de l'insulter que de l'applaudir. Combien de fois s'était-elle délectée de le voir mettre en pièces ses adversaires ? Et comment avait-elle cru pouvoir y échapper ? À présent, c'était son tour d'être laminée, interpellée, ridiculisée.

La veille, elle avait pourtant répété son réquisitoire avec soin, essayant d'imaginer les arguments qu'utiliserait Charles, qui avait l'avantage de parler le dernier. Sur un plan professionnel, elle connaissait très bien ses stratégies, elle savait qu'il était volontiers lyrique, aimait jouer sur la corde sensible, pouvait émouvoir son auditoire à volonté. Mais elle n'avait pas envisagé que, bien au contraire, il allait lui opposer une ironie cinglante. Or il possédait assez d'esprit pour manier brillamment la satire, s'attirant ainsi la sympathie des magistrats et semant le doute dans la tête des jurés. Quel genre d'affaire jugeait-on pour que l'avocat se permette un tel cynisme, un tel détachement ? Tout juste s'il n'avait pas l'air de considérer que l'accusation, en la personne de Marie, n'était pas digne d'être prise au sérieux.

Habile jusqu'au bout, il n'avait retrouvé un ton dramatique que lors des toutes dernières minutes de sa plaidoirie, pour fustiger ceux qui avaient traîné un innocent dans le box des accusés, et il avait conclu en réclamant carrément l'acquittement.

Avant de quitter la salle d'audience, Marie eut l'ultime déplaisir de voir les chroniqueurs judiciaires se précipiter vers lui. Charles Morvan-Meyer allait encore faire la une des journaux du lendemain, sauf que cette fois ce serait aux dépens de sa propre nièce, qu'il venait de ravaler au rang de petite fille devant la cour, la presse, les confrères.

Dans le vestiaire, elle ôta sa robe, ce déguisement ridicule qu'elle avait revêtu quelques heures plus tôt avec exaltation. Elle remit la veste de son strict tailleur gris, se donna un coup de peigne. Jamais plus elle n'affronterait Charles, dorénavant elle n'aurait qu'à se désister de tous les procès auxquels il serait mêlé. Ou alors elle cesserait de croire en elle, peut-être même prendrait-elle son métier en horreur ! Mais d'abord, elle devait trouver le courage de quitter la quiétude du vestiaire, sachant que, le long des couloirs du palais, elle allait sans doute rencontrer des sourires condescendants, des mines apitoyées. Elle soupira, décida qu'elle se moquait de l'opinion de ses confrères, puis ouvrit la porte.

— Marie ? Je craignais que tu ne sois déjà partie...

Charles était appuyé au mur, et il affichait un air plus embarrassé que triomphant.

— Tu auras affaire à pire que moi, Marie ! dit-il d'une voix conciliante. Il fallait essayer de me casser. Je ne m'en suis pas privé avec toi, c'est la règle du jeu.

Avec un petit haussement d'épaules dédaigneux, elle voulut passer devant lui, mais il la saisit fermement par le poignet.

— Attends un peu ! Je veux te parler, c'est important. Tu as été mon élève et...

— Et tu n'as pas hésité à me hacher menu ! répliqua-t-elle. Je n'ai jamais croisé ton regard, tu t'es comporté en étranger, en ennemi, en...

— Adversaire. C'est ce que nous étions, non ?

— Devais-tu vraiment aller si loin, Charles ? Pour tout ce qui concerne le dossier, c'était ton devoir, mais tes allusions à mon âge, à mon inexpérience et au fait que je suis une femme, j'appelle ça des coups bas inutiles.

— Rien n'est inutile dans un prétoire. La preuve ! Quoi qu'il en soit, j'ai fait mon métier, rien de plus. J'aurais aimé que tu me résistes davantage.

— Eh bien, tu es trop fort pour moi ! C'est ce que tu voulais entendre ?

Elle avait élevé le ton et essaya de lui échapper, mais il tenait son poignet serré, l'empêchant de se dégager.

— Tu vas venir dîner avec moi, décida-t-il.

— Sûrement pas ! J'ai promis aux enfants de…

Exaspérée, elle se souvint que Cyril et Léa se trouvaient avenue de Malakoff, où ils passeraient la nuit comme chaque fois qu'elle plaidait au palais. Dans ces occasions, Clara engageait une nurse, ravie d'avoir ses arrière-petits-enfants sous son toit.

— Écoute, Charles, j'ai envie de rentrer chez moi, de me déshabiller, d'oublier ce procès.

— Oh, non ! Il faut qu'on en discute, au contraire. Allez, viens, j'ai faim.

Il tira d'un coup sec sur son bras et elle faillit perdre l'équilibre.

— Lâche-moi, tu me fais mal ! Je te suis, mais lâche-moi…

C'était toujours la même chose avec lui, il finissait par obtenir ce qu'il voulait de gré ou de force. Et toute la volonté d'indépendance de Marie n'y pouvait rien.

— Je t'emmène au *Pré Catelan* ? proposa-t-il en souriant.

Son poignet était rouge, elle avait des fourmis dans les doigts et elle le fusilla du regard, ce qui le fit rire.

— Si seulement tu t'étais mise en colère, tout à l'heure…

— Eh bien quoi ? J'aurais fini par bafouiller, on ne va pas régler nos comptes en plein tribunal, quand même !

— Pourquoi, Marie ? Nous sommes en compte, toi et moi ?

Elle céda d'un seul coup, incapable de lui résister davantage. De toute façon, elle l'admirait trop pour lui en vouloir longtemps, et le peu de talent qu'elle avait, elle le lui devait.

Quand ils quittèrent le palais, bras dessus, bras dessous, elle se sentait déjà rassérénée. Il lui laissa prendre le volant de sa Jaguar flambant neuve et passa tout le trajet à décortiquer les fautes qu'elle avait commises durant les débats.

— Tu t'es dit : « Je connais Charles, je vais lui couper l'herbe sous le pied » ? En fait, dès que tu as commencé à t'énerver, tu m'as ouvert une voie royale. Je n'en demandais pas tant ! Ne perds jamais ton calme, je donnerais ce conseil à n'importe qui mais, dans ton cas, c'est essentiel.

— Mon cas ? s'indigna-t-elle. C'est quoi ?

— Tu es une femme. Et une femme en colère se met presque toujours à crier. Sa voix grimpe dans les aigus et le président du tribunal se bouche les oreilles, excédé ! Tiens, gare-toi là...

Il avait toujours été de très bon conseil avec elle, n'avait jamais cherché à la décourager, et ce qu'il disait était vrai. En choisissant la carrière d'avocate, Marie avait pris un chemin difficile, et elle n'avait pas le droit de s'écrouler au premier échec.

Lorsqu'ils pénétrèrent dans la salle du restaurant, elle remarqua avec amusement que Charles attirait toujours autant les regards. D'abord parce qu'il était célèbre, ensuite parce qu'il restait séduisant malgré ses presque cinquante ans. Les cheveux blancs qui se mêlaient aux châtains adoucissaient plutôt son visage, il s'habillait avec une rare élégance, et il lui arrivait même de sourire, en tout cas plus fréquemment qu'avant.

— Je fais des envieuses, on dirait..., constata-t-elle joyeusement.

Jamais elle n'aurait pu croire, durant cette journée de cauchemar, qu'elle allait finir la soirée avec lui et en éprouver du plaisir.

— Aucun de tes soupirants ne t'a invitée ici ?

— Oh, mes soupirants...

Sa vie privée demeurait un mystère pour tout le reste de la famille, Charles compris. Sa fille Léa était née de père inconnu, exactement comme Cyril, et elle n'avait pas fourni la moindre précision à quiconque. Vincent tenait son rôle de parrain avec autant de sérieux qu'Alain, conscients l'un comme l'autre qu'il s'agissait d'une vraie responsabilité.

— Oui, ces types dont tu ne parles pas mais qui doivent bien exister, n'est-ce pas ? ironisa-t-il.

— C'est mon affaire !

— Ce sera celle de tes enfants un jour. Il faudra que tu répondes à leurs questions. Que comptes-tu leur dire ?

— J'aviserai.

Il la regardait avec insistance, et elle se mordit les lèvres pour ne pas se laisser aller aux confidences. S'il s'acharnait sur elle comme il savait le faire avec les témoins qui venaient prêter serment à la barre, elle finirait par tout lui raconter. Mieux valait détourner son attention en prenant l'offensive.

— Est-ce qu'il t'a manqué, à toi ? demanda-t-elle posément.

— Qui ça ?

— Ton père. Henri.

— Pas vraiment.

— Alors, tu vois !

— Enfin, Marie, ce n'est pas comparable ! D'abord ma mère était entièrement disponible, ce qui n'est pas ton cas. Mon père était mort à la guerre, ce n'était pas un inconnu, j'ai toujours pu me référer à une image positive.

Elle remarqua qu'il parlait comme s'il avait été fils unique, sans la moindre allusion à son frère. D'ailleurs, elle ne se souvenait pas de l'avoir entendu prononcer le prénom d'Édouard une seule fois depuis son décès.

— Nous sommes une drôle de famille, marmonna-t-elle.

— Tu contribues beaucoup à sa bizarrerie, répliqua-t-il. Tes mystères, ton côté suffragette…

— Tu m'as invitée pour me faire la morale ? Je croyais que tu voulais me consoler de ce que tu m'as fait vivre aujourd'hui.

Levant les yeux au ciel, il fit signe au maître d'hôtel et passa la commande. Quand ils furent de nouveau seuls, il déclara :

— Pas consoler, engueuler. Tu portes le nom de Morvan. Tu es maître Marie Morvan. Chaque fois que tu ne seras pas à la hauteur, je te le ferai remarquer. Je refuse que tu te ridiculises dans le monde judiciaire.

— Trop aimable…

Elle voulait plaisanter, mais il tapa brusquement sur la table et elle sursauta.

— Je suis sérieux, Marie ! Si tu ne te sens pas sûre de toi, ne te donne pas en spectacle dans un tribunal. Reste enfermée dans ton cabinet, planche sur tes dossiers et associe-toi avec quelqu'un capable de prendre la parole en public.

Humiliée par ce ton cinglant, elle riposta immédiatement.

— Toi, tu t'appelles Morvan-*Meyer*, tout le monde te connaît, on ne risque pas de nous confondre, surtout si je suis nulle ! Et explique-moi pourquoi tu t'occupes tellement de moi ! Mes frères auraient pu finir dans un cirque, tu n'aurais pas levé le petit doigt ! Tu as rayé mon père de ta mémoire, tu méprises ma mère ouvertement, mais sur moi, tu t'acharnes…

Le visage fermé, Charles la toisait sans répondre. Son hostilité dissuada Marie d'aller plus loin car, même si elle n'avait pas peur de lui, elle connaissait les limites à ne pas dépasser. Un plateau de fruits de mer fut disposé entre eux, puis le sommelier vint servir le chablis.

— Parfait…, murmura Charles après l'avoir goûté.

Il releva la tête et considéra sa nièce d'un air perplexe. S'engager plus loin dans cette discussion délicate ne le tentait pas. Indéniablement, il n'avait pas manifesté une grande affection pour les fils d'Édouard, encore moins pour Madeleine. Si Marie avait su l'émouvoir, c'était parce que quelque chose en elle rappelait Clara. Parce qu'elle était une jeune femme seule, avait besoin d'être protégée, et parce que, lorsqu'elle tenait ses enfants dans ses bras, Charles pensait à Judith.

Judith… Oui, il y songeait quand Marie câlinait sa petite Léa. Ou quand une femme brune, dans la rue, lui ressemblait vaguement. Pourtant, il était moins obsédé, moins rongé que quelques années plus tôt, et cette constatation l'attristait. Le souvenir de Judith et de Beth n'avait pas le droit de s'affadir ; qu'il puisse les oublier durant des journées entières constituait déjà une trahison.

— Je t'ai contrarié, Charles ? Je suis désolée…

Sincère, elle l'observait avec anxiété, persuadée qu'il n'allait pas tarder à se mettre en colère, mais il lui répondit gentiment.

— Je m'acharnerai sur toi jusqu'à ce que tu deviennes un ténor. Je ne crois pas qu'on dise « une soprano » du barreau ? Sers-toi.

Elle prit une huître, y ajouta un peu de vinaigre à l'échalote, puis jeta un coup d'œil circulaire. La salle était pleine, les serveurs allaient et venaient discrètement entre les tables. Elle croisa le regard d'une femme qui se détourna aussitôt et elle faillit éclater de rire.

— Tu crois qu'on me prend pour ta maîtresse ? demanda-t-elle à mi-voix.

Comme il ne lui répondait que d'un sourire distrait, elle ajouta, beaucoup plus sérieusement :

— J'aurais aimé rencontrer un homme qui te ressemble.

Elle fut surprise d'avoir pu l'avouer si facilement, tandis qu'il fronçait les sourcils.

— À moi ? Curieuse idée. Vous m'avez toujours trouvé sinistre, tes frères, toi, et même mes fils ! Il m'est arrivé de surprendre certains de vos commentaires, ils n'avaient rien de flatteur...

Cette révélation la fit rougir d'un coup et elle s'empressa d'avaler une gorgée de vin pour cacher son embarras. Qu'avait-il pu entendre parmi toutes les horreurs proférées par cinq adolescents insouciants ? Des tas de réflexions lui revinrent en mémoire, plus cruelles les unes que les autres.

— Tu n'étais pas la plus méchante, ajouta-t-il comme s'il avait deviné ses pensées.

Il lui avait toujours inspiré des sentiments confus, et c'était encore vrai aujourd'hui. À cause de lui, elle avait choisi le droit. À cause de lui, aucun homme n'avait trouvé grâce à ses yeux. Depuis longtemps, elle poursuivait une chimère en cherchant quelqu'un qui aurait été à la fois Charles et un autre.

— À la fac, tous les types me paraissaient trop jeunes, trop bêtes, soupira-t-elle. J'ai toujours eu l'impression d'avoir vingt ans de plus que mes copains de promotion. Les rares fois où un garçon me plaisait, je me demandais si ce n'était pas à l'argent de la famille qu'il en voulait ! Je ne suis pas très jolie et je n'ai pas spécialement bon caractère, je ne sais pas minauder comme certaines filles, ni prendre l'air extasié, et mon ambition n'était pas de rester enfermée entre quatre murs à « tenir » une maison. Bref, je n'ai pas intéressé grand monde…

— Marie ! Tu veux rire ? Tu es intelligente, bourrée de charme, et tu n'as pas encore trente ans ! Pourquoi un tel constat d'échec ?

— Échec ? Non ! Ma vie, je peux très bien la réussir entre mes enfants et mon métier.

— Et l'amour, ça ne compte pas ?

— Pour toi, ça compte ?

Elle vit son regard se voiler, son expression devenir hostile.

— Charles, il y aura bientôt vingt ans que... que tu as été séparé de Judith. À part cette pimbêche de Sylvie, je ne t'ai jamais vu deux fois de suite avec la même femme. Ne me dis pas qu'il n'y en a pas une seule avec laquelle tu aurais pu passer davantage qu'une nuit !

— Tu es bien indiscrète.

— Non, je m'inquiète pour toi. Vincent et Gauthier sont partis, un jour ou l'autre ce sera le tour de Daniel, tu nous as tous élevés et maintenant tu vas avoir cinquante ans. La perspective de rester coincé entre maman et grand-mère ne t'effraie pas ?

Penché au-dessus de la table, il répliqua d'une voix contenue :

— On n'est pas forcément fini à cinquante ans, tu sais !

— Mais enfin, tu n'es jamais tombé amoureux ?

— Non, jamais. Et je ne le souhaite pas. D'ailleurs, je pourrais te retourner toutes tes questions idiotes. Tu risques de finir seule, alors épargne-moi tes leçons, ma jolie.

Cette fois, il était en colère. L'idée que Marie puisse éprouver une quelconque compassion pour lui le rendait furieux. Sans compter qu'elle avait mentionné Judith, additionnant les années de guerre à celles de deuil, or il ne supportait pas qu'on y fasse allusion. Il la regarda soudain comme une ennemie, comme la fille aînée d'Édouard et de Madeleine.

— Je n'ai besoin des conseils de personne, que ce soit bien clair, articula-t-il.

Désemparée, elle baissa les yeux sur son assiette, considérant les restes du crabe dont elle venait de se régaler. La bienveillance que son oncle lui avait toujours manifestée avait une limite, et celle-ci s'appelait Judith. Jamais elle n'aurait dû s'y référer. Une erreur tactique supplémentaire, décidément elle les avait multipliées aujourd'hui. Lorsqu'elle releva la tête, elle croisa le regard glacial de Charles.

— Excuse-moi, dit-elle doucement.

Les commentaires narquois de certains confrères lui revenaient en mémoire. Entre autres ce vers de Nerval, cité d'un ton railleur par un procureur : « "Le ténébreux, le veuf, l'inconsolable"... Charles Morvan-Meyer a compris ce qui plaît aux dames... et aux clients ! Ah, en voilà un qui a su exploiter la situation. » Insinuer qu'il s'était servi de son drame personnel pour sa carrière était ignoble, mais bien sûr il provoquait des jalousies, on enviait sa réussite, le montant de ses honoraires, ses succès auprès des femmes.

— Tu vas prendre un dessert et nous allons parler d'autre chose, décida-t-il.

Il aurait tout aussi bien pu réclamer l'addition et ne plus lui adresser la parole jusqu'à la fin de la soirée. Elle comprit qu'il faisait un effort pour ne pas gâcher leur dîner, ce qui était rare de sa part. Peut-être voulait-il vraiment la consoler de son échec au tribunal, peut-être avait-il seulement envie de prolonger leur conversation, en tout cas elle se sentit émue par sa gentillesse.

— D'accord, acquiesça-t-elle, un dessert. Et maintenant, dis-moi comment se portent tes petits-enfants et quel effet ça te fait d'être grand-père ?

Avec un rire spontané, très inattendu, il recula un peu sa chaise pour allumer une cigarette.

*

Sous l'œil vigilant de son chef de service, Gauthier recousait l'incision d'une main sûre. Le silence régnait dans le bloc opératoire, à peine troublé par le bruit des instruments retombant sur les plateaux.

— Ciseaux, demanda Gauthier derrière son masque.

Il coupa le dernier fil, se débarrassa du porte-aiguille et leva les yeux vers le grand patron, qui s'était déplacé en personne pour assister à l'opération. En souvenir de son ami Édouard, avait-il précisé à Gauthier.

— Pas mal du tout, jeune homme ! lâcha-t-il d'une voix bourrue.

Puis il se tourna vers ses confrères et leur adressa un clin d'œil.

— Un interne prometteur… Nous avons fait le bon choix !

La candidature de Gauthier, dans le service de chirurgie orthopédique où avait exercé son père, n'était pas due au hasard. Ni à l'influence de Madeleine. S'il avait postulé à l'hôpital du Val-de-Grâce, c'était uniquement parce que Chantal y travaillait comme infirmière et qu'ils auraient ainsi l'occasion de se voir plus souvent. En espérant que personne ne ferait le rapprochement entre lui et Chantal Mazoyer, lui et le professeur Raymond Mazoyer. Il passait déjà pour un affreux chouchou au sein de sa famille, il ne voulait pas qu'en plus, dans son métier, on le soupçonne d'avoir usé de ses relations pour obtenir un poste. Pour cette raison, il avait choisi l'orthopédie au lieu de la chirurgie vasculaire, ainsi ne pourrait-on pas l'accuser d'avoir extorqué un passe-droit à celui qui allait devenir son beau-père.

Après s'être déshabillé, il grimpa jusqu'à la salle de garde pour y boire une tasse de café. Cette première intervention, pleinement réussie, le laissait dans un état proche de l'allégresse. Les commentaires du grand patron auguraient bien de l'avenir, désormais certaines opérations lui seraient confiées d'office, il allait être inscrit sur le tableau des chirurgiens. Un but qui était le sien depuis le début de ses études, sept ans plus tôt. Sept années à subir les commentaires extasiés de sa mère et ses airs alanguis pour évoquer la mémoire du « cher »

Édouard, qui aurait été tellement fier de voir son fils cadet marcher dans ses traces. Or Gauthier ne conservait pas un souvenir très vif de son père et n'avait jamais eu l'ambition de lui ressembler. Un malentendu supplémentaire entre Madeleine et lui. Exactement comme lorsqu'elle lui avait expliqué, avec des airs de conspiratrice, qu'elle allait s'arranger pour le « privilégier ». Le mot l'avait fait bondir. Depuis, il cherchait le moyen de provoquer une confrontation entre Marie, Alain, lui-même et leur mère, mais elle se dérobait sans cesse, ne comprenant pas dans quelle situation intenable elle le mettait.

En compagnie d'autres internes, il avala un café brûlant. La grande horloge murale indiquait presque midi et il se demanda s'il ne pourrait pas déjeuner avec Chantal. Elle finissait son service dans une demi-heure, il avait le temps de la rejoindre au pavillon de la maternité. Une fois de plus, il se félicita d'exercer dans le même hôpital qu'elle, tant pis pour les mauvaises langues. Elle aussi avait dû subir les sarcasmes de ses collègues, qui, au début, l'avaient mise en quarantaine. Difficile d'admettre que la fille du professeur Mazoyer avait besoin de travailler. Cependant, à défaut du besoin, elle en éprouvait l'envie et adorait son métier. Quand elle avait commencé à sortir avec Gauthier, ils avaient beaucoup ri ensemble de cette suspicion qui les entourait l'un comme l'autre. Et que leur relation amoureuse n'arrangeait pas, au contraire. « Maintenant, on va t'accuser de me courtiser pour te faire pistonner par papa ! » avait-elle prophétisé.

Ils s'étaient pourtant rencontrés loin du monde médical, dans un cinéma de quartier où ils avaient pleuré ensemble sur un mélo magistralement interprété par Gabin. Il n'avait appris la profession de son père qu'au deuxième rendez-vous, alors qu'il était déjà tombé sous le charme. Elle était petite, menue, très gaie, et n'avait connu qu'un seul garçon avant lui. En quelques jours, elle comprit qu'elle était amoureuse de ce grand jeune homme un peu timide, mais elle attendit longtemps avant de le lui avouer. Quand elle le présenta enfin à son père, elle était sûre d'elle.

Remontant les couloirs de la maternité au pas de charge, Gauthier jetait un coup d'œil dans toutes les salles. Il découvrit Chantal penchée sur un berceau, occupée à réconforter un nourrisson prématuré. Elle flottait dans une blouse blanche un peu grande pour elle, et sa coiffe laissait échapper quelques mèches brunes.

— J'arrive, chuchota-t-elle pour ne pas réveiller les autres bébés.

Il patienta à la porte, sans la quitter des yeux, heureux à l'idée de la serrer bientôt contre lui et de pouvoir lui raconter sa prouesse au bloc. Cette fois, elle n'aurait qu'à choisir une date pour leur mariage, il se sentait prêt à fonder un foyer. Cette nouvelle allait encore ravir

Madeleine, lui donnant une raison supplémentaire d'adorer son fils cadet. Comme toujours, elle supposerait qu'il avait pris sa décision pour lui faire plaisir, alors qu'il n'avait jamais rien entrepris dans ce but. Au contraire, il s'estimait heureux de ne pas être fâché avec Marie ou Alain. Ces deux-là avaient pris leur parti du favoritisme éhonté de leur mère, conscients que Gauthier n'y était pour rien. La médecine, il en avait eu envie dès l'adolescence, il s'agissait d'une authentique vocation, ce n'était pas aux vœux de Madeleine qu'il s'était conformé, même si elle avait voulu le croire. Et maintenant, elle allait se sentir comblée par ce mariage, bourgeois à souhait, avec la fille du professeur Mazoyer ! Le comble de la dérision. Décidément, il était temps de crever l'abcès.

La main de Chantal se posa légèrement sur son épaule, le faisant tressaillir.

— Tu m'emmènes déjeuner ?

D'un coup d'œil, elle s'assura que le couloir était désert, puis elle se mit sur la pointe des pieds et lui déposa un baiser léger au coin des lèvres. Il oublia aussitôt sa mère et ses problèmes de famille, heureux de la tenir dans ses bras.

— Mme Wilson, maître…

La secrétaire introduisit Sylvie dans le bureau de Charles et referma sur elle la double porte capitonnée.

— Je suis content de te voir, dit-il en se levant.

Ce n'était pas une simple formule de politesse, il y avait une réelle chaleur dans sa voix. Il lui prit les mains, la détailla d'un long regard approbateur.

— Tu es ravissante… toujours fidèle à Fath ?

— Non, après la mort de Jacques, je n'ai pas pu me résigner à y retourner, et d'ailleurs maintenant sa femme s'oriente vers la confection de luxe pour hommes… C'est un modèle Givenchy. Tu aimes ? Figure-toi que je viens d'entrer chez lui comme dessinatrice !

— Ah, tu t'es enfin décidée !

Elle haussa les épaules, d'un geste qui se voulait insouciant mais trahissait une certaine lassitude. Depuis trois ans qu'elle attendait en vain une maternité de plus en plus improbable, elle avait consulté un grand nombre de médecins, en France comme aux États-Unis, et elle se sentait découragée. Réintégrer une maison de haute couture lui avait semblé le seul dérivatif à sa déception.

— Et Stuart ? interrogea-t-il à contrecœur.

— Souvent absent. Il parcourt le monde à la recherche de tissus.

— Drôle d'occupation pour un homme, persifla-t-il avec un sourire méprisant.

— Oh, je t'en prie ! Il travaille énormément, on le réclame partout. Toute la profession cherche à lutter contre le tailleur Chanel, et il n'y a pas que le tweed ou le shantung pour faire des vêtements ! La concurrence est devenue très rude, les clientes sont moins nombreuses et moins fortunées, bref, il faut innover... De toute façon, Stuart adore voyager !

— Vraiment ? Tant mieux pour lui, mais toi, dans tout ça ? Toujours pas d'enfant en vue ? Tu ne peux pourtant pas les fabriquer avec un courant d'air...

Outrée par son cynisme, elle reprit le sac qu'elle venait d'abandonner sur un fauteuil et voulut sortir, mais il l'intercepta en la prenant par les épaules.

— Désolé, Sylvie, c'était une plaisanterie de très mauvais goût, tu as raison, mais ne te fâche pas. Viens là...

Il la fit asseoir, s'installa près d'elle au lieu de retourner derrière son bureau.

— Veux-tu boire quelque chose ? Je peux demander à ma secrétaire de préparer du thé.

— Oui, s'il te plaît.

Durant les quelques instants où il s'absenta de la pièce, elle s'obligea à respirer lentement pour retrouver son calme. Il avait l'art de la mettre en colère, de l'émouvoir, de la faire réagir au moindre mot. Près du téléphone, l'agenda de Charles était ouvert, les pages couvertes de son écriture. Il ne lui avait jamais écrit, elle ne possédait aucune lettre de lui.

— Voilà, dit-il en revenant, madame est servie !

Il portait lui-même un lourd plateau chargé d'une théière en argent et de fines tasses en porcelaine de Chine. Il déposa le tout sur le bureau, retourna fermer la porte. Quand elle entendit la clef tourner dans la serrure, elle lui jeta un regard surpris.

— Tu as peur d'être dérangé ?

— Non, personne n'entrerait ici sans m'en avertir d'abord par l'interphone. C'est plutôt pour t'empêcher de te sauver.

Immobile près du dossier du fauteuil, il avait posé ses mains sur les épaules de la jeune femme. Il lui massa doucement la nuque, du bout des doigts, jusqu'à ce qu'elle baisse un peu la tête.

— Toujours le N° 5 ? murmura-t-il en se penchant pour embrasser ses cheveux.

— Je ne le mets que pour toi.

— Alors tu ne viendras jamais à bout du flacon ! Tu te fais tellement rare...

Ils n'avaient pas besoin de se regarder pour savoir qu'ils éprouvaient le même désir. Chaque fois qu'elle lui avait rendu visite, Charles avait su s'arrêter à temps, mais un jour viendrait où elle ne pourrait plus accepter la frustration de leurs rencontres. Elle sentit ses mains abandonner son cou, descendre lentement vers l'échancrure de la veste du tailleur, effleurer sa peau délicatement.

— Tu es toujours aussi belle, chuchota-t-il, la bouche contre son oreille.

Avec une sensualité délibérée, il vérifiait qu'elle ne savait toujours pas lui résister. De façon paradoxale, il avait besoin de cette victoire, comme pour se venger d'elle, alors qu'il était seul responsable de leur séparation. Quand il la vit fermer les yeux, renverser la tête en arrière, il soupira et s'écarta d'elle à regret.

— Stuart a tort de te laisser seule, marmonna-t-il.

Il versa le thé dans les tasses, ajouta du sucre et un nuage de lait pour elle.

— Pourquoi me parles-tu de lui ? s'étonna-t-elle. C'est toi qui l'obsèdes, pas le contraire !

— Moi ?

— Bien sûr. Il n'est pas stupide au point de croire que je t'ai oublié, Charles ! Tu es resté sa bête noire. C'est quelqu'un de gentil, de drôle, d'attentionné, mais on ne peut pas prononcer ton nom devant lui sans qu'il se mette en colère. Si tu savais combien de fois j'ai pleuré sur son épaule, tu comprendrais mieux qu'il te haïsse.

— Pleuré à cause de moi ? Merci du compliment.

Malgré son ironie affichée, il était sincère. Ses succès éphémères auprès des femmes le laissaient indifférent, mais la constance des sentiments de Sylvie le flattait, lui donnait l'impression d'exister. La dernière de ses conquêtes était une jeune fille de vingt-cinq ans, qu'il n'avait aucune intention de revoir et dont il ne voulait pas se souvenir. Aventure d'un soir où il avait joué pour une gamine éblouie le rôle du séducteur, du père et de l'amant. Avec Sylvie, il partageait quelque chose de plus fort, qu'il le veuille ou non.

— Pourquoi n'adoptez-vous pas un enfant ? demanda-t-il brusquement.

Elle aurait bientôt quarante ans, il s'en souvenait. Elle avait désespérément besoin d'être mère, elle avait changé toute sa vie pour ça, s'était liée dans ce but à un homme qu'elle n'aimait pas.

— Je voudrais que tu sois heureuse, dit-il d'une voix grave. Même sans moi.

— Alors nous voulons la même chose ! répliqua-t-elle avec hargne.

Elle leva les yeux vers lui, le dévisagea avec insistance. Les rides et les mèches blanches n'y changeaient rien, elle était envoûtée par ce regard gris pour lequel elle était toujours prête à se damner. Personne ne possédait les mains de Charles, ni ses intonations. Aucun homme n'aurait jamais autant d'importance, et pourtant il ne lui avait fait que du mal, elle continuait de l'aimer pour rien, chaque rencontre se soldant par le même échec lamentable.

— Épouse-moi, articula-t-elle avec peine.

— Tu es déjà mariée, non ?

— Je divorce demain si tu m'acceptes.

— Sylvie !

— Tu as des petits-enfants, enchaîna-t-elle très vite. Et des petits-neveux ! Crois-moi, je ferais une belle-mère ou une tante très acceptable, je m'occuperais de tout le monde ! Je n'ai plus l'âge d'être une jeune maman mais je peux pouponner par procuration, non ?

Son amertume était si flagrante qu'il se sentit ému. Peut-être auraient-ils pu trouver ensemble une forme de bonheur. Peut-être n'était-il pas trop tard ? Spontanément, il s'agenouilla devant elle, lui prit la tasse des mains.

— Arrête, implora-t-il tout bas.

Elle parvenait à le bouleverser, au moins en surface, mais il savait très bien que, s'il prenait la peine d'y réfléchir, il allait se heurter au même problème insoluble. Il ne *voulait* pas vivre avec elle, il ne lui ferait pas courir ce risque. Des larmes coulaient sur ses joues, délayaient le maquillage de ses yeux et la faisaient paraître soudain si misérable qu'il eut honte de lui. Bien sûr, c'était elle qui l'appelait, qui le relançait, mais il aurait dû avoir le courage de ne plus la voir. Au lieu de quoi il acceptait avec joie, chaque fois, pressé de constater que son pouvoir sur elle était intact.

— Je suis ton ami, commença-t-il en hésitant. Quelqu'un sur qui tu peux compter, à qui tu peux te confier ou demander n'importe quoi.

— Je préfère que tu sois mon amant, répliqua-t-elle durement. Ne cherche pas à t'abriter derrière une pseudo-morale. Nous n'allons plus tarder à vieillir, Charles, et nous aurons tout raté ! Je ne sais toujours pas pourquoi tu n'as pas voulu de moi...

Comme il restait silencieux, elle le repoussa pour se lever. Elle devait aller attendre Stuart à l'aéroport du Bourget, et elle était déjà en retard. Il se redressa, un peu embarrassé de n'avoir rien à lui répondre.

— Tu veux te remaquiller ? proposa-t-il.

Elle s'arrêta un instant près du miroir qui surmontait la cheminée de marbre blanc. Tandis qu'elle sortait un poudrier de son sac, il en profita pour l'observer et se traita mentalement de sinistre imbécile.

Clara redressa avec délicatesse une des roses jaunes du gros bouquet. Madeleine la regardait faire en silence, lèvres pincées.

— Alain a toujours des attentions merveilleuses ! s'exclama Clara.

Sa réflexion n'était pas innocente et elle agita la carte qui accompagnait les fleurs.

— « À mon amour de grand-mère. » Je l'adore ! Et tout ça parce qu'il a décroché un contrat avec les Anglais, je n'y ai vraiment aucun mérite...

— Vous l'avez beaucoup aidé, rappela Madeleine d'un ton aigre, le moins qu'il puisse faire est de s'en souvenir.

Clara s'assit sur la banquette du piano, dos au clavier, et toisa sa belle-fille.

— Sans Alain, Vallongue ne serait qu'une bâtisse aux volets fermés. Une coquille vide.

Les voilages bouillonnés filtraient le soleil printanier et noyaient le boudoir d'une lumière douce. C'était toujours la pièce favorite de Clara, celle où chacun montait la voir au moindre problème. Pour que Madeleine ait abandonné momentanément son petit salon du rez-de-chaussée, c'est qu'elle aussi devait avoir des soucis à confier. En effet, elle finit par déclarer, en frottant ses mains l'une contre l'autre :

— Je voulais vous parler du mariage de Gauthier.

Elle avait arrondi la bouche pour prononcer le prénom de son fils bien-aimé et Clara faillit rire.

— Nous avons tout l'été pour en discuter puisque la date est fixée à fin septembre !

— Bien sûr, mais j'ai déjà pensé à quelques détails...

Frustrée par le célibat d'Alain et de Marie, elle avait assisté aux noces de Vincent avec Magali, trois ans plus tôt, en rêvant du jour où Gauthier lui offrirait la même joie. Pour Vincent, Clara n'avait pas lésiné. Après la messe à Saint-Honoré-d'Eylau, une réception grandiose avait réuni plus de deux cents personnes dans l'hôtel particulier, puis la journée s'était achevée à *La Tour d'Argent* pour un dîner intime de vingt-cinq couverts. Magnanime, non seulement Clara avait accordé à Odette une place d'honneur en tant qu'unique représentante de la famille de Magali, mais de surcroît elle l'avait habillée elle-même d'un tailleur Dior. La brave cuisinière avait fait bonne figure dans ce monde qui n'était pas le sien, s'efforçant de se taire et de sourire à chacun, éberluée par le luxe qui l'entourait. Pour sa part, Magali avait produit beaucoup d'effet, vêtue d'une robe de satin blanc choisie chez Balenciaga, ses longs cheveux roux coiffés par Carita en un savant chignon. Bien en évidence sur le piano du boudoir, la photo des jeunes mariés posant sur les marches de l'église montrait un couple radieux. Vincent avait l'élégance et la silhouette de son père au même âge, Magali possédait un charme éblouissant.

— Ce ne sera pas comme pour Vincent, expliqua Madeleine en désignant le cadre, là nous devrons compter avec les désirs de la belle-famille ! Les Mazoyer auront leur mot à dire.

— Quand c'est moi qui reçois, personne ne s'en mêle, répliqua Clara. Cela dit, s'ils préfèrent que la réception ait lieu chez eux, je ne m'occuperai de rien, c'est promis.

Une manière de river son clou à Madeleine, qui commençait à l'agacer et n'allait pas manquer de se gargariser durant des mois avec l'éminent professeur Mazoyer. Vraiment,

Gauthier avait eu la main heureuse, sa mère défaillait de joie et d'orgueil à l'idée de cette union. Elle multipliait sans cesse les allusions à ce « cher Édouard, qui aurait été si heureux, pauvre Édouard, qui aurait été si fier », sans comprendre l'exaspération croissante de Charles.

— Croyez-vous qu'il serait souhaitable de les convier à dîner ? s'inquiéta Madeleine.

— Les Mazoyer ? Quand vous voudrez, ma petite Madeleine, je vous laisse juge.

C'était la charger d'une trop lourde responsabilité, Clara le savait et s'en amusait d'avance. Malgré ses soixante-seize ans, elle avait conservé intacts son humour, son autorité et son allure. Le matin même, devant la glace en pied de sa salle de bains, elle s'était observée d'un œil critique, regrettant de vieillir mais remerciant le ciel d'être toujours en forme. Ses rhumatismes n'empiraient pas, elle parvenait à rester mince à force de discipline diététique, son cœur ne lui donnait aucune alarme. Et surtout, elle en avait fait le compte mentalement, les drames épargnaient la famille depuis treize ans, un record dont elle pouvait s'attribuer en partie le mérite. Treize ans sans tragédie et sans deuil, le clan Morvan se remettait de ses anciennes blessures et s'agrandissait par d'heureuses naissances. Vincent et Magali avaient eu presque tout de suite un petit garçon, Virgile, puis une petite fille, Tiphaine, et ne semblaient pas vouloir s'arrêter en si bon

307

chemin. Avec Cyril et Léa, ils étaient quatre nouveaux descendants. L'avenir semblait assuré.

— ... pourrait porter au dîner le même genre de smoking que Vincent ?

Brusquement ramenée à la réalité, Clara s'obligea à regarder Madeleine.

— Gauthier ? Bien sûr... Je vous donnerai l'adresse.

Mais Gauthier, si charmant fût-il, n'aurait jamais la prestance de Vincent. Une fois de plus, Clara se reprocha sa préférence marquée pour Vincent, mais un rapide coup d'œil à la photo, sur le piano, la fit sourire malgré elle. L'idée qu'on puisse l'appeler un jour « Monsieur le Président » la faisait même rire aux éclats, pourtant elle l'imaginait très bien dans sa robe rouge. En début d'année, il avait été nommé juge au tribunal d'Avignon, et il s'était provisoirement installé à Vallongue avec sa petite famille. Un retour aux sources pour Magali – et une véritable aubaine pour Odette ! –, mais surtout l'occasion formidable de cohabiter pour Alain et Vincent, ravis de ce rapprochement.

— Il y a encore autre chose, Clara, et je vais avoir besoin de vos conseils...

— À quel sujet ?

Madeleine s'éloigna un peu du piano et vint se planter devant Clara en frottant nerveusement ses mains l'une contre l'autre.

— Je n'arrive pas à me faire comprendre de votre notaire…

— Pourquoi donc ? Vous êtes en relation avec lui ?

Elle le savait parfaitement, mais n'était pas censée être au courant des démarches de sa belle-fille.

— Je l'ai rencontré à trois reprises, au sujet de Gauthier.

— Toujours lui ! Décidément… Eh bien, Madeleine, je vous écoute.

— J'avais pensé acquérir des parts ou des actions dans une clinique.

— Quelle drôle d'idée ! Vous vous sentez malade ?

Clara se mit à rire tandis que Madeleine la considérait avec réprobation en protestant :

— C'est très sérieux. Michel Castex avait promis de vous en parler. Il faudrait débloquer du capital… Et comme vous gérez tout…

La voix restait geignarde, presque apeurée, cependant Clara savait que, dès qu'il était question de son fils cadet, Madeleine pouvait se montrer très obstinée. Il ne servait plus à rien d'atermoyer, l'heure des explications était venue.

— Préférez-vous reprendre le contrôle de vos biens ? s'enquit Clara d'un ton neutre. Je n'y verrais pour ma part aucun inconvénient.

— Mais pas du tout ! Je ne comprends rien aux histoires d'argent, je m'en remets entièrement à vous. Je veux seulement…

— Oui, oui, j'ai bien compris. Donnez-moi un chiffre.

La somme annoncée stupéfia Clara, qui se pencha en avant.

— C'est tout un centre hospitalier que vous comptez acheter, ma parole !

— Vous trouvez que c'est trop ?

— Je ne sais pas… Qu'avez-vous l'intention d'en faire, par la suite ?

— Une donation à Gauthier. Ce sera mon cadeau de mariage.

— Voilà une excellente idée ! Toutefois, nous allons revenir à des choses plus raisonnables. Disons, plus… acceptables pour vos deux autres enfants. D'ailleurs, il y a des lois, une quotité disponible à respecter…

Madeleine hochait la tête avec conviction, heureuse d'avoir persuadé sa belle-mère de prendre les choses en main.

— Je vais faire pour le mieux, affirma Clara.

La phrase ne l'engageait à rien, dorénavant elle aurait les coudées franches. Elle allait donner satisfaction à Madeleine, dans une certaine mesure, tout en limitant les dégâts de son favoritisme éhonté. Se reculant un peu dans son fauteuil, elle continuait d'afficher un sourire serein lorsque la voix de Daniel lui apporta une heureuse diversion.

— Est-ce que tu m'accepterais dans ton boudoir, grand-mère ?

Il hésitait à franchir le seuil malgré la porte ouverte, et elle lui adressa un signe impérieux.

— Avec joie, mon chéri !

Le jeune homme salua Madeleine d'un petit sourire poli avant d'aller s'installer sur un gros pouf, aux pieds de Clara. Pour lui, sa grand-mère était la personne la plus fréquentable de la maison depuis le départ de Vincent. De temps à autre, les visites de Marie avec ses enfants, ou encore les apparitions de Gauthier, entre deux gardes de nuit à l'hôpital, amenaient un peu d'animation. Mais le plus souvent il se retrouvait coincé entre sa tante, à laquelle il n'avait rien à dire, et son père, qui lui parlait de son avenir et de rien d'autre. Seule Clara savait bavarder à bâtons rompus, or Daniel s'était mis à apprécier les discussions. Le succès rencontré dans ses études l'avait trans-formé. Disert, curieux de tout, doué d'une prodigieuse mémoire, il aurait pu paraître futile sans les diplômes qu'il accumulait avec une facilité déconcertante depuis des années. Sorti major de Polytechnique, ainsi que Charles l'avait espéré, il avait intégré l'ENA, où il semblait « s'amuser ».

— Ton père n'est pas rentré ?

— Pas encore. Mais quand il sera là, prépare-toi à l'entendre chanter les louanges du général de Gaulle, comme tous les soirs !

— Oh, cette histoire d'Algérie..., soupira Madeleine avec ennui.

Clara et Daniel se tournèrent ensemble vers elle, aussi agacés l'un que l'autre.

— L'Assemblée nationale a tout de même voté l'état d'urgence, lui rappela Daniel.

— Peut-être, seulement la politique me donne le tournis, répondit-elle en se levant.

Déçue qu'il ne soit plus question de Gauthier, elle prétexta un ouvrage à finir pour s'éclipser.

— Vraiment, tu as bien fait de venir, murmura Clara, tu m'as délivrée !

Elle tendit la main vers les cheveux de Daniel, qu'elle ébouriffa gentiment.

— Tu n'as pas d'examen à préparer, aujourd'hui ? plaisanta-t-elle.

D'un concours à l'autre, il lui semblait toujours en période de révision.

— Je m'accorde une pause... Dis-moi, grand-mère, qui t'envoie des roses ?

— Ton cousin. C'est très gentil de sa part, très délicat.

Le dernier mot gêna un peu Daniel, qui se garda de tout commentaire. Depuis un certain soir, quatre ans plus tôt, où il avait observé Alain et Jean-Rémi dans le parc de Vallongue, il ressentait toujours un peu d'embarras. Même avec son frère, il n'abordait plus le sujet, Vincent refusant que quiconque puisse juger Alain.

— Vivement l'été, qu'on se retrouve ensemble là-bas, soupira-t-il.

Clara lui déposa un petit baiser sur la tempe, ainsi qu'elle le faisait lorsqu'ils étaient tous des enfants. Sans le vouloir, il venait de lui faire très plaisir, car elle continuait d'espérer, chaque matin de sa vie, que Vallongue resterait pour eux tous un refuge, un trait d'union. Après elle, de quelle façon les Morvan allaient-ils se comporter ? Charles refuserait le rôle de chef de famille, elle le savait. En élevant les enfants d'Édouard, il avait accompli un devoir, mais à contrecœur et uniquement parce qu'elle l'y avait contraint. Donnant donnant, elle avait eu la force de caractère de lui mettre le marché en main. Oh, pas avec des phrases, rien d'aussi précis, mais le pacte s'était conclu de lui-même, comme quelque chose d'inéluctable. Entre Clara et Charles, le silence avait été un meilleur ciment que n'importe quel serment.

Elle fut parcourue d'un frisson et remonta son châle sur ses épaules, tout en s'efforçant de sourire à Daniel. Jamais elle n'aurait la certitude que Charles parviendrait à se taire jusqu'au bout. Si la haine prenait un jour le pas sur la raison, la famille serait condamnée, or elle s'était battue trop longtemps et trop durement pour envisager cette perspective. Non, tant qu'elle aurait un souffle de vie, elle continuerait à préserver son clan.

— Tu es partie bien loin, grand-mère, dit doucement Daniel, qui l'observait. À quoi penses-tu ?

Le regard bleu de Clara croisa celui du jeune homme avec une parfaite innocence.

— À vous, mon chéri, à vous tous.

C'était une partie de la vérité, de loin la meilleure.

*

Charles faisait les cent pas en marmonnant, occupé à construire le début de sa prochaine plaidoirie. Depuis le départ de Sylvie, quelques heures plus tôt, il s'était acharné à travailler et avait presque réussi à oublier sa visite. Il ne restait que ce « Mme Wilson » noté à seize heures sur son agenda.

— ... or la justice a besoin de preuves et ne saurait se contenter de présomptions arbitraires... qui... non !

Déconcentré, il s'interrompit, constata qu'il était fatigué. La pendulette de son bureau indiquait huit heures, les secrétaires étaient parties, il n'y avait plus aucun bruit dans l'appartement. Le dîner ne tarderait plus à être servi avenue de Malakoff. Il faillit téléphoner à sa mère pour la prévenir qu'il ne rentrerait pas, mais finalement il y renonça. Se retrouver seul dans une brasserie, tard dans la soirée, ne le tentait pas. Et le dossier en cours n'avait rien d'urgent.

Il jeta un coup d'œil machinal au-dehors. Les réverbères venaient de s'allumer, des gens pressés marchaient sur les trottoirs. Quelque part dans Paris, Stuart devait être en train de raconter son voyage à Sylvie. Cherchait-il à la faire rire ? À la reconquérir ? Se doutait-il que, dès qu'il partait en voyage, sa femme succombait à la tentation ?

Réprimant un soupir, Charles s'éloigna de la fenêtre. Il alla ranger les papiers épars sur son bureau, rédigea une note rapide pour son avoué. Penser à Sylvie le contrariait, mais il avait du mal à la chasser de son esprit.

« Je vais vieillir seul, finir seul… S'il y a un paradis quelque part, c'est Judith que je veux y retrouver. »

Sauf qu'il n'avait plus la foi.

« Inutile d'y croire, ce serait pire… Parce que, en ce qui me concerne, l'enfer est garanti ! »

Le catéchisme rabâché par Clara dans son enfance incluait les dix commandements, qu'il n'avait pas respectés. Il s'était montré incapable de tendre l'autre joue, il avait cédé à la soif de vengeance. Alors, en cas de justice divine, il allait être puni, et là comme ailleurs il ne pourrait pas rejoindre celle qu'il avait aimée par-dessus tout. D'une manière rare, peut-être unique. Le grand amour, l'amour fou, seule Judith lui en avait fait découvrir le sens, l'initiant d'emblée à la démesure. Ce qu'il éprouvait aujourd'hui pour Sylvie n'avait qu'un lointain rapport avec les sentiments passionnés que sa femme lui avait inspirés vingt ans plus tôt. Et ce n'était pas la tragédie de sa mort qui leur avait donné cette dimension, non, chaque fois qu'il avait tenu Judith dans ses bras, alors qu'elle était bien vivante et qu'aucun danger ne la menaçait, il avait vibré d'une adoration absolue. La renier, la remplacer, ce serait abandonner sa mémoire, or il constituait le dernier rempart contre l'oubli. Ses fils n'avaient que des souvenirs imprécis de leur mère, rien de comparable à ce qui le secouait encore lorsqu'il y pensait. À condition, dorénavant, de fermer les yeux et d'invoquer son image assez longtemps, il pouvait encore retrouver avec exactitude ses traits, son odeur, ses gestes. Son regard, aussi, dans lequel il s'était si souvent perdu, noyé avec délice. Un amour parfois vertigineux comme un gouffre, y compris dans le quotidien. Que les souffrances, le temps et l'absence n'avaient pas amenuisé, juste assoupi. Il pouvait rouvrir la blessure à volonté, c'était tout simple.

— Pas sans toi, dit-il à mi-voix.

Être heureux avec une autre ? Jamais. Ni un peu ni à moitié, il ne voulait rien. Et surtout pas imaginer que Judith avait trente ans pour toujours alors qu'il allait franchir la cinquantaine.

Il fit quelques pas vers la boiserie dissimulant le coffre-fort, l'ouvrit d'un geste familier. S'il le fallait, il allait s'infliger l'épreuve de relire certaines lignes, c'était le meilleur moyen pour ne pas faillir. Au hasard, il prit un carnet dans la pile, l'ouvrit n'importe où.

Un jour, il n'aura plus le choix, il a déjà été trop loin. Le dégoût que j'éprouve me donne la nausée. Ton retour sera sa pire punition, il le sait mais c'est plus fort que lui. Il y aura un matin où tu apparaîtras au bout du chemin, comme dans ce film, tu t'en souviens, et comme tous ceux qui reviennent de la guerre. Je ne peux pas m'empêcher de te guetter, de t'espérer à chaque instant, j'arrive à me convaincre que tu es en route et que tu arriveras à temps pour me sauver. Mais ce que les gens racontent à propos des évasions est si terrifiant que je ne dois pas souhaiter te revoir pour l'instant.

Charles, tu me manques autant que l'air et l'eau, mais reste tranquille, n'arme pas leurs fusils. Je ne veux pas t'imaginer en train de souffrir.

Le carnet à la main, il s'appuya au mur derrière lui, le temps de reprendre sa respiration. Souffrir ? Il se souvenait encore du visage de l'officier allemand qui s'était acharné sur lui avec une cruauté inutile durant des semaines dans cette forteresse. Croyant Judith en sécurité à Vallongue, avec leurs enfants, il avait trouvé la force de tout supporter. Enfin, presque tout. « Je ne veux pas t'imaginer en train de souffrir. » D'instinct, parce qu'ils étaient en osmose, elle avait senti le danger qui planait sur lui à ce moment-là, les dates concordaient. Elle avait deviné qu'il était en train de devenir fou dans sa cellule, à bout de résistance. Mais lui n'avait eu aucune intuition en retour, rien ne l'avait troublé, trop occupé qu'il était à essayer de survivre. Pourtant, Judith était alors elle-même au bord du gouffre.

Il baissa les yeux vers le carnet, tourna la page. Les lignes serrées se brouillaient un peu.

C'est la nuit que tu me manques le plus, je n'ai pas honte de l'écrire. Tu m'as tout révélé, tout offert, et maintenant il n'y a plus que le vide ou la peur. Je voudrais te respirer, mettre mes doigts dans tes cheveux, t'entendre souffler, et puis me coller contre toi à la place exacte où je peux te toucher de l'épaule jusqu'à la plante du pied. On referait des projets, tu parlerais tout bas parce que j'adore ta voix, et j'aurais la certitude qu'à l'abri de ton corps il ne peut rien m'arriver. Mets ton bras autour de moi, protège-moi, Charles, tu l'as juré.

Le carnet tomba sans bruit sur la moquette. Qu'est-ce qu'il avait voulu se prouver en s'infligeant cette lecture ? Que la douleur existait encore ? Mais elle n'avait jamais cessé de le ronger ! Même si Judith était morte depuis longtemps, même s'il n'existait nulle part une tombe où aller se recueillir, s'effondrer, il l'aimait toujours. Alors, inutile de continuer à se punir, après tout il avait accompli la seule chose qui était à sa portée, il l'avait vengée de son mieux.

« Non, pas tout à fait, il faudra bien que nos fils apprennent le reste de l'histoire… »

Les confidences enfermées dans le coffre-fort étaient là pour ça, pour cette ultime reconnaissance.

— Ordure…

La haine demeurait aussi intacte que le chagrin, il se demanda comment il avait fait pour vivre jusque-là en les portant tous les deux. Il se pencha et ramassa le carnet d'un geste rageur, luttant pour refouler ses larmes. Ce que cet Allemand n'avait pas obtenu de lui, l'écriture de Judith y parvenait à chaque fois. Au lieu de se redresser, il s'agenouilla et se laissa aller, la tête dans les mains.

Quand la sonnerie du téléphone retentit, quelques minutes plus tard, il eut l'impression de se réveiller d'un cauchemar où le désespoir menaçait de l'asphyxier. Jamais il n'avait été si près d'abdiquer, de partir rejoindre le fantôme de sa femme où qu'il soit. Il se releva, alla décrocher d'une main hésitante tandis que, de l'autre, il desserrait son nœud de cravate.

— C'est toi, Charles ? Tu as une drôle de voix… J'avais peu d'espoir de te trouver, il est tard ! Stuart n'a pas pris l'avion, un télégramme m'attendait à la maison, il doit prolonger son séjour d'une semaine. Et je me disais que… Enfin, si tu n'as pas d'autre projet, nous aurions pu dîner ensemble ?

Il n'hésita qu'un instant, l'esprit vide, les doigts crispés sur le combiné.

— Je serai en bas de chez toi dans dix minutes, murmura-t-il.

À tout prendre, la compagnie de Sylvie était préférable au silence, aux démons du passé. Il pouvait s'accorder cette faiblesse dérisoire, il avait terriblement besoin d'un répit.

8

Vallongue, 1959

— GÉRARD PHILIPE EST PRODIGIEUX dans le rôle de Modigliani, il colle au personnage ! Je regrette que tu n'aies pas vu ce film, vraiment...

Reculant d'un pas, Jean-Rémi jugea sa toile d'un œil critique, puis il se tourna vers Alain.

— Je vais m'arrêter là, je n'ai plus assez de lumière. Tu nous sers quelque chose ?

De toute façon, il ne parvenait à peindre que lorsqu'il était seul. Ou à la rigueur en compagnie de Magali, qui passait le voir presque chaque jour. Avec elle, il avait établi un véritable rapport d'amitié, qui les comblait autant l'un que l'autre, sans les étonner. Tout naturellement, quand elle était revenue en Provence après la nomination de Vincent au tribunal d'Avignon, c'était auprès de lui qu'elle avait cherché de l'aide. Elle était passée du statut de femme de ménage à celui de femme du monde un peu difficilement, malgré le soutien de Clara, et elle avait encore des progrès à faire.

Alain revint de la cuisine avec une bouteille de rosé glacé, qu'il déboucha en silence.

— Tu n'es pas très bavard aujourd'hui, constata Jean-Rémi.

En réponse, il eut droit à un regard sombre, indéchiffrable. Depuis qu'il était arrivé, une demi-heure plus tôt, Alain semblait de mauvaise humeur et rien ne l'avait tiré de son mutisme.

— Est-ce que tu dînes avec moi ? risqua Jean-Rémi, qui commençait à perdre patience.

— Si tu veux.

— Ici ou ailleurs ?

Chaque fois qu'Alain lui faisait la joie de rester pour la soirée, il lui laissait le choix. Excellent cuisinier, il possédait aussi toute une liste d'adresses de bons restaurants plus ou moins éloignés des Baux. Il y avait maintenant dix ans qu'il connaissait Alain et respectait sa volonté de discrétion. Sur ce sujet, ils s'étaient affrontés avec assez de violence pour que Jean-Rémi ne souhaite plus en reparler.

— Ici, décida Alain d'un ton morne.

Il s'assit par terre, à même les tommettes. Sa chemise blanche faisait ressortir un bronzage intense qui lui donnait une allure de gitan, encore accentuée par ses cheveux noirs, un peu longs, et par sa silhouette mince. Le mois de juin avait été très ensoleillé, très chaud, et c'était la première journée de pluie depuis des semaines.

— Pas de problèmes avec tes oliviers ? s'enquit Jean-Rémi.

— Non… Un peu d'eau leur fera du bien.

Le jeune homme but quelques gorgées puis s'absorba dans la contemplation de son verre. Au bout d'un moment, Jean-Rémi s'éloigna vers la cuisine en lançant, désinvolte :

— Bon, je te laisse à ta méditation, je vais préparer le dîner !

Il ne voulait pas de dispute, en tout cas pas ce soir, car ils allaient bientôt être séparés pour l'été. Ces abominables étés où Alain s'enfermait à Vallongue avec le clan Morvan, oubliant le chemin du moulin. Fort heureusement, la présence de Vincent ne semblait pas le gêner, mais ce serait différent avec l'arrivée de Clara et de Charles. Pourtant, à vingt-sept ans, Alain n'avait plus à redouter sa grand-mère ni son oncle, d'ailleurs ce n'était pas dans son caractère d'avoir peur de qui que ce soit.

Agacé, Jean-Rémi ouvrit la porte du réfrigérateur. Il avait acheté un loup le matin même, au cas où. En prévision. Si jamais… À cause de tous les conditionnels imposés par l'attitude d'Alain.

— Tu es en colère ?

La voix douce du jeune homme dilua instantanément la fureur de Jean-Rémi, mais il ne se retourna pas. Il y avait des melons confits, qui feraient une excellente entrée, et du fenouil pour accompagner le poisson.

— Je peux t'aider ? insista Alain.

— Oui, mets donc le couvert et donne-moi encore un peu de rosé, répondit-il d'un ton mesuré.

Toujours de dos, il sortit d'un placard une large poêle, une casserole, des aromates. Il entendit un bruit de couverts jetés sur la table, puis le silence retomba et il continua à s'affairer devant ses fourneaux jusqu'à ce qu'il devine la présence d'Alain juste derrière lui.

— Tu trinques avec moi ?

Un bras le frôla, il prit le verre tendu.

— À la tienne, dit-il gentiment. Et si tu te décidais à m'expliquer ce qui ne va pas ?

Les sautes d'humeur d'Alain, il en avait l'habitude, mais ce soir le jeune homme était différent. Pas vraiment morose, plutôt nerveux, inquiet, comme s'il n'arrivait pas à avouer quelque chose. Pour le pousser dans ses retranchements, Jean-Rémi le toisa avec une ironie délibérée.

— En général, tu es franc, alors qu'est-ce qui te retient ? Tu sais bien que je peux tout entendre !

Il avait accepté ce risque-là une fois pour toutes. Même quand la vérité ne lui plaisait pas, il préférait savoir. Alain était libre, il avait d'ailleurs connu un certain nombre d'aventures, y compris avec des filles, mais finalement il revenait toujours, et c'était, de loin, le plus important.

— Quand pars-tu ? s'enquit le jeune homme d'un air buté.

La question étonna Jean-Rémi, qui se mit à rire.

— La semaine prochaine, au moment où ta tribu débarquera !

Il avait effectué ses réservations pour Venise à contrecœur, mais au moins là-bas il avait des amis, ce serait moins dur pour lui que rester seul au moulin avec la certitude qu'Alain n'y mettrait pas les pieds. Sans compter les invitations réitérées de Clara, auxquelles il avait toujours beaucoup de mal à échapper. Après l'Italie, il irait à Genève pour le vernissage d'une exposition qui lui avait demandé un gros travail cette année. Ensuite, il n'avait pas de projets, il verrait bien, il improviserait selon l'inspiration du moment. Il se décida à ajouter, avec réticence :

— Que je parte vendredi ou pas, si tu as des choses à faire d'ici là, je comprendrai.

La meilleure façon d'agir, face à un garçon ombrageux comme Alain, c'était de lui reconnaître une totale indépendance d'action, Jean-Rémi en était persuadé. Il esquissa un sourire contraint tout en jetant un coup d'œil à la casserole où l'eau frémissait. Jusqu'ici, il avait conservé le contrôle de la situation, au prix d'efforts parfois douloureux, et il tenait à rester bienveillant, complice, à ne pas se donner en spectacle.

— Tu es vraiment obligé d'y aller ? questionna Alain.

— À Venise ? Mais ce n'est pas une obligation, j'y vais par plaisir !

— Ah oui, c'est vrai, tu as beaucoup d'amis en Italie...

— Des amis, et aussi une fascination pour la ville. Si tu m'accompagnes, un jour, toi aussi tu auras le coup de foudre.

Jean-Rémi répondait prudemment, incapable de deviner où Alain voulait en venir, mais toujours décidé à éviter une querelle. L'odeur du poisson grillé commençait à envahir la cuisine, il alla ouvrir la porte pour établir un courant d'air. Dehors, la pluie avait cessé, le jour baissait.

— J'ai reçu des livres, cette semaine. Ils sont sur la petite table, près du chevalet. Va voir si quelque chose t'intéresse, il y a le dernier recueil d'Aragon, il devrait te plaire...

Immobile sur le seuil, il laissait errer son regard vers les collines couvertes d'oliviers, au loin, qui semblaient argentées. La lumière de fin de journée était tellement fascinante qu'il se demanda s'il ne devrait pas prendre quelques photos pour tenter de retrouver ensuite les mêmes couleurs sur sa palette. Toute une gamme de gris-rose inimitable.

La main d'Alain, qui se posait légèrement sur son épaule, le fit sursauter.

— Ce sont les oliveraies qui t'intéressent à ce point ? Est-ce que tu te souviens des gelées de février, il y a trois ans ? Je crois n'avoir jamais été aussi triste de ma vie qu'en découvrant les dégâts...

Jean-Rémi se rappelait parfaitement cet hiver glacial, où Alain avait d'abord été comme un lion en cage, puis sa fureur homérique quand il avait arraché les fruits couverts de givre, les branches cassées net par le froid polaire. Quelques arbres étaient morts, il avait fallu replanter.

— Jean, murmura Alain, qui ne prononçait jamais que la moitié du prénom, tu vas me manquer.

Dans le silence qui suivit, ils entendirent un groupe de martinets qui lançaient des trilles pour accompagner leur vol acrobatique. Jean-Rémi savoura la phrase d'Alain comme un cadeau, avant de la rejeter instinctivement.

— Personne ne peut te manquer, Alain, tu te suffis à toi-même.

Il se reprocha aussitôt d'avoir dit cela, mais ce n'était pas faux. Dans un mois ou deux, après le départ de tous les Morvan, Alain réapparaîtrait un soir et se bornerait à déclarer : « Content de te voir. » Il dormirait là ou pas, selon son envie, puis disparaîtrait comme il était venu, laissant Jean-Rémi dans la même incertitude.

— S'il te plaît, ne pars pas aussi longtemps cette année.

Alain l'avait chuchoté de manière presque inaudible, mais c'était bien la première fois qu'il demandait quelque chose. Surpris par sa requête, Jean-Rémi lui fit face.

— Pourquoi ? Tu préfères savoir que je m'ennuie ici ? Tu veux que je t'attende sans bouger ?

Le regard doré d'Alain le scrutait et il perdit un peu contenance, eut un geste d'impatience.

— De toute façon, j'ai déjà organisé mon séjour, et maintenant j'ai plein de rendez-vous à...

— Avec qui ?

Ce ton tranchant était facile à reconnaître, c'était celui de la jalousie. D'abord interloqué, Jean-Rémi faillit sourire et se reprit juste à temps.

— Avec des musées, avec la place Saint-Marc, avec de vieux amis, et aussi avec le directeur d'une galerie. Je suis très... flatté que tu t'en préoccupes.

Alain ne posait pas davantage de questions qu'il ne livrait de confidences. Jusque-là, il ne s'était pas inquiété de ce que Jean-Rémi pouvait faire de son temps lorsqu'il était en voyage, et il n'avait pas pris ombrage de ses déplacements à Paris ou en Europe, de plus en plus fréquents à mesure que la célébrité du peintre grandissait.

— Je peux regrouper toutes mes obligations et revenir ici vers le 14 juillet si tu le souhaites.

C'était une proposition spontanée, il y avait à peine réfléchi, pourtant il était prêt à bouleverser son programme. Sans attendre la réponse, il rejoignit en hâte les fourneaux. Tandis qu'il égouttait les légumes puis dressait le loup grillé sur un plat, il sentit que le regard d'Alain ne le quittait pas.

— C'est prêt... Tu viens manger ?

Ils s'assirent de part et d'autre de la grande table, échangèrent un sourire vite embarrassé, et au moment où Jean-Rémi s'apprêtait à découper le poisson, Alain lui lança :

— Merci, Jean. La mi-juillet, ça me va très bien. Fin août, c'était un peu loin, non ? Mais je ne te fais pas rentrer pour rien. Je viendrai souvent...

Dans les yeux du jeune homme, il y avait une drôle de lueur, quelque chose comme de la gaieté, et surtout de la tendresse. Est-ce qu'il devenait soudain sentimental ? Ou l'arrivée de sa famille le paniquait-il ? En tout cas, Jean-Rémi ne voulait pas s'attribuer le mérite de cette gentillesse inattendue, ni se bercer d'une quelconque illusion. À force de le tenir à distance, Alain l'avait rendu modeste et il finissait par oublier qu'il était lui-même très séduisant, bourré de charme et de talent, à l'apogée d'une carrière artistique exemplaire. Il pouvait vivre comme il l'entendait, profiter de sa célébrité pour conquérir le monde au lieu d'attendre le bon vouloir d'un garçon qui le tenait en échec depuis des années.

Sauf que, pour ce garçon-là, il était prêt à sacrifier n'importe quoi.

⁂

— C'est sûrement parce que je m'appelle Morvan-Meyer ! protesta Vincent.

Sa grand-mère secoua la tête énergiquement tout en levant la main pour le faire taire.

— Tu te dévalorises en disant ça, tu le sais très bien. Ton père pourrait bien être l'avocat le plus illustre de la planète, il se trouve que tu as *aussi* ta valeur propre. Les gens ne t'apprécient pas pour ton nom mais pour tes compétences.

Elle ouvrit les volets de la dernière fenêtre, respira avec plaisir l'odeur de romarin et de lavande.

— Quelle joie de se réveiller ici..., soupira-t-elle d'un ton extasié.

Arrivée la veille, elle était déjà remise de la fatigue du voyage et pressée de se précipiter au marché d'Eygalières. Vincent lui servit une tasse de café, ajouta un morceau de sucre.

— Tu as une mine superbe, mon chéri, constata-t-elle en le dévisageant.

La ressemblance de Vincent avec Charles s'accentuait d'année en année et devenait bouleversante pour elle.

— Comment s'est organisée la cohabitation avec ton cousin ?

— Il passe ses journées dehors, tu le connais, ou alors dans sa bergerie s'il a de la comptabilité à faire. À la maison, il n'occupe que sa chambre et la bibliothèque, c'est facile. Et puis je m'entends bien avec lui, j'étais certain qu'il n'y aurait pas le moindre problème, d'autant plus qu'il adore les enfants. Pour Virgile et Tiphaine, il a une patience d'ange...

Il jeta un coup d'œil à l'horloge, décida qu'il pouvait s'attarder encore un quart d'heure avant de partir pour Avignon, et reprit un toast.

— Parle-moi de la nouvelle cuisinière, est-ce que je peux lui faire confiance ? demanda Clara.

Une gêne fugitive assombrit le visage de Vincent, qui mit un moment à répondre.

— Oui, un vrai cordon bleu, elle va te plaire.

Engagée trois mois plus tôt sur les conseils d'Odette, la brave femme s'appelait Isabelle et ne ménageait pas sa peine. Vincent trouvait naturel d'avoir une employée afin que Magali n'ait pas toute la charge de la maison, mais il avait vite constaté que sa jeune femme était incapable de la diriger. Même pour parler des menus, Isabelle s'adressait plus volontiers à Vincent ou à Alain. Comme si elle avait deviné ses pensées, Clara enchaîna :

— Magali s'en sort mieux, maintenant ? Elle a pris de l'assurance ?

— Pas vraiment... Je crois que tu vas devoir l'aider encore un peu !

Elle connaissait trop son petit-fils pour ne pas s'apercevoir que cette conversation le mettait mal à l'aise. Il devait y avoir quelque chose de plus grave, et elle se sentit inquiète.

— Ne t'en fais pas, je suis là, je m'occupe de tout, affirma-t-elle posément.

Vincent leva la tête, lui adressa un de ces sourires dont il avait le secret. Sa confiance en Clara était sans limite parce que, malgré ses soixante-dix-sept ans, elle occupait toujours aussi sereinement son rôle de chef de clan et restait le pilier inébranlable sur lequel ils s'appuyaient tous.

— Il faut que je file au tribunal, dit-il en se levant. À ce soir, grand-mère.

Tandis qu'il quittait la cuisine, elle le suivit du regard, sourcils froncés. Il était décidément superbe dans son costume d'alpaga gris clair, avec sa chemise bleu pâle et sa cravate à fines rayures. Il savait s'habiller, il avait l'élégance innée de Charles.

« Qu'est-ce qui l'ennuie ? Il devrait être le plus heureux des hommes... Sa femme est d'une beauté renversante, ses enfants sont en bonne santé, son métier le comble... »

À une époque, elle avait craint qu'il ne soit écrasé par l'image de son père, mais finalement il s'en était démarqué, il l'avait même affronté pour obtenir Magali, bref il avait pris son envol et aujourd'hui tout lui souriait.

« Non, pas tout. Il faut que je découvre ce qui ne va pas. »

Cette idée l'amusa, car elle ne doutait pas de l'apprendre très vite. Rien ne lui échappait, son sens de l'observation restait aigu et elle connaissait tous ses petits-enfants par cœur.

« Celui-là, c'est quand même le meilleur des cinq... »

Depuis belle lurette, elle avait cessé de lutter contre sa préférence, qu'elle se contentait de dissimuler de son mieux. Après une hésitation, elle se resservit une demi-tasse. Au diable les âneries de son médecin traitant, elle aimait trop le café pour s'en priver.

De la fenêtre de sa chambre, Magali avait vu Vincent monter dans sa DS noire et démarrer. Elle avait failli ouvrir la croisée pour l'appeler, mais elle y avait renoncé. Avec lassitude, elle laissa retomber le rideau et alla s'asseoir à sa coiffeuse, une petite merveille de style Napoléon III que Clara leur avait offerte à Noël. Ce meuble, comme toute la maison d'ailleurs, l'intimidait encore. Vallongue était bien pire que Paris, et elle se prenait à regretter l'appartement qu'ils avaient loué durant deux ans dans l'île Saint-Louis. Pourtant, quand Vincent le lui avait fait visiter, elle l'avait trouvé trop grand ! C'était un adorable trois-pièces, avec une vue superbe sur la Seine et les quais, où ils avaient été heureux. Bien sûr, ils allaient dîner tous les vendredis avenue de Malakoff, un endroit que

Magali détestait carrément, mais ensuite ils rentraient chez eux et elle oubliait le sinistre hôtel particulier jusqu'à la fois suivante.

Lorsque Vincent avait annoncé sa nomination, elle s'était sentie folle de joie. La perspective de retrouver la Provence et de la faire découvrir à leurs enfants l'avait comblée. C'était avant de comprendre qu'ils allaient habiter Vallongue.

Penchée vers son miroir ovale, elle s'examina avec attention. Une myriade de petites taches de rousseur couvrait son nez fin, ses joues rondes. Pour plaire à Vincent, elle n'avait pas coupé ses cheveux très longs, à peine bouclés, d'un roux vénitien tirant sur l'acajou. Elle aurait voulu adopter la coiffure de Marilyn Monroe, peut-être même oser une teinture blonde pour essayer de lui ressembler tant elle était fascinée par les stars de cinéma. En fait, elle se trouvait trop ronde alors qu'elle était délicieusement proportionnée, et elle jugeait ses yeux trop écartés sans savoir que son regard vert avait de quoi damner un saint. Malgré ses deux maternités, elle avait encore l'air d'une toute jeune fille, et les hommes étaient nombreux à se retourner sur son passage.

— Trois semaines de retard, je suis enceinte, c'est certain, marmonna-t-elle en saisissant sa brosse à cheveux.

Pour le moment, Vincent l'ignorait encore. Et elle-même ne savait pas si elle devait se réjouir ou non de l'arrivée d'un troisième enfant. De toute façon, depuis qu'elle était à Vallongue, rien ne lui faisait plaisir. En dehors des moments qu'elle passait avec Jean-Rémi, dans son moulin, ou avec Alain dans les oliveraies, elle se sentait tout le temps mal à l'aise. Déplacée. Enfermée dans une grande prison dorée. Et l'arrivée de la famille ne faisait qu'accroître cette impression. Clara aurait beau se montrer gentille, Magali allait se sentir observée à chaque pas. Quant à Charles, elle ne parvenait même pas à croiser son regard. Depuis le premier jour, il la terrifiait. Jamais elle ne lui avait pardonné la condescendance avec laquelle il s'était résigné à leur mariage, lors de cette première entrevue, ici même, quelques années plus tôt. Ni la manière dont il l'avait toisée, son sourire apitoyé, son insupportable arrogance. Par la suite, Vincent s'était acharné à lui expliquer des tas de choses à propos de Charles, mais elle ne voulait plus rien entendre. Cet homme la méprisait, il aurait fallu être aveugle pour ne pas s'en apercevoir. Passer l'été avec lui allait être un calvaire. Jamais il ne verrait en elle autre chose que la nièce de la cuisinière, une petite opportuniste dont la famille Morvan se serait bien passée.

La veille, en s'endormant, elle avait confié ses angoisses à Vincent, avec pour seul résultat de le faire rire. Pour lui, son père était un homme extraordinaire, au-dessus de toute critique. Elle avait insisté, sur le ton de la plaisanterie, affirmant qu'elle n'était peut-être pas très intelligente mais qu'elle savait reconnaître l'antipathie quand elle la rencontrait. Alors Vincent avait rallumé, l'avait prise dans ses bras pour la rassurer, la consoler, et ils avaient fini par faire l'amour, comme presque chaque soir.

Elle se détourna du miroir, se leva pour gagner le dressing qui jouxtait leur chambre et était l'une des rares choses amusantes de Vallongue. Elle alluma avant d'entrer dans la penderie, grande comme un boudoir, où Clara avait fait aménager une multitude de tiroirs, d'étagères, de crochets et de portemanteaux. Là s'alignaient les robes et les tailleurs que Vincent l'avait aidée à choisir. Lorsqu'il l'accompagnait dans une maison de couture ou une boutique de prêt-à-porter, elle se sentait toujours un peu embarrassée, mais c'était mieux qu'y aller seule car alors elle ne parvenait jamais à se décider. Elle trouvait tout trop cher, trop lourd, trop guindé, et elle regrettait amèrement les petites robes légères qu'elle affectionnait quelques années plus tôt.

« Je n'y arriverai jamais... »

Au début, elle avait vraiment essayé de changer. Ne plus s'habiller de la même manière, ne plus parler, marcher ou rire comme avant. Réfléchir avant d'ouvrir la bouche. Ne pas sortir sans chapeau. Porter des gants. Sourire à des importuns. Clara lui avait prodigué une foule de conseils, ceux que

Vincent ne voulait pas lui donner puisqu'il l'aimait telle qu'elle était. Mais voilà, elle s'était aperçue elle-même de la façon dont les gens la regardaient, avec indulgence ou dédain, et elle ne voulait pas infliger d'humiliation à son mari ni à sa belle-famille en restant le vilain canard. Pour ne pas dire ou faire de bêtises, elle préférait donc se taire. Rester immobile dans son coin, figée dans une attitude artificielle, même quand elle s'ennuyait à mourir.

— Tu es Mme Vincent Morvan-Meyer, sois sage, ne leur fais pas honte…, marmonna-t-elle entre ses dents.

Elle choisit une robe de piqué blanc, avec une fine ceinture dorée. Puis elle enfila des escarpins dans lesquels elle aurait mal aux pieds toute la journée.

— Et voilà…, soupira-t-elle en bouclant le fermoir de son collier de perles.

Pressée d'aller rejoindre ses enfants, qui devaient déjà jouer dehors sous la surveillance de la jeune fille au pair engagée pour l'été par Clara, elle commença à dévaler l'escalier et faillit heurter Charles qui descendait tranquillement.

— Comment allez-vous, ce matin ? lui demanda-t-elle avec son accent chantant.

— Et vous-même ? Bien dormi ?

Il n'avait pas même tourné la tête vers elle pour répondre. Est-ce qu'il allait vraiment l'ignorer pendant des semaines entières ? Juste après son mariage, quand elle avait voulu savoir comment l'appeler, il lui avait rétorqué, à peine aimable, que son prénom était Charles et qu'il n'imaginait rien d'autre. Une façon de lui faire comprendre qu'il ne tenait pas à l'entendre dire « père ». Elle aurait bien aimé, pourtant, elle qui n'avait pas connu le sien. Dans ce mot-là, elle aurait peut-être réussi à mettre un peu d'affection, mais bien sûr il n'en voulait pas. L'année suivante, Vincent l'avait emmenée au palais de justice pour la dernière journée d'un procès retentissant. Charles y avait prononcé une plaidoirie éblouissante, à laquelle elle n'avait strictement rien compris. Mais elle avait vu l'émotion de Vincent, des jurés, de toute la salle, et le lendemain elle avait lu les journaux. Son beau-père était un avocat célèbre, encensé partout, un homme exceptionnellement brillant, qu'elle était pourtant incapable d'apprécier. Au mieux, elle le tenait pour un individu froid et calculateur, ne comprenant pas comment Vincent pouvait autant l'aimer. Et elle n'était pas seule de cet avis, pour une fois, puisque Alain lui-même levait les yeux au ciel dès qu'il était question de son oncle.

Devant la porte de la cuisine, il s'effaça pour la laisser entrer, avec sa politesse coutumière, et elle passa devant lui la tête haute. Clara était déjà attablée, en compagnie de Madeleine, et Magali s'obligea à sourire avant d'aller les embrasser. Elle aurait donné n'importe quoi pour être ailleurs, pour n'avoir pas un rôle à tenir. Toutefois, elle proposa, sans enthousiasme :

— Voulez-vous du thé, Charles ?

— Non merci, je préférerais du café.

Évidemment, elle ne connaissait ni ses goûts ni ses habitudes, et de toute façon elle s'en moquait.

— Je l'ai moulu tout à l'heure, vous en trouverez dans le tiroir du moulin, lui dit Clara gentiment.

Cette habitude de se vouvoyer en famille était le meilleur moyen de maintenir des distances infranchissables. Mais peut-être que personne ici n'avait envie d'être familier avec elle. Peut-être même ne parviendraient-ils jamais à oublier qu'elle avait fait des ménages avant d'épouser Vincent. Elle avait passé la serpillière chez des gens qui étaient leurs amis, qu'ils invitaient à dîner, des gens qui aujourd'hui s'inclinaient devant elle et lui baisaient la main. À elle, une femme qu'ils avaient payé six francs de l'heure pour balayer leurs ordures ou gratter leurs casseroles !

Elle faillit s'ébouillanter en versant l'eau sur le café tant sa main s'était mise à trembler. Depuis le temps qu'elle essayait de s'habituer à cette gigantesque bâtisse, elle croyait avoir fait quelques progrès, mais la présence des Morvan la ramenait à la case départ. Maladroite et malheureuse. Elle ne savait même plus qui était censé diriger la maison. Clara ?

Elle-même ? Cette Isabelle, dont elle détestait le regard narquois ? Qui donc allait s'occuper des menus ? Avec l'arrivée de Marie, prévue pour le lendemain, puis celles de Gauthier et de Chantal, de Daniel, combien seraient-ils à table ?

Une vague nausée lui donnait le vertige, et elle dut s'accrocher au rebord de l'évier, les jambes coupées. La voix de Madeleine, derrière elle, lui parvint très assourdie. Au moment précis où elle allait s'évanouir, elle sentit que quelqu'un la prenait fermement par la taille, l'aidait à s'allonger à même le carrelage frais. Le malaise se dissipa aussitôt et elle rouvrit les yeux, découvrant le visage inquiet de Charles, penché au-dessus d'elle.

— Voulez-vous que j'appelle un médecin ?

Elle tenta de se relever, mais il posa sa main sur elle avec douceur.

— Ne bougez pas tout de suite.

Agenouillé près d'elle, il lui sembla soudain différent, moins impressionnant que d'habitude, presque chaleureux.

— Ce n'est rien, expliqua-t-elle très vite. Je crois que je suis enceinte.

Elle ne souhaitait pas rester le point de mire, elle avait seulement envie d'aller respirer dans le jardin, de serrer ses enfants contre elle.

— C'est merveilleux ! répliqua Charles avec un sourire qu'elle ne lui connaissait pas. Vincent ne nous l'avait pas annoncé.

— Il ne le sait pas encore, vous êtes le premier.

Avant qu'elle eût le temps de protester, il la souleva et la porta jusqu'au salon, où il l'étendit avec précaution sur un canapé.

— Reposez-vous un peu.

Il l'observait d'un drôle d'air, attendri mais attristé, et pour la première fois elle fut frappée par la clarté de son regard gris pâle. Le même que Vincent, exactement. Comme le soleil inondait la pièce et qu'elle clignait des yeux, éblouie, il alla tirer les rideaux. Puis il sortit sans rien ajouter.

Dans le vestibule, il resta un moment immobile, la main sur la poignée de la porte, perdu dans ses pensées. Ainsi, il allait être grand-père pour la troisième fois. Il n'en finirait donc jamais de toutes ces responsabilités successives ? Et de quelle façon Magali comptait-elle l'apprendre à Vincent, ce soir ?

« Charles, j'ai bien l'impression que nos garçons s'ennuient. » C'était cette phrase-là que Judith avait employée pour lui annoncer qu'elle attendait un troisième bébé. Leur merveilleuse petite fille aux yeux noirs. Celle qui allait être Bethsabée, mais qui n'était jamais devenue grande.

Malgré lui, il tourna la tête vers la porte du bureau, à l'autre bout du grand hall, face à la bibliothèque. Bethsabée et Judith…

— Charles ! Alors, elle va mieux ? J'appelle le docteur Sérac ou pas ?

Clara le rejoignait, souriante, efficace, prête à prendre la situation en main, comme toujours.

— Non, inutile, marmonna-t-il en s'écartant d'elle.

Il adorait sa mère et la respectait, mais il regrettait de l'avoir écoutée, à certains moments, de lui avoir cédé. D'un pas résolu, il se dirigea vers son bureau tandis qu'elle le suivait des yeux, contrariée. En le voyant manifester sa sollicitude quelques instants plus tôt, dans la cuisine, elle avait eu comme une bouffée d'espoir. Elle s'était imaginé que, peut-être, cet été serait différent des autres. Que Charles allait redevenir gai, attentif, proche de sa famille... Mais non, bien sûr, il était beaucoup trop tard.

*

Vincent avait fait l'effort d'acheter un gros bouquet de fleurs avant de monter à Eygalières. Il n'avait pas prévenu Odette de sa visite puisque la brave femme n'avait pas le téléphone, mais elle était chez elle et elle lui ouvrit au premier coup de sonnette, étonnée de le découvrir sur le seuil, ses glaïeuls à la main.

— C'est toi ? Euh, vous... Oh, je m'y perds, entre donc !

Tant pis pour les convenances, elle l'avait connu trop jeune pour le vouvoyer. Elle le précéda dans le couloir sombre et étroit, jusqu'à la cuisine, qui était la pièce principale du rez-de-chaussée.

— Tu es bien gentil de venir me voir, déclara-t-elle en lui désignant une chaise de paille. Veux-tu une anisette ?

La question était de pure forme, car elle avait déjà posé deux verres sur la table. Elle y versa quelques gouttes d'alcool, qu'elle noya sous l'eau de la cruche.

— Comment allez-vous, Odette ? s'enquit-il gentiment.

D'un placard, elle sortit un gros vase de terre cuite, où elle commença d'arranger les fleurs.

— Bien. Sauf que je m'ennuie un peu, forcément !

Elle l'énonçait comme une évidence, frustrée de ne plus pouvoir travailler. Elle s'y était résignée parce que Clara avait beaucoup insisté, mais elle regrettait son emploi de cuisinière. À la rigueur, elle comprenait bien qu'elle ne pouvait plus tenir les fourneaux de Vallongue, mais elle aurait aimé s'employer ailleurs, voir du monde, continuer à mitonner des plats pour des familles nombreuses.

— Il faut venir nous voir plus souvent, vos petits-enfants vous réclament, ajouta-t-il.

Sa gentillesse était si spontanée qu'elle en fut émue. Ce garçon-là avait toujours été un amour, même quand il était haut comme trois pommes. Bien élevé, jamais méprisant, le sourire facile. Elle lui jeta un coup d'œil attendri, s'étonnant une fois encore qu'il ait pu devenir son neveu par alliance. Elle était maintenant la tante de Vincent Morvan-Meyer, juge au tribunal d'Avignon ! Jamais elle n'avait cru qu'il épouserait Magali. À l'époque, elle avait mis la petite en garde, croyant bien faire, et s'était même offert le culot d'engueuler Vincent comme un vaurien. Il avait subi l'algarade sans broncher, attendant la fin pour expliquer posément qu'il voulait se marier. Ce jour-là, il ne l'avait pas convaincue, pourtant il y était arrivé, il avait fini par conduire la gamine à l'église !

— Alors, Vincent, pourquoi ces fleurs ?

— Juste le plaisir, dit-il en baissant les yeux.

— Non, répliqua-t-elle, catégorique. Tu es un homme trop occupé pour ça !

Elle jeta une pincée de bicarbonate dans l'eau du vase, puis vint s'asseoir en face de lui.

— Allez, petit, je t'écoute.

Avec un sourire soulagé, il se lança :

— Est-ce que Magali vous parle, Odette ? Est-ce qu'elle se confie à vous ?

— À quel propos ?

— Je crois qu'elle n'est pas très heureuse à Vallongue, pas à son aise… Et je ne sais pas quoi faire pour qu'elle s'y sente bien.

Odette prit le temps de réfléchir avant de répondre, et le silence s'éternisa entre eux. Que la jeune femme ne parvienne pas à s'habituer à cette trop grande propriété était assez compréhensible. Toute sa jeunesse s'était déroulée dans de modestes maisons de village.

Chez Odette, elle n'avait eu droit qu'à une minuscule chambre – presque un réduit, en fait – et elle s'en était contentée sans souci. Jamais elle n'avait manifesté d'ambition particulière, elle n'attendait pas le Prince charmant comme tant d'autres filles de son âge ; au moment où Vincent était arrivé dans sa vie, elle ne rêvait pas de carrosses et de palais. C'était quelqu'un de tout simple, Magali. Pas très intelligente, du point de vue d'Odette, mais *dégourdie*. Honnête, gaie, ne rechignant pas au travail, parfois un peu naïve, seulement, tout ça mis bout à bout ne lui avait pas permis de changer aisément de statut social.

— C'était à prévoir, laissa tomber Odette. Si fort que tu l'aimes, vous ne serez jamais du même monde.

— Oh, non ! Pas ce discours-là, pas vous ! C'est fini, tout ça...

— Mais non, tu le sais très bien, ne te raconte pas d'histoires. Tu vois, ta grand-mère, qui entre nous est une femme formidable, et puis ton père, qui Dieu sait n'est pas commode, et tous les autres de ta famille, eh bien ils ont beau faire des efforts, ils nous prennent un peu avec des pincettes, c'est obligé. Je ne suis pas à l'aise quand je vais chez vous, maintenant que je suis forcée de passer par la grande porte, en invitée ! Magali, quand elle voit Isabelle astiquer, même si elle la trouve empotée, elle n'ose pas le faire remarquer. Quand tu as passé ta vie à genoux pour laver le carrelage chez les autres, crois-moi, tu as du mal à te redresser et à juger le monde d'en haut ! Ta femme, elle est le cul entre deux chaises, tu comprends ?

Il s'y refusait farouchement, elle le vit tout de suite.

— Je vous jure que chez moi, dit-il lentement, personne ne regarde Magali de cette manière. C'est la mère de mes enfants, et c'est surtout la femme que j'aime. Le reste ne compte pas, ça ne m'intéresse pas.

Son regard gris pâle s'était rivé à celui d'Odette, étincelant de rage. Mais ce n'était pas contre elle qu'il était en colère, elle le savait.

— Tu ne pourras pas balayer les préjugés à toi tout seul. Je ne prétends pas qu'elle te fasse honte, elle est beaucoup trop belle pour ça, et toi trop amoureux, mais il coulera de l'eau sous les ponts avant qu'elle soit des vôtres. Remarque, si elle s'accroche, ça viendra bien un jour, plus tard, seulement il va te falloir de la patience, et à elle aussi !

Surtout à elle, ce qu'elle s'abstint de préciser. Elle le vit se lever et se demanda si elle lui avait donné le genre de conseils qu'il attendait.

— Je ne vais pas lui parler de cette visite, décida-t-il.

Il venait d'enfouir ses mains dans les poches de son pantalon, un geste de timidité dont Clara avait eu bien du mal à le débarrasser et qui trahissait sa nervosité.

Alain ouvrit les yeux dans la pénombre, le cœur battant. Le même rêve obsédant et incompréhensible était encore venu le hanter. Il devait être à peine cinq heures, une vague lueur indiquait que le jour n'allait plus tarder à se lever.

À côté de lui, Jean-Rémi dormait profondément, la tête appuyée sur ses bras repliés. Sans faire le moindre bruit, Alain se redressa pour se glisser hors du lit. Il récupéra ses vêtements à tâtons, s'habilla en silence puis quitta la chambre. Dans la cuisine, il fit réchauffer du café de la veille, qu'il but debout. Il avait le temps de rentrer à Vallongue et de prendre une douche avant d'attaquer sa matinée de travail.

Il traversa la vaste pièce ronde où se dressaient les chevalets, s'arrêta près du petit bureau. D'ici quelques heures, Jean-Rémi aurait bouclé ses valises et serait prêt à partir pour l'Italie. Comme il l'avait promis, il avait modifié tout son programme, son absence n'allait durer qu'une dizaine de jours. À côté des billets d'avion et de train, il avisa l'agenda ouvert et prit un stylo pour écrire, en travers de la page : « Bon voyage. » Puis il parcourut avec curiosité la liste des rendez-vous inscrits mais ne lut que des noms inconnus. Un prénom revenait deux fois, Raphaël. Il hésita une seconde avant d'inscrire, juste à côté : « Qui est-ce ? »

Alors qu'il s'apprêtait à partir, il s'arrêta pour choisir un livre, dans la pile qui lui était destinée. Jean-Rémi lisait peu mais commandait beaucoup à l'intention d'Alain et selon ses goûts. Avec un sourire, le jeune homme prit le recueil d'Aragon et le glissa dans sa poche.

Dehors, l'aube était froide, un léger mistral soulevait la poussière du chemin. Ce ne fut qu'une fois sur son vélo, en train de pédaler dans la vallée, que le jeune homme repensa au rêve étrange qui le poursuivait. Toujours cette impression de menace, ce drame imminent auquel Charles, même s'il n'apparaissait pas, était étroitement associé. S'agissait-il d'un songe prémonitoire ? Non, impossible, il y avait trop longtemps que ces images floues le poursuivaient, elles ne pouvaient rien annoncer. Quoi qu'il en soit, rêver de Charles était pénible. C'était bien la dernière personne qu'Alain souhaitait voir dans son sommeil ! La veille encore, à table, son oncle avait demandé d'un ton exaspéré, sans regarder personne en particulier mais avec cet air de mépris qui le caractérisait : « Sommes-nous vraiment obligés de tout faire cuire dans l'huile d'olive ? » Prenant la réflexion pour elle, la pauvre Magali s'était mise à rougir. Clara avait parlé d'autre chose, comme si elle n'avait pas entendu la question de Charles, ni vu la manière dont il avait repoussé son assiette.

Pour remonter l'autre versant, une fois la vallée franchie, Alain dut fournir un effort, penché sur le guidon. Du sommet, il pourrait voir la colline suivante, dont les pentes orientées au sud étaient chargées de ses oliviers. Plantés sur un bon sol filtrant, avec une proportion idéale de graviers et de cailloux, ses arbres lui avaient offert de prodigieuses récoltes depuis quelques années. Parfois il n'en revenait pas de sa chance, de la réussite de son entreprise. Ferréol, qui commençait à se faire vieux, mêlait désormais une sorte de respect à sa familiarité quand il s'adressait à lui, étonné de ce que le « petit Parisien » avait obtenu de la terre. Le brave homme, lorsqu'il passait le seuil de la bergerie aménagée en bureaux de la société, enlevait ostensiblement sa casquette.

Arrivé à Vallongue, Alain choisit de rouler dans l'herbe, sur le bas-côté de l'allée. Tous les volets étaient encore fermés, tant mieux. Il pénétra discrètement dans la maison, grimpa jusqu'à sa chambre pour y prendre des vêtements propres, puis gagna la salle de bains. En s'ébrouant sous le jet d'eau tiède de la douche, il se demanda une nouvelle fois qui était ce Raphaël, et ressentit un petit pincement de jalousie qui l'exaspéra.

**

— Jamais, papa ! protesta Vincent en riant. Je ne suis pas aussi téméraire que Marie, je refuse d'avoir affaire à toi...

Sa cousine leva les yeux au ciel et répliqua :

— Une fois m'a suffi, mais c'était différent, je représentais la partie adverse. Toi, tu es juge, tu peux très bien siéger dans une affaire où Charles plaide.

— Il n'en est pas question. Si le cas se présente, je me mets en congé de maladie !

Charles les toisa l'un après l'autre, l'air amusé.

— Est-ce que je vous ferais peur, par hasard ? C'est très flatteur, venant de jeunes loups comme vous. À propos, puisque nous sommes entre juristes, j'espère que vous avez bien suivi les réformes du Code pénal de l'année dernière et qu'elles vous plaisent ?

— En ce qui te concerne, tu dois déjà savoir comment en tirer parti ! lui répondit Marie.

— Naturellement.

Ils prenaient leur petit déjeuner dans le patio et, depuis un bon quart d'heure, ne parlaient que de magistrats, de lois, d'ordonnances de justice. Heureux de ces instants d'intimité avec son père et sa cousine, Vincent retardait le moment de partir pour Avignon. Encore deux jours de travail et il serait en vacances, il pourrait enfin profiter de la présence de son frère, de ses cousins. Gauthier et Chantal étaient arrivés depuis une semaine, gais et insouciants comme des jeunes mariés ; puis Daniel les avait rejoints la veille, avec un nouveau diplôme en poche. Onze chambres sur douze étaient désormais occupées, la maison avait rarement connu une telle agitation. Pour gérer tout son monde, Clara avait engagé une femme de charge, en plus d'Isabelle et de la jeune fille au pair, ce qui n'empêchait pas Madeleine et Magali de mettre la main à la pâte.

L'été était particulièrement chaud, il fallait attendre la nuit pour que la température redevienne supportable, et les persiennes restaient closes toute la journée. Seul Alain trouvait le courage de s'amuser dehors avec les enfants, à l'ombre fraîche des tilleuls, et il inventait pour eux toutes sortes de jeux. Dans son bureau, au tribunal, Vincent suffoquait du matin au soir.

— Tu es un transfuge, dit-il à Marie. En principe, tu aurais dû faire partie de la branche médicale de la famille !

Sa plaisanterie arracha un sourire à la jeune femme, qui répliqua :

— Le droit était réservé aux Morvan-Meyer ? Avec l'interdiction formelle de panacher ?

— Pour toi, nous faisons volontiers une exception, assura Charles, tu es une bonne recrue.

Elle lui fut reconnaissante de ce mot, un des rares compliments qu'il lui eût jamais adressés. Mais c'était bien à cause de lui qu'elle avait choisi le droit, pour lui prouver qu'elle existait, pour l'épater, pour qu'un jour il prononce ce genre de phrase.

— Tu ne peux pas imaginer, lança Vincent à son père, le nombre de gens qui me demandent si je suis ton fils !

— Tu avais déjà pris l'habitude à la fac, non ? persifla Marie.

— Arrêtez un peu, tous les deux, soupira Charles, je ne vous fais pas d'ombre.

Il obtint un double éclat de rire en réponse et haussa les épaules.

— Vous vous employez à me pousser sur la touche, vous m'avez fait grand-oncle, grand-père, je vais finir par me laisser pousser la barbe et m'acheter une canne…

— Tes admiratrices te trouveront encore plus séduisant comme ça, riposta Marie en le dévisageant. Et puis je te rappelle que j'ai interdit à Cyril et à Léa de t'appeler « papy » !

— Encore heureux !

C'était vraiment une matinée bénie, où Charles restait détendu, acceptait de s'attarder pour une fois, semblait même s'amuser, et Vincent n'avait décidément aucune envie de partir, mais Marie le rappela à l'ordre.

— Tu vas être en retard…

À regret, il repoussa sa chaise pour se lever, ramassa le cartable de cuir où il entassait ses dossiers. Il n'avait plus le temps d'aller embrasser Magali et s'éloigna à grands pas.

— Je suis très fier de lui, murmura Charles en le suivant des yeux.

— C'est à lui que tu devrais le dire ! Il s'est donné tellement de mal pour en arriver là, si tu savais !

— Tout le monde se donne du mal, Marie, sauf les imbéciles.

Elle se demanda si l'expression visait Alain mais préféra sagement éviter le sujet.

— En tout cas, il est parti pour t'assurer une nombreuse descendance, tu es content ?

— Très... Je crois sincèrement qu'il n'y a rien de mieux que la famille, comme dirait ta grand-mère. Mais toi, Marie, tu n'es toujours pas prête pour le mariage ?

Interloquée par le ton narquois qu'il venait d'employer, elle secoua la tête sans répondre. S'encombrer d'un homme ? Non, elle n'y était pas décidée, ses enfants et son métier lui suffisaient encore, du moins s'efforçait-elle de le croire.

— Je ne voulais pas te contrarier, s'excusa Charles, mais j'aimerais bien te voir...

— Quoi ? Casée ?

— Non, heureuse. Et puis, c'est mon côté vieille France, ça me navre de te savoir seule dans la vie. D'ailleurs, à ce propos, j'aurai peut-être quelque chose à te soumettre, dans quelques mois.

— Un fiancé ? ironisa-t-elle. Tu veux jouer les entremetteurs, comme Clara ?

— Rien à voir, c'est professionnel. Je compte agrandir mon cabinet, l'ouvrir à des associés. Les Américains font ça très bien, ils travaillent en groupe et ça offre des avantages. Personnel plus nombreux, frais partagés, répartition des dossiers selon les compétences, possibilité de se relayer dans une affaire.

— Charles, tu n'as pas envie de passer la main, quand même ?

Inquiète, elle s'était penchée vers lui, mais elle ne vit qu'une lueur amusée dans ses yeux gris.

— Tu plaisantes ? Non, c'est tout le contraire. Je veux pouvoir traiter aussi bien le pénal que le civil, l'administratif ou les affaires, devenir incontournable. Je vais me montrer très exigeant sur le choix des partenaires, parce que ça restera *mon* cabinet, même si c'est un cabinet de groupe. L'appartement mitoyen du mien est à vendre, boulevard Malesherbes, je crois que je vais me porter acquéreur. Je t'en reparlerai en temps voulu.

Cette fois, il avait réussi à la surprendre, et elle osait à peine croire ce qu'elle venait d'entendre.

— Pourquoi à moi, Charles ?

— Parce que tu as du talent, Marie. Et les dents longues ! Si tu...

Il fut interrompu par des éclats de voix et tourna la tête vers la maison au moment où Clara en sortait, accompagnée d'un couple à qui elle s'adressait en riant trop fort.

— Mais si, vous avez bien fait, au contraire ! C'est une idée merveilleuse, je suis enchantée. Venez, venez...

Machinalement, Charles s'était levé, et il reconnut avec stupeur Stuart et Sylvie. Celle-ci paraissait très embarrassée, cherchant à se libérer de la main de Stuart qui emprisonnait son bras.

— Charles, mon chéri, s'écria Clara, regarde qui est là ! Ils ont failli ne pas s'arrêter, tu te rends compte ?

Il constatait surtout que Sylvie aurait donné n'importe quoi pour ne pas se trouver dans ce patio. Elle avait réussi à se dégager de l'étreinte de son mari et elle esquissa un sourire navré.

— Nous arrivons d'Aix-en-Provence, dit Stuart en s'arrêtant devant lui. C'était trop bête de ne pas venir vous saluer...

Ils se dévisagèrent un instant, puis Charles se tourna vers Sylvie, qui semblait à la torture. Sans intonation particulière, il se contenta de murmurer :

— Je suis ravi.

— Vous restez déjeuner, bien entendu ? enchaîna Clara.

Même en étant tout à fait consciente de la gêne qui régnait, elle était obligée de remplir son rôle de maîtresse de maison.

— Avec joie, répondit Stuart d'un ton sinistre.

— Asseyez-vous donc, proposa Marie. Un peu de café ?

En général, Sylvie l'exaspérait, mais la présence inattendue de son mari promettait une situation explosive qui la réjouissait d'avance.

Elle jeta un coup d'œil à Charles, constata qu'il hésitait toujours sur la conduite à tenir, et se résigna à faire le service. L'Anglais accepta la tasse qu'elle lui présentait, mais il gardait les yeux rivés sur Charles et Sylvie, qui évitaient de se regarder. Qu'est-ce que ce type était venu chercher ici ? Le scandale ? Un affrontement direct avec l'amant de sa femme ?

— La maison est pleine, je suis comblée, expliqua Clara à Sylvie en la poussant vers un fauteuil. Figurez-vous que je serai bientôt arrière-grand-mère pour la cinquième fois !

Ce que son incroyable dynamisme rendait difficile à croire, elle le savait bien.

— J'adore les grandes tablées, les rires, les enfants qui mettent leurs doigts dans les gâteaux, poursuivit-elle avec enthousiasme.

Comme personne ne lui répondait, et que la conversation menaçait de languir, elle choisit de s'adresser directement à Stuart.

— Dites-moi, cher ami, que pensez-vous de ce Pierre Cardin ? Une collection consacrée aux hommes, tout de même, c'est une première ! Et si j'en crois la réaction de Charles, qui s'est jeté là-dessus pour tout acheter, voilà un couturier qui a de l'avenir chez les messieurs.

Contraint de répondre, Stuart oublia sa femme un instant, et celle-ci en profita pour se tourner vers Charles avec une mimique d'excuse. Elle portait une robe légère, sans manches, dont les pinces soulignaient sa taille.

Il pensa qu'il avait envie de l'embrasser, de la déshabiller, de caresser sa peau.

— Si vous voulez bien m'excuser, dit-il en interrompant sa mère, j'ai un dossier à étudier. Je vous verrai tout à l'heure...

Stuart lui adressa un petit signe de tête assez raide et il en profita pour s'éloigner.

*
**

— J'ai cru étouffer dans ce train, les wagons étaient chauffés à blanc ! Mais tu es tellement gentille d'être venue me chercher... L'idée d'attendre un taxi devant la gare me tuait d'avance. Alors, comment va la future maman ? Tu te ménages, au moins ?

D'un geste léger, Jean-Rémi effleura la joue de Magali, qui était assise sur son lit, puis il continua à défaire son sac de voyage, suspendant ses chemises avec soin.

— Tu es la deuxième personne, après Vincent, qui ait accepté de monter avec moi ! constata-t-elle gaiement.

Fière de son récent permis de conduire, tous les prétextes lui étaient bons pour prendre le volant.

— Tu conduis très bien. Les femmes conduisent toujours très bien.

Il appuya son compliment d'un clin d'œil complice avant de se mettre à ranger ses chaussures dans le bas de la penderie. À l'époque où elle faisait le ménage chez lui, elle avait découvert sa liaison avec Alain mais n'en avait jamais soufflé mot à quiconque, même pas à Odette. Alain était celui qui lui avait présenté Vincent, elle ne l'oubliait pas, tout comme elle se souvenait de la gentillesse que Jean-Rémi avait toujours manifestée envers elle. Trop droite pour trahir ceux qu'elle prenait pour ses seuls amis, elle ne les jugeait pas et n'aurait pas supporté qu'on les critique devant elle.

— Quoi de nouveau à Vallongue ? demanda-t-il avec une fausse désinvolture.

— Rien, c'est une vraie ruche, on croirait une colonie de vacances. Alain apprend à nager à Cyril, dans la rivière, et ils prennent ça très au sérieux tous les deux ! Vincent sera en vacances demain soir, je me réjouis.

Sa voix avait hésité de façon imperceptible sur le dernier mot et Jean-Rémi la dévisagea, sourcils froncés.

— Vraiment ?

— Oui, bien sûr...

Elle rechignait à se confier, inquiète à l'idée qu'il interprète mal ses paroles.

— Vincent est tellement... Tu comprends, c'est un bon père, un bon mari, un bon fils, bref il veut faire plaisir à tout le monde et il y arrive sans mal, je ne sais pas comment il se débrouille mais il est toujours parfait !

Voilà, elle l'avait dit, et maintenant qu'elle était lancée, elle n'arrivait plus à s'arrêter.

— Il est même si bien que je finis par me demander à quoi je lui sers. S'il a un problème, ce n'est pas à moi qu'il se confie, sous prétexte de me ménager, en revanche je n'ai pas le temps d'éternuer que déjà il me tend un mouchoir. Propre ! Devant son père, il est au garde-à-vous, devant moi, il est à genoux... J'ai l'impression d'être très médiocre à côté de lui.

Jean-Rémi, qui continuait de l'observer avec curiosité, profita de l'instant où elle reprenait son souffle pour laisser tomber :

— En voilà, un portrait ! Ma parole, c'est de saint Vincent qu'il s'agit ? Tu te poses trop de questions, ma chérie. Tu l'aimes ? Eh bien c'est l'essentiel, si tu veux mon avis. Et quand l'homme qu'on aime est à genoux devant vous, que demander de plus ? Si seulement ça pouvait m'arriver !

Il éclata d'un rire gai, spontané, et elle l'imita malgré elle. Comme un rayon de soleil filtrait à travers les persiennes, faisant scintiller la chevelure cuivrée de la jeune femme, il leva la main d'un geste soudain autoritaire.

— Est-ce que tu as cinq minutes, là, le temps que je fasse une esquisse ? Tes cheveux, ta mine de gamine boudeuse, tes yeux verts... Il faut que je croque ça, je peux ? Tu vas me reparler de ton petit mari pendant que je dessine.

Déjà il avait saisi un bloc de papier Canson avec un fusain, et elle eut beau protester que l'heure du déjeuner approchait, il se mit au travail.

À Vallongue, Sylvie avait dû patienter jusqu'à l'apéritif avant de pouvoir échapper à la surveillance de Stuart. Sous prétexte de se rafraîchir un peu, elle finit par l'abandonner aux bons soins de Clara et de Madeleine, puis fila jusqu'au bureau de Charles. Elle le trouva assis, l'air soucieux, effectivement plongé dans un dossier.

— Oh, Charles, je suis vraiment désolée ! s'écria-t-elle sur le seuil.

— Entre et ferme la porte, se borna-t-il à répondre.

Tandis qu'elle avançait vers lui, il ébaucha quand même un sourire qui la réconforta un peu.

— Je n'ai pas pu l'en empêcher, il aurait fallu que je saute de la voiture en marche ! L'idée lui est venue ce matin, en quittant l'hôtel à Aix, mais nous avions beaucoup parlé de toi hier soir. Il me pose toujours des tas de questions à ton sujet et j'ai dû me montrer maladroite, c'est entièrement ma faute.

— C'est la mienne aussi.

Il était conscient qu'il allait devoir affronter une situation très déplaisante, où il ne tenait pas le beau rôle.

— Il est dans son droit, tu sais, rappela-t-il d'un ton amer. Pour lui, je suis un salaud.

— Et moi une garce ? Mais non, Charles, il y a une nuance et elle est de taille : je t'aime !

— Tu devrais crier plus fort, soupira-t-il en désignant la fenêtre ouverte. C'est lui que tu as épousé, il n'est pas obligé d'être un cocu complaisant.

— Qu'est-ce que tu vas faire ? demanda-t-elle avec angoisse.

— Lui laisser le choix des armes, ironisa-t-il. Pour le moment, je ne sais pas ce qu'il veut.

— Une certitude. Il a des doutes et il est très malheureux, très jaloux. Je pense que je devrais divorcer, ce serait plus...

— Plus quoi ? Correct ? Voyons, Sylvie...

Il se sentait davantage coupable qu'elle, et tout aussi lâche, ce qui lui procurait une impression détestable. Lui qui n'avait jamais manqué de volonté ou de rigueur, pourquoi avait-il laissé traîner cette histoire sans issue ? Il ne voulait pas de Sylvie dans sa vie, il l'avait décidé une fois pour toutes, mais il était quand même amoureux d'elle. Certes, il parvenait à s'en passer, il ne pensait pas à elle quand il serrait d'autres femmes dans ses bras, néanmoins il n'avait pas le courage de la repousser lorsqu'elle revenait à la charge. Était-il donc devenu faible, avec l'âge ?

— Bon, on ne va pas jouer la comédie toute la journée, je n'apprécie pas le vaudeville, va dire à ton mari que s'il veut me parler je l'attends ici.

Il devait au moins offrir à Stuart la possibilité d'exprimer sa colère, et mieux valait que la scène se déroule dans son bureau afin d'en éviter le désagrément à Clara et au reste de la famille. Sylvie le dévisageait toujours avec inquiétude, sans esquisser le moindre geste. Il savait ce qu'elle attendait, ce qu'elle espérait contre toute logique, et il baissa les yeux.

— Non, ma chérie, murmura-t-il avec une certaine douceur.

Peut-être avait-elle imaginé un autre dénouement. Mis au pied du mur, Charles aurait pu saisir l'occasion, décider que le jeu de cache-cache avait assez duré. S'il avait aimé Sylvie autant qu'elle l'aimait, il aurait choisi cet instant pour la garder. Il l'entendit soupirer, la vit se détourner lentement, et il sentit son cœur se serrer. Il faillit se lever mais la voix d'Alain, dans le hall, l'empêcha de bouger. Un coup léger fut frappé à la porte, qui s'ouvrit presque aussitôt.

— Voilà, c'est ici, dit Alain en s'effaçant pour laisser entrer Stuart.

Charles croisa le regard de son neveu, qui lui adressa un signe d'impuissance amusée, avant d'ajouter :

— Je vous laisse…

Même si ce n'était pas le moment, Charles enregistra le ton d'humour que venait d'utiliser le jeune homme et il éprouva une soudaine bouffée de colère. Alain devait trouver la situation particulièrement drôle, à en croire son sourire moqueur, mais il sortit tout de suite.

Sylvie était toujours debout, à la même place, et ce fut d'abord à elle que Stuart s'adressa :

— Si tu voulais bien nous excuser, juste quelques instants, je préférerais…

Elle le toisa, furieuse, puis consentit à sortir, la tête haute. Tandis que la porte se refermait, Charles se leva, résigné.

— Ce qui va suivre ne nous amuse ni l'un ni l'autre, lui dit Stuart d'une voix posée.

— Non, mais je vous écoute.

Ils se faisaient face, Charles un peu plus grand que l'Anglais, et aussi plus à l'aise, malgré tout ce que la confrontation pouvait avoir de pénible.

— Sylvie n'a jamais aimé que vous, constata Stuart, notre mariage est un échec. J'ai eu la vanité de croire qu'avec le temps ses sentiments évolueraient, puisque de toute façon vous ne vouliez pas d'elle.

Son entrée en matière avait le mérite d'être claire, il ne se faisait aucune illusion, et Charles se demanda pourquoi il avait attendu aussi longtemps avant de provoquer une explication.

— Quand je l'ai rencontrée chez Fath, elle était très malheureuse de votre liaison… épisodique. Nous sommes devenus amis, elle s'est confiée, et je suis tombé amoureux. Je trouvais qu'elle méritait mieux que votre indifférence, je vous ai pris en horreur sur-le-champ et j'ai essayé de la raisonner. En pure perte ! À cette époque-là, aucun discours ne la décourageait, elle espérait que vous finiriez par l'épouser, elle ne vivait que dans ce but. Elle avait un vrai comportement de midinette, alors que c'est une femme intelligente, et n'importe qui pouvait comprendre qu'elle n'arriverait à rien avec vous. Et puis un jour, quand même, elle en a eu assez, et moi j'étais toujours là à l'attendre, ça aurait pu marcher...

Plus il parlait, plus son accent britannique s'accentuait, trahissant son émotion. Charles restait silencieux, mais sans baisser les yeux.

— Quand elle m'a accordé sa main, elle s'est engagée à ne plus vous voir, et bien sûr elle en a été incapable. Je crois que c'est au-dessus de ses forces. Un enfant aurait tout changé, hélas ! nous n'avons pas eu cette chance... Alors elle a continué de ne penser qu'à vous. Je ne sais pas pourquoi il m'a fallu tout ce temps pour réaliser que vous n'occupiez pas seulement ses rêves, mais aussi sa réalité. Vous n'étiez pas qu'un regret ou un fantasme, vous étiez son amant de temps à autre.

Stuart lâcha un instant le regard de Charles pour le détailler des pieds à la tête.

— Qu'est-ce que vous avez de si extraordinaire ? De tellement inoubliable ?

Ces questions n'appelaient évidemment aucune réponse et il haussa les épaules avant d'enchaîner :

— Le pire est que vous ne l'aimez même pas, elle aura tout gâché pour rien... Parce que, si mes déductions sont justes, vous ne voulez toujours pas d'elle, n'est-ce pas ? Ou juste en passant, pour un cinq-à-sept, c'est bien comme ça qu'on dit ?

Charles avait un peu pâli, Stuart le remarqua avec une certaine satisfaction et il en profita pour ajouter :

— Vous ne réagissez pas facilement. Une habitude d'avocat, j'imagine.

Parce qu'il n'avait aucun argument pour se défendre – et parce qu'il n'était pas en position de le faire –, Charles ne savait que dire. Le ton désabusé de Stuart le réduisait au silence, ce qui était exceptionnel pour lui.

— Vous n'éprouvez vraiment rien pour elle ? Mon Dieu, c'est effrayant comme la vie est mal faite... Pauvre Sylvie !

Sa voix, devenue soudain plus agressive, obligea Charles à sortir enfin de sa réserve.

— Comptez-vous demander le divorce ?

— Je ne sais pas. Je suis encore assez stupide pour faire ce qu'elle voudra, ce qui la rendra le moins malheureuse. J'ignore de quelle façon elle se comporte avec vous, mais elle m'a donné de bons moments et je ne serai pas ingrat. Pour l'instant, j'ai besoin d'être seul, je vais rentrer à Paris.

Il fouilla ses poches, en extirpa sa clef de voiture, avec laquelle il se mit à jouer nerveusement.

— À mon avis, elle vous voit toujours avec des yeux de petite fille, comme l'homme que vous avez dû être avant guerre et que vous n'êtes plus. Ce n'est pas moi qui peux lui enlever cette illusion, alors faites-le donc, vous lui rendrez un grand service !

D'un mouvement brusque, il se détourna et traversa la pièce, claquant la porte derrière lui. Désemparé, Charles resta quelques instants immobile, puis il alla prendre son étui à cigarettes sur le bureau. Les dernières phrases de Stuart l'avaient profondément atteint. À cinquante ans, il avait subi beaucoup d'épreuves, mené un certain nombre de combats contre lui-même, et jusque-là il avait conservé une confiance en lui qui l'avait aidé à tout surmonter. Qu'adviendrait-il s'il commençait à douter, à se mépriser ? Stuart venait de lui rappeler qu'il n'était plus le lieutenant Morvan, jeune homme intègre et plein d'avenir, mais un type entre deux âges qui se conduisait mal. Une leçon difficile à digérer, mais méritée. Tromper un mari n'avait rien de glorieux, et céder aux avances de Sylvie alors qu'il refusait de l'aimer était carrément indigne. Depuis une dizaine d'années, il gâchait la vie de cette femme sans avoir l'excuse de la passion, et maintenant elle allait divorcer, elle n'avait toujours pas d'enfant, elle était condamnée à finir seule.

Après deux bouffées, il écrasa sa cigarette avec lassitude. Il ne disposait d'aucune marge de manœuvre, il ne pouvait même pas réparer ses torts. Ni essayer d'être heureux. Il n'y avait pas que le souvenir écrasant de Judith pour l'en empêcher. Ce qu'il avait fait, au nom de la vengeance, était impossible à défaire, il en porterait la responsabilité jusqu'au bout sans chercher à partager son fardeau avec qui que ce soit.

**

Comme chaque soir, les enfants avaient pris leur repas un peu plus tôt, à la cuisine, en compagnie de la jeune fille au pair. Pour la famille, servie dans le patio, Clara préférait attendre la fraîcheur de la nuit, et le dîner n'était jamais prêt avant neuf heures. Personne n'avait émis le moindre commentaire sur le départ de Stuart, juste avant le déjeuner, ni sur celui de Sylvie, quand Daniel s'était chargé de la raccompagner à la gare dans l'après-midi. Charles n'avait quitté son bureau, où il était resté enfermé depuis le matin, qu'en fin de journée.

Une nuée de moustiques tournoyait au-dessus de chaque photophore, et des papillons de nuit s'agglutinaient près des réverbères. La température était presque agréable grâce à un vent léger, venu de la mer, qui apportait des odeurs délicieuses.

— Cette fois, je crois que j'ai bien réussi ma brandade, déclara Madeleine en se resservant.

Elle passa le plat à Charles, qui refusa.

— Vraiment ? Elle est succulente, je vous assure, ce n'est pas pour me vanter...

Il toisa sa belle-sœur d'un regard glacial.

— Préparée avec cette huile exceptionnelle que vous fourrez dans tout ce qui se mange, non ?

— Tu n'as jamais faim, c'est dommage, intervint Clara.

À l'autre bout de la table, Alain n'avait pas réagi, indifférent aux sarcasmes de son oncle. Vincent se pencha vers lui, le verre tendu.

— Donne-moi encore un peu de ton rosé, je l'adore…

Les deux cousins échangèrent un coup d'œil complice avant de trinquer.

— Virgile voudrait bien que tu lui apprennes à nager aussi, il est très jaloux de Cyril, parce que tu ne t'occupes que de lui !

— Cyril est mon filleul, rappela Alain. Mais je prends volontiers ton fils pour une première leçon demain matin.

Les enfants de Marie, comme ceux de Vincent, raffolaient d'Alain et se livraient à des bagarres sans merci pour obtenir son attention.

— Il n'est pas un peu petit ? s'inquiéta Magali.

— Il va avoir cinq ans, c'est l'idéal, affirma Gauthier. Est-ce que vous vous souvenez que pendant la guerre nous avions même donné des leçons à Beth ?

Conscient d'avoir proféré une énormité, il s'arrêta net et un silence de plomb tomba sur la table. Ils avaient tous entendu distinctement le diminutif de la petite fille, à laquelle personne ne faisait jamais allusion. Seule

Chantal ne saisit pas la raison du malaise qui venait de s'installer, et elle se tourna vers son mari.

— Qui est Beth ? demanda-t-elle gentiment.

Ainsi qu'il s'y attendait, Gauthier sentit le regard de Charles posé sur lui. Il eut l'impression étrange de se retrouver petit garçon, à l'époque où son oncle l'effrayait, où les adultes chuchotaient entre eux, où les échos de la guerre n'en finissaient pas de s'éteindre.

— La sœur de Vincent et de Daniel, articula-t-il enfin. Elle est… décédée.

Cette fois, Chantal comprit la cause de la tension qui régnait et elle se garda d'insister. Ostensiblement, Charles alluma une cigarette alors qu'il savait fort bien que Clara détestait la fumée à table. Ses yeux quittèrent Gauthier pour effleurer Alain, puis Marie. Au bout de quelques instants, il murmura une phrase incompréhensible, vague excuse à l'intention de sa mère, et il se leva. Dans le silence contraint qui persistait, son pas résonna sur les pavés du patio.

— Il n'a pas eu une journée facile, soupira Marie.

Elle était toujours prête à le soutenir et avait remarqué son expression de détresse absolue quand le nom de Beth l'avait frappé.

— Je suis vraiment navrée, s'excusa Chantal.

— Non, j'aurais dû t'en parler, répondit Gauthier en secouant la tête. Mais le sujet est tellement tabou qu'on a tous fini par oublier. Je ne sais pas pourquoi j'ai pensé à elle... Peut-être à cause des enfants...

Il avait beau s'en défendre, il revoyait avec une précision inattendue le visage rieur de sa cousine. Elle avait cinq ans, il en avait neuf, elle lui donnait volontiers la main, sa frange retombait avec grâce sur ses grands yeux noirs. Un jour, avec Alain, Vincent et Daniel, ils lui avaient construit une cabane de roseaux, afin qu'elle y installe ses poupées. Du haut de ses douze ans, Marie s'était moquée d'eux.

— Elle a été déportée avec sa mère, ajouta-t-il à mi-voix.

Chantal connaissait l'histoire de Judith, qu'il lui avait résumée en quelques mots, mais ignorait l'existence de la petite fille.

— Quelle horreur, murmura-t-elle.

D'un geste vif, elle prit la main de son mari, qu'elle serra dans la sienne. À l'autre bout de la table, Clara était un peu pâle et Marie se pencha vers elle, inquiète.

— Tu ne te sens pas bien, grand-mère ?

— Si, si... ça va... C'est si loin, tout ça !

La vieille dame se redressa, s'obligea à sourire, domina la peur qui l'avait saisie quelques instants plus tôt. Elle avait vu Charles regarder ses neveux tour à tour et s'était demandé si le pire n'allait pas se produire. Il se taisait depuis quatorze ans, mais un jour ou l'autre il parlerait, elle en était désormais certaine.

Les cousins s'étaient remis à bavarder entre eux, profitant de l'absence de Charles pour interroger Alain sur l'exploitation. Ils se réjouissaient sans réserve de son succès commercial, flattés de ce qu'il avait su tirer de la terre de Vallongue, heureux de le considérer comme le gardien de leur patrimoine. À les observer, Clara se sentit un peu rassurée. Ces cinq-là formaient une vraie famille, *sa* famille, et rien ne pourrait la désunir. En tout cas, elle l'espérait de toutes ses forces.

Il était presque une heure du matin quand Alain sortit de la maison. La conversation s'était prolongée longtemps après que Clara et Madeleine furent montées se coucher. Autour des infusions au miel et d'une boîte de calissons, Magali dans les bras de Vincent, Chantal dans ceux de Gauthier, Marie appuyée sur Daniel, ils avaient bavardé à bâtons rompus. Peut-être était-ce l'évocation de Beth qui les avait soudain rapprochés, toujours est-il qu'ils avaient eu envie de tout savoir les uns des autres. Gauthier avait raconté l'hôpital et ses premières opérations, Vincent le tribunal, où il était le plus jeune des juges, puis Daniel s'était lancé dans une série d'anecdotes désopilantes qui prouvaient qu'il n'était pas seulement une bête à concours mais aussi un jeune homme plein d'esprit. Ensemble, ils s'étaient rappelé mille souvenirs d'enfance, des choses qu'ils croyaient avoir oubliées et qui les avaient émus.

Alain n'avait pas vu passer le temps, mais à présent il était pressé de rejoindre Jean-Rémi. De l'interroger sur son voyage, d'ouvrir avec lui une bouteille de lambrusco en l'écoutant parler de Venise et des peintres italiens. De s'allonger à ses côtés, en quête d'une tendresse muette que personne d'autre ne pouvait lui offrir.

Il longea l'allée, indécis, en se demandant s'il ne ferait pas mieux de prendre sa voiture, pour aller plus vite, mais alors le lendemain matin il serait privé du plaisir de la balade à travers les vallées, dans la fraîcheur de l'aube. Il hésitait encore lorsqu'une voix s'éleva, toute proche :

— Tu sors ? l'interrogea Charles.

Alain s'arrêta net, surpris par la présence de son oncle. Il distingua sa silhouette, appuyée au mur du garage, et le bout incandescent d'une cigarette.

— Oui...

Contrarié, le jeune homme supposa que Charles avait passé toute la soirée à fumer là. Il n'avait pas de comptes à lui rendre, pourtant il chercha quelque chose à dire, n'importe quoi pour rompre le silence car leurs tête-à-tête étaient si rares et leurs rapports si distants qu'il ne voulait pas avoir l'air de fuir. D'autant qu'il n'avait pas caché son ironie, le matin même, en introduisant Stuart dans le bureau pour la grande scène du mari cocu, ce que Charles n'avait pas dû apprécier du tout.

— Je vais…, commença-t-il.

— Tu vas rejoindre ton peintre, comme d'habitude ?

Abasourdi, Alain ne trouva rien à répondre. La question avait été posée de façon neutre, sans curiosité ni reproche, toutefois Charles ajouta :

— C'est amusant que tu aies conservé ce besoin de dissimulation. Après tout, tu as passé l'âge !

Comme Alain ne pouvait pas voir son visage, dans l'obscurité, il en était réduit aux suppositions. Que savait son oncle exactement, et depuis combien de temps ?

— Je ne me cache pas…

— Vraiment ?

— Je suis simplement discret.

— Encore heureux ! Tu te vois claironner ça sur la place publique ? Non, de ce côté-là, je n'ai rien à te reprocher, tu as sacrifié aux apparences. Remarque, c'était la moindre des corrections, vis-à-vis de ta grand-mère. Je suppose qu'elle ignore tout de tes mœurs, d'ailleurs à en croire Ferréol tu passes pour un coureur de jupons, c'est merveilleux comme une réputation peut ne reposer sur rien !

Le ton était devenu mordant, la dispute semblait inévitable, aussi Alain se borna-t-il à demander :

— Tu es au courant depuis longtemps ?

— Très.

C'était impossible, Charles mentait, sinon il ne se serait pas privé d'intervenir plus tôt. De plus, Alain s'était montré prudent, il avait sacrifié tous ses étés pour éviter ce genre de situation, et il était probable que son oncle n'eût jamais rien deviné. Quelqu'un avait dû lui apprendre la vérité récemment. Pas Vincent, Alain avait une totale confiance en lui, mais peut-être Daniel, qui n'était pas de taille à résister aux questions de son père. L'idée de cette trahison, même involontaire ou provoquée, était exaspérante. Subir le cynisme de Charles n'avait rien d'une sinécure, et dorénavant ce serait pire.

— Tout de même, Alain, je voudrais que tu me précises un détail. Est-ce que ça dure depuis le début, est-ce que c'était la raison de ta venue ici, de ta soudaine passion de la terre ? Est-ce que tu as réussi à monter une histoire pareille tout seul, et à nous la faire avaler ? À l'époque, je ne comprenais pas ton acharnement à arrêter les études... Tu le connaissais déjà ?

— Non !

— Tu réponds trop vite... De dix-sept à vingt et un ans, tu as voulu vivre seul à Vallongue, et en principe tu te trouvais sous ma responsabilité. Quand l'as-tu rencontré ? J'imagine que j'aurais pu le traîner en justice...

— Pas toi ! Tu tiens trop à ton nom, à ta réputation, tu n'aurais jamais provoqué un scandale !

Furieux de se sentir aussi vulnérable, Alain luttait pour rester calme, mais il avait protesté avec une véhémence qui arracha un petit rire cynique à Charles.

— En es-tu certain ? Je te rappelle que, pour les mineurs, l'anonymat est toujours respecté... Tu n'aurais même pas été cité, mais Jean-Rémi y aurait laissé sa carrière.

Cette dernière phrase était révélatrice, si son oncle avait su, il se serait acharné sans pitié. Or, au contraire, il avait acheté un tableau à Jean-Rémi pour l'offrir à Clara, preuve qu'il ignorait tout. Cependant, on ne pouvait jurer de rien avec lui, il était trop imprévisible et secret, impossible de savoir ce qu'il avait en tête ou ce qu'il préparait.

— Qu'est-ce que tu comptes faire ? demanda Alain malgré lui.

Il aurait dû se taire, passer outre, aller chercher sa voiture pour mettre un terme à cette discussion inutile.

— Faire ? Rien ! répondit Charles. Si tu étais mon fils, je suppose que... mais, Dieu merci, tu n'es que le fils d'Édouard. Et de cette chère Madeleine ! Va la voir si tu as besoin de conseils, il me semble que les gens comme toi aiment beaucoup leur maman, non ?

Sarcastique, la voix atteignit Alain au point le plus sensible. Contre n'importe qui d'autre, il se serait révolté, cependant quelque chose d'inexplicable lui avait toujours fait craindre Charles au fond de lui-même. À chaque affrontement, il se sentait en état d'infériorité, comme s'il était encore un adolescent, dans toutes ces occasions où Madeleine avait chargé son beau-frère d'exercer l'autorité parentale à sa place. À chaque moment important de sa vie, c'était en face de Charles qu'Alain s'était retrouvé, et, hormis Clara, personne n'avait jamais pris sa défense.

— Hélas ! ta mère est idiote, elle n'a rien vu, rien compris ! ajouta Charles.

Jamais il ne s'était exprimé avec un tel mépris affiché, et cette fois Alain faillit réagir, toutefois la consonance précise des derniers mots l'en empêcha. Il les avait déjà entendus, dans d'autres circonstances, prononcés sur le même ton. « ... est idiote, elle n'a rien vu, rien compris ! » Cette même expression, articulée entre colère et dégoût, Charles l'avait utilisée bien des années plus tôt, la nuit où il s'était querellé avec Édouard, la nuit où Alain s'était endormi dans le fauteuil de la bibliothèque et où des éclats de voix l'avaient réveillé. Instinctivement, il recula un peu, chercha son souffle. Jusque-là, il avait réussi à repousser cette idée à la limite de sa conscience, mais il éprouvait la brusque certitude que Charles avait une part de responsabilité dans le suicide de son père. Il ignorait le motif de leur dispute, il n'avait pas entendu grand-chose en fuyant dans l'escalier, pourtant cette phrase s'était gravée dans sa mémoire. Qui donc n'avait rien vu ni rien compris ? Et en quoi était-ce assez grave pour qu'Édouard en arrive à se tirer une balle dans la tête ?

— Charles…, dit-il dans un souffle.

Il voulait lui poser la question mais n'osait pas, stupéfait de sa propre impuissance et du poids que revêtaient soudain ces bribes de souvenirs.

— Je ne t'empêche pas de passer. Va où tu veux, Alain.

Charles en restait à Jean-Rémi, à cette histoire d'homosexualité qui devait le révulser, alors qu'Alain revoyait des images vieilles de quinze ans, indéchiffrables et angoissantes comme ce cauchemar qui le poursuivait sans cesse.

— Tu ne t'entendais pas avec mon père, n'est-ce pas ? murmura-t-il.

D'abord il y eut un silence, puis Charles bougea et Alain se sentit brutalement saisi par la nuque, expédié contre le mur du garage, qu'il heurta avec violence.

— Ne me parle pas de ton père ! gronda Charles juste derrière lui. Jamais ! C'est clair ?

Immobilisé par les mains pesant sur son dos au point de l'asphyxier, Alain écarta un peu son visage de la pierre en saillie qui lui avait ouvert la pommette. Du sang coulait le long de sa joue, mais il ne chercha pas à faire un geste pour s'échapper. Il aurait pu essayer de se retourner, se battre, laisser éclater toute la rancœur qu'il avait accumulée contre son oncle. Parce qu'il avait vingt ans de moins, il était à peu près certain d'avoir le dessus, physiquement, cependant il devinait que sa propre colère ne suffirait pas contre la fureur incompréhensible de l'autre.

Autour d'eux, la nuit était redevenue tranquille, avec juste quelques coassements de grenouilles dans le lointain. Charles le lâcha aussi soudainement qu'il s'était jeté sur lui et s'éloigna de quelques pas en marmonnant :

— Je me fous de ce que tu fais, de ce que tu es, si tu savais...

Il était sincère, il se moquait absolument de l'existence de son neveu. En fait, c'était tout à fait par hasard qu'il avait appris la liaison d'Alain avec Jean-Rémi Berger. Une indiscrétion commise lors d'un dîner parisien par un écrivain en vogue, ami du célèbre peintre. Le prénom d'Alain n'avait pas été prononcé, mais l'évocation de ce jeune homme de bonne famille qui cultivait la terre non loin du moulin avait été éloquente pour Charles. Cette découverte ne l'avait ni ému ni scandalisé, il ne s'attendait qu'à de mauvaises surprises de la part de son neveu.

Alors qu'il était déjà dans l'allée, Alain le rattrapa en deux enjambées et se planta devant lui pour l'obliger à s'arrêter.

— Pourquoi me détestes-tu à ce point ? Je t'ai déjà posé la question, il y a longtemps, et tu ne m'as pas répondu !

— Ce soir non plus. Mais rassure-toi, je te le dirai un jour.

À la lueur du briquet avec lequel il alluma une cigarette, Charles découvrit les taches de sang sur la chemise d'Alain. Un remords inattendu le submergea et il esquissa un geste qu'il n'acheva pas.

— Je ne voulais pas te faire mal, tu devrais rentrer te changer, lui dit-il seulement.

Il contourna le jeune homme sans le toucher, puis remonta l'allée dans la direction opposée à la maison, comme s'il avait décidé de passer la nuit à marcher dans les collines.

9

Paris, 1961

PAR LA FENÊTRE DU BOUDOIR, Clara pouvait voir Cyril s'amuser sur l'herbe. Pour ses arrière-petits-enfants, elle avait fini par demander au jardinier d'arracher les rosiers aux redoutables épines, de remplacer le gravier par du sable, et de se contenter désormais de gazon et de fleurs rustiques. Résigné, il avait planté des tulipes, des pensées et des lupins autour d'une impeccable pelouse qu'il ne cessait de réensemencer.

Marie avait cédé aux instances de sa grand-mère et quitté son appartement pour revenir avenue de Malakoff avec ses deux enfants. Elle était tellement accaparée par son travail au cabinet Morvan-Meyer qu'elle comprenait la nécessité d'un environnement familial pour eux, sans oublier qu'ainsi ils profitaient d'un jardin en plein Paris.

Étouffant un petit soupir, Clara se replongea dans ses comptes. À près de quatre-vingts ans, elle commençait à moins s'amuser avec les chiffres, mais la fortune Morvan avait résisté à l'érosion et aux fluctuations de la Bourse. C'était une satisfaction, et elle pouvait se féliciter d'avoir su se débrouiller avec les placements depuis des décennies, malgré deux guerres. Le décès de son notaire et ami, Michel Castex, quelques mois plus tôt, l'avait contrariée car elle n'avait qu'une confiance relative dans son successeur, cependant ses affaires étaient claires, saines, sa succession planifiée. Charles gagnait beaucoup d'argent, de plus en plus en fait, surtout depuis qu'il avait monté son cabinet de groupe, et Marie en profitait largement puisqu'il l'avait prise comme associée à part entière. C'était un peu pénible de les entendre parler de leurs affaires presque à chaque dîner, toutefois Clara préférait savoir son fils occupé par ses dossiers plutôt que toujours plongé dans des souvenirs morbides.

— Charles, mon chéri…, murmura-t-elle.

Elle le voyait vieillir avec une tristesse infinie et, inconsciemment, elle avait reporté une partie de la passion qu'elle avait pour lui sur Vincent. Le stylo en l'air, perdue dans ses pensées, elle songeait à son petit-fils préféré, qui était vraiment devenu le portrait craché de Charles. Comme son père au même âge, Vincent avait désormais trois enfants, puisqu'un petit Lucas était né. Trois enfants et une femme d'une beauté éblouissante, un début de carrière très prometteur, un physique de jeune premier, mais là s'arrêtaient les similitudes avec son père. Charles avait connu un bonheur fou aux côtés de Judith, ce n'était pas le cas de Vincent. Ses sentiments pour Magali ne faisaient aucun doute, il aimait sa femme par-dessus tout, malheureusement celle-ci ne parvenait pas à s'adapter. Mariée depuis cinq ans, elle ne s'habituait toujours pas à sa nouvelle condition sociale. Quand Vincent organisait des dîners à Vallongue, elle s'en faisait toute une montagne, réclamait le secours d'Alain, qui semblait seul en mesure de la rassurer, finissait inévitablement par commettre un impair suivi d'une crise de larmes.

C'est d'Alain, à qui elle téléphonait chaque semaine depuis plus de dix ans, que Clara obtenait le récit de certaines soirées désastreuses. Celle, entre autres, où Magali avait lâché un plat et s'était précipitée à quatre pattes pour nettoyer le tapis, jusqu'au moment où Isabelle lui avait enlevé l'éponge des mains, tandis que les invités regardaient ailleurs. Bien entendu, Vincent taisait ce genre de détails. Quand Clara l'appelait, de préférence au tribunal, il prenait un ton enjoué pour affirmer qu'il menait une vie sans nuage. Évidemment, il ne pouvait pas donner raison à ceux qui l'avaient mis en garde, ceux qui avaient prédit comme des oiseaux de mauvais augure que Magali ne serait jamais une femme du monde. Charles le premier. Et, pour Vincent, le pire serait de démériter aux yeux de son père, donc il se taisait. Hélas ! son silence n'en faisait pas pour autant un homme heureux.

Elle leva les yeux et jeta un nouveau coup d'œil dans le jardin, où Cyril continuait à jouer au ballon. Combien de milliers d'heures avait-elle passées dans ce boudoir, à penser aux membres de sa famille, à surveiller l'état de ses finances ? Sa jeunesse insouciante n'était plus qu'un lointain souvenir auquel elle ne se référait presque jamais. À l'époque, Henri s'occupait d'Édouard, et elle riait aux éclats avec l'adorable petit Charles.

Édouard... S'il y avait bien quelqu'un à qui elle ne voulait pas songer, c'était lui. Pas Édouard ! Il lui suffisait d'être obligée, une fois par an, d'accompagner Madeleine au cimetière d'Eygalières, de s'incliner devant le caveau, et là elle se demandait toujours comment elle avait fait pour ne pas devenir folle. À croire qu'elle était vraiment solide. Indestructible.

« Seize ans de paix, ce qui est pris est pris, mon Dieu faites que ça dure... »

Aurait-elle pu agir autrement, éviter certains drames ? Non, car elle avait compris trop tard. D'ailleurs, elle n'avait jamais eu toutes les cartes en main. Madeleine elle-même était passée à côté de la vérité.

— Charles, mon chéri, répéta-t-elle à mi-voix.

Mais personne ne pouvait rien pour lui puisqu'il se refusait à oublier.

« Et il a raison, c'est insupportable… »

Quand Charles invitait des magistrats, des hommes politiques ou des industriels, lors de ces très brillants dîners qu'il demandait à sa mère d'organiser, quand il discourait de sa voix grave à laquelle il était impossible de résister, quand il posait sur les convives son regard gris acier, il y avait toujours des femmes pour se pâmer dans l'assemblée. Et Clara continuait d'espérer, contre toute logique, qu'un jour l'une d'elles serait assez forte pour le libérer de son obsession. Après tout, Sylvie avait failli y parvenir, même si elle était arrivée trop tôt dans la vie de Charles, mais aujourd'hui, après tant d'années, il devait avoir plus soif d'amour que de vengeance, il n'était qu'un homme !

Le bruit de la porte la fit sursauter, et elle se reprit juste à temps pour sourire à Daniel, qui entrait.

— Ah, mon grand ! Tu viens me raconter ta première journée au ministère ?

— C'était à pleurer d'ennui, grand-mère… On m'a installé dans un beau bureau, plein de dorures, avec un portrait du Général qui plairait beaucoup à papa, et des tas de dossiers que je vais devoir signer sans les lire si je veux voir la pile diminuer !

Il plaisantait, heureux de ce premier poste de haut fonctionnaire qu'il était trop jeune pour occuper mais qui lui avait été attribué au vu de ses innombrables diplômes. Charles n'avait même pas eu à faire jouer ses relations car le nom de Morvan-Meyer, s'ajoutant à de si brillantes études, avait emporté la décision.

— Tes nouvelles obligations t'empêcheront-elles de m'accompagner à l'opéra ce soir ?

— Non, absolument pas.

— Et à ce vernissage, samedi ? Depuis que ton frère est à Vallongue, je n'ai plus d'autre chevalier servant que toi.

Daniel appréciait moins la peinture et la musique que Vincent, mais il se faisait un devoir d'escorter sa grand-mère, dont il était d'ailleurs très fier, partout où elle voulait aller. Il baissa les yeux sur le carton d'invitation qu'elle lui tendait et resta muet en découvrant le nom de Jean-Rémi Berger.

— Je suis en admiration devant lui, poursuivait Clara. Jamais je ne me suis lassée du tableau que votre père m'a offert et je me ferais bien un petit plaisir en en achetant un second, pour Vallongue. C'est un investissement, tu sais, sa cote n'arrête pas de grimper !

Il proféra une vague approbation, le regard toujours rivé au papier glacé. Le talent de Jean-Rémi le laissait indifférent, pour lui il s'agissait de l'homme avec lequel Alain entretenait des rapports sulfureux. Un secret qu'il n'avait confié qu'à Vincent et que personne d'autre ne devait jamais apprendre, surtout pas Clara ! Et encore moins leur père, qui s'était toujours heurté à Alain, et à qui il valait mieux ne pas donner une bonne raison de se mettre en colère. En conséquence, Daniel devait rester solidaire de son cousin, même s'il ne l'approuvait pas.

— Les artistes me fascinent, poursuivit Clara. Pas toi ?

— Non...

— Mais là c'est amusant, tu le connais, tu as déjà dîné avec lui à Vallongue ! Tu t'en souviens ? Il a de beaux yeux bleus, c'est un homme délicieux, très cultivé, et sa peinture me touche beaucoup. Pas seulement les paysages, je suis aussi très sensible à ses portraits, je les trouve... habités.

Daniel resta silencieux, horrifié à l'idée que le visage d'Alain puisse se reconnaître sur l'un des tableaux de l'exposition.

— Tu me parais bien éteint, mon chéri, fit remarquer Clara, qui l'observait avec attention. Toutes tes études t'ont rendu triste, il faut absolument que tu t'intéresses un peu au reste du monde, à l'art par exemple.

Elle était pleine de bonne volonté, tout en sachant que Daniel ne ferait jamais un aussi agréable compagnon que Vincent.

— Va t'habiller, dit-elle en lui tapotant le bras. Une première à l'opéra, c'est toujours en smoking...

Avec un vrai sourire de gamin, le jeune homme saisit sa main au vol et lui embrassa le bout des doigts avant de s'éclipser, la laissant tout émue tant le geste avait été spontané.

Chantal referma la porte, attendit quelques instants puis éclata de rire.

— Ta mère, mon Dieu ! s'exclama-t-elle en reprenant sa respiration.

Le bébé s'était endormi dans les bras de Gauthier, qui esquissa une mimique navrée.

— Je sais…

Il caressa avec tendresse les cheveux blonds, incroyablement fins, du nouveau-né.

— Va le poser dans son berceau, ne le réveille pas, conseilla-t-elle.

Côte à côte, ils s'engagèrent dans le vaste couloir qui desservait les chambres. Situé boulevard Lannes, en bordure du bois de Boulogne, l'appartement leur avait été offert par les parents de Chantal à l'occasion de leur mariage. Afin de ne pas être en reste, Madeleine avait alors fait à son fils une donation officielle des parts qu'elle avait prises dans une clinique de Neuilly. Même s'il ne comptait pas y exercer, il se retrouvait ainsi actionnaire et nanti d'un joli capital.

— Tu es vraiment son idole, c'en est comique ! ajouta Chantal en tirant les rideaux.

Elle le regarda installer le petit Philippe sur le ventre, remonter la minuscule couverture bleue.

— Je ne sais pas comment mon frère et ma sœur n'ont pas fini par me haïr, soupira-t-il. Maman les a traités plus bas que terre l'un comme l'autre. Et ça continue, elle est gâteuse de nos enfants alors qu'elle n'a quasiment jamais regardé Cyril ou Léa !

Madeleine, qui venait une fois par semaine prendre le thé, arrivait le sourire aux lèvres et chargée de cadeaux pour s'extasier sans fin sur Paul, âgé de quinze mois, et désormais sur le petit Philippe, né dix jours plus tôt. Elle raffolait d'eux comme s'ils étaient ses uniques petits-enfants, comme si seul Gauthier l'avait comblée en la faisant grand-mère.

— C'est dur d'être le chouchou ? demanda Chantal d'une voix moqueuse.

— Très !

Ils quittèrent la chambre du bébé et regagnèrent le salon, où il ne restait plus que des miettes sur les plateaux de petits fours auxquels Madeleine ne résistait jamais. Paul s'était assoupi dans son parc, roulé en boule au milieu des jouets, le plus loin possible du gros ours en peluche qui était son cadeau du jour. Gauthier s'installa sur le canapé de cuir, et Chantal vint tout de suite se lover contre lui. Après le départ de sa belle-mère, elle reprenait toujours possession de son mari avec plaisir, et elle se promettait systématiquement de ne jamais faire aucune distinction entre ses enfants si par bonheur elle en avait plusieurs.

— Marie était trop indépendante pour le caractère timoré de maman, reprit-il d'une voix songeuse. Quant à Alain, elle le tenait carrément pour un rebelle alors que c'est un garçon formidable.

— Et toi ?

— J'étais plus diplomate qu'eux, plus souple, et puis j'étais le dernier... J'essayais de ne pas me faire remarquer, et surtout pas de Charles !

— Pourquoi ? Il était si terrible ?

— Disons qu'aucun de nous n'avait envie de le contrarier. Il n'y a qu'Alain qui s'y soit risqué, avec le résultat qu'on sait : ils ne peuvent pas se supporter.

— Je t'envie quand même d'avoir une grande famille, c'est sinistre d'être fille unique. Quand je vous vois tous ensemble, à Vallongue, je me dis que vous avez de la chance. Vous êtes complètement soudés les uns aux autres.

— Nous n'avions pas l'impression d'être cousins mais plutôt frères et sœur tous les cinq. Et d'avoir la même mère, c'est-à-dire Clara ! Mais ce n'est pas très gentil pour maman...

Malgré tous ses efforts, il ne parvenait pas à ressentir de réelle tendresse envers elle et s'était toujours senti coupable d'ingratitude.

— Bon, arrêtons de parler de ta mère jusqu'à la semaine prochaine, suggéra Chantal. Raconte-moi plutôt ta matinée au bloc et donne-moi des nouvelles de l'hôpital.

Son congé de maternité touchait à sa fin et elle mourait d'envie de reprendre le travail. Gauthier l'y encourageait, persuadé qu'elle n'était pas faite pour rester enfermée entre quatre murs, mais les parents de Chantal criaient au scandale. À leurs yeux, une jeune mère devait rester chez elle, et le professeur Mazoyer harcelait son gendre à ce sujet chaque fois qu'il le croisait dans les couloirs du Val-de-Grâce. D'un geste doux, Gauthier prit le visage de sa femme entre ses mains et il posa ses lèvres sur les siennes.

— Je t'aime, chuchota-t-il avant de l'enlacer.

Il savait qu'elle avait assez de caractère pour exercer son métier sans négliger ses enfants, et il était déterminé à tout faire pour lui faciliter la vie. La seule chose qu'il ne voulait pas était que, d'une manière ou d'une autre, elle ressemblât jamais à Madeleine.

La première personne que vit Vincent en descendant du train, gare de Lyon, fut son père. Grand et mince dans son pardessus bleu nuit, Charles possédait toujours cette élégance inimitable qui permettait de le distinguer au milieu de n'importe quelle foule. Tandis qu'il marchait à sa rencontre, Vincent se sentit très heureux de le retrouver et très fier d'être son fils.

— Ah, te voilà ! s'exclama Charles. La SNCF est toujours d'une exactitude extraordinaire… Bon voyage ? J'espère que tu n'as pas déjeuné ? Alors je t'invite au *Train Bleu*, viens.

Sous la haute verrière de la gare, ils empruntèrent l'escalier qui conduisait au célèbre restaurant décoré de fresques Belle Époque. Une fois installés à la table un peu isolée que Charles avait pris soin de réserver, ils échangèrent un coup d'œil satisfait.

— Tu as très bonne mine, ça te réussit de vivre en Provence.

— Tu parais en forme aussi…

Ce n'était pas une simple formule de politesse, Vincent était sincère. À cinquante-deux ans, son père conservait une allure de beau ténébreux avec ses cheveux châtain parsemés de mèches blanches, son sourire désabusé, accentué par deux rides au coin des lèvres, son regard pâle, et sa façon d'assortir ses cravates à ses costumes sur mesure.

— Je t'ai demandé de venir pour une raison importante, tu t'en doutes, et je suis navré que ta femme ne soit pas là.

Vincent se troubla aussitôt à l'évocation de Magali, qui avait refusé tout net de mettre les pieds à Paris. « L'idée d'un dîner mondain avenue de Malakoff me rend malade ! » avait-elle protesté d'un air terrorisé, et il n'avait pas insisté.

— J'aurais voulu vous parler à tous les deux, mais enfin c'est toi qui es concerné avant tout, ajouta Charles. Je crois que tes longues vacances sont finies et que tu vas obtenir une nomination à Paris.

Abasourdi, Vincent dévisagea son père en refusant de comprendre ce que ses propos sous-entendaient.

— J'ai rencontré les gens qu'il fallait, tu ne seras pas obligé de subir un interminable purgatoire et d'incessantes mutations, tu vas entrer au palais par la grande porte. Je pense que tu peux assumer.

— Mais, papa... Je n'ai pas l'intention de...

— Ah oui ! Quelles sont tes intentions, au juste ? Ton plan de carrière ?

— Eh bien, je... Tu sais, Avignon est très...

— Très quoi ? Province ? Loin des affaires ?

Vincent ne se méprit pas sur l'intonation ironique de son père et regretta de ne pas s'être interrogé plus tôt sur le motif de sa convocation, lancée par téléphone. Il déglutit avant de bredouiller :

— Ce serait évidemment une... euh, promotion, mais je ne...

— Promotion, comme tu dis. Chance de ta vie. C'est exactement ça ! Tu seras le plus jeune au milieu de vieux barbons, je suis très content, très fier.

— Non ! Écoute...

— Si, très fier. Parce que c'est le genre de poste que personne n'obtient uniquement par protection. Services rendus, tout ça, bien sûr il y a des gens qui ont des dettes envers moi ou un service à me demander, mais ça n'aurait jamais suffi pour obtenir la majorité du Conseil supérieur de la magistrature, nous serions loin du compte. En réalité, c'est ton dossier qui a fait la différence. Tu es brillant, Vincent. Ton frère et toi m'avez comblé sur ce plan-là, je ne sais pas si j'ai jamais eu l'occasion de te le dire.

Charles tourna la tête vers le maître d'hôtel qui attendait, passa sa commande avec son assurance coutumière, puis gratifia son fils d'un vrai sourire.

— Avignon, c'était le hors-d'œuvre et tu t'en es sorti haut la main, maintenant tu vas pouvoir faire tes preuves dans la cour des grands, même si tu es le benjamin, et de loin !

Conscient qu'il ne pourrait jamais récupérer la parole tant que son père n'aurait pas décidé de la lui donner, Vincent se contenta de lever les yeux au ciel. Quitter Vallongue ? Comment Magali accepterait-elle ce nouveau changement ? Oh, c'était facile à prévoir : elle allait refuser. Pourtant, à Paris, elle était une inconnue, elle ne risquait pas de rencontrer des gens chez qui elle avait fait le ménage, comme c'était malheureusement arrivé lors d'un cocktail à Aix-en-Provence. Mais il la connaissait, il savait que la perspective d'une vie dans la capitale allait la rebuter. À Vallongue, elle avait Odette, de vrais amis comme Alain ou même Jean-Rémi, personne ne s'amusait de son accent chantant, elle pouvait s'habiller à son idée et n'était pas obligée de rencontrer sa belle-famille chaque semaine.

— Papa… Je suis très heureux à Vallongue, j'aime la maison, je ne…

— Mais on croirait entendre ton cousin ! Déteindrait-il sur toi ? Vallongue est une villégiature, Vincent, pas une fin en soi. Ne me dis pas que tu souhaites rester toute ta vie juge à Avignon, je ne te croirais pas ! Et s'il y a une autre raison, explique-la-moi.

Embarrassé, le jeune homme gardait les yeux baissés sur son assiette où refroidissaient des asperges. Il en était encore à chercher une argumentation possible quand son père donna un brusque coup de poing sur la table.

— Je t'écoute, Vincent !

Un des verres à eau faillit se renverser et Charles le rattrapa de justesse en marmonnant :

— Est-ce que tu te rends compte de la chance que tu as ?

— Que tu m'offres, papa.

— Oh, c'est ça ? Tu ne veux pas d'aide, tu vas me sortir une grande théorie sur la réussite à la force du poignet ? Pas à moi ! Je sais à quel point tu as travaillé, je ne suis pas aveugle, tu n'avais pas les mêmes facilités que Daniel mais tu t'es acharné et tu as eu raison. Aujourd'hui se présente une opportunité formidable, alors tu vas la saisir parce que tu n'es pas timoré et parce que tu t'appelles Morvan-Meyer. D'accord ? Est-ce que tu m'imagines en train de dire que mon fils préfère rester dans le Midi pour profiter de la plage, du soleil et des cigales ? Tu ne peux pas faire ça, Vincent. Tu n'as pas la médiocrité d'Alain et c'est tant mieux pour toi !

— Il n'est pas médiocre, il a parfaitement réussi ce qu'il a entrepris.

— Et toi, qu'as-tu donc entrepris sinon une carrière de magistrat ?

La voix de Charles était devenue plus douce, presque tendre, mais Vincent avait désormais trop d'expérience pour se laisser prendre à ses dons d'orateur.

— J'ai aussi fondé une famille, papa. Et Magali ne s'est jamais sentie à l'aise à Paris.

— Ni à Paris, ni ailleurs.

Le jeune homme fronça les sourcils, choqué par cette réflexion qu'il ne pouvait pas démentir. Son père enchaîna posément :

— Veux-tu qu'on en parle ?

C'était le dernier sujet au monde que Vincent souhaitait aborder, mais il ne pourrait pas y échapper toute sa vie et se contenta de hocher la tête.

— Très bien. Comme n'importe quel homme, je trouve ta femme merveilleusement belle et, parce que je la connais, je sais qu'en plus elle est gentille. Tu l'as choisie tout seul, sur un coup de tête, et tu n'as tenu compte de l'avis de personne. Ton grand prétexte était que j'avais fait la même chose au même âge, si je me souviens bien ? Or il n'existe aucune comparaison possible entre ta mère et Magali.

Ta mère était effectivement issue d'un milieu modeste, mais rien ne lui faisait peur dans l'existence. Elle aurait pu épouser un archiduc sans sourciller, Dieu merci elle m'a choisi, moi, et crois-moi je me sentais à peine à sa hauteur.

Surpris par cette tirade inattendue, Vincent leva les yeux vers son père. Il fallait qu'il tienne énormément à cette discussion pour avoir évoqué Judith, même s'il ne l'avait pas nommée.

— Magali a peur de tout, reprit Charles. De moi, de ta grand-mère, de faire des gaffes, de déplaire. De toi aussi, peut-être ? Et tu ne peux pas compter sur elle pour recevoir, ce qui t'empêche d'accepter des invitations que tu ne serais pas en mesure de rendre. Un comportement infantile consiste à t'enterrer à Vallongue et à la laisser astiquer la maison puisqu'elle a décidé qu'elle ne sait rien faire d'autre. Dans dix ans tu seras aigri, à ce moment-là votre couple sera condamné. Fonder une famille, ce n'est pas seulement mettre des enfants au monde. Il y a l'avenir, Vincent, tu y penses ?

— Oui !

C'était un cri du cœur qui venait de lui échapper, donnant à Charles la preuve qu'il avait visé juste. Dans n'importe quel tribunal, il aurait poussé son avantage aussitôt, mais il s'agissait de son fils et il marqua un temps d'arrêt. Au bout de quelques instants, il ajouta :

— Tu n'as pas envie de refuser, nous le savons tous les deux. Trouve une solution, arrange-toi pour la convaincre. Elle sera d'ailleurs plus en sécurité ici, parce que toutes les inévitables mondanités qui la terrorisent peuvent très bien se dérouler avenue de Malakoff. Ta grand-mère et Marie sauront l'aider à prendre confiance en elle.

Vincent continuait à le regarder d'un air malheureux, mais il se taisait toujours et Charles exigea :

— Tu veux bien me répondre quelque chose ?

— Je l'aime infiniment.

— Parfait ! Quand on se marie, c'est pour la vie. Mais ton métier aussi, ce sera jusqu'au bout.

Son père n'allait pas céder un pouce de terrain, c'était évident. Le jeune homme prit le temps de boire une gorgée de vin avant de répondre.

— Alors je dois essayer de la persuader que mon bien-être est plus important que le sien. C'est ce que tu veux ?

— Non. Il n'est pas question d'états d'âme. L'existence n'est pas une partie de plaisir, je pensais te l'avoir appris. Ne me fais pas regretter d'avoir cédé. Mon rôle était de te dissuader d'épouser une femme de ménage, nous sommes d'accord ? Mais tu étais vraiment très amoureux, prêt à surmonter toutes les difficultés à venir... Eh bien, le moment est venu, tu es au pied du mur ! Qu'est-ce que tu choisis ? La fuite en avant ?

Charles pouvait se montrer dur, ses fils en avaient fait plusieurs fois l'expérience à leurs dépens. Mais il avait des excuses ou même des raisons pour l'être. Comment oublier qu'il avait résisté durant des mois aux pires traitements dans une prison allemande, que sa femme et sa fille étaient mortes en son absence, le condamnant à un enfer de doutes et de culpabilité, que son frère s'était suicidé, et que malgré tout il avait gardé la tête haute ? Vincent l'admirait trop pour avoir le courage de s'opposer à lui et il se contenta de murmurer :

— Ne sois pas injuste avec elle. C'est une telle honte de faire le ménage ? Pendant la guerre, j'ai vu grand-mère ou Madeleine avec une serpillière à la main, et je ne les en estime pas moins pour...

— Tu estimes Madeleine, toi ? Bon, trêve de plaisanterie, Vincent, que ta femme ait fait la bonne ou pas, je m'en fous. Il fallait bien qu'elle mange, je peux comprendre. Mais c'est à elle de s'élever, pas à toi de descendre. Tu me répètes que tu l'aimes sans me préciser si la réciproque existe. À moins d'être sotte, elle doit bien se douter qu'elle ne t'aide pas, en ce moment... Si elle tient à toi, elle te suivra, elle ne cherchera pas à t'empêcher de réussir.

Réprimant un soupir, Vincent détourna son regard, qu'il laissa errer sur la salle. Presque toutes les tables étaient occupées à présent, l'atmosphère du restaurant était devenue bruyante, chaleureuse, mais il se sentait affreusement seul. Ses sentiments pour Magali restaient intacts, il l'aimait toujours avec la même passion, cependant il la perdait un peu plus chaque jour. Impossible de raconter à son père qu'elle buvait parfois un verre de trop pour se donner du courage, qu'elle disparaissait de la maison durant des heures sans dire où elle allait, qu'elle pleurait souvent et s'accrochait à son mari, la nuit, comme quelqu'un qui se noie. Alors que toutes les jeunes femmes de sa génération cherchaient à ressembler à Brigitte Bardot et à s'émanciper, elle essayait de suivre le chemin inverse, de devenir une dame respectable. Elle achetait des vêtements qui lui déplaisaient, dans lesquels elle se déguisait, elle tentait de discipliner sa somptueuse chevelure avec un chignon strict, parlait de moins en moins pour ne pas proférer de bêtises. Vincent était le témoin impuissant d'un combat perdu d'avance. Il avait beau lui répéter qu'il l'aimait à la folie et ne voulait pas qu'elle change, elle continuait de courir désespérément après une image qu'elle n'atteindrait jamais.

— Tu n'as rien mangé, dit doucement Charles. Je t'ai coupé l'appétit ? Moi qui pensais te voir sauter de joie…

Pourtant, il avait dû deviner quelque chose, supposer qu'il existait un problème dans la vie de Vincent, sinon il n'aurait pas pris soin de ménager ce tête-à-tête, il se serait contenté d'attendre son fils avenue de Malakoff, avec du champagne au frais.

— Je ne t'ai pas remercié, papa, excuse-moi, je suis certain que tu t'es démené pour moi et je sais que tu as horreur de demander quoi que ce soit.

— Donc c'est oui ?

Charles s'était un peu reculé, avait croisé les jambes, et il se contentait d'attendre une affirmation dont il ne doutait pas.

— Oui, papa.

Aucune échappatoire ne pouvait sortir Vincent du piège dans lequel son père l'avait entraîné sciemment. Un refus lui aurait coûté trop cher, il ne voulait même pas penser au jugement que Charles porterait sur lui s'il s'obstinait à rester dans le Midi. À sa déception et à sa colère. Clara lui avait confié, un jour où elle était en veine de confidences : « Ton père ne vit que pour ton frère et toi. C'est à cause de vous qu'il est encore debout. » Vincent et Daniel représentaient une part de Judith, dont ils devaient être dignes. En ajoutant le nom de Meyer à celui de Morvan, Charles avait affiché clairement ses intentions. Une dérobade de Vincent aurait été interprétée comme une trahison, et s'il y avait bien une chose que Charles ne savait pas faire, c'était pardonner.

— Très bien, mon grand. Alors, allons visiter les nouveaux locaux de mon cabinet, tu n'as pas vu tous les changements, tu vas être surpris ! Et Marie sera heureuse de t'embrasser avant ce soir, elle se plaît beaucoup là-bas, à tout régenter…

Charles déposa quelques billets sur l'addition avant de se lever, mettant ainsi un terme à une discussion qu'il avait menée seul, comme toujours.

**

Un peu inquiet, Jean-Rémi considéra la pile de livres posée à côté de sa valise ouverte. Il avait choisi, entre autres, le dernier roman de Bazin, un essai de Simone de Beauvoir et une pièce de Cocteau. Mais ne pouvait-il décidément rien trouver d'autre, pour faire plaisir à Alain, qu'une razzia dans les librairies ? Hormis sa passion pour la lecture – et les oliviers –, Alain était somme toute très secret. Par exemple, il ne manifestait jamais le désir d'accompagner Jean-Rémi dans ses voyages, n'émettait aucun commentaire sur ses tableaux, ne posait pas de questions et ne faisait pas de confidences. Même s'il était moins sauvage aujourd'hui que quelques années plus tôt, il restait bardé de défenses.

Jean-Rémi se dirigea vers l'une des fenêtres, dont il écarta le voilage pour regarder, trois étages plus bas, la rue de Rivoli qui grouillait de voitures. Il avait ses habitudes parisiennes à l'hôtel *Meurice* et regrettait de s'y trouver seul. Il aurait adoré faire découvrir Paris à Alain, même si celui-ci y avait passé une partie de son enfance et de son adolescence. Par curiosité, Jean-Rémi était allé marcher, la veille, du côté de l'avenue de Malakoff. Il avait longé la grille de l'hôtel particulier des Morvan, essayant d'imaginer la jeunesse d'Alain derrière cette imposante façade. Plus tard dans la journée, lors du cocktail de vernissage, il avait aperçu Clara à la galerie et s'était précipité vers elle pour la saluer. Sans cette femme remarquable, la vie d'Alain aurait été un échec complet, c'était l'une des rares choses qu'il savait, et à ce titre la vieille dame méritait tous les égards. Mais il y avait aussi ce qu'il avait supposé ou déduit à partir de bribes de phrases. La quête d'absolu dans laquelle Alain s'était laissé enfermer à force de chercher ses repères. Personne d'autre à aimer ou à admirer que cette remarquable grand-mère. Un environnement d'adultes froids et rigides qu'il avait rejetés à seize ans, se débarrassant à la fois du mépris de sa mère et de l'autoritarisme de son oncle, tout en faisant preuve d'une force de caractère peu commune.

Le voilage retomba tandis que Jean-Rémi restait immobile, perdu dans ses pensées. Sa relation avec Alain lui apportait des joies intenses suivies d'insupportables frustrations. Il en était éperdument, lamentablement et définitivement amoureux. Pour ne pas le faire fuir, il s'était cantonné dans un rôle dont il ne pouvait plus sortir. « Ce que tu me donnes me suffit. » Faux, archifaux ! Bien sûr, avec le temps, les visites d'Alain étaient devenues plus régulières, toutefois il ne partageait rien, n'évoquait jamais le lendemain.

Désemparé, Jean-Rémi traversa la chambre pour se diriger vers le bureau, sur lequel s'empilaient des télégrammes de félicitations, des demandes d'interviews, des offres d'acheteurs et des invitations. À quoi lui servait donc d'avoir le Tout-Paris artistique à ses pieds s'il était incapable d'en tirer la moindre satisfaction ? Il n'avait même pas envie de s'attarder un jour de plus dans la capitale, pressé de regagner son moulin, sa Provence, et Alain. Il se demanda s'il n'allait pas changer son billet du lendemain pour un train de nuit afin de rentrer plus vite. Il lui suffisait de prévenir Magali, qui avait toujours la gentillesse de venir l'attendre à la gare. Adorable et vulnérable Magali…

D'un geste décidé, il décrocha le téléphone, composa sur le cadran le numéro professionnel d'Alain. Pas question de l'appeler à Vallongue, mais peut-être se trouvait-il encore en train de faire des comptes dans sa bergerie ? Il y passait toujours quelques heures en fin de journée et, avec un peu de chance…

La sonnerie résonna une douzaine de fois avant que Jean-Rémi ne se résigne à raccrocher, furieux contre lui-même. Voilà à quoi il en était réduit : à ne jamais pouvoir joindre le garçon auquel il pensait tellement qu'il ne s'intéressait plus à sa propre carrière. À rester le cœur battant devant un téléphone muet alors qu'il aurait pu être en train de dîner au restaurant avec des amis peintres, auteurs ou musiciens, en parlant d'art et en dégustant la cuisine d'un grand chef. Il était encore jeune, séduisant, et il devait profiter de sa réussite au lieu de se lamenter seul dans la chambre d'un palace.

De nouveau, il décrocha le combiné tout en fouillant parmi les nombreuses cartes de visite déposées à son intention, mais lorsqu'il obtint le standard de l'hôtel, il se borna à demander la réservation immédiate d'une couchette sur le premier train en partance pour Avignon.

**
*

Après l'avoir lue une seconde fois, Charles déchira la lettre de Sylvie et en jeta les morceaux dans la corbeille à papiers. Il ne conservait aucun de ses courriers, que pourtant il aimait recevoir. Au début, elle avait été la seule à écrire, environ une fois par mois, et il ne s'était décidé à lui répondre qu'au bout d'une année. Stuart avait choisi la meilleure des solutions en allant vivre à Londres, où il avait acheté une belle maison victorienne entourée de pelouses. Là-bas, il s'était lancé dans le prêt-à-porter, rencontrant immédiatement le succès. Sylvie gérait ses boutiques avec intelligence, ravie de se noyer dans un travail qui lui plaisait, et ensemble ils semblaient avoir trouvé un mode de vie acceptable.

Dans les premiers temps de sa correspondance, Sylvie s'était contentée d'affirmer à Charles que ses sentiments pour lui ne changeraient jamais, qu'il serait toujours son unique amour, et qu'au premier signe de lui elle reviendrait à Paris pour une heure, un jour, la vie entière. Une façon directe de lui rappeler que la décision lui appartenait. En attendant, elle vivait sous le toit de Stuart, dont elle était toujours l'épouse, et s'occupait de ses affaires. Au fil de ses lettres, elle s'était mise à lui raconter son existence, avec un certain humour et aussi beaucoup de tendresse. Elle n'exigeait rien, elle avait juste besoin de savoir qu'en lisant ces pages il ne pourrait pas l'oublier tout à fait.

D'abord agacé, puis progressivement ému, Charles avait fini par apprécier et attendre l'arrivée des enveloppes couleur lilas, aisément reconnaissables dans la pile de courrier. Jusqu'au jour où il avait pris le risque de lui adresser une simple carte, sur laquelle il n'avait écrit que quelques mots, soigneusement pesés. Il ne souhaitait pas son retour, ni son divorce, ni rien d'ailleurs, car il n'avait pas changé d'avis, mais il était heureux d'avoir de ses nouvelles.

Heureux n'était pas exact, en fait. Il aurait préféré pouvoir la regarder ou entendre son rire, la tenir dans ses bras et caresser sa peau, ce qu'il ne lui avouerait jamais pour ne pas lui donner de faux espoirs. Si elle avait trouvé la paix en Angleterre, autant ne pas la troubler. Il s'était promis de ne plus profiter d'elle, de ne plus gâcher son existence pour le simple plaisir de faire l'amour avec elle. Même si elle lui manquait, il avait retrouvé une maîtrise de lui suffisante pour résister à la tentation.

Au-delà des portes capitonnées de son bureau, tout le cabinet devait être en pleine activité, chaque avocat gérant ses dossiers avec des stagiaires, des secrétaires et des avoués. Une idée de génie que cette association de juristes triés sur le volet, qui réalisait un chiffre d'affaires impressionnant et faisait beaucoup d'envieux. Marie y occupait une position équivalant en principe à celle de n'importe quel autre membre, mais être la nièce de Charles Morvan-Meyer lui donnait malgré tout un statut privilégié. Elle avait abandonné le droit pénal pour se consacrer à l'administratif, dans lequel elle excellait désormais, et elle semblait assez heureuse pour que personne ne songe plus à lui reprocher son célibat. La veille, lorsqu'elle était tombée dans les bras de Vincent, ravie de sa visite comme de sa prochaine nomination, Charles les avait regardés s'étreindre avec une certaine fierté. Au moins, il aurait rempli son devoir de chef de famille ; quatre des cinq enfants qu'il avait été contraint d'élever se trouvaient à présent sur le chemin de la réussite. Le cinquième ne l'intéressait pas, de toute façon, même si ses fichues olives représentaient quand même un succès pour qui n'était pas trop ambitieux.

Fatigué d'être resté assis trop longtemps, il se leva, fit quelques pas autour de son fauteuil. Un morceau de la lettre de Sylvie dépassait de la corbeille, et il l'y enfonça. L'écriture était élégante, mais pas autant que celle de Judith, et surtout beaucoup moins émouvante. Son regard se porta machinalement vers la boiserie qui dissimulait le coffre-fort. Les carnets y étaient toujours enfermés, telle une bombe à retardement, dont Charles pouvait régler la minuterie n'importe quand. Il pouvait aussi renoncer, détruire les preuves, renvoyer le martyre de sa femme au néant. Laisser croire qu'elle n'avait été, avec sa fillette, qu'une victime arbitraire. C'était la version officielle, la version Morvan, loin d'une réalité sordide et dérisoire. Une version qu'on pouvait ranger dans les fatalités de l'histoire du siècle, ces horreurs dont il valait mieux ne plus parler en période de prospérité économique, qu'on recouvrait peu à peu d'un voile pudique si opaque que quelqu'un de sa propre famille avait pu un jour demander : « Qui est Beth ? »

Cette question-là avait une réponse, si tragique soit-elle. Il s'approcha du mur, tendit la main vers la boiserie, mais au moment où il allait la faire coulisser, le son de l'interphone le fit sursauter.

— Mme Morvan est là, maître, annonça la voix de sa secrétaire.

Éberlué, il retourna vers son bureau, appuya sur un bouton.

— Mme Morvan ? Laquelle ?

— Votre mère. Je l'ai installée dans le salon d'attente.

— Je vais la recevoir tout de suite, dit-il d'un ton inquiet.

Clara ne mettait jamais les pieds à son cabinet, elle avait dû lui rendre deux visites en dix ans. Il ouvrit lui-même les doubles portes capitonnées pour l'accueillir, tout de suite rassuré de la voir marcher avec assurance devant la secrétaire. D'abord, elle le prit par l'épaule, pour lui déposer un petit baiser sur la joue, puis alla s'asseoir sans attendre d'y être invitée.

— Je sors de chez mon cardiologue, annonça-t-elle tandis qu'il prenait place en face d'elle.

Avec un plaisir bouleversant, elle le vit pâlir et savoura quelques instants son inquiétude avant de préciser :

— Rassure-toi, je vais très bien ! Tension, électro... Bref, il est satisfait, et moi aussi. Quand je lui ai dit que je tenais à profiter de mes arrière-petits-enfants, c'est tout juste s'il ne m'a pas signé un certificat de bonne santé !

— Et tu voulais fêter ça avec moi ?

— Pourquoi pas ?

— Eh bien, c'est un peu surprenant, mais... Champagne ?

— Non, pas à cette heure-ci. En revanche, ce soir à la maison, ce sera avec plaisir, et c'est moi qui régale !

— Parfait, j'en prends note. Maintenant, maman, dis-moi ce qui t'amène.

Le sourire de Clara disparut tandis qu'elle cherchait ses mots. Elle tourna un peu la tête, comme pour vérifier qu'ils étaient seuls, et son regard glissa sur le rembourrage de cuir fauve qui couvrait les portes. Lorsqu'elle reporta son attention sur son fils, elle constata qu'il l'observait avec curiosité.

— Il y a des choses dont nous n'avons jamais parlé, Charles…

Après un petit silence durant lequel il resta impassible, elle enchaîna :

— Malgré l'optimisme des médecins, j'ai soixante-dix-neuf ans.

— Laisse ton âge de côté, ce n'est pas le problème.

— Pas encore… Mais un jour prochain, forcément, et je voudrais pouvoir partir tranquille quand le moment sera venu.

— Tranquille ? Je ne sais pas si c'est possible, maman.

Les yeux de Charles avaient pris un éclat métallique qu'elle reconnut avec agacement. Il allait être difficile à convaincre, quels que soient les arguments utilisés, pourtant il fallait bien qu'ils en viennent là, ils avaient trop tardé.

— Écoute-moi, demanda-t-elle fermement.

— Je ne fais que ça ! Je suis capable de t'écouter, même si je n'ai pas envie de t'entendre. Tu ne m'as pas laissé parler quand je le devais. Tu m'as obligé à me taire et tu as eu tort.

— Non ! s'écria-t-elle en donnant un petit coup sec sur le bureau, du plat de la main.

Un geste familier, auquel il avait souvent recours lui-même.

— Non, Charles, certains silences valent mieux que toutes les confessions du monde !

— C'était ta façon de voir les choses et j'ai obéi. Je l'ai souvent regretté.

— De quel droit ? La famille avant tout, nous étions d'accord !

— Oui… Je ne pouvais pas te laisser seule en face de ces cinq gamins, mais aujourd'hui ils sont adultes.

Elle comprit la menace et se raidit.

— Je t'interdis de la leur faire subir à eux, ta vengeance ! Tu attends ma mort pour les dresser les uns contre les autres ? Ah, je ne peux pas croire ça de toi… Tu es l'être que j'ai le plus aimé, dans toute ma vie, le plus respecté, pour lequel j'ai le plus souffert. D'ailleurs, tout vient de là, je t'ai toujours trop aimé ! Si j'avais pu prendre ta douleur à mon compte, je l'aurais fait sans hésiter, je…

— Tu ne sais pas ce que tu dis, coupa-t-il d'un ton sec.

— Si ! C'est toi qui ignores la force de l'amour maternel. Un père, c'est différent, je suis désolée.

— Mais tu n'es pas en cause, maman !

— Personne n'est plus en cause, c'est fini, Charles. Fini ! Ce qui reste à présent, ce sont seulement des doutes, des...

— Preuves.

Parce qu'il l'énonçait avec calme, elle connut un instant de véritable panique. Elle n'avait pas voulu y penser, depuis tout ce temps, mais à l'époque elle s'était bien doutée qu'il avait découvert quelque chose de précis. Le jour où elle l'avait revu sur le quai de la gare, où elle l'avait distingué parmi tant d'autres bien qu'il ait beaucoup changé après toutes ces années d'absence, elle avait compris qu'il en savait plus qu'elle.

— Preuves ? répéta-t-elle d'une voix blanche. Et tu les as conservées ?

— À ton avis ?

Elle planta son regard dans celui de son fils. Elle aurait donné n'importe quoi pour apprendre un morceau de la vérité, mais pas tout. Pas tout, non ! Si elle le laissait achever, il allait franchir cette limite qu'elle lui avait tacitement imposée, rompre leur pacte, et elle leva les mains en signe de protestation.

— Arrête !

Elle dut reprendre sa respiration pour ajouter, d'une voix sifflante :

— Si tu es incapable de pardonner, qui va t'absoudre, toi ?

Soudain, elle regrettait amèrement d'être venue le voir. Parce qu'elle avait eu peur de mourir, peur de ce qu'il ferait après elle ? Tant qu'elle vivrait, il serait assez fort pour ne pas faillir, même s'il n'avait rien promis, mais ensuite ? Est-ce qu'il détruirait la famille sans regret ? À quoi bon avoir bâti ce clan, l'avoir préservé avec autant d'acharnement ? Elle ne voulait pas le laisser faire et cependant n'avait aucun moyen de l'en empêcher. La pire des erreurs, elle l'avait commise en espérant que le temps pourrait avoir raison d'autant de haine.

— Des ruines, c'est ce que tu vas offrir à tes fils ? soupira-t-elle.

— Pas seulement. Je leur ai aussi donné le nom de leur mère.

Une boule se forma dans la gorge de Clara, et elle dut avaler sa salive à plusieurs reprises.

— Charles... Tu veux que chaque génération à venir en pâtisse encore ?

— Ce n'est pas moi qu'on maudira, maman.

Au lieu de se mettre à pleurer, elle quitta son fauteuil, se redressa de toute sa taille pour le toiser, et il baissa les yeux en murmurant :

— Je t'appelle un taxi.

— Non merci ! J'en trouverai un sur ma route si je me sens fatiguée ; pour le moment j'ai envie de marcher.

Elle avait presque atteint la porte lorsqu'il la rattrapa, la saisissant par les épaules avec maladresse.

— Tu as fait ce que tu devais, moi aussi. Je veux que tu ailles bien, que tu vives des siècles, que...

— Charles !

Comme il la tenait toujours, elle sentit à quel point il était tendu, nerveux, plus atteint par leur discussion qu'il ne l'avait montré.

— Il y a toujours moyen de faire autrement, lui dit-elle avec douceur.

Mais c'était juste pour ne pas s'avouer battue, car elle n'avait plus aucune illusion.

10

Vallongue, 1961

ALAIN ÉLOIGNA UN PEU LA LAMPE, sur la table de chevet, pour que le visage de Magali soit dans l'ombre. Comme il ne pouvait rien faire de plus, il tira un fauteuil et s'assit près du lit. La chambre était en ordre, hormis quelques vêtements abandonnés sur les dossiers des deux fauteuils à médaillon. Elle avait dû se changer plusieurs fois avant de sortir, rejetant des robes trop élégantes ou des jupes trop sages. Lorsqu'il l'avait déshabillée, une heure plus tôt, elle portait un pantalon de lin et une chemise d'homme, sans doute empruntée à Vincent. Elle avait dû juger que c'était là une tenue adéquate pour une femme seule. Combien avait-elle bu de verres, dans combien de bars, et combien de gens l'avaient-ils reconnue ? Elle était quasi inconsciente quand il l'avait trouvée couchée en travers de l'escalier. Il avait dû la porter jusqu'à la salle de bains, lui nettoyer le visage et les mains, lui démêler les cheveux. Le plus difficile avait été de lui enfiler son pyjama de satin. Ensuite, il était descendu faire du café, qu'il l'avait obligée à boire en la maintenant assise.

Elle bougea un peu dans son sommeil, grogna puis se rendormit, la bouche entrouverte. Même ivre morte, abandonnée, elle était vraiment d'une rare beauté. Il se demanda comment elle avait pu conduire pour rentrer à Vallongue. Était-elle malheureuse au point de se soûler, elle qui n'aimait pas l'alcool ? Et aurait-elle le temps de retrouver ses esprits d'ici le retour de Vincent ?

D'un geste affectueux, il lui caressa la main, repoussa quelques mèches de cheveux tombées sur sa joue. Il devait appeler Jean-Rémi pour le prévenir de son retard, mais il n'avait pas envie de bouger. Il était allé vérifier que les trois enfants dormaient tranquillement, Virgile et Tiphaine dans leurs lits jumeaux, et le petit Lucas dans son berceau. La porte de communication avec la chambre de la jeune fille au pair était ouverte, la veilleuse allumée et le silence complet. Il s'était retiré sur la pointe des pieds, soulagé que personne n'ait rien entendu.

« Qu'est-ce que je vais raconter de tout ça à Vincent ? »

Les yeux toujours rivés sur le visage de Magali, il soupira. Il avait favorisé les premières rencontres de son cousin avec celle qui n'était encore que la nièce d'Odette, une ravissante sauvageonne, mais à ce moment-là il n'avait pas imaginé qu'ils puissent se marier un jour. Une erreur, sans aucun doute, ce que Vincent ne reconnaîtrait jamais.

Mal à l'aise, Alain se leva et éteignit la lumière. En fin de journée, alors qu'il rentrait de la bergerie, il avait entendu Magali parler au téléphone. Une conversation avec son mari, d'après ce qu'il avait cru comprendre, où elle n'arrêtait pas de répéter : « Non, tu ne peux pas m'imposer ça ! » Il s'était éclipsé à la cuisine, où il avait assisté avec plaisir au dîner des enfants, et il n'avait pas revu Magali jusqu'à ce qu'il la découvre, beaucoup plus tard, affalée sur les marches de l'escalier.

Il songea qu'elle allait s'en tirer avec une bonne migraine puis quitta la chambre à pas de loup. Il imaginait facilement ce que Vincent avait pu lui annoncer. Par Clara, il savait que Charles remuait ciel et terre depuis un moment dans le but de faire nommer son fils à Paris. Une promotion pour Vincent, une catastrophe pour Magali. Bien sûr, Charles n'avait pas pensé un seul instant au bonheur de sa belle-fille, il n'avait réfléchi qu'en termes de carrière, de statut social. L'ambition Morvan-Meyer trouvait sa mesure dans la capitale et nulle part ailleurs, que Vincent soit d'accord ou pas. Son cousin était piégé, coincé.

Dans le hall, il regarda autour de lui, esquissa un sourire. Pourquoi Charles ne comprenait-il pas que Vallongue était un paradis ? Que, à la longue, Magali aurait fini par s'y sentir chez elle, et qu'en la déracinant à Paris il la condamnait sans appel ? Cette idée n'avait pas dû l'effleurer, ou alors il s'en moquait éperdument.

Il tendait la main vers le téléphone, pour rassurer Jean-Rémi, lorsqu'il entendit un bruit de moteur au-dehors. Figé, il perçut le claquement d'une portière, la voiture qui repartait. Un instant plus tard, Vincent fit irruption.

— Comment es-tu revenu aussi vite de Paris ? lui lança Alain en guise de bienvenue.

— J'ai pris un avion, puis un taxi. Et toi, que fais-tu encore debout à cette heure-ci ?

— Rien...

En passant près de lui, Vincent lui envoya une claque amicale sur l'épaule.

— Est-ce que Magali est couchée ? J'étais vraiment pressé de rentrer, il faut que je lui parle. Elle ne t'a rien raconté ?

— Non, pas directement, mais les bruits circulent vite en famille. Ton père t'a obtenu un poste de juge à Paris, c'est ça ?

— À peu près, oui.

— Félicitations...

Comme Vincent allait s'élancer vers l'escalier, Alain le retint fermement.

— Attends !

Il le poussa vers la bibliothèque, ferma la porte et s'assit dans son fauteuil favori, comme s'il était persuadé que leur conversation allait se prolonger.

— Tu as un problème ? s'enquit Vincent avec curiosité.

Malgré ses propres soucis, il semblait tout disposé à écouter son cousin.

— Pas moi. Toi...

Ils se dévisagèrent en silence, puis Vincent se décida à prendre place au bord d'une bergère. Sourcils froncés, il murmura :

— Tu peux être plus clair ?

— Ta femme n'est pas en mesure de discuter avec toi pour le moment. Elle a... disons un peu trop bu. Elle dort à poings fermés, je ne pense pas que tu arriveras à la réveiller avant demain matin.

Stupéfait, son cousin ouvrit la bouche mais la referma sans avoir prononcé un mot. Le silence s'installa entre eux, rythmé par le balancier de l'horloge. Jean-Rémi devait commencer à s'inquiéter pour de bon, seul dans son moulin, à se poser des questions, néanmoins il devrait attendre encore un peu.

— Qu'est-ce qui s'est passé exactement, Alain ?

— Oh, rien de grave ! Par chance, c'est moi qui l'ai trouvée et couchée. J'ai dû la déshabiller, mais elle ne s'en souviendra pas. Je suppose qu'elle a fait la tournée des grands-ducs, à Avignon ou ailleurs. Elle est partie juste après ton coup de téléphone. Et ici, personne ne s'est aperçu de rien, Helen s'est occupée des enfants comme d'habitude...

Vincent hocha la tête, puis il se releva et se mit à arpenter la bibliothèque, les mains enfouies dans les poches de son pantalon.

— Tu crois que je devrais refuser ? marmonna-t-il après plusieurs allées et venues.

— Ta nomination ? Je n'en sais rien, ça ne me regarde pas.

— Donne-moi ton avis quand même.

— Il ne te plaira pas forcément.

— Peu importe !

— Vraiment ? Eh bien, je crois que Magali est en train de perdre pied. Même dans cette maison, bien à l'abri du reste du monde, elle est terrorisée. Elle ne veut pas être une bourgeoise, mais elle ne veut pas non plus te décevoir et elle ne sait plus à quel saint se vouer.

— Qu'elle soit elle-même, c'est tout ce que je demande ! De quoi a-t-elle donc si peur ?

— Du jugement des autres. Toi, bien sûr, et toute la famille. Tu as vu la tête d'Odette quand elle est invitée ici ? Les regards qu'elles échangent, toutes les deux ? Oh, et aussi une foule de détails ! Tu ne t'aperçois vraiment de rien ? Il suffit qu'on parle de littérature, de musique ou de politique, et elle ne sait plus où se mettre, elle donnerait n'importe quoi pour être ailleurs !

— Mais pourquoi, Alain ? À part l'été, il n'y a que toi à Vallongue, et Magali t'adore ! Avec toi elle est en confiance, et avec ton... avec Jean-Rémi aussi. Elle me raconte qu'elle va prendre le thé chez lui et qu'ils discutent de tas de trucs, qu'elle apprend beaucoup, que...

Il s'interrompit en se demandant soudain ce que sa femme cherchait à apprendre. Le fossé qui la séparait des Morvan ne se comblerait jamais, ce n'était pas quelques conseils de Clara ou quelques discussions sur l'art qui allaient lui donner confiance en elle. Au début de leur mariage, elle était en admiration devant Marie, à qui elle aurait désespérément voulu ressembler. Ensuite, elle était tombée sous le charme de Chantal. Toutes les femmes de son âge lui semblaient des modèles inaccessibles, auxquels elle ne parvenait pas à s'identifier.

— Je ne suis pas obligé d'accepter, dit-il d'une voix tendue. Nous pouvons très bien rester ici. Magali passe avant tout, et les enfants sont sûrement plus heureux en Provence qu'ils ne le seraient à Paris...

Il l'affirmait avec conviction, mais Alain leva les yeux au ciel.

— Tu veux rester juge à Avignon toute ta vie ? Te retrouver en guerre ouverte contre ton père ? Et que Magali en porte la responsabilité ?

— En tout cas, je ne veux pas qu'elle soit mal à l'aise. À elle de décider.

— Elle en est incapable, tu le sais très bien.

— Alors, où est la solution ?

Vincent donna un coup de poing rageur contre une étagère et fit volte-face pour planter son regard dans celui d'Alain.

— Tu me trouves lâche ? Inconséquent ? J'aurais dû envoyer papa au diable, louer une maison toute simple au fond d'un vallon et ne plus voir personne ?

— Non... Sûrement pas.

Ils restèrent une seconde à s'observer, puis Vincent secoua la tête, soupira. Alain était son meilleur ami depuis toujours, et devant lui il pouvait formuler la question qui commençait à l'obséder.

— Tu crois que j'ai eu tort de l'épouser ? murmura-t-il. Si je ne suis pas foutu de la rendre heureuse...

Le constat était douloureux pour un homme comme lui, qui ne supportait pas l'échec. Au lycée, puis à la fac, il avait beaucoup lutté pour se maintenir dans les premiers. Il ne possédait pas la déconcertante aptitude aux études de Daniel, mais il l'avait compensée par une volonté sans faille, un travail acharné. Quand il désirait quelque chose, il se donnait les moyens de l'obtenir, tenace jusqu'à l'obstination. Son caractère agréable, charmeur et subtil, que Clara appréciait tant, pouvait devenir âpre lorsqu'il se fixait un but. Il en avait fait la démonstration en épousant Magali contre l'avis de son père, de toute la famille, persuadé qu'il surmonterait les difficultés là comme ailleurs. Aujourd'hui, il commençait à en douter.

— Dis-moi ce que je peux faire pour que les choses s'arrangent...

L'intonation grave de sa voix évoquait celle de Charles, et Alain ébaucha un geste d'impuissance en se levant.

— Je n'ai pas de conseil à te donner. Je suis d'ailleurs le dernier à qui tu devrais en demander.

Au moins, le sourire amical de Vincent ne rappelait en rien celui de son père.

— Mais pense aussi un peu à toi, ajouta Alain avant de quitter la bibliothèque.

Agacé par l'insistance de la blonde qui ne le quittait pas des yeux tout en sirotant un diabolo menthe à la table voisine, Charles finit par se dissimuler derrière son journal. Même s'il trouvait flatteur de pouvoir encore plaire à une jolie jeune femme, il n'avait pas l'intention d'engager la conversation. La lecture de son quotidien ne l'absorbait nullement, c'était pour réfléchir en paix qu'il était entré au café des *Deux Magots*. Le départ précipité de Vincent, quelques jours plus tôt, ne lui disait rien qui vaille. Est-ce que cette écervelée de Magali allait poser un problème ?

Il but quelques gorgées de thé puis chercha son étui à cigarettes. Au moment où il sortait son briquet de sa poche, la blonde se leva pour lui demander du feu, avec un sourire très prometteur. Il ne lui accorda qu'un bref instant d'attention, tandis qu'elle le dévisageait au-dessus de la flamme. Décidément, il n'avait pas envie de se faire draguer par une fille de vingt-cinq ans. L'âge qu'aurait eu Beth si elle avait vécu, ce qui était une idée très désagréable.

D'un geste négligent, il posa un billet sur la table puis quitta le bistrot sans attendre la monnaie ni se retourner vers la blonde dépitée. Une petite pluie fine tombait sur le boulevard Saint-Germain, pourtant il décida de marcher. Rien d'urgent ne l'obligeait à regagner son cabinet pour le moment, il pouvait flâner dans les rues de Paris jusqu'à l'heure de son prochain rendez-vous au palais de justice. Il n'avait qu'à se diriger vers la rue Dauphine, et de là gagner le Pont-Neuf, plutôt que chercher un improbable taxi en maraude. De toute façon, il restait soucieux de sa forme physique, continuait de se rendre deux fois par semaine dans une salle de sport et ne prenait jamais aucun ascenseur.

Autour de lui, les passants se hâtaient, cols relevés, alors qu'il n'avait même pas pris la peine de fermer son imperméable. Perdu dans ses pensées, il observait les flaques qui se formaient sur le trottoir luisant lorsqu'un passant le heurta brutalement. Il releva la tête et croisa un regard bleu acier tandis que l'homme marmonnait des excuses avec un fort accent allemand. L'espace d'un instant, Charles éprouva une étrange sensation de malaise. Il se retourna lentement et vit que l'homme s'était arrêté lui aussi. À trois mètres de distance, ils se dévisagèrent ouvertement. Les gens s'écartaient pour les contourner avec indifférence tandis qu'ils restaient immobiles, désormais certains de s'être reconnus l'un comme l'autre.

Charles ne se souvenait pas de son nom, peut-être même ne l'avait-il jamais su, mais impossible d'oublier ses yeux. Devant cet homme-là, dix-sept ans auparavant, au fond d'une cellule de forteresse, il avait découvert la peur, la souffrance et la haine. Des sentiments intacts, qui resurgissaient soudain avec une telle intensité qu'il fut parcouru d'un violent frisson.

L'homme dut sentir le trouble de Charles car il fit volte-face et traversa en hâte le boulevard. Sur le trottoir opposé, il allongea encore le pas pour tenter de se perdre dans la foule qui émergeait d'une bouche de métro.

Il fallut quelques instants à Charles pour maîtriser un ancien réflexe d'angoisse, puis il se laissa submerger par une rage incontrôlable qui le précipita à la poursuite de l'autre. Le feu était vert quand il s'élança sur la chaussée, et il ne vit même pas arriver l'autobus, qui le percuta de plein fouet. Il fut projeté loin de là et se retrouva couché sur les pavés mouillés. La calandre d'une Renault s'arrêta à quelques centimètres de son visage, mais il était incapable de bouger, de se relever, et le bruit des klaxon ou des freins bloqués ne lui parvenait déjà plus.

Gauthier était comme tous les petits-enfants de Clara : il adorait sa grand-mère. Et il la respectait assez pour refuser de lui mentir. Toute sa vie, elle avait fait preuve de courage et de bon sens, rien n'était parvenu à émousser son autorité au sein du clan Morvan; il était donc inconcevable de la traiter en vieille dame fragile.

— Je veux la vérité ! avait-elle exigé d'une voix qui ne tremblait pas.

Gauthier avait cédé, sans prendre la peine de consulter les autres. Charles était perdu, il ne restait aucun espoir. C'était juste une question d'heures, peut-être de jours, mais l'hémorragie du foie ne pouvait pas être jugulée.

Le choc avait fait chanceler Clara, et il avait dû la soutenir puis l'obliger à avaler quelques gouttes de digitaline. Charles avait été transféré dans le service du professeur Mazoyer, au Val-de-Grâce, et Gauthier l'avait fait installer dans une chambre individuelle. Les résultats des premiers examens et des radios étaient sans appel.

Alerté, Daniel était rentré sur-le-champ avenue de Malakoff. Le temps de téléphoner à Marie, au cabinet, puis à Vallongue, les deux cousins avaient pris ensemble la décision de conduire leur grand-mère à l'hôpital.

L'état de Charles, au chevet duquel les meilleurs spécialistes avaient été convoqués, restait stationnaire. Comme il était conscient, il avait fallu lui administrer une forte dose de morphine et il somnolait lorsque sa mère pénétra dans la chambre, flanquée de Daniel et de Gauthier.

— Charles…, soupira-t-elle en marquant un temps d'arrêt.

La vision de son fils, la tête abandonnée sur l'oreiller, bardé de tuyaux, soudain aussi vulnérable qu'un vieil enfant, lui fut insupportable. Même dans les pires malheurs, elle se souvenait de lui debout, faisant face. Les colères de Charles, sa froideur, sa force devant l'adversité, plus rien de tout cela n'existait dans la vulnérabilité de cet homme couché. Avec certitude, elle sut qu'il ne chercherait pas à lutter.

Les doigts de Clara se serrèrent davantage sur le poignet de Daniel, et ils avancèrent ensemble tous les trois.

— C'est moi, mon chéri, souffla-t-elle d'une voix blanche. Tu m'as fait une sacrée frayeur…

Il ouvrit les yeux, tenta de fixer son attention sur elle. Son regard était voilé, absent, pourtant il bougea un peu et reconnut Daniel et Gauthier. Ce fut à ce dernier qu'il s'adressa.

— J'ai combien de temps ?

À peine compréhensible, parce qu'il l'avait difficilement articulée, la question parut évidente à son neveu, qui se força à répondre :

— Je ne sais pas, Charles… Un peu, sans doute…

Il n'avait pas pu s'empêcher d'être franc. Toutes ses connaissances médicales ne l'autorisaient pas à infantiliser son oncle dans les derniers instants de sa vie. D'un geste professionnel, fait pour rassurer, il lui prit le poignet afin de contrôler son pouls et l'entendit qui demandait à Daniel :

— Où est ton frère ?

— À Vallongue, papa. Il prend un avion, il arrivera dans la soirée.

Gênée par la présence des deux jeunes gens, Clara fit le tour du lit et vint se poster de l'autre côté. À son désespoir commençait de se mêler une sourde angoisse qui ne concernait plus seulement Charles.

— Je vais rester là, décida-t-elle en s'asseyant sur une chaise de plastique.

Au prix d'un gros effort qui fit saillir les muscles de sa mâchoire, il réussit à tourner la tête vers elle. À cause de la souffrance et de la morphine, le gris de ses yeux avait perdu son éclat métallique pour redevenir doux, comme lorsqu'il était jeune homme, comme celui de Vincent aujourd'hui.

— Tu n'empêcheras rien, maman, murmura-t-il avec lassitude.

La mort ne l'effrayait pas, il voulait juste un délai, et elle faillit se mettre à pleurer. Il n'avait pas le droit de partir avant elle, de la précipiter dans un nouveau deuil, ni celui de la condamner à ce qui allait suivre.

— S'il te plaît, dit-elle tout bas.

Mais il s'était rendormi et elle parvint à ravaler ses sanglots.

— Tu ne guériras jamais si tu ne prends pas ce médicament !

— Je ne suis pas malade, Judith…

— Avec quarante de fièvre ? Vraiment ? D'ailleurs tu es en nage, je vais changer les draps.

Elle lui tend sa robe de chambre bleue et il se met à rire.

— Tu ferais une parfaite petite infirmière ! Tu ne veux pas t'engager dans la Croix-Rouge ? Si je me fais tirer dessus, tu…

— Charles !

Jamais il n'aurait dû lui rappeler son départ imminent, cet ordre de mobilisation arrivé l'avant-veille, alors que la grippe le clouait au lit. Mais, ce matin, il est heureux de se sentir mieux, heureux à l'idée de se retrouver bientôt aux commandes d'un avion.

— La guerre ne durera pas. Il ne va rien m'arriver, mon amour.

Au lieu de prendre le vêtement qu'elle lui tend toujours, il la saisit par le bras, la fait basculer sur lui par surprise. Elle veut se relever, mais il l'en empêche et la maintient contre lui.

— Les enfants dorment encore ? chuchote-t-il.

Ils vont être séparés et il a l'impression qu'il ne pourra jamais se rassasier d'elle.

— Je t'écrirai tous les jours, promet-il en respirant ses cheveux.

Elle ne se débat plus ; au contraire, elle passe ses bras autour de son cou et l'embrasse. Toute la nuit, elle l'a regardé dormir. Il le sait parce qu'il s'est réveillé souvent et que, chaque fois, il a trouvé la veilleuse allumée et le regard tendre de sa femme sur lui. Ce n'est pas la fin de cette grippe qui l'inquiète, bien sûr. À l'aube, elle s'est levée sur la pointe des pieds pour aller repasser elle-même l'uniforme de Charles. Une tâche qu'elle n'a pas voulu confier à la femme de ménage. Dès demain, son mari cessera d'être « maître » Morvan, jeune avocat à l'avenir prometteur, pour redevenir le lieutenant Morvan, pilote de guerre.

— Ne m'oublie pas, dit-elle d'une drôle de voix.

Il prend son visage entre ses mains, l'éloigne un peu du sien. Il détaille le front sur lequel s'écarte la frange de cheveux noirs, les yeux sombres et les longs cils, la peau fine et veloutée, puis la bouche, d'une irrésistible sensualité. Elle n'est pas encore maquillée, elle a voulu lui porter son plateau d'abord, à cause des médicaments, et maintenant le thé refroidit.

— Je t'aime, Charles.

En le disant, elle a à peine remué les lèvres. Il déplace ses doigts vers sa nuque, l'attire à lui, répète son prénom à plusieurs reprises. Pour chasser l'angoisse diffuse, inexplicable, qui est en train de l'envahir, il la serre un peu trop fort, jusqu'à ce qu'elle laisse échapper un gémissement qui est davantage un appel qu'une plainte.

Il ouvrit les yeux sur un plafond blanc qui ne lui évoquait rien. « Ne m'oublie pas », avait demandé Judith. La phrase résonnait encore dans sa tête. L'oublier ? Oh, non, impossible ! Elle l'avait hanté jusque-là, elle ne le quitterait jamais.

Les souvenirs lui revinrent d'un coup, et le présent se remit en place. L'Allemand, l'hôpital. Pourquoi son destin l'avait-il rattrapé de cette manière odieuse ? Aucun hasard ne pouvait justifier une telle rencontre, dix-sept ans plus tard, sur un trottoir parisien. Et s'il avait réussi à rejoindre cet homme, au lieu de se faire écraser, l'aurait-il étranglé en plein boulevard ? À la lumière du jour, et non pas au fond d'un cachot, certaines images avaient de quoi lui donner la nausée. C'était ce qu'il avait ressenti en identifiant son ancien tortionnaire, surgi du passé comme un cauchemar.

Il baissa les yeux et découvrit Vincent, qui se tenait debout, à côté du lit, juste devant Daniel.

— Vous êtes là tous les deux ? soupira-t-il. C'est bien…

Sa voix était un peu rauque mais il parlait sans trop de difficulté.

— Un, neuf, trois, sept, énonça-t-il. Facile de s'en souvenir, c'est l'année de naissance de Beth. C'est aussi la combinaison du coffre-fort de mon bureau. Vous irez l'ouvrir ensemble, j'y tiens...

Vincent posa sa main sur la sienne, avec beaucoup de douceur.

— Très bien, papa. Mille neuf cent trente-sept.

Son fils aîné avait le visage ravagé et Charles essaya de lui sourire.

— Domine-toi encore un peu, mon grand. J'ai des choses à vous expliquer. Est-ce que Marie est quelque part ?

— Dans la salle d'attente, avec Alain.

— Alain est venu ?

— Oui, il m'a accompagné. Tu comprends, Gauthier a préféré que...

— J'imagine ce qu'il a pu vous dire, ne te fatigue pas. Maintenant, va les chercher, vous êtes tous concernés.

À regret, Vincent abandonna la main de son père, jeta un coup d'œil anxieux vers Daniel puis traversa la chambre. Il remonta le couloir jusqu'à une petite pièce où quelques fauteuils avachis accueillaient les visiteurs. Dès qu'elle l'aperçut, Marie se leva d'un bond pour se précipiter vers lui.

— Il est réveillé ? Je peux le voir ?

Depuis des heures qu'elle attendait là, ses larmes avaient délayé son maquillage et elle semblait hagarde. Catégorique, Gauthier avait recommandé de ne pas fatiguer Charles, de ne pas s'entasser à son chevet. Il avait installé Clara et Madeleine dans son propre bureau, deux étages plus haut, jurant de venir les chercher lui-même si Charles les réclamait. Mais en réalité l'état de son oncle se dégradait lentement et il pouvait sombrer d'un coup ou tenir encore quelques jours. Clara ne survivrait jamais à une attente pareille, si elle devait se prolonger, et Gauthier était fermement décidé à ménager sa grand-mère.

— Il veut vous voir, dit Vincent en regardant Alain.

Son cousin le dévisagea, surpris que cette phrase puisse le concerner.

— Moi aussi ?

— Nous cinq.

Ils s'engagèrent ensemble dans le couloir, les deux jeunes gens encadrant Marie. Presque arrivés à la porte de la chambre, ils virent Gauthier qui attendait, le dos appuyé au mur, les mains dans les poches de sa blouse. S'adressant directement à Vincent, il déclara à mi-voix :

— Je viens d'avoir une discussion avec mon beau-père. Les résultats de tous les examens confirment le premier diagnostic : Charles est inopérable. Pour le foie, on ne peut rien tenter. Et puis il y a la rate, un rein...

L'avis du professeur Mazoyer, d'ailleurs appuyé par d'autres grands patrons, n'était pas discutable. Pour la forme, Vincent s'enquit néanmoins :

— Alors, c'est sans espoir ?

— Aucun, je suis désolé... Tout ce qu'on peut faire, c'est l'aider à ne pas trop souffrir.

La franchise de Gauthier avait quelque chose d'émouvant et de sinistre.

— Viens avec nous, dit Vincent, je crois qu'il a des choses à nous dire...

Il entra le premier, suivi de ses trois cousins, et ils rejoignirent Daniel, qui n'avait pas bougé de sa place. Gauthier vérifia machinalement le débit de la perfusion, jeta un coup d'œil à l'écran du moniteur. Le rythme cardiaque de son oncle était très irrégulier, ainsi qu'il s'y attendait.

— Est-ce que tu as mal ? Tu veux un calmant ? lui demanda-t-il doucement.

— Plus tard... Pour le moment, et puisque vous êtes là tous les cinq...

Charles s'interrompit pour les regarder l'un après l'autre, avec une expression étrange.

— Ce que j'ai à vous apprendre ne va faire plaisir à personne, je vous préviens. Et j'aurais préféré ne pas être couché sur un lit d'hôpital pour vous le révéler.

Il marqua une pause avant d'achever, de façon très nette :

— J'ai toujours su qui avait dénoncé ma femme et ma fille comme juives.

Il esquissa un petit geste de la main en direction de ses deux fils, qui semblaient soudain statufiés.

— Je l'ai deviné à mon retour d'Allemagne, en retrouvant le journal que tenait votre mère... Elle l'a écrit à Vallongue mais l'avait rapporté à Paris, par précaution... À Vallongue, où vous étiez, tous... Avec cette ordure d'Édouard.

Le mouvement de stupeur d'Alain obligea Gauthier à réagir le premier pour éviter un esclandre.

— Charles, arrête, je ne comprends pas. Papa n'a jamais été...

— Si, ton père était un individu abject !

Sa réponse avait fusé, tranchante, et il était impossible de croire qu'il divaguait tant sa voix restait posée.

— Qu'est-ce que tu cherches à nous dire ? murmura Marie, qui était devenue livide.

— C'est Édouard qui les a envoyées à Ravensbrück.

Il y eut un silence durant lequel personne ne bougea, puis Alain fit un pas en arrière.

— Je n'écouterai pas un mot de plus, je m'en vais...

— Surtout pas ! Ah non, pas toi, ce serait dommage !

Même cloué au lit, vulnérable et à bout de forces, Charles conservait son autorité sur les cinq jeunes gens qu'il avait élevés, et Alain s'immobilisa.

— Tu voulais savoir pourquoi je ne t'aime pas ? poursuivit-il. Eh bien, tu es fixé. J'aurais dû vous haïr tous les trois, et votre idiote de mère avec. Mais il a bien fallu que je m'occupe de vous, et qu'en plus je supporte les jérémiades de Madeleine sur le pauvre Édouard !

Il reprit sa respiration sans que personne cherche à l'interrompre.

— Vous trouverez l'explication de tout ça... C'est tellement sordide que je ne veux pas y faire référence... Jusque-là, j'ai voulu préserver votre grand-mère, mais je crois que je n'ai plus le temps d'attendre. N'est-ce pas, Gauthier ?

Son neveu n'émit qu'un vague murmure, la tête obstinément baissée. Vincent et Daniel échangèrent un regard affolé tandis qu'Alain demandait, d'une voix altérée :

— Alors, c'est toi qui l'as poussé au suicide ? C'est ça ?

Tout prenait forme, soudain, ses bribes de souvenir comme ses cauchemars. Les intonations haineuses de Charles couvrant celles d'Édouard, basses et plaintives, lors de leur ultime querelle. Mais, pour se tirer une balle dans la tête, il fallait que son père soit vraiment coupable, qu'il ait effectivement commis cet acte de dénonciation ignoble.

— C'est impossible ! s'écria Marie.

Bouleversée, elle se cramponnait au pied du lit tandis que des larmes coulaient sur ses joues.

— Papa n'avait aucune raison d'en vouloir à ta femme ! plaida-t-elle. Il l'aimait beaucoup,

Charles, je me souviens qu'il lui parlait toujours gentiment, il lui faisait des compliments, il...

Elle s'arrêta toute seule, prenant conscience de ce qu'elle était en train de dire. Parce qu'elle était l'aînée des cinq, elle se rappelait plus précisément cette période. La manière dont Édouard regardait Judith ou lui souriait. Plus aimablement qu'à sa propre femme, c'était certain. Du moins au début. Après, il s'était renfermé, n'adressant plus la parole à personne. À la fin, il passait tout son temps dans son bureau, et personne n'osait aller l'y déranger, même pas Clara. À cette époque-là, Marie avait douze ans, elle jouait avec ses frères et ses cousins, indifférente aux histoires des adultes, et elle n'éprouvait pas de tendresse particulière pour son père. C'était un homme assez peu séduisant, autoritaire, imbu de lui-même. Mais de là à l'imaginer comme un monstre, non. Et encore moins à admettre que son oncle ait pu le regarder armer un revolver sans rien tenter pour l'arrêter.

Alain, qui semblait le seul à comprendre quelque chose aux affirmations de Charles, déclara soudain :

— Tu étais avec lui ce soir-là, tu lui as parlé.

— Bien sûr que oui ! Je voulais qu'il me le dise en face !

— Et ensuite, tu l'as laissé faire ? C'était quand même ton frère !

Charles se redressa un peu, mais la douleur le rejeta contre son oreiller. Impuissant, il serra les dents, reprit difficilement le contrôle de lui-même. Puis ses yeux se posèrent de nouveau sur Alain et il répondit, en mettant du poids dans chacun de ses mots :

— Laissé faire ? Oh, mon Dieu, non… Cette vermine était bien trop lâche… Il aurait plutôt cherché un trou de souris qu'un moyen d'en finir… Tu n'as toujours pas compris, pauvre imbécile ? Je l'ai tué !

Marie éclata en sanglots tandis que les quatre garçons restaient muets, figés. En quelques secondes, le silence devint intolérable. Puis brusquement Alain se précipita vers Charles, les mains tendues en avant, prêt à frapper, et Vincent eut juste le temps de s'interposer. Ils heurtèrent le lit avec violence avant de s'effondrer ensemble, cramponnés l'un à l'autre.

Le bruit de la tondeuse tira Clara d'un sommeil agité. Depuis quand le jardinier attaquait-il son travail à l'aube ? Elle se tourna sur le côté pour regarder sa pendulette, qui indiquait neuf heures. La mémoire lui revint d'un coup et elle faillit crier. Ces horribles tranquillisants, administrés de force par Gauthier, l'avaient terrassée. Elle se redressa sans trop de hâte, ainsi que le préconisait son médecin traitant, enfila son déshabillé et ses mules, puis se leva pour quitter la chambre.

Au rez-de-chaussée, tout était silencieux. Marie avait dû conduire Cyril et Léa à l'école, et la femme de chambre était sûrement au marché, achetant Dieu sait quoi puisque personne ne lui avait donné de consignes. Mais les menus étaient vraiment la dernière préoccupation de Clara ; d'ailleurs, les repas de famille risquaient désormais de se transformer en règlements de comptes, peu importait ce qu'on y mangerait.

Arrivée en bas de l'escalier, elle constata qu'elle ne ressentait ni essoufflement ni douleurs d'aucune sorte, elle allait désespérément bien, avec une santé défiant les années, et, en conséquence, elle allait sans doute survivre à son fils cadet, ce qui représentait pour elle un calvaire inimaginable.

La cuisine était déserte, mais la table du petit déjeuner avait été dressée à son intention. Une feuille de papier était posée près de sa tasse, avec quelques lignes écrites par Vincent.

« Je passerai te chercher à dix heures pour te conduire à l'hôpital. Papa est toujours dans le coma ce matin. Gauthier tient à ce que tu prennes tes médicaments. Nous t'aimons tous. »

Immédiatement, elle sentit monter des larmes qu'elle essuya d'un revers de main rageur. Tenir, encore et toujours. Sauver ce qui pouvait l'être, comme d'habitude. Préserver ceux qu'elle aimait.

— Je crois que je ne vais pas vous accompagner aujourd'hui…

La voix de Madeleine fit sursauter Clara, qui se retourna d'un bloc pour la considérer sans aucune indulgence, prête à la bagarre. Qu'est-ce que sa belle-fille avait bien pu apprendre tandis qu'elle-même dormait, anéantie par les somnifères ?

— De toute façon, ça ne fait aucune différence pour Charles, puisqu'il ne reconnaît personne maintenant…, ajouta Madeleine. Vous savez, ma pauvre, Gauthier n'est pas très optimiste…

« Ma pauvre » ? Clara se redressa de toute sa taille et lança sèchement :

— Vous seriez gentille de continuer à m'appeler Clara. Et je connais le pronostic de Gauthier, comme de tous ces fichus médecins !

Madeleine secoua la tête, prenant un air navré.

— Je ne comprends toujours pas comment il a pu se faire renverser… Ce n'est pas son genre d'être distrait, n'est-ce pas ?

Elle l'avait déjà dit cent fois, cependant cette répétition prouvait qu'elle n'avait pas changé d'état d'esprit en ce qui concernait Charles. Elle respectait son beau-frère – en qualité de chef de famille – depuis le décès d'Édouard, et il était même possible qu'elle ressente un vague chagrin à l'idée de le perdre. Donc, elle ignorait tout, personne ne lui avait parlé.

Avec un soupir, Clara posa la bouilloire sur la cuisinière. Ses petits-enfants allaient chercher à les épargner, elle et Madeleine, à les tenir à l'écart. Mais à présent ils savaient la vérité, elle en était persuadée. Une vérité dont elle ne possédait pour sa part que des bribes. La veille, quand Gauthier était enfin remonté dans son bureau de l'hôpital, où elles attendaient depuis des heures, il avait une tête à faire peur. Hagard, comme s'il avait vu le diable. Il leur avait annoncé que Charles venait de sombrer dans le coma, mais ça ne justifiait pas sa pâleur, son silence obstiné, tout le désespoir qu'il essayait en vain de dissimuler. C'était lui qui les avait raccompagnées avenue de Malakoff, sans desserrer les dents, lui qui avait insisté pour faire une piqûre à sa grand-mère avant de rentrer chez lui.

Elle versa l'eau sur le café, respira machinalement l'odeur de l'arabica. Le fardeau que Charles était en train de lui léguer serait impossible à porter, elle en eut le pressentiment. À son âge, aurait-elle encore assez de force pour empêcher la famille de voler en éclats ?

— Où sont-ils tous passés ? demanda-t-elle d'un ton las.

— Vincent est parti au Val-de-Grâce très tôt, Marie était de très mauvaise humeur avec les petits, et je n'ai pas vu Alain aujourd'hui.

Comme il était inconcevable que celui-là fasse la grasse matinée, ses craintes se trouvèrent ainsi confirmées.

— Je boirai mon café dans ma chambre, décida-t-elle en préparant un plateau. Il faut que je me dépêche de m'habiller.

— Vous êtes sûre que vous pourrez vous passer de moi ? insista Madeleine avec une sollicitude exaspérante.

Sur le point de quitter la pièce, Clara s'arrêta un instant pour lui jeter un étrange regard.

— Tout à fait sûre, dit-elle lentement avant de sortir.

*
**

Incapable de se concentrer sur un dossier, ni même de rester assise cinq minutes, Marie renonça vite à travailler. Elle quitta le cabinet Morvan-Meyer au milieu de la matinée mais hésita longtemps sur l'adresse à donner au chauffeur du taxi. Retourner à l'hôpital ne servait à rien, Gauthier venait de lui confirmer par téléphone que Charles n'avait pas repris conscience et glissait dans un coma profond. Finalement, elle rentra avenue de Malakoff, évita le petit salon où sa mère devait broder un de ses sempiternels napperons et monta directement jusqu'à la chambre d'Alain.

Son frère était assis sur l'appui de la fenêtre grande ouverte. Il regardait le jardin sans le voir, perdu dans ses pensées, visage fermé. Elle songea qu'il n'était pas revenu à Paris depuis une dizaine d'années et que certains souvenirs d'adolescence devaient lui revenir en mémoire. Les goûters en arrivant du collège ou du lycée, avec obligation de se laver les mains d'abord, les parties de croquet sur la pelouse, Vincent qui faisait systématiquement les devoirs de maths de ses cousins. Tout un univers douillet dont ils avaient ignoré les drames.

Alain tourna la tête vers elle, l'observa gravement. Pour le maîtriser, la veille, il avait fallu que Daniel prête main-forte à Vincent. Dans la mêlée, Gauthier avait réussi à préserver Charles, les perfusions, les électrodes, mais il s'était mis en colère, son rôle de médecin prenant le pas sur le reste, et il avait fait sortir tout le monde.

— Tu as pris ton petit déjeuner ? demanda-t-elle d'une voix crispée.

Surpris d'entendre une question aussi dérisoire, il haussa les épaules.

— Allez, viens avec moi, tu n'as déjà pas dîné hier soir... Tu sais, les enfants t'ont réclamé, ce matin.

En fait, elle avait dû les empêcher de se précipiter dans la chambre d'Alain, dont ils étaient fous tous les deux, et leur promettre qu'il serait encore là pour le dîner. Or rien n'était moins sûr.

— Au moins une tasse de café, insista-t-elle.

Contrairement à ce qu'elle supposait, il quitta l'appui de la fenêtre. Il portait une chemise blanche, dont le col était ouvert, un pantalon noir et des mocassins. Bronzé, élancé, il avait tout pour plaire, et elle se demanda soudain pourquoi il continuait de vivre seul à Vallongue, comme un ermite. Il la rejoignit, posa ses mains sur ses épaules puis plongea son regard dans le sien.

— Marie, interrogea-t-il âprement, tu peux accepter ça ?

C'était la dernière chose dont elle voulait parler, et elle tenta de se dégager mais il resserra son étreinte.

— Vraiment, tu peux ?

— La question n'est pas là ! Les choses existent, qu'on soit d'accord ou pas. On ne refera pas l'histoire, Alain…

— Mais tu crois ce qu'il a dit ?

— Oui… Bien obligée !

— Pourquoi ?

— Dans l'état où est Charles, il est incapable de mentir.

Un sanglot était passé dans sa voix et elle déglutit avec difficulté. L'idée que Charles allait mourir dominait toutes les autres, mais elle ne pouvait pas l'avouer à son frère. Ni lui faire comprendre l'attachement profond, à vif, qui la liait à un homme qu'il avait toujours détesté et qu'à présent il haïssait.

— Tu ne vas pas continuer à le défendre, Marie ? C'est un assassin.

Elle se doutait bien qu'il serait le premier à prononcer le mot. Vincent avait remis toutes les explications à plus tard et elle n'avait rien à répondre.

— Reste tranquille, murmura-t-elle. Attends de savoir.

Cependant, elle n'était pas sûre d'avoir envie d'en apprendre davantage. Pour se donner du courage, elle évoqua sa grand-mère et se redressa, obligeant Alain à la lâcher.

— Pense à Clara, dit-elle d'un ton ferme.

Dorénavant, ce serait leur sésame, à tous, pour ne pas se déchirer.

**

Vincent était seul au chevet de son père, dans une des cabines vitrées de la réanimation. Le service ne tolérait qu'une visite à la fois, brève de préférence.

Le regard du jeune homme restait fixé sur le profil de Charles, ses joues creuses, la ligne de ses mâchoires, l'ombre d'une barbe naissante qui durcissait encore ses traits. Sans même consulter Daniel, il avait pris la décision de n'ouvrir le coffre-fort de leur père qu'après sa mort. Quels que soient les documents enfermés là, Vincent ne se sentait aucun droit pour l'instant, et surtout pas celui de fouiller le passé de l'homme qui gisait devant lui. Il ne se souvenait pas de l'avoir jamais vu malade. Ni même en état d'infériorité. Encore moins mal rasé. Pour lui, l'image de Charles était celle de l'élégance, de l'autorité. Et il était peut-être le seul, avec Clara, que cette attitude arrogante n'avait jamais découragé. Le seul, aussi, à avoir obtenu quelques vrais sourires. L'admiration craintive qu'il portait à son père n'avait pas empêché l'affection, au contraire, même s'il avait mis du temps à le comprendre.

Il se pencha un peu en avant pour vérifier que le drap se soulevait bien au rythme de la respiration. Un réflexe stupide, puisque Charles était relié à toute une série d'appareils qui ne manqueraient pas de donner l'alerte si son cœur s'arrêtait. Avec maladresse, il tendit la main vers le visage émacié, repoussa quelques mèches de cheveux. Il ne pouvait strictement rien faire d'autre que rester là, dans l'attente de la fin, impuissant et malheureux. Il n'avait pas encore trente ans, il n'était pas préparé à ce qui allait suivre.

En se redressant, il découvrit Gauthier, de l'autre côté de la vitre, qui lui faisait signe de sortir. Avant de s'écarter du lit, il effleura le bras de son père, à l'endroit où l'aiguille de la perfusion était maintenue par un sparadrap, et cette ébauche de caresse ressemblait beaucoup à un geste d'adieu.

— Viens, lui chuchota Gauthier, il faut laisser ta place à grand-mère…

Vincent lui fut reconnaissant de toute la gentillesse qu'il manifestait depuis la scène de la veille, de sa neutralité bienveillante, de son sang-froid de médecin. Devant la double porte de la salle de réanimation, Clara patientait, les traits tirés, mais elle se dirigea vers eux d'un pas ferme.

— Reste avec lui tant que tu le souhaites, lui dit Gauthier, j'ai prévenu les infirmières. Elles vont te donner une chaise, je ne veux pas que tu sois debout.

D'un petit hochement de tête, elle acquiesça, sans s'arrêter pour autant, n'accordant aucune attention aux deux garçons. Une horrible angoisse, pire que toutes celles vécues depuis trois jours, s'était emparée d'elle quelques minutes plus tôt. Son instinct de mère lui soufflait qu'il y avait urgence et elle se glissa en hâte au chevet de Charles, dont elle saisit la main inerte un peu brutalement.

— Je suis là, mon petit, articula-t-elle à voix basse.

Elle était arrivée à temps, désormais elle n'allait plus le lâcher. C'était son cœur, ses entrailles, tout ce qu'elle avait de plus sensible qui se retrouvait à vif, et bientôt amputé. Elle ne regarda le visage de son fils qu'une seconde avant de fermer les yeux, mais elle avait eu le temps de voir le teint cireux, les cernes marqués, un masque de moribond qui ne laissait aucun doute.

— Le moment est venu, mon chéri, maintenant tu vas retrouver Judith…

Enfermée dans les siennes, la main de Charles était froide, mais elle crut la sentir bouger et elle rouvrit les yeux. Les doigts se crispèrent à deux reprises, de façon perceptible, et elle eut la certitude absurde mais absolue qu'il entendait ses paroles.

— Elle t'attend, Charles, répéta-t-elle avec force. N'aie pas peur !

Il y eut une autre réaction, moins nette que la première, puis plus rien. Clara comprit que c'était fini juste avant que les sonneries d'alarme ne se déclenchent.

11

IL ÉTAIT DIX HEURES DU SOIR quand Gauthier se déclara satisfait de l'état de Clara, qui dormait enfin et ne se réveillerait pas avant l'aube. Serviable, Madeleine avait installé un lit de camp dans la chambre de sa belle-mère et se proposait d'y passer la nuit. De son côté, Helen veillait sur le sommeil des enfants, aussi rien ne s'opposait plus au départ des jeunes gens.

Vincent avait exigé la présence de ses cousins, persuadé qu'ils devaient apprendre ensemble ce qu'on leur avait caché durant tant d'années. Tout ce qu'ils pourraient raconter par la suite, Daniel et lui, n'aurait pas la même valeur qu'une découverte en commun.

Ils ne prirent qu'une voiture pour se rendre au cabinet, dont Marie possédait les clefs. En entrant, elle actionna plusieurs interrupteurs et la lumière des lustres révéla le luxe feutré des locaux. Alain, qui n'était jamais venu là, n'accorda pas un regard au décor. Il n'avait d'ailleurs pas ouvert la bouche depuis qu'on lui avait annoncé le décès de son oncle ; il se contentait d'attendre, ainsi qu'il l'avait promis à Marie.

Elle les précéda jusqu'au bureau de Charles, où ils pénétrèrent tous les cinq, puis elle referma les portes capitonnées d'un geste machinal, bien inutile puisqu'ils étaient seuls dans l'immense appartement.

— Le coffre-fort est derrière cette boiserie, dit-elle en désignant un panneau lambrissé. Mais je ne connais pas la combinaison.

— Papa me l'a donnée avant-hier, répondit Vincent sans intonation particulière.

Il observa la pièce un moment, gêné de sentir partout la présence de son père. L'agenda ouvert, couvert de son écriture, des cigarettes dans une timbale en argent, son stylo favori, posé près du sous-main, un code pénal un peu abîmé à force d'avoir été feuilleté. Face au bureau Empire, deux fauteuils confortables où nombre de clients avaient exposé leurs cas. Un peu à l'écart, une méridienne de velours bleu nuit. Et suffisamment d'espace pour pouvoir faire les cent pas sur un somptueux tapis persan, en répétant des plaidoiries qui avaient forcé l'admiration des chroniqueurs judiciaires depuis quinze ans.

Enfin il s'approcha de la boiserie, qu'il fit coulisser, puis considéra la lourde porte d'acier bleuté. D'une main qui ne tremblait pas, il composa les quatre chiffres et ouvrit. Deux étagères étaient nues, mais sur la troisième se trouvait une pile de petits carnets à spirale. Il les sortit ostensiblement, laissa le coffre ouvert pour que les autres puissent constater qu'il était vide et alla les poser sur le bureau. Chaque couverture portant une date, il se contenta de vérifier qu'ils étaient bien rangés en ordre chronologique.

— Je crois qu'on en a pour un moment, dit-il à mi-voix.

Marie et Gauthier s'assirent côte à côte sur la méridienne tandis qu'Alain faisait signe qu'il préférait rester debout. Daniel prit place sur l'un des deux fauteuils et Vincent se dirigea vers l'autre, le premier des carnets à la main. Depuis qu'ils étaient entrés dans le bureau de Charles, il avait fait preuve d'une détermination tranquille, presque autoritaire, qui n'était pas sans rappeler l'attitude de son père.

— Personne ne s'oppose à ce que ce soit moi qui commence ? Je lis et je vous les passe ?

Il était le fils aîné de Charles, il était juge, et les autres n'avaient aucune envie de discuter. Néanmoins, Alain demanda :

— Tu ne veux pas plutôt nous faire la lecture ? Ce serait plus rapide...

Malgré lui, il avait mis une intonation ironique dans sa question, peut-être parce qu'il était incapable de s'adresser normalement à ses cousins, trop déstabilisé par les événements de ces deux jours. Vincent leva la tête vers lui et leurs regards s'affrontèrent un instant. Ils avaient toujours été comme les deux doigts de la même main, mais soudain ils prirent conscience qu'un fossé venait de se creuser entre eux.

— Non. Je ne sais rien de ces carnets, j'ignorais leur existence jusqu'ici. Il s'agit sans doute de choses graves et je trouve normal que vous en preniez connaissance en même temps que Daniel et moi, seulement je préférerais que chacun d'entre nous puisse se faire une idée objective en silence. Tu es pressé ?

Alain n'avait pas pu s'empêcher de remarquer que Vincent avait d'abord refusé avant de s'expliquer. Charles aussi faisait souvent débuter ses phrases par un « non » catégorique et exaspérant. Il se força à répondre :

— Comme tu veux.

Puis il s'éloigna vers une somptueuse bibliothèque d'acajou et se mit à étudier les titres des volumes reliés qui se trouvaient à sa hauteur. Il y avait beaucoup de livres de droit, mais aussi de l'histoire et quelques auteurs classiques. De quoi s'occuper en attendant que le premier carnet arrive jusqu'à lui. Il prit au hasard un tome de *À la recherche du temps perdu*, dans une édition rare illustrée par Van Dongen. Il se demanda si Charles aimait Proust ou s'il s'agissait juste d'un achat de collectionneur. À moins que ce ne soit un cadeau d'un des nombreux clients dont il avait brillamment plaidé la cause. À Vallongue, la bibliothèque abritait une littérature très éclectique, acquise un peu n'importe comment au début du siècle par Clara et Henri, puis enrichie par toute la famille au fil du temps.

Alain s'assit par terre, au bord du tapis persan, pour feuilleter les pages et trouver les aquarelles, mais il ne parvint pas à s'y intéresser. Malgré lui, il songeait à la bibliothèque de Vallongue, lors de cette sinistre nuit où il s'était endormi dans le grand fauteuil, alors qu'à quelques pas de là son père et son oncle avaient entamé leur dernière dispute. Si Charles avait dit vrai, si Édouard était bien à l'origine de la déportation de Judith et Beth à Ravensbrück, tout devenait logique. Innocent, Édouard se serait défendu, aurait crié, or il n'avait fait que geindre, jusqu'à ce que son frère le vise et tire. La détonation, Alain était certain de ne pas l'avoir entendue. Au moment où Charles appuyait sur la détente, il avait déjà regagné son lit, s'était enfoui sous les couvertures et peut-être rendormi. En fuyant, il n'avait perçu que ces quelques mots rageurs : « ... n'a rien vu, rien compris ! » Non, évidemment. Madeleine, qui ne brillait pas par son intelligence, avait probablement tout ignoré des agissements de son mari. Stupide, elle l'était, mais jamais elle n'aurait dénoncé une femme de sa propre famille.

Il leva les yeux vers Vincent, qui venait de refermer le deuxième carnet pour le tendre à Daniel, et fut frappé par l'expression de son visage. Stupeur, souffrance, humiliation. À tel point qu'il se hâta de détourner son regard pour ne pas le surprendre, se sentant soudain très mal à l'aise. Avaient-ils le droit de déterrer le passé des Morvan de la sorte ? Tout ce qu'ils allaient apprendre constituerait un poison sans antidote qui les rongerait désormais tous les cinq. Les dernières volontés de Charles se révélaient d'une cruauté absolue.

Vincent, sur le point d'ouvrir un nouveau carnet, s'obligea à respirer calmement plusieurs fois avant de poursuivre sa lecture. Le récit de sa mère, troublant dès les premières pages, devenait peu à peu insoutenable. À l'époque où elle écrivait ces lignes, il n'avait que dix ans et Daniel huit. Ni l'un ni l'autre n'avaient rien deviné.

Est-ce qu'il aurait jeté son dévolu sur moi si je n'étais pas ta femme ? Il a une telle rancœur à ton égard, une telle jalousie ! Ses yeux le trahissent, je ne comprends pas que personne ne le remarque. Quand il me croise dans un escalier ou un couloir, il s'arrange pour me frôler, et je dois être la seule à savoir qu'il empeste l'alcool.

Elle avait dû se sentir très démunie devant la concupiscence de son beau-frère. Impossible d'en parler à Clara tant qu'il s'agissait seulement de regards trop appuyés, de gestes équivoques. Et, bien sûr, Madeleine devait continuer à broder, à manger ou à prier pendant ce temps-là.

Trois pages plus loin, l'écriture se rétrécissait soudain, tout en restant lisible, comme si Judith avait eu du mal à rédiger les lignes suivantes.

Je me sens salie, avilie, indigne parce que je n'ai rien pu faire pour empêcher ce qui vient d'arriver. Je le redoutais depuis des mois et je n'ai trouvé aucune parade. Beth s'est réveillée au milieu de la nuit, elle pleurait, elle a très mal aux dents, alors je suis descendue faire chauffer un peu de lait au miel pour la calmer. C'est en remontant que je l'ai trouvé sur le palier. Je ne veux pas que tu lises ces mots un jour, Charles, et pourtant je veux aussi que tu me venges. Comment pourrai-je t'expliquer ça quand tu reviendras ? Je n'aurai jamais le courage de te le dire, il faudra que je te mette ce carnet sous les yeux. Car même si ce n'est pas à moi d'avoir honte, je rougis en pensant à toi.

Il m'a suivie dans ma chambre. La tienne, la nôtre ! La porte de communication avec celle de Beth était restée ouverte ; je ne l'entendais plus, elle avait dû se rendormir. Je l'ai giflé, griffé, mais il ne sentait rien. Il a dit que Beth finirait par se réveiller. Que je pouvais bien ameuter la maison, ce serait sa parole contre la mienne. Il a déchiré ma chemise de nuit, il a voulu me faire taire en me mettant la main sur la bouche parce que je l'insultais à voix basse, et j'ai cru étouffer de rage et de dégoût. Son haleine empestait, et quand ses doigts se sont mis à fouiller dans mon ventre, j'ai eu une nausée. Jamais je n'avais éprouvé autant de haine, je ne savais pas que c'était possible. Si c'est ce que ressentent les femmes violées, elles sont damnées de la terre. Je lui ai donné un coup de genou, le plus fort possible, et alors c'est lui qui a crié, il est tombé à genoux, mais il s'accrochait encore à moi comme un animal. Je ne suis pas une victime, pas une innocente, non, je suis ton épouse et j'ai ces trois enfants que tu m'as faits. Je sais ce que c'est que l'amour et le désir. Lui, je voulais le tuer. Vraiment. On a lutté longtemps en silence. Il n'est pas arrivé à finir ce qu'il avait commencé. Il m'a prise mais n'a pas pu jouir. Trop soûl. Ou bien j'avais réussi à lui faire mal. Je sens encore ses mains partout. Il est parti en titubant et j'ai fermé ma porte à clef. Le lait au miel était renversé sur le tapis. J'ai passé le reste de la nuit à vomir, à pleurer, à nettoyer. Beth ne s'est réveillée qu'à sept heures.

Vincent laissa échapper le carnet à spirale et dut se pencher pour le ramasser avant de le passer à Daniel. Pour saisir le suivant, il attendit d'avoir dominé le tremblement de ses mains. À Vallongue, le palier du premier étage, qu'il traversait chaque jour, lui semblerait désormais différent. Quand il était rentré d'Allemagne, Charles avait changé de chambre, ce qui était compréhensible, et celle qu'avait occupée Judith pendant la guerre était désormais dévolue à la jeune fille au pair. C'était donc dans cette pièce que sa mère avait subi en silence l'agression d'Édouard. Là qu'elle s'était débattue de toutes ses forces et avait perdu le combat.

N'osant regarder personne, et surtout pas Daniel, il se remit à lire.

Je me suis arrangée pour ne jamais me retrouver seule avec lui. J'ai placé un couteau à viande, bien pointu, dans ma table de nuit, et je me suis juré de l'utiliser s'il avait le front de revenir. Pourtant, ce matin, il a réussi à me surprendre dans la cuisine. Il était blanc comme un linge et a bredouillé des excuses sans fin. Ce n'est pas un homme, c'est une larve. Ses promesses sont des serments d'ivrogne, je le lui ai dit. Il voudrait que je lui pardonne et j'en suis incapable. Je ne crois pas qu'il regrette. Il réalise seulement qu'un jour tu reviendras. D'ici là, je ne peux que le mépriser, le haïr, le fuir.

Accablé, Vincent se demanda s'il aurait le courage d'aller au bout de l'histoire. Autour de lui, les autres se taisaient, et seul le bruit des pages tournées était perceptible.

*Je n'ai rien oublié, mais je suis plus calme.
J'essaie d'être toujours avec Madeleine, ou
Clara, ou Beth. Les garçons vont et viennent,
ils passent tout leur temps dehors, c'est normal
à leur âge. Édouard change de jour en jour.
On le dirait rongé, mais ce n'est pas le
remords, c'est la peur. Ce porc est un couard,
il imagine sûrement ce que tu vas lui faire. Un
jour ou l'autre, la guerre s'achèvera et tu
reviendras de Colditz. Il doit y penser à chaque
instant.*

Avait-elle commis la folie de jouer avec la
panique d'Édouard, pour se venger ?

*Il se terre dans son bureau et je crois qu'il
ne boit plus. À table, il fuit mon regard, il
prend l'air d'un chien battu. Il me semble qu'il
ne recommencera pas, mais je ne pourrai
jamais en avoir la certitude et je suis
condamnée à trembler. Malgré tous mes
efforts, il a réussi à me parler en tête à tête,
dans le jardin, au moment où je ramassais des
haricots. Oh, Charles, si tu savais ce qu'il
veut ! L'oubli, rien de moins... Il aurait pu
parler de pardon, mais non, c'est l'impunité
qu'il exige. Je lui ai répété qu'il s'expliquerait
avec toi. D'homme à homme. Cette perspective
le terrorise, tant mieux.*

Cette menace avait signé son arrêt de mort,
et celui de Beth. Dans une période où

458

n'importe qui pouvait dénoncer anonymement son voisin, Édouard avait-il eu une opportunité, saisie en désespoir de cause ? Il suffisait d'un mot pour que Judith disparaisse, et avec elle l'inévitable vengeance de Charles, qui devait l'empêcher de dormir. À cette date-là, il savait déjà que son frère n'était pas mort, qu'il était seulement prisonnier, et que l'heure des explications sonnerait fatalement.

Charles, mon amour, je viens d'apprendre l'arrestation de mes parents et je suis folle d'inquiétude. Je crois que je vais aller à Paris. La guerre n'est pas près de finir et j'entends des choses horribles sur le sort des Juifs. Il faut que je retrouve leur trace, que je les aide. Il ne fait pas bon s'appeler Meyer par les temps qui courent.

Vincent se souvenait à peine de ses grands-parents maternels. Des gens simples qui idolâtraient leur fille unique et s'étaient effacés dès son mariage, se sentant peu d'affinités avec le clan Morvan. Exactement l'attitude d'Odette et de Magali aujourd'hui. Sauf que la personnalité exceptionnelle de Judith avait fait dire un jour à Charles qu'il se sentait à peine à la hauteur de sa femme. Et Vincent ne pouvait pas continuer à comparer sa propre vie au destin de son père.

Je suis allée me renseigner à la gare, le voyage ne sera pas facile mais peu importe, je m'en vais.

Judith partant pour Paris, la tentation devenait forte. Une arrestation là-bas n'impliquerait pas Édouard.

Parce qu'ils étaient des petits garçons, loin de l'âge de la puberté, Vincent et Daniel ne regardaient pas leur mère et leur tante comme des femmes. Pourtant, quelle différence ! Face à l'insignifiance de Madeleine, Judith était belle comme le jour. D'une beauté farouche, presque agressive, à laquelle aucun homme ne pouvait rester tout à fait insensible, et qui avait perdu Édouard.

Ma valise est prête, je n'emporte pas grand-chose, sauf des vêtements pour Beth, qui a tellement grandi. Reconnaîtras-tu ta fille quand tu vas enfin la serrer dans tes bras ? Je lui parle de toi chaque jour et je lui montre des photos, pour qu'elle ne t'oublie pas. Elle te trouve très beau, elle est fière de toi. Elle veut apprendre à lire et à écrire pour pouvoir vite te faire une lettre, mais je ne lui ai pas encore avoué qu'on ne pouvait pas t'envoyer de courrier.

Vincent se souvenait de tous ces cartons sur lesquels leur mère avait tracé de grosses lettres, rouges pour les voyelles, bleues pour les

460

consonnes. Il n'avait pas non plus oublié le visage de sa petite sœur, contrairement à ce qu'il avait pu croire.

Lorsqu'il tendit le carnet à Daniel, il constata qu'il n'y en avait plus qu'un seul sur le bureau. Pour le saisir et l'ouvrir, il dut rassembler tout ce qui lui restait de courage. Une fois encore, l'écriture était un peu différente, plus tremblée et parfois raturée.

Ce train n'arrivera jamais, il fait halte partout, je suis épuisée. Beth somnole, la tête sur mes genoux, et je ne suis pas très bien installée pour écrire. J'espère être ce soir à Paris, dans notre appartement. J'ai pris tous mes petits carnets avec moi, à tout hasard, s'il fouille notre chambre, il ne trouvera rien. Il a frappé à ma porte hier soir, mais j'ai refusé d'ouvrir. Quand je suis sortie, ce matin, il était encore là ! Il avait l'air complètement affolé, il m'a demandé de ne pas partir. Il était ridicule, indécent, et je le lui ai dit. Ne plus vivre sous le même toit que lui est mon vœu le plus cher. Alors il m'a suppliée d'aller n'importe où ailleurs qu'à Paris, en tout cas pas chez nous, au Panthéon. Il devient fou, je crois que c'est la terreur que tu lui inspires ; même absent et même prisonnier, tu l'impressionnes davantage que le Jugement dernier.

C'était facile à comprendre, à la lumière du temps, mais Judith ne pouvait pas le savoir, trop aveuglée par la haine qu'Édouard lui inspirait. Il avait dû éprouver un brusque remords, se sentir épouvanté par son acte. Il ne voulait pas qu'elle mette les pieds chez elle car il savait très bien ce qui l'y attendait. Pris entre le marteau et l'enclume, il avait de quoi paniquer pour de bon.

Il prétendait même me conduire à la gare ! Heureusement, Clara l'en a empêché. Elle le regarde d'un drôle d'air, ces jours-ci. Je me demande si elle ne se doute pas de quelque chose. C'est à elle que je confie les garçons, elle saura s'en occuper en mon absence, quoi qu'il arrive. C'est une maîtresse femme. Mais Édouard est son fils, même si c'est toi qu'elle préfère. Dans cet amour maternel, je ne compte pas.

Quand il m'a vue mettre ma valise dans le coffre, il s'est arrangé pour me parler encore. Il me chuchotait, tout près du visage, et je me sentais révulsée. Et puis il a regardé Beth, adorable avec son petit chapeau, et il a compris que je l'emmenais avec moi, ce qui l'a mis hors de lui. Agité comme un dément, il exigeait qu'elle reste avec ses frères et ses cousins. Il a voulu lui saisir la main mais je lui ai interdit de la toucher. Il a dit que je me jetais dans la gueule du loup, que je devais l'écouter et lui faire confiance, ou au moins laisser Beth à Vallongue. Lui faire confiance ? À lui ? Je lui ai ri au nez.

Vincent tourna la page, mais les suivantes étaient blanches, il n'y avait plus rien. L'histoire de sa mère et de sa sœur se terminait par ce rire. Le train avait bien dû finir par arriver à Paris, Judith était allée droit chez elle, et la Gestapo l'y avait arrêtée le lendemain, à l'aube.

Se débarrasser de Judith était une chose, condamner Beth en était une autre. Comment Édouard avait-il pu vivre avec ce double crime sur la conscience ? Se taire, deux ans, jusqu'au retour de son frère. Se croire sauvé malgré tout. Judith disparue, rien ne l'accusait. La guerre était finie, la vie allait reprendre. Seulement Charles, dans l'appartement du Panthéon, avait trouvé les carnets à spirale.

Il avait fallu trois semaines à son père pour rentrer d'Allemagne, après cinq ans de détention dans des conditions qu'il n'avait jamais voulu évoquer. À peine arrivé à Paris, il avait réussi à joindre Clara, qui lui avait appris l'arrestation de Judith et de Beth, leur déportation, leur décès. Sa vie n'était plus qu'un champ de ruines, auquel s'était ajoutée l'horreur du récit de Judith, phrase après phrase. À quel moment avait-il deviné, compris ? La certitude qui lui manquait encore, il la trouverait à Vallongue.

De quelle façon Édouard avait-il accueilli son frère ? Combien de temps avait-il fallu à Charles pour se décider ? Avait-il essayé d'enquêter, à Eygalières ou à Avignon, pour savoir auprès de qui Édouard aurait pu dénoncer sa belle-sœur ? Jusqu'à cette nuit où il était allé lui demander des comptes. « Je voulais qu'il me le dise en face. » Sans cet aveu, il n'aurait pas tiré. Édouard avait dû éprouver une terreur sans nom en réalisant que Charles connaissait toute l'histoire dans ses moindres détails, y compris le viol. En découvrant qu'il avait trahi pour rien. Et en comprenant que son frère allait le tuer.

La nuque raide, les yeux brûlants, Vincent se leva lentement puis marcha jusqu'à l'une des fenêtres, qu'il ouvrit en grand.

— J'ai fini aussi, murmura son frère.

Ensemble, ils s'appuyèrent à la rambarde de fer forgé. Une voiture roulait lentement sur les pavés, ses veilleuses allumées, mais l'aube était déjà là.

— C'est monstrueux, ajouta Daniel dans un souffle.

Pour ne pas troubler les trois autres, ils restèrent un moment silencieux, hébétés, incapables de penser à autre chose qu'à leur père. À ses silences hautains et à ses yeux glacés, dont ils saisissaient enfin la signification.

— Je vous les rends, dit brusquement Alain derrière eux.

Vincent fut le premier à avoir le courage de se retourner. Les deux cousins se dévisagèrent comme s'ils se voyaient pour la première fois. Et quand Vincent tendit la main pour récupérer la pile de carnets, Alain baissa la tête, incapable de soutenir son regard.

Toujours assise sur la méridienne, Marie était livide. Gauthier avait quitté sa place et se tenait debout, appuyé aux boiseries, près de la porte béante du coffre-fort. Ce fut lui qui réussit à prendre la parole, d'une voix rauque.

— Il n'y a rien à ajouter, nous avons tous compris. Ce qui est arrivé est tellement effroyable que... Mais depuis toutes ces années, on a vécu dans le silence, sans se demander pourquoi. Charles ne disait rien, il ne parlait pas de Judith, il n'a jamais prononcé son nom ! Tout le monde semblait vouloir oublier la guerre... Et même papa, personne n'y faisait référence, à part maman, alors...

Bouleversé, il leva la tête vers ses deux cousins, qui se tenaient toujours côte à côte.

— Je sais ce que vous pensez. D'ailleurs, nous sommes cinq à penser la même chose, je suppose. Moi, j'ai honte d'être son fils. Je me sens... amoindri. Et je suis très mal à l'aise dans la peau d'un fils d'assassin.

— C'est le cas de tout le monde ici, rappela Alain d'un ton brusque.

Ils se tournèrent ensemble vers lui pour l'observer comme s'il avait proféré une insanité. Il était face à Vincent, et ce fut à lui qu'il s'adressa directement :

— Si j'ai bien lu, mon père a violé ta mère, l'a envoyée à la mort avec ta sœur. Et si j'ai bien entendu, à l'hôpital, ton père a tué le mien d'une balle dans la tête. Je ne suis pas sûr que nous puissions nous reprocher quoi que ce soit les uns aux autres. Il ne s'agit pas de nous. Remets cette horreur dans le coffre. Il y a Clara. Et maman.

Vincent esquissa un geste qui ne signifiait rien de précis, mais Alain lui saisit le poignet avec une violence inattendue.

— Tu comptes leur en parler ?

— Non, bien sûr que non... Lâche-moi, Alain.

Que ce soit lui qui prenne la défense de Madeleine était plutôt surprenant. Tout comme le sang-froid dont il faisait preuve en utilisant des mots aussi crus.

— Vous croyez que Clara a pu se douter de quelque chose, à l'époque ? demanda Marie.

Elle semblait enfin émerger de son apathie, reprendre pied dans la réalité du petit jour parisien.

— Impossible ! protesta aussitôt Gauthier. C'est une idée absurde. Elle a peut-être surpris certains regards, mais elle ne sait rien. Sinon elle n'y aurait pas survécu. Tu réalises ce qu'ont fait ses deux fils ? Tu penses qu'une mère pourrait supporter ça ?

Pourtant, leur grand-mère était capable de *tout* supporter, ils en étaient conscients.

— Et maintenant, qu'est-ce qu'on décide ? soupira Daniel.

Il se sentait écœuré jusqu'à la nausée. Des cinq, il était le benjamin, les décisions n'avaient jamais dépendu de lui. Dans quelques heures, il serait obligé de regagner son bureau, au ministère, de reprendre sa vie là où il l'avait laissée la veille. Même en ayant appris que sa mère n'était pas morte parce qu'elle était juive mais seulement parce qu'elle était trop belle, que son oncle n'était pas le *pauvre* Édouard mais un immonde salaud, abattu de sang-froid par son propre père au nom de la vengeance. Que toute sa famille baignait dans le sang et la haine.

— Je suis de l'avis d'Alain, dit Vincent d'un ton sec. Il vaudrait mieux que cette histoire ne sorte pas de ces quatre murs, personne n'a rien à y gagner.

Il donnait raison à son cousin, mais avec réticence, choqué par son attitude. Pourraient-ils continuer à se comporter de la même manière, les uns vis-à-vis des autres ? Leur solidarité, remontant à la guerre, leur complicité, qui ne s'était jamais démentie, allaient-elles résister à un tel choc ? Heureusement, il y avait Clara, véritable trait d'union entre eux, et ce fut en pensant à elle que Vincent referma le coffre-fort après y avoir enfoui les carnets.

*

Le cimetière d'Eygalières semblait trop petit pour la foule qui l'avait envahi. Des confrères du barreau, des magistrats et des hommes politiques, des clients reconnaissants, des journalistes, ainsi qu'une bonne partie des nombreuses relations du clan Morvan, avaient tenu à faire le voyage jusque-là afin de rendre un dernier hommage à Charles. Son décès, largement annoncé dans la presse, avait donné lieu à toute une série de commentaires élogieux, et Clara allait devoir répondre à des piles de lettres de condoléances.

Droite, digne, elle marchait d'un pas ferme en tête du cortège qui suivait le cercueil. Derrière elle, Vincent et Daniel ne la quittaient pas des yeux pour prévenir toute défaillance. Puis venaient Gauthier, avec Chantal, Marie donnant la main à ses enfants, Magali à côté de Madeleine. Une dernière fois, Vincent jeta un coup d'œil nerveux par-dessus son épaule, scrutant les allées. L'absence d'Alain lui semblait une insulte qu'il ne pourrait jamais pardonner.

Lorsqu'ils avaient quitté la maison pour se rendre à l'église, deux heures plus tôt, Alain était déjà introuvable. Helen avait été chargée de garder les enfants de Magali, celle-ci les jugeant trop petits pour assister à un enterrement. Marie, pour sa part, n'avait pas voulu en démordre : Cyril et Léa seraient présents. Comprenant qu'elle avait pris la mauvaise décision, Magali s'était sentie stupide, mais il était trop tard.

— Tu ne le vois nulle part ? chuchota Daniel entre ses dents. Ce serait bien son genre de rester à l'écart...

Vincent secoua la tête, exaspéré. Il ne parvenait pas à croire qu'Alain puisse faire une chose pareille. Clara allait forcément s'en apercevoir et poser la question.

À quelques mètres du mausolée familial, le cortège s'arrêta. Quand les employés des pompes funèbres se baissèrent pour poser le cercueil, il y eut un mouvement de surprise parmi la famille. Juste à côté du monument funéraire des Morvan, un nouveau caveau avait été récemment maçonné et, à l'évidence, c'était là que Charles allait être enseveli.

Vincent et Daniel échangèrent un regard stupéfait puis avancèrent ensemble d'un pas pour encadrer leur grand-mère.

— C'était sa volonté, son notaire me l'a fait savoir, murmura-t-elle.

D'un geste discret, elle souleva sa voilette pour s'essuyer les yeux.

— Il préférait reposer seul, ajouta-t-elle.

Elle ne trouvait pas nécessaire de s'expliquer davantage, et elle ne précisa pas qu'elle avait chargé Alain de se débrouiller pour que tout soit prêt à temps. Comme il était revenu le premier à Vallongue, il avait négocié avec la mairie, les pompes funèbres, les employés municipaux. La tombe avait été creusée la veille, cimentée dans la nuit, et les parois étaient à peine sèches. Mais la pierre tombale et la stèle, qu'il avait dû choisir seul, étaient déjà gravées. En acceptant de se charger des formalités, il avait annoncé à Clara qu'il ne viendrait pas.

Le prêtre s'avança pour prononcer quelques mots. C'était lui qui, seize ans plus tôt, avait béni le cercueil d'Édouard, et il manifesta toute sa compassion à la pauvre mère.

— Voici vos fils réunis au ciel, où Dieu les a accueillis dans sa lumière éternelle, déclamat-il d'un ton pénétré.

Seul un reniflement discret de Madeleine ponctua sa phrase tandis que les employés des pompes funèbres commençaient de s'arcbouter sur leurs sangles. Clara chercha alors la main de Vincent, sur le point de défaillir. Elle s'était juré d'arriver jusqu'au bout de la cérémonie sans s'effondrer, mais elle commençait à en douter. Dans l'église, ses larmes étaient restées silencieuses, peut-être grâce à sa force de caractère, peut-être à cause de tous les médicaments dont Gauthier la gavait. Pour ses petits-enfants, et en particulier pour Vincent, elle voulait tenir encore, malgré le malaise qui était en train de la submerger.

— Adieu, Charles, bredouilla-t-elle de façon inaudible.

Ses doigts refusaient de s'ouvrir et de lâcher la rose qu'elle tenait. Elle secoua son bras, l'air hagard, les yeux rivés sur cette fleur rebelle, et presque tout de suite elle sentit qu'on la prenait par les épaules, par la taille, qu'on la soulevait. Avec un dernier regret, elle s'abandonna et se mit à espérer qu'on la porterait le plus loin possible de cette tombe.

⁂

Magali voulait se montrer à la hauteur de son rôle – après tout, elle était la belle-fille du défunt –, mais elle ne ressentait pas de véritable tristesse. Debout près de la grille du cimetière, elle était seule avec Chantal pour recevoir toutes les marques de sympathie des gens qui défilaient. Les autres étaient partis avec Clara, et il fallait bien que la famille soit représentée.

Du coin de l'œil, Magali détaillait la tenue de deuil de Chantal. Absolument parfaite, avec un chapeau très élégant et une ravissante broche épinglée sur le revers du tailleur. Mais Chantal était une fille Mazoyer, elle était née dans un milieu bourgeois et fortuné, elle savait forcément comment s'habiller. Et si elle avait laissé ses fils à Paris, c'est que Paul marchait à peine et Philippe pas du tout. Alors que Virgile et Tiphaine auraient parfaitement pu assister à l'enterrement de leur grand-père, ils étaient assez grands pour ça ; la preuve, Marie n'avait pas hésité à y traîner Cyril et Léa, qui s'étaient fort bien tenus.

Tout en se reprochant sa sottise, Magali continuait à serrer les mains de parfaits inconnus. Des gens importants, à en croire leur allure ou les décorations qu'ils arboraient. Charles Morvan-Meyer avait été quelqu'un d'envié, de respecté, elle le savait. En ce qui la concernait, elle l'avait carrément détesté. Et maintenant qu'il était mort, peut-être Vincent allait-il renoncer à son idée de monter à Paris.

— Vous êtes trop aimable, monsieur le ministre. Un homme exceptionnel, c'est vrai. Il va beaucoup nous manquer...

Chantal était formidable, elle connaissait tout le monde et trouvait un mot de remerciement pour chacun. Ses parents étaient là, quelque part dans l'assemblée, ayant fait le voyage aussi. À eux tous, ils allaient remplir au moins deux avions pour regagner la capitale.

Le départ précipité des fils et des neveux rendait moins voyante l'absence d'Alain, et Magali espéra qu'il n'y aurait pas un drame supplémentaire à Vallongue. Même si le comportement du jeune homme avait quelque chose de choquant, il ne fallait pas oublier qu'il ne s'était jamais entendu avec son oncle, et Magali se souvenait d'étés entiers où ils ne s'adressaient pas la parole.

Fatiguée par les hauts talons de ses escarpins, elle avait hâte que les condoléances s'achèvent. Encore une vingtaine de personnes et ce serait fini. Discrètement, elle essaya de repérer Odette, qui était restée seule à l'écart tout le temps de la cérémonie. Elle finit par apercevoir sa silhouette près du monticule formé par les innombrables couronnes et gerbes de fleurs. Une véritable débauche de lis, de roses, ou même d'orchidées qui faneraient en vingt-quatre heures. Brave Odette : elle avait pleuré pendant la messe, mais n'avait pas voulu se mêler à la famille Morvan.

Les voitures démarraient les unes après les autres, le cimetière était presque vide à présent, et Chantal passa son bras sous celui de Magali en murmurant :

— Dépêchons-nous de partir, on ne peut pas laisser Marie s'occuper seule des invités.

Car, bien sûr, un repas avait été prévu pour la famille et les proches. Isabelle était en cuisine depuis l'aube, suivant à la lettre les ordres donnés par Clara la veille. Avec un soupir résigné, Magali se prit à espérer que, à table, Odette ne serait pas placée trop loin d'elle. Ainsi elle aurait quelqu'un à qui parler, elle pourrait se débarrasser de son masque de circonstance.

**

Il était presque cinq heures de l'après-midi quand Vincent dénicha enfin Alain, assis sous un olivier, tout en haut d'une colline. Pour ménager son souffle, il grimpa les derniers mètres lentement, puis se laissa tomber à côté de son cousin et contempla les vallées qui s'étendaient à leurs pieds. Le bruit des cigales était lancinant, l'air lourd, et de gros nuages commençaient à s'accumuler. Au bout d'un assez long moment, Alain déclara :

— Je crois qu'un orage se prépare...

Puis il scruta le ciel encore quelques instants avant d'ajouter :

— Désolé, Vincent, je ne voulais pas venir.

— Pourquoi ?

— Eh bien… C'est un peu compliqué à expliquer.

— Peu importe, je t'écoute, j'ai tout mon temps.

Le ton était assez tranchant pour qu'Alain perçoive toute la fureur que l'autre contenait à grand-peine.

— Dis-moi d'abord comment grand-mère a supporté l'enterrement, demanda-t-il.

— Très mal. Il a fallu la ramener à Vallongue avant la fin. Mais maintenant, elle semble aller mieux.

— Et toi ?

Décontenancé, Vincent se tourna vers Alain, et leurs regards se croisèrent enfin.

— Moi ? Oh, j'ai trouvé ça très dur… Je crois que je l'aimais énormément. J'y ai mis le temps, c'est vrai, mais depuis quelques années j'avais d'excellents rapports avec lui. Et je l'admirais beaucoup.

— Sur un plan professionnel ?

— Entre autres.

— Quand tu avais huit ans, tu voulais devenir pilote, comme lui.

Une bouffée de tristesse submergea Vincent qui avait oublié ce souvenir d'enfance. Il se contenta de murmurer :

— Tu as une bonne mémoire…

— Oui. Je me rappelle chacun des affrontements que j'ai eus avec ton père. Ses colères et son mépris. Il n'a jamais été très tendre avec moi.

— Avec personne. Je suppose qu'il ne pouvait plus.

Alain hocha la tête. Il s'était mis à jouer avec un caillou, le faisant passer d'une main dans l'autre.

— J'ai toujours eu l'impression qu'il aimait bien Marie, dit-il lentement, ou qu'en tout cas il voulait la protéger. Que Gauthier lui était parfaitement indifférent, et que moi il me détestait pour de bon. J'avais sans doute le don de le pousser à bout, je n'étais pas dans le moule. Mais surtout...

Un bruyant vol de martinets l'interrompit, et il suivit des yeux leurs évolutions avant d'enchaîner :

— Avec moi, il réglait ses comptes.

Vincent ne pouvait pas le nier, il avait trop souvent constaté lui-même l'hostilité de son père à l'égard d'Alain.

— Il existait un contentieux, d'accord, pourtant c'est dommage qu'il s'en soit pris à moi, j'aurais pu l'adorer. J'étais très tête brûlée, j'avais besoin d'un modèle, et en tant qu'homme il forçait le respect.

La lumière baissait autour d'eux et le mistral s'était levé.

— Peut-être qu'il m'a vu, la nuit où il a tué papa, ou qu'il a senti ma présence, même inconsciemment, et depuis...

— Tu étais là ? s'écria Vincent avec stupeur.

Mais Alain n'avait pas envie de répondre à cette question ; il préféra éluder et poursuivre :

— Adolescent, je rêvais de le surprendre, de l'épater, bref, qu'il me regarde une seule fois autrement que comme un cloporte. Je n'avais rien à espérer du côté de maman, c'était ton père qui signait les carnets de notes, lui qui décidait de ce qui était autorisé ou interdit. En voulant Vallongue, j'ai mis le doigt sur la plaie sans le savoir. Pour lui, c'était un lieu maudit, et moi j'avais décidé d'en faire mon paradis.

Atterré, Vincent écoutait la confidence en se gardant bien d'intervenir. Alain parlait si rarement de lui-même qu'ils avaient tous perdu l'habitude de l'interroger.

— Ton père a longtemps hanté mes cauchemars. À défaut de l'aimer, puisqu'il s'y opposait avec dégoût, j'ai pu le haïr sans problème.

— Jusqu'à la semaine dernière, nous ne savions rien, plaida Vincent, nous avons vécu sur un malentendu.

— Oui... Et finalement la vérité est pire que tout. Tu te souviens de ce que nous disions ?

D'un geste, il désigna les toitures de Vallongue, loin au-dessous d'eux dans la vallée.

— « La maison des veufs. » Je ne sais plus lequel d'entre nous a trouvé l'expression, mais elle nous a tous fait rire.

Vincent eut l'impression de revenir bien des années en arrière, à une époque insouciante et heureuse, malgré l'atmosphère de drame qui planait sur le clan Morvan. À eux cinq, ils avaient réussi à tenir à distance le monde des adultes. Alain construisait des cabanes, inventait des jeux, s'essayait à la chasse et arpentait déjà les oliveraies en friche. Alain était son ami, son double, ils avaient toujours tout partagé. Tout ? Peut-être pas, finalement.

— Maman n'était pas très futée, ni affectueuse, ni jolie, tandis que ta mère à toi rayonnait, nous l'adorions tous en chœur, je pense que tu t'en souviens ? Quant à ton père, il passait pour un héros pendant que le mien faisait la guerre en planqué. Et son pseudo-suicide n'a été qu'une lâcheté supplémentaire, alors que la disparition de Judith l'a transformée en martyre. Tu vois, il y a une énorme différence entre tes parents et les miens, entre toi et moi.

— C'est la première fois que tu y fais allusion. Je t'ai toujours pris pour mon frère. Peut-être davantage que Daniel.

— Pas depuis quelques jours, en tout cas. Tu n'as pas remarqué qu'il y a désormais deux camps bien distincts ?

— Non. Je refuse d'entendre ça. Tu es en colère, et moi aussi.

Alain lâcha son caillou, puis releva la tête pour plonger son regard doré dans celui de Vincent.

— En colère ? Oui, c'est vrai... Mais nous n'avons pas les mêmes raisons de l'être. La façon dont Charles s'est exprimé à l'hôpital est inacceptable. Il m'a jeté son aveu à la tête en me traitant de pauvre imbécile au passage...

— Et alors ? riposta Vincent. Tu voulais te mettre à tuer aussi ? Il était déjà mourant !

— J'avais déjà décidé que je n'irais pas à son enterrement, sinon pour cracher sur son cercueil !

La phrase atteignit Vincent comme une gifle et il se leva d'un bond, soudain menaçant.

— Je t'interdis de...

— Rien du tout, coupa Alain, qui n'avait pas bougé de sa place. C'est toi qui es venu me chercher ici. Tu voulais une explication, je te la donne, tant pis si elle ne te plaît pas. Papa n'est plus seulement un pauvre type, maintenant c'est devenu un monstre, mais il reste quand même mon père, et personne n'a le droit de se vanter de l'avoir abattu comme un chien. Que Gauthier et Marie puissent le tolérer, ça me dépasse !

Le pire était atteint, ils se retrouvaient dressés l'un contre l'autre, ennemis, sans aucun espoir de pouvoir revenir en arrière. Vincent lâcha, d'un ton abrupt :

— Je crois qu'on s'est tout dit.

Il fit demi-tour et commença à descendre la colline entre les rangées d'oliviers, ses chaussures faisant rouler des graviers à chaque pas.

*
**

Marie déposa le lourd plateau sur le bonheur-du-jour, puis alla ouvrir les rideaux avant de revenir servir le café.

— Tu as bien dormi, grand-mère ? La pluie ne t'a pas réveillée ? Il fait très beau ce matin...

Clara se redressa sur ses oreillers, coiffa ses cheveux du bout des doigts.

— J'ai passé une nuit affreuse, je n'ai fermé l'œil qu'à l'aube, après l'orage.

— Mais... Et tes somnifères ?

— Fini, j'ai jeté le tube.

— Gauthier sera furieux.

— Pourquoi ? On n'a pas besoin de beaucoup de sommeil à mon âge. La preuve, je me sens moins vaseuse ce matin. Tu es mignonne d'avoir préparé le petit déjeuner...

Marie lui tendait une tasse, qu'elle prit en esquissant un sourire contraint.

— Je n'aime pas tellement qu'on me surprenne au saut du lit, je dois avoir l'air d'une vieille chouette. Et avec ce soleil, tu ne m'épargnes pas.

— Veux-tu que je ferme un peu ?

— Oh, non ! Surtout pas...

479

Elle but quelques gorgées en silence, les yeux baissés, tandis que sa petite-fille l'observait.

— Il est parfait, ce café. Redonne-m'en un peu, veux-tu ? Et ne me regarde pas avec cet air inquiet, je ne suis pas malade, je suis seulement une femme âgée, fatiguée et triste.

Sa déclaration bouleversa Marie, qui laissa échapper un long soupir.

— J'ai un vol en fin d'après-midi pour Paris, il faut que je sois au cabinet demain matin. Les associés de Charles doivent commencer à se poser des questions, et c'est à moi qu'ils vont s'adresser.

— Tu en as parlé à Vincent et à Daniel ?

— Pas encore, je vais le faire tout de suite.

— Non, dit Clara en secouant la tête. Attends un peu. Si tout le monde est là pour le déjeuner, ce serait mieux d'avoir une conversation en famille. Je vous donnerai mon avis sur différentes choses, et ensuite vous ferez ce que vous voudrez.

Sa voix ne tremblait pas, ses yeux clairs n'étaient pas embués de larmes, et sous sa liseuse les épaules n'étaient même pas voûtées. Dans un élan de tendresse, Marie se pencha pour l'embrasser. Comme elle la serrait dans ses bras, elle ne vit pas l'expression de profond désespoir qui ravagea les traits de sa grand-mère l'espace d'un instant. Quand elle s'écarta, Clara s'était déjà reprise et lui tendait sa tasse vide.

— Mais puisqu'il n'est plus là, tu n'es plus obligé d'accepter !

Debout près de la coiffeuse, Magali s'énervait. Elle avait une migraine épouvantable, ayant un peu trop mélangé les vins à table, la veille, et elle ne comprenait pas l'obstination de son mari. Dans son agitation, la ceinture de son déshabillé de soie avait glissé à terre, mais elle n'y prêtait aucune attention.

— Je ne veux pas vivre à Paris, je n'ai rien à y faire ; d'ailleurs il pleut tout le temps, alors si c'est pour t'attendre du matin au soir entre les quatre murs d'un appartement !

Il faillit lui répondre que là-bas elle pourrait visiter des musées, des expositions, aller au cinéma ou chez les grands couturiers, toutefois il s'en abstint parce que c'était le genre de distractions qu'elle n'aimait pas.

— Tu ne peux pas t'ennuyer avec nos trois enfants, chérie…

— Pour eux, c'est mieux ici ! Ils sont tout le temps dehors, ils font ce qu'ils veulent.

— Un peu trop, je crois.

Sa réponse était si spontanée qu'il la regretta. Le moment était mal choisi pour formuler une critique sur la façon dont Magali élevait leurs enfants, pourtant il avait remarqué à plusieurs reprises que Virgile se montrait volontiers désobéissant, parfois insolent, et toujours très têtu. Malgré les remontrances de la pauvre

Helen, Tiphaine commençait à imiter son frère, sachant que leur mère riait aux éclats de toutes leurs bêtises.

— Trop quoi ? Trop libres ? Heureusement pour eux ! Ils sont si petits, Vincent, tu ne voudrais pas en faire des singes savants ?

Dans deux minutes, elle allait lui parler de l'évolution des mœurs, un de ses sujets de prédilection car il lui permettait d'accuser les Morvan de conformisme. Il acheva son nœud de cravate tout en la regardant déambuler à contre-jour, devant les fenêtres, belle à couper le souffle avec le vêtement qui flottait sur ses épaules et la laissait à moitié dénudée. Finalement, il ramassa la ceinture, sur le tapis, puis s'approcha d'elle. Alors qu'il replaçait la fine lanière de soie dans les passants, elle se plaqua contre lui.

— Je voudrais tellement que nous restions à Vallongue… Je m'y suis habituée, tu vois bien…

Elle avait mis ses bras autour de son cou et elle se haussa sur la pointe des pieds pour l'embrasser.

— Si c'est ce que tu cherches, j'ai très envie de toi, dit-il d'une voix rauque.

D'un mouvement d'épaules, elle se débarrassa du peignoir, qui glissa au sol. Leur attirance mutuelle et leur entente physique ne s'étaient jamais démenties, depuis le premier jour où ils avaient flirté dans la voiture prêtée par Alain, alors qu'ils étaient à peine sortis de l'adolescence. Mais, avec le temps, Magali avait pris beaucoup d'assurance, oublié ses pudeurs de jeune fille et gagné une sensualité affolante.

— Promets-moi d'y réfléchir encore, fais-le pour moi, murmura-t-elle en laissant glisser ses mains sur lui.

— Ou on discute ou on fait l'amour, répondit-il. Je sais ce que je préférerais...

Elle s'écarta de lui, l'air boudeur, et il se sentit très déçu. Quand elle se pencha pour ramasser son déshabillé, elle prit tout son temps, augmentant sa frustration, mais il ne fit pas un geste vers elle.

— Très bien, finissons-en, reprit-elle d'un ton sec. Donc, tu veux absolument ce poste, tu n'en démordras pas ?

— C'est une chance extraordinaire et mon père s'est donné beaucoup de mal pour que je l'obtienne.

— Même si ça gâche ma vie ?

— Ne sois pas si catégorique, chérie.

— Mais qu'est-ce que je dois faire pour te convaincre ? Oh, Vincent, j'étais tellement contente quand j'ai appris que Charles...

Elle s'arrêta net, horrifiée. Son mari la dévisageait soudain avec une expression incrédule, sous le choc de ses paroles. Contente de quoi ? Que son beau-père se soit fait écraser ?

— Je me suis mal exprimée, enchaîna-t-elle, mais bien sûr, tant qu'il était là, tu voulais lui faire plaisir, c'est normal… Ne me regarde pas comme ça, sois gentil.

Vincent la toisa encore un instant avant de baisser les yeux. Alain la veille, Magali ce matin, est-ce qu'il était condamné à se disputer avec tous ceux qu'il aimait ? Comment cette femme adorable, dont il était fou, pouvait-elle se réjouir d'un deuil avec un tel cynisme ? Il se détourna pour prendre sa veste sur le bras d'un fauteuil.

— Attends, mon chéri, dit-elle en le rejoignant.

Elle se planta juste devant lui, avec un sourire navré. Leurs scènes de ménage étaient si rares qu'elle ne parvenait même pas à se souvenir de la dernière. La tendresse de Vincent était l'une des qualités qu'elle appréciait le plus chez lui. Sa patience, sa douceur, les attentions dont il l'entourait, ne la jugeant jamais, lui donnant raison contre le monde entier. Un mari parfait, presque trop parfait.

— Je sais que sa mort te rend triste, je comprends…

Elle chercha ses mots quelques instants puis choisit d'être franche, persuadée qu'il aimerait mieux la vérité que n'importe quel mensonge.

— Ton père a toujours été très froid avec moi, très distant, il ne m'a jamais laissée oublier d'où je viens.

Sauf le jour où elle avait eu ce malaise dans la cuisine, enceinte de Lucas, quelques années plus tôt, mais elle jugea inutile de le mentionner.

— Il ne s'est pas opposé à notre mariage, rappela Vincent calmement. Il m'a donné les moyens de faire ce que je voulais.

— Non ! Ce qu'il voulait, lui. Que tu obtiennes tes diplômes avec mention, que tu deviennes magistrat, que tu fasses carrière à Paris.

L'espace d'une seconde, Vincent revit le visage pâle et marqué de son père, sur son lit d'hôpital. Il les avait regardés, Daniel et lui, de ses yeux voilés par la souffrance. « Je pense que tu arriveras jusqu'à la Cour de cassation ; quant à toi, tu devrais tenter la députation. » Une ultime manière de démontrer son autorité sur eux, de leur indiquer leur ligne de conduite. Et aussi de dire sa fierté, sans doute. Impossible de l'expliquer à Magali, qui continuait :

— Il m'a toujours fait peur. Il était tellement hautain ! Tu n'as jamais pu prendre une décision sans te demander ce qu'il en penserait, lui. Alors non, honnêtement je ne l'aimais pas, et quand il a eu son accident, je me suis sentie soulagée à l'idée qu'il ne se mettrait plus entre nous, que nous allions pouvoir rester ici bien tranquillement, et ça m'a rendue gaie, c'est vrai. Mais bon sang, je n'y suis pour rien, ce n'est pas moi qui conduisais cet autobus !

Ravie de sa tirade, elle faillit la ponctuer d'un petit rire, mais Vincent ne lui en laissa pas le temps. Il traversa la chambre en trois enjambées, ouvrit la porte à la volée, puis la claqua avec violence. Son geste la laissa médusée, jusqu'à ce qu'elle réalise que sa maladresse était irrattrapable.

Les doigts de Clara étaient tellement crispés sur le combiné que ses articulations devenaient douloureuses. Elle changea de main avant de s'éclaircir la gorge, refusant de céder à l'émotion.

— J'étais près de lui quand il est parti, dit-elle doucement, et il n'avait pas repris connaissance...

Inutile d'expliquer à la pauvre Sylvie que durant les deux jours de son agonie, avant de sombrer dans le coma, jamais Charles n'avait mentionné son nom.

— Oh, Clara, je suis si triste pour lui ! Pour vous, aussi, et pour moi parce que... Vous savez, je n'avais pas pu l'oublier, je pensais à lui chaque jour... Nous nous écrivions régulièrement et...

La voix de Sylvie était hachée de sanglots convulsifs. La nouvelle du décès de Charles lui était parvenue trop tard pour qu'elle puisse se rendre à son enterrement, ce qui augmentait encore son désespoir. Clara se demanda comment elle avait pu omettre de la prévenir. La malheureuse avait-elle si peu compté que personne n'eût songé à elle ?

— Il y a un article merveilleux dans le *Times*, ce matin, si vous voulez je vous l'enverrai. Il est vraiment très élogieux.

Mais Clara n'avait aucune envie de lire la nécrologie de Charles Morvan-Meyer, l'un des plus grands avocats de l'après-guerre selon la presse unanime. Non, désormais elle voulait uniquement penser à lui comme son petit garçon, son adorable fils cadet, qui ne lui avait donné que des joies dans sa jeunesse.

— Je suis navrée, Sylvie, j'aurais dû vous appeler. Hélas ! dans ces moments-là, on n'a plus toute sa tête. Est-ce qu'un souvenir de lui vous serait agréable ?

Après tout, cette femme avait aimé Charles passionnément, ce n'était pas sa faute si elle avait échoué. À une époque, Clara avait espéré que tout cet amour finirait par le toucher, le sauver malgré tout, mais bien sûr le souvenir de Judith avait été le plus fort. À moins qu'il n'eût été retenu par la culpabilité. Qu'il n'eût pas voulu que cette jolie cousine se retrouve mariée à un…

Avec un sursaut, Clara se redressa. C'était le genre d'idée qu'elle refoulait depuis seize ans et elle n'allait pas se mettre à y songer aujourd'hui. Elle ajouta, précipitamment :

— Je peux vous faire parvenir un objet, une photo, un bijou…

— C'est très délicat de votre part. En toute franchise, son briquet ou sa montre me feraient plaisir.

De nouveau, la voix de Sylvie s'était cassée. Clara pensa au briquet en or, offert par Judith et gravé aux initiales de Charles, qu'il avait toujours à la main ou dans sa poche. Marie s'en était emparée farouchement, comme s'il s'agissait d'un talisman.

— Je vais vous envoyer sa montre, répondit-elle d'un ton ferme. Il serait heureux de la savoir entre vos mains, ma petite Sylvie. Je m'en occupe…

Elle ne pouvait pas deviner tout ce que cette montre évoquait pour la malheureuse Sylvie. Ni de quelle façon Charles l'enlevait avant de faire l'amour. Ni à quel point le bruit du fermoir, quand il la remettait avant de partir, rendait triste la jeune femme qu'elle était alors. Ces souvenirs-là, Clara ne les connaissait pas, mais Sylvie allait se les remémorer inlassablement.

— Si vous venez en France, rendez-moi visite, nous parlerons de lui, conclut-elle avant de raccrocher.

Un moment, elle considéra le téléphone d'un air mélancolique. Puis elle se leva lentement, rassembla son courage et rejoignit les autres dans la salle à manger.

— C'était Sylvie, marmonna-t-elle en reprenant sa place. Je lui ai promis la montre de Charles, j'espère qu'aucun de vous ne la voulait ?

Vincent et Daniel secouèrent la tête ensemble. Sans doute ne s'imaginaient-ils pas

portant un objet aussi personnel. Le dessert était servi mais Clara avait l'appétit coupé. Elle écarta son assiette d'un geste las avant de considérer un à un les membres de sa famille réunis autour d'elle.

— Mes chéris, il faudrait que nous discutions un peu de l'avenir...

Personne ne sourit de sa phrase, même s'il était paradoxal que ce soit elle qui parle du futur, comme si elle comptait vivre cent ans encore et continuer à gérer son clan.

— D'abord Vallongue, enchaîna-t-elle. Je regrette qu'Alain ne soit pas là, mais il m'a prévenue qu'il avait beaucoup de travail aujourd'hui.

— Il n'est *jamais* là où il devrait être, fit remarquer Madeleine d'un ton acide.

À un moment ou à un autre, il faudrait bien parler de son absence à l'enterrement, et Clara décida de couper court.

— J'aurais préféré qu'il soit parmi nous, hier, mais l'incident est clos. En tout cas, il s'est fort bien occupé de la sépulture de Charles, je n'aurais pas mieux choisi.

Vincent leva brusquement la tête vers sa grand-mère, très surpris.

— Lui ?

— Qui d'autre ? Il fallait quelqu'un sur place, je ne pouvais pas régler ça par téléphone. Où en étais-je ? Ah oui, Vallongue. Bon, ici, rien de changé, la propriété m'appartient et n'est donc pas à l'ordre du jour... Vincent, puis-je connaître tes projets pour la rentrée ?

Cette question-là aussi devait être abordée, malgré la tête de chien battu qu'affichait Magali. Le jeune homme regarda sa grand-mère droit dans les yeux pour répondre :

— Je compte m'installer à Paris.

Marie étouffa un petit soupir de soulagement qui n'échappa à personne. Peut-être était-elle la seule à mesurer l'importance exacte de cette nomination et la chance qui s'offrait à Vincent.

— Où ça ? demanda impitoyablement Clara.

Il jeta un rapide coup d'œil à Magali, qui gardait la tête baissée.

— Oh, le temps de s'organiser... Nous n'avons pas encore pris de décision pour les enfants et... Peux-tu m'offrir l'hospitalité avenue de Malakoff durant les premiers mois ?

— Tu es le bienvenu. Au milieu de quatre générations de femmes, tu seras un vrai réconfort pour le pauvre Cyril !

Sans ostentation, elle rappelait à quel point le décès de Charles la laissait démunie. Condamnée à ne cohabiter désormais qu'avec Madeleine, Marie et ses enfants, elle aurait sûrement besoin du soutien d'un homme. Gauthier et Chantal vivaient de leur côté, avec Paul et le bébé, et Daniel avait loué un superbe duplex rue Pergolèse, quelques mois plus tôt.

D'un mouvement brusque, Magali repoussa sa chaise.

— Excusez-moi, murmura-t-elle en se levant.

Des mèches de cheveux s'échappaient de son chignon et lui donnaient un air pathétique. Elle tenta une dernière fois de capter l'attention de Vincent, qui regardait ailleurs, puis elle quitta la pièce. Clara laissa passer quelques instants avant de demander, très posément :

— Est-ce que ta femme s'oppose à ton départ ? Dans ce cas, tu dois réfléchir...

— C'est tout vu ! répliqua-t-il d'un ton morne.

Sa tristesse le rendait désagréable, il en était bien conscient, et il esquissa un geste d'excuse. De toute façon, il ne s'imaginait pas partageant le même toit qu'Alain dans les semaines à venir. Alain, qui n'avait pas jugé bon de paraître au déjeuner, était tout à fait capable de ne plus mettre les pieds dans la maison tant que ses cousins y seraient, quitte à dormir à la bergerie, au moulin de Jean-Rémi ou même à l'hôtel.

— Vous serez convoqués chez le notaire, continua Clara, mais je connais le testament de votre père, inutile de vous dire qu'il a laissé ses affaires en ordre.

Elle savait que l'essentiel de la fortune personnelle de Charles était répartie entre ses deux fils, à l'exception d'un legs assez important concernant Marie. Comme les choses n'auraient jamais dû se passer dans cet ordre, elle réalisa qu'elle allait devoir modifier ses propres dispositions testamentaires. Dans la succession de Madeleine, Gauthier était très avantagé, et ce serait donc à elle de préserver Alain.

— Grand-mère, intervint Daniel d'une voix douce, je suppose que papa participait à l'entretien de l'hôtel particulier ? Et ici aussi ? Tu vas te retrouver avec des frais considérables, il n'est pas juste que tu y subviennes toute seule ; je pense que nous devrions t'aider.

— Que tu es mignon ! s'esclaffa Clara.

C'était son premier vrai rire depuis l'accident de Charles, et une soudaine bouffée de joie balaya la tablée.

— Je te reconnais bien là, organisé, gestionnaire… Je dois avouer que mes ressources ont diminué et que les impôts en mangent une grande partie. Bien entendu, votre père réglait certaines factures. Des choses aussi amusantes que la réfection de la toiture ou le salaire du jardinier. Voulez-vous que je vous les mette de côté ?

Elle persiflait gentiment, mais Daniel et Vincent acquiescèrent ensemble, avec le même sérieux. Durant un instant elle les observa, puis elle finit par hocher la tête.

— Eh bien, c'est d'accord.

Après tout, ils étaient devenus grands, ils gagnaient leur vie, et l'héritage de Charles serait conséquent.

— Je tiens à participer aux frais, moi aussi, déclara Madeleine, à qui personne n'avait rien demandé.

— Non, je vous remercie mais ce ne sera pas nécessaire, trancha Clara.

L'idée que sa bru puisse mettre son nez dans les comptes la révulsait. Jusque-là, on l'avait prise en charge, on s'était passé d'elle, et mieux valait s'en tenir là.

— Au sujet du cabinet, que pensez-vous faire ? demanda Marie à ses cousins. Dès demain matin, les associés voudront savoir.

Vincent consulta du regard Daniel, qui haussa les épaules avec indifférence puis lança :

— C'est une affaire prospère, non ?

— Chacun d'entre nous possède sa clientèle et ses dossiers, expliqua Marie. Malgré l'absence de Charles, le cabinet peut tourner sans problème. Si vous ne souhaitez pas vendre les locaux, vous continuerez à percevoir les loyers. Dans le cas contraire, je vous indiquerai la procédure…

Même si elle gardait un ton détaché, ils pouvaient tous voir qu'elle était bouleversée. Charles avait été un pionnier en misant sur l'association de plusieurs confrères, et son pari était pleinement réussi. La plaque de cuivre apposée sur la pierre de taille de l'immeuble mentionnait tous les noms et les titres des avocats du groupe, mais le cabinet était connu comme le loup blanc sous l'appellation

« Morvan-Meyer ». Et, malgré tout le chagrin qu'elle éprouvait à l'idée de travailler sans Charles désormais, elle n'imaginait pas la dissolution de l'entreprise qu'il avait bâtie.

— Vous êtes les juristes, dit Daniel en s'adressant à son frère et à sa cousine, à vous de décider.

— N'oublie pas que vous aurez des droits de succession sur le capital immobilier, prévint honnêtement Marie.

Le regard de Clara allait de l'un à l'autre, intéressée par l'attitude de chacun. Un jour prochain, les mêmes questions se reposeraient, sans doute autour de cette même table, lorsque à son tour elle aurait rejoint les Morvan au cimetière d'Eygalières. Qu'adviendrait-il alors de Vallongue ? À quoi bon construire, tout au long d'une vie, si rien ne devait subsister ? Pour l'instant, et parce qu'elle était encore là, ses petits-enfants se comportaient de façon raisonnable, digne, mais après elle ? Une fois de plus, elle regretta l'absence d'Alain. Certaines choses auraient pu être précisées dès aujourd'hui, certains abcès vidés.

— Mon avion est à six heures, déclara Marie en se levant.

— S'il reste une place sur ce vol, je vais partir avec toi, décida brusquement Vincent. J'ai beaucoup de gens à voir à Paris...

Il s'agissait d'une fuite, ni plus ni moins, cependant il ne voulait pas d'une nouvelle scène avec Magali, il tenait à être seul pour réfléchir.

— Nous allons rester ici encore un jour ou deux, Chantal et moi, annonça Gauthier. Si tu veux, grand-mère, tu pourras rentrer avec nous à la fin de la semaine ?

Sans doute ne voulait-il pas perdre Clara de vue, c'était son devoir de médecin de s'assurer qu'elle allait bien et qu'elle surmontait la mort de son fils. Vincent avait déjà quitté la table, adressant un signe de tête aux autres, pressé de rassembler ses affaires. À contrecœur, il monta jusqu'à sa chambre, par bonheur déserte, enfourna quelques dossiers dans un porte-documents, récupéra son imperméable dans la penderie. Lorsqu'il passa près de la coiffeuse sur laquelle Magali entassait toutes sortes de produits de beauté, il marqua une hésitation. S'il lui laissait un mot, comment l'interpréterait-elle ? D'ailleurs, où était-elle ? Et pourquoi se sentait-il si mal en pensant à elle, à la fois en colère et coupable, victime et bourreau ?

Il se pencha vers un petit cadre d'argent, perdu au milieu des flacons. Sur la photo, ils formaient un beau couple, en haut des marches de l'église, le jour de leur mariage. Magali était sublime dans sa robe blanche, rayonnante de bonheur. À côté d'elle, Vincent était d'une élégance irréprochable, très semblable à son père, qui se tenait juste derrière lui. Incrédule, Vincent se pencha davantage, fronça les sourcils. Magali avait discrètement crayonné tous les visages de la famille, ajoutant une paire de lunettes par-ci, une moustache par-là, des plumes ridicules sur le chapeau de Clara. Elle n'avait pas touché à son mari, mais Charles était gratifié d'un monocle.

En temps normal, il aurait peut-être souri de cet enfantillage, mais à ce moment précis il en était incapable. Au contraire, il ôta la photo du cadre, la déchira en petits morceaux qu'il expédia dans la corbeille à papiers, puis quitta la chambre.

Dehors, les enfants jouaient avec Helen sur la pelouse. La Simca de Magali était garée à sa place habituelle, donc elle n'était pas allée chercher refuge chez Odette ni chez Jean-Rémi. Peut-être était-elle partie marcher dans les collines, à moins qu'elle ne se soit rendue à la bergerie d'Alain. Qu'ils vident donc ensemble une bouteille de rosé glacé en se réjouissant de la mort de Charles !

Avec un soupir exaspéré, Vincent s'appuya à l'un des platanes. Tous ses repères étaient en train de devenir flous. Bien sûr qu'il avait envie de se retrouver dans l'île de la Cité, de travailler au palais de justice de Paris, de se mobiliser sur cette ambition suggérée par Charles : viser la Cour de cassation. Quel juge n'en rêvait pas ?

De loin, il vit un début de bagarre entre Cyril et Virgile, mais Helen intervint aussitôt. Depuis combien de temps Magali se reposait-elle sur la jeune fille pour prendre soin de leurs enfants ?

Et si elle refusait de quitter Vallongue, de quelle façon allait-elle les élever tandis qu'il siégerait à sept cents kilomètres de là ? Est-ce qu'elle continuerait à faire la tournée des bars et à s'effondrer dans l'escalier avant qu'Alain la ramasse pour la coucher ? Une perspective plutôt humiliante, surtout s'il songeait à ce qu'étaient devenus ses rapports avec Alain.

Il baissa les yeux sur sa montre. Marie n'allait plus tarder à présent. Avec elle, il pourrait au moins parler de son avenir professionnel. Elle avait été la plus proche collaboratrice de Charles ces derniers temps, elle savait tout sur le milieu judiciaire parisien, son aide serait précieuse. Un peu étonné, il réalisa qu'il était impatient d'entrer en fonction, de faire ses preuves, de s'imposer, et qu'il n'avait jamais réellement envisagé de refuser ce poste. Il attendait encore beaucoup de choses de la vie, prêt à en payer le prix nécessaire grâce à son immense capacité de travail, mais il ne serait jamais quelqu'un de médiocre. Son père l'avait deviné avant lui en lui ouvrant une voie royale.

Son père... Il se retourna pour observer la façade de Vallongue. Murs de pierre blanche et volets bleus d'apparence sereine, qui avaient pourtant abrité un drame épouvantable. Quelle force de caractère n'avait-il pas fallu à Charles pour revenir passer ici tous ses étés ! Pour imaginer sa femme aux mains d'Édouard, entre terreur et dégoût. Pour subir le fantôme obsédant de Beth. Pour revivre à l'infini cet instant où il avait appuyé sur la détente du revolver. Un calvaire, sans aucun doute, durant lequel il s'était entendu reprocher sa tristesse ou sa froideur. Et lorsqu'il répétait, dans ce bureau du rez-de-chaussée, l'une de ses si brillantes plaidoiries destinées aux assises, n'était-ce pas son propre geste de vengeance qu'il cherchait toujours à faire acquitter ?

Le ronflement du moteur de la DS le sortit de ses pensées. Daniel était au volant, Marie à côté de lui, et Vincent ouvrit la portière arrière. Mais au moment de monter en voiture, il aperçut Clara, qui se tenait bien droite, en haut du perron, pour les regarder partir. Il la rejoignit en courant, escalada les marches et mit ses bras autour d'elle.

— Prends soin de toi, chuchota-t-il à son oreille.

Elle sentait bon, son chemisier de soie était impeccable, c'était une vieille dame exemplaire.

— Je veux que tu ailles bien et que tu vives des siècles ! ajouta-t-il gaiement en s'écartant d'elle.

Le visage de sa grand-mère se crispa douloureusement, l'espace d'un instant, mais il ne pouvait pas savoir que c'était exactement l'expression utilisée par Charles, alors elle s'efforça quand même de lui sourire. Et, parce que sa volonté était intacte malgré les années, elle y parvint.

Un nouveau départ

La maison des Aravis
Françoise Bourdin

Clément, agent immobilier au chômage, et Bénédicte, vétérinaire, vivent à Levallois avec leurs deux enfants. Bénédicte reçoit en héritage une maison près d'Annecy, et, après de longues discussions, Clément parvient à persuader toute la famille de s'y installer. Mais si Bénédicte s'adapte rapidement à sa nouvelle vie, grâce à l'accueil chaleureux que lui réservent les habitants du village, son mari se lasse bientôt de cette existence rude et austère…

(Pocket n° 11505)

Il y a toujours un Pocket à découvrir

Une femme amoureuse

L'homme de leur vie
Françoise Bourdin

À quarante ans, Louis Neuville est un compositeur dont le succès ne se dément pas. Séduisant, à la recherche du grand amour, il rencontre France, une jeune femme qui tombe immédiatement amoureuse de lui. Il est veuf, elle est divorcée, tout pourrait être simple. Mais la famille du talentueux quadragénaire qui lui voue une passion terriblement exclusive est bien décidée à tout faire pour éloigner France et Louis l'un de l'autre.

(Pocket n° 11490)

Il y a toujours un Pocket à découvrir

Secrets meurtriers

Un été de canicule
Françoise Bourdin

Dans le Lubéron, le Café des Tilleuls est tenu par la main de fer d'Emma Soubeyrand, femme de caractère qui voue à ses quatre enfants un amour quasi-étouffant. Lorsque Vincent, l'aîné, est victime d'un accident, Antoine rentre du Brésil où il s'était exilé sept ans auparavant, à la suite d'un drame connu du seul clan familial. Il découvre que son amour de jeunesse, Marine, a épousé Paul, le fils cadet ; mais il est encore loin d'imaginer que le silence qu'Emma leur avait imposé à tous allait se fissurer et laisser resurgir les drames du passé...

(Pocket n° 12188)

Il y a toujours un Pocket à découvrir

Chronique d'une ascension sociale

Les années passion
Françoise Bourdin

Dans le Bordeaux des années 1980, Lucrèce, 21 ans, mène de front un emploi de caissière dans un supermarché et de brillantes études journalistiques. Mais au-delà de la difficulté de son parcours se cache une fêlure plus profonde : elle a été rejetée par son père. Dès lors, plus qu'une vocation, le désir d'infiltrer le cercle très fermé du journalisme pour y imposer sa plume prend les allures d'une revanche sur le destin...

(Pocket n° 12317)

La vie peut commencer...

Le choix d'une femme libre
Françoise Bourdin

À 32 ans, Lucrèce a atteint l'objectif qu'elle s'était
fixé : devenir une journaliste de renom dans un milieu
presque exclusivement masculin. Objet d'un véritable
culte parmi les hommes qu'elle côtoie, elle préfère pourtant préserver son indépendance. Mais d'aventures
clandestines en liaisons stériles, elle voit peu à peu ses
chances de rencontrer l'âme sœur diminuer. Il lui suffira
de croiser le seul homme auquel elle se soit abandonnée
autrefois pour ébranler ses idées, ses projets, ses
certitudes...

(Pocket n° 12443)